Die befreite Welt

Ein Apokalyptischer LitRPG-Roman
Buch 6 der System-Apokalypse

Von

Tao Wong

Copyright

Die befreite Welt

Copyright © 2021 Tao Wong. Alle Rechte vorbehalten.

Copyright © 2021 Sarah Anderson Cover-Designer

    Übersetzung: Frank Dietz

    Lektorat: Michelle Brändle

Ein Buch von Starlit Publishing

Veröffentlicht durch Starlit Publishing

PO Box 30035

High Park PO

Toronto, ON

M6P 3K0

Kanada

www.starlitpublishing.com

E-Book ISBN: 9781990491498

Taschenbuch ISBN: 9781990491573

Gebundene Ausgabe ISBN: 9781990491580

Was bisher geschah

Als das System auf der Erde erschien, brachte es Monster, Außerirdische und leuchtende Nachrichtenfelder – all das änderte die Realität der Menschen. Menschen besaßen nun Klassen, in denen sie aufsteigen mussten und Skills mit realitätsverändernden Kräften. Aber sie kämpften ums Überleben, als aufgrund des plötzlichen Manastroms moderne elektronische Geräte versagten. Innerhalb eines Jahres starben über neunzig Prozent der Menschheit, und die Überlebenden mussten ihr Leben völlig anpassen.

John Lee ist ein derartiger Überlebender, der tief im Yukon begann und nach Süden reiste, um Menschen dabei zu helfen, sich von ihren galaktischen Herrschern zu befreien. Er besitzt Siedlungen in British Columbia und kämpft zusammen mit dem Rest der US-Streitkräfte an der Westküste darum, dass die kanadische Prärie und die US-Pazifikküste wieder von Menschen beherrscht werden. Zusammen griffen sie die Zarrie an – galaktische Krieger eines Wüstenplaneten – und befreiten Los Angeles, während sie Bündnisse mit einigen galaktischen Gruppen schlossen.

Aber am Tag ihres Sieges erhält John Besuch von der Erethra-Ehrengarde und deren Champion-Kriegerin. Als Strafe dafür, dass er diese exklusive Klasse angenommen hat, wird John in ein Portal geschleudert und muss eine einzigartige und tödliche Meisterklassen-Quest beginnen. Im Exil muss John seine Quest abschließen, bevor er auf eine Erde zurückkehren darf, die sich ständig weiterentwickelt.

Inhalt

Kapitel 1

Ein Riss im Weltraum, völlig schwarz und leer, schließt sich hinter mir, als ich das Portal verlasse. Ich stolpere und mein Körper zittert durch die Nachwirkungen des Transports über Tausende von Lichtjahren in einer Sekunde. Nerven senden ständig Signale, Muskeln ziehen sich zusammen und meine Ohren dröhnen. Ich keuche, um meine Lungen frei zu bekommen, verziehe das Gesicht und richte mich schwankend auf, als mein Körper sich wieder an die niedrigere Schwerkraft der Erde anpasst. Ein tiefer Atemzug füllt meine Lungen und ich staune, wie selbst eine geringe Steigerung des Sauerstoffgehalts sich so gut anfühlen kann. Aber obwohl ich mich freue, wieder daheim zu sein, bin ich aufgrund der Jahre der Gewalt auf einer anderen Welt dennoch auf höchster Alarmstufe.

„Ali?", rufe ich dem Geist mit olivfarbener Haut und dem orangefarbigen Jumpsuit zu, der neben mir schwebt.

Er bewegt sich auf und ab, während sich sein Körper wieder bildet und wir in der Waldlichtung erscheinen, die wir als Ankunftspunkt gewählt haben. Ich muss erneut husten, während der Schmerz langsam nachlässt. Ich blicke mich um, sehe mir die Umgebung an und suche nach potenziellen Problemen.

„Bin schon dabei, Junge", knurrt Ali, während seine Finger herumhuschen, als er mit Bildschirmen und Nachrichten spielt, die nur er sehen kann.

Während der Geist sich damit beschäftigt, blicke ich zur Minikarte hoch, die meine Fertigkeit Größere Entdeckung erstellt hat. Auch wenn sie nicht so viele Informationen liefert, wie Ali das könnte, muss dieser sich momentan mit der irdischen Version des Systems verbinden und die zahlreichen Benachrichtigungen verarbeiten, die wir im Laufe der Zeit angesammelt haben. Die Welt, auf der wir die letzten vier Jahre verbracht haben, befindet sich in der Verbotenen Zone – einem so mit Mana gesättigten Gebiet, dass das System dort nicht funktioniert.

Statt den überlasteten Geist zu fragen, sehe ich auf der Minikarte nach, ob es potenzielle Bedrohungen gibt. Das System hat dort bereits mehrere Punkte erscheinen lassen, die meist grau sind und anzeigen, dass diese Monster keine Gefahr für mich darstellen. Keine echte Überraschung, aber Vorsicht ist besser als Nachsicht.

Während ich abwartend dastehe, bemerke ich erstaunt die Unterschiede, die ich fühlen kann, die Änderungen im Vergleich zum vorherigen Planeten. Eine niedrigere – deutlich niedrigere – Manadichte auf der Erde. Niedrigere Schwerkraft, höherer Sauerstoffgehalt, keine Giftspuren in der Luft. Und vor allem bringt die sanfte Liebkosung des Windes bekannte Gerüche – junge Kiefern und sauberes Wasser, der Moschusduft eines Tiers, das vor einigen Stunden hier entlang lief, und das Knirschen alter Bäume. Das ist bekannt und tröstend, und eine Spannung, die ich kaum bemerkt hatte, verklingt langsam. Ich bin daheim.

„Fertig", sagt der Geist ohne jede Vorrede.

Dann beginnt die Flut der Benachrichtigungen.

Du hast deine Klassenquest abgeschlossen
Erreichte Meisterklasse: Paladin des Erethra-Reiches
Verzögerter Erfahrungszuwachs wird jetzt verteilt.

Achtung – Erfahrungsverfall! Ein Teil deiner gewonnenen Erfahrung ist verfallen.

Achtung – mehrfacher Levelaufstieg! Ein Teil deiner gewonnenen Erfahrung wurde aufgrund eines mehrfachen Levelaufstiegs reduziert.

Verfallene und reduzierte Erfahrung wird gespeichert. Zukünftige Erfahrung wird schneller vergeben, bis der Speicher aufgebraucht ist.

Du bist nun ein Erethra-Paladin Level 14

Attribute werden automatisch zugewiesen. Du kannst 98 Gratis-Attribute verteilen. Du kannst 7 Klassen-Fertigkeiten verteilen.

Mein Körper zuckt, während Schmerz und Ekstase ihn gleichzeitig durchfahren, als die plötzliche Zunahme an Attributen mich wie ein Dampfer trifft, der über die Niagarafälle stürzt. Normalerweise sind meine Attribute so hoch, dass Levelaufstiege geringe Änderungen darstellen, so gering, dass ich sie gar nicht spüre. Aber nun erhalte ich vierzehn Levels auf einmal – vierzehn Levels der Meisterklasse. Mein Körper zittert, während die Änderungen auf ihn einhämmern und meine Wahrnehmung sich spürbar erweitert. Muskeln zucken und drehen sich, Sehnen und Fasern vervielfältigen sich und werden gleichzeitig härter und geschmeidiger. Mein Nervensystem wird wiederholt zerlegt und wieder neu zusammengesetzt. Das alles geschieht in Sekunden – eine Ewigkeit der Schmerzen – bevor es endet und ich wieder ich selbst bin.

Den Göttern sei Dank, dass die Anstiege bei den Attributen einer logarithmischen Skala folgen, die einen enormen Bereich außerhalb der grob vereinfachten Terminologie abdeckt, die verwendet wird. Stärke ändert beispielsweise nicht nur meine körperliche Stärke, sondern auch wie ich die Welt um mich herum beeinflusse. Das System erlaubt mir, die Bindungen eines Objekts zu manipulieren und sogar zu „schwächen", wenn ich darauf einschlage. Daher kann ich immer noch mit einem Messer geschnitten werden und dennoch eine Kugel in die Brust bekommen, ohne dass es mir etwas ausmacht. Wenn es sich nur um zusätzliche Körperstärke handelte, wäre ich durch all die Levelaufstiege wohl bereits explodiert.

Sobald ich mich erholt habe, erscheinen weitere Benachrichtigungen.

Herzlichen Glückwunsch! Du hast einen neuen Titel erhalten – Entdecker

Weil du zu einem verbotenen Planeten gereist bist, dort überlebt hast und von dort zurückgekehrt bist, hast du den Titel Entdecker halten. Deine Tapferkeit und Tollkühnheit wird von nun an auf der ganzen Welt bekannt sein.

Belohnung: Alle Kartografie- und Sensoren-Skills um 10 % gesteigert.

Herzlichen Glückwunsch! Du bist das 18. Mitglied der Menschheit, welches das Sonnensystem verlassen hat und zurückgekehrt ist.

Belohnungen: +20.000 XP, +5 in Wahrnehmung, +1 Skill-Level (Kartografie), Zugriff auf das Menü Ruhm und Ruf

Herzlichen Glückwunsch! Du hast einen neuen Titel erhalten – Töter von (&%@@## - Fehler!)**

Für das Töten von über (Fehler! Fehler! Fehler!) (Fehler! Fehler! Fehler!) hast du einen neuen Titel erhalten! Alle (Fehler! Fehler! Fehler!) werden dich fürchten und deine Anwesenheit wird sie leicht verstören.

Belohnungen: (Fehler! Fehler! Fehler!) (Bitte Verwaltungsexperten kontaktieren. Fehler wurde protokolliert und an Support-Abteilung weitergeleitet. Vielen Dank für Ihre Geduld!)

„Ali?", sage ich leise und drehe dann meinen Kopf, als ich bemerke, dass der kleine, in Orange gekleidete Geist zuckt und sein Körper farbig aufleuchtet.

Ich kneife die Augen zusammen, während er immer heller wird, bis ich ihn nicht mehr direkt ansehen kann. Mit einem lauten Knall erscheint er wieder.

„Levelaufstieg?"

„So ungefähr", sagt Ali und klopfte sich auf den Körper. Er schwebt nicht mehr, sondern steht auf dem Boden. Was ganz gut ist, denn nun ist er etwa 1 Meter 70 groß, korpulent und trägt immer noch einen orangefarbigen Jumpsuit. „Ha! Immer noch kleiner als ich sein sollte, aber das ist viel besser so."

„Du siehst jetzt viel körperlicher aus ...", sage ich stirnrunzelnd.

„Jawohl, ich bin hier. Ganz echt. Körper und alles", sagt Ali grinsend.

„Scheiße." Ich verziehe das Gesicht. Ich hatte mich daran gewöhnt, Ali als Späher einzusetzen.

Als ob er weiß, was ich denke, rollt Ali mit den Augen und schrumpft, bis er wieder dreißig Zentimeter groß ist und sein Körper leicht transparent wird. „Willst du das? Eine schwebende Fee?"

„Vielleicht nicht den Teil mit der Fee. Ich nehme an, du kannst das kontrollieren?"

„Es wäre ja kein sehr guter Levelaufstieg, wenn ich es nicht könnte, oder?"

„Stimmt", sage ich und zucke mit den Schultern.

Nachdem er das klargestellt hat, kehrt Ali zu seiner vollen Größe zurück. Seine Hände zucken fast sofort wieder, als er sich in das System einloggt, Details auf meiner Minikarte einfügt und deren Reichweite wortlos ausbaut. Während er damit beschäftigt ist, sehe ich mir meine neue Klasse erstmals an.

Nach über vier Jahren habe ich zum ersten Mal die Gelegenheit, die Details der verdammten Klasse zu sehen, für die ich gekämpft und geblutet habe und sogar fast abgekratzt bin.

Klasse: Paladin des Erethra-Reiches

Im Gegensatz zu Champions und Generalen nehmen die Paladine des Erethra-Reiches eine besondere gesellschaftliche Stellung ein. Wie ihre Gegenstücke auf der Erde sind die Paladine kein Teil der Hierarchiestruktur und nur der Kaiserin selbst unterstellt. Und manchmal nicht einmal ihr. Ihre Taten werden durch ihre Ehre bestimmt, ihre Gerechtigkeit folgt nur ihrer Weisheit und ihre einzige Unterstützung ist ihr starker rechter Arm.

+1 Glück pro Level. +4 in Stärke, Beweglichkeit, Wahrnehmung, Intelligenz und Charisma pro Level. +5 in Konstitution pro Level. +6 in Willenskraft pro Level.

+7 Freie Attribute pro Level.

Geistiger Widerstand auf 95 % erhöht. Alle anderen Widerstände um 10 % erhöht (stapelbar).

Schäden um 10 % reduziert.

+1 Klassen-Fertigkeit alle zwei Levels

Ich starre die Beschreibung an und erinnere mich an geflüsterte Unterhaltungen und das Klirren von Stahl. Erinnerungen an meine Lehrerin, meine Mentorin, die mir schließlich diese Klasse anvertraute, rasen mir durch den Kopf und bringen den Geschmack von Blut und Schmerzen in meinen Knochen mit sich. Einen Moment lang erschüttert mich eine Vorahnung für kommende Ereignisse, aber dann reiße ich mich zusammen. Was kommt, das kommt. Momentan gilt: was ist, das ist.

Die verstärkten Widerstände sind praktisch automatisch, und das gilt auch für die statistischen Boni. Die Schadensreduzierung überrascht mich etwas und ich frage mich, ab wann der Schaden reduziert wird – vor oder nach den anderen Zauber- und Skillreduzierungen – aber dann unterdrücke ich den Gedanken. Schließlich ist das kein Videospiel, in dem ich im Voraus den erlittenen Schaden berechnen kann, um zu wissen, um wie viel ich mich nach jedem Angriff heilen muss und welche Rüstung und Skills ich für jede Attacke brauche. Trotz aller spielähnlichen Eigenschaften ist diese Welt einfach zu wirklichkeitstreu.

Momentan reicht ein Gedanke, um die Klassen-Fertigkeitenseite erscheinen zu lassen. Ich starre diese Fertigkeiten hungrig an, obwohl ich weiß, wie unsinnig das eigentlich ist. Sie sind eine Täuschung, ein ungleichmäßiger Flickenteppich mächtiger Fähigkeiten, die vom System erzeugt wurden, um eine tiefere Wahrheit zu verbergen. Meine Zeit im Exil hat mir einen tieferen Blick in das gegeben, was ich erreichen will, aber nur einen kurzen Blick. Dennoch muss ich daran denken, wie viel leichter mein Leben in den letzten Jahren mit diesen Skills gewesen wäre.

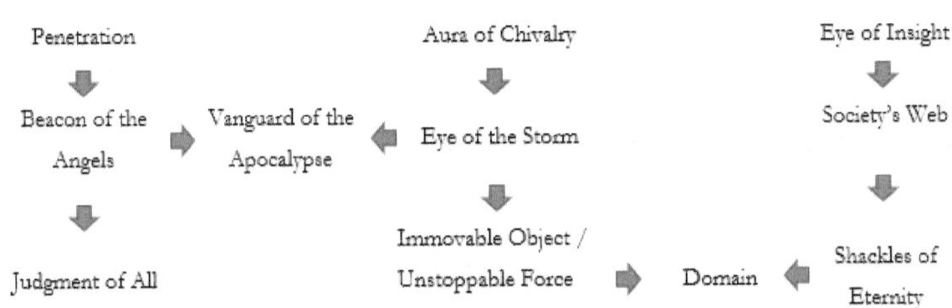

Wie bei den meisten Klassen ist der Paladin-Fertigkeitenbaum in drei Bereiche geteilt, die unterschiedliche Konzentrationen repräsentieren. Im Gegensatz zu den Fortgeschrittenen Skills habe ich diesmal nur drei Stufen. Eigentlich ist das ganz gut. Die niedrigere Anzahl von Stufen bedeutet, dass ich meine kostbaren Klassen-Fertigkeiten nicht verwässern muss, um zu den mächtigeren Skills zu gelangen. Gewisse Klassen haben diesen Vorteil. Zumindest ist das meistens ein Vorteil. Einige Klassen haben nur zwei Stufen bei den Basisklassen, aber diese enthalten meistens nutzlose Skills. Diese Klassen werden oft als Schrottklassen betrachtet, obwohl sie in der richtigen Kombination effektive Sekundärklassen darstellen können.

Ich schüttle den Kopf und beende meine Gedankenspiele. Die erste Spalte zeigt die persönlichen Kampffertigkeiten, die zweite die Auswirkung des Paladins als Champion auf das Gefechtsfeld, und die dritte seine Rolle als Richter, Geschworener und Henker. Innerhalb des Baums gibt es zusätzliche Skills, kombinierte Fähigkeiten, die noch mehr Stärke bieten.

Dennoch sehe ich sie mir alle schnell an und plane meine nötigen Schritte, bevor ich auch nur einen Punkt in jede der ersten freigeschalteten Stufen investiere. Die anderen werden warten müssen, bis ich die notwendigen Levels erreiche, um sie freizuschalten. Dennoch spare ich mir meine zusätzlichen vier Skillpunkte auf – aus Erfahrung. Schließlich bin ich nun zurück, kann im Level aufsteigen und Quests erhalten. Daher werde ich bald Level 20 erreichen, meine zweite Stufe und deren mächtigere Skills freischalten. Bis dahin reichen die grundlegenden Dinge. Schließlich bin ich schon übermächtig genug, wie Jason sagen würde.

Klassen-Fertigkeit: Durchdringung (Level 1)

Nur wenige können den Richtspruch eines Paladins im offenen Kampf aushalten, da deren Fähigkeit, selbst die stärkste Abwehr zu durchdringen, angsterregend ist. Reduziert Mana-Regeneration permanent um 5.

Wirkung: Ignoriert 50 % aller Rüstung und Abwehrzauber. Erhöht Schaden an Schilden um 100 %.

Klassen-Fertigkeit: Aura der Ritterlichkeit (Level 1)

Allein die Anwesenheit eines Paladins kann ängstliche Feinde erschüttern und die Zuversicht von Verbündeten stärken, ob auf dem Gefechtsfeld oder im Gericht. Allerdings ist die Aura der Ritterlichkeit ein zweischneidiges Schwert, da sie die Aufmerksamkeit auf den Paladin richtet – möglicherweise zu dessen Nachteil. Erhöht die Erfolgsrate von Wahrnehmungsprüfungen gegen den Paladin und reduziert während der Aktivierung Tarnung und ähnliche Fertigkeiten. Reduziert Mana-Regeneration permanent um 5.

Wirkung: Alle Feinde müssen ihre Willenskraft gegen Einschüchterung durch das Charisma des Benutzers überprüfen. Wird dies nicht bestanden, werden Feinde eingeschüchtert. Alle Verbündeten erhalten 50 % mehr Moral für Prüfungen der Willenskraft und 10 % mehr Zuversicht und Erfolgschance bei relevanten Aktionen. Hinweis: Die Aura kann nach Belieben aktiviert oder ausgeschaltet werden.

Klassen-Fertigkeit: Augen der Einsicht (Level 1)

Vor den Augen des Paladins verschwinden alle Unwahrheiten und Täuschungen. Nur wenn der Paladin klar sehen kann, ist er in der Lage, effektiv zu richten. Reduziert Mana-Regeneration um 5.

Wirkung: Alle niedrigstufigeren Skills, Zauber und Fähigkeiten, die den Paladin verwirren, behindern oder täuschen werden in ihrer Wirksamkeit reduziert. Die Reduzierung ist dem Unterschied in Stufe und Skill-Level proportional.

Das ist ja interessant. Meister-Fertigkeiten sind natürlich beängstigend, und müssen es auch sein, wenn man bedenkt, wie schwierig es ist, sie zu erhalten. Mein Vorteil ist meine extrem seltene, fast einzigartige Klasse, die zu überdurchschnittlichen Skills führt.

Dennoch verdoppelt der Skill Durchdringung im Grunde meine Kampffähigkeit. Meinen Angriff gegen Schilde zu verdoppeln ist beeindruckend – wahrscheinlich die heutzutage am meisten verwendete

Abwehrmethode – aber andere, passivere Abwehrmittel um fünfzig Prozent zu reduzieren ist noch unheimlicher. Monster, die sich auf ihre natürliche Abwehrkraft verlassen, werden ganz schön schockiert sein, wenn ich ihnen eins überbrate.

Mit einem kurzen Gedankenbefehl rufe ich meinen neuen Statusmonitor auf.

Statusmonitor			
Name	John Lee	Klasse	Erethra-Paladin
Volk	Mensch (M)	Level	14
Titel			
Monsterschreck, Erlöser der Toten, Duellant. Entdecker			
Gesundheit	3020	Ausdauer	3020
Mana	2340	Mana-Regeneration	213 (+5) / Minute
Attribute			
Stärke	176	Beweglichkeit	271
Konstitution	302	Wahrnehmung	119
Intelligenz	234	Willenskraft	263
Charisma	74	Glück	47
Klassen-Fertigkeiten			
Mana-Erfüllung	3*	Klingenhieb*	3
Tausend Schritte	1	Veränderter Raum	2
Zwei sind Eins	1	Entschlossenheit des Körpers	3

Größere Entdeckung	1	Tausend Klingen*	3	
Seelenschild	2	Versetzungsschritt	2	
Portal*	5	Einzelkämpfer-Armee	2	
Sanktum	2	Sofort-Inventar*	1	
Spalten*	2	Raserei*	1	
Elementarhieb*	1 (Eis)	Geschrumpfte Fußspuren*	1	
Tech-Verbindung*	2	Durchdringung	1	
Aura der Ritterlichkeit	1	Augen der Einsicht	1	

Kampfzauber	
Verbesserter schwacher Heilzauber (IV)	Größere Regeneration (II)
Größere Heilung (II)	Manatropfen (II)
Verbesserte Manarakete (IV)	Verbesserter Blitzschlag (III)
Feuersturm	Polarzone
Frostklinge	Verbesserter Infernostrahl (II)
Schlammwall	

Eine der größten Änderungen während meiner Zeit in der Verbotenen Zone war wohl die enorme Steigerung der Effektivität meiner Zaubersprüche. Dank des unglaublichen Anstiegs meiner Mana-Regeneration aufgrund der Menge von Mana, die auf diesem Planeten verfügbar gewesen ist, habe ich dort meine Zaubersprüche viel öfter eingesetzt. Ich habe sogar Zeit damit verbracht, Upgrades für meine am häufigsten verwendeten Zauber durchzuführen, wodurch sie wesentlich stärker wurden. Auch wenn ich die älteren, schwächeren Versionen der Zaubersprüche noch kenne, wollte ich mir damit mein Interface nicht zumüllen und habe sie daher in einen anderen Bereich verschoben. Schließlich werde ich Manapfeil wohl nie mehr einsetzen. Meine Güte, ich verwende kaum noch Manarakete. Ehrlich gesagt freue ich mich darauf, mit Aiden über Magie zu sprechen, nachdem ich das nun auf die harte Tour lernen musste.

Während ich hier stehe und zum ersten Mal seit vier Jahren meine Charakterdaten ansehe, bin ich froh, dass ich per Portal an einen abgelegenen Ort gesprungen bin. Mit meiner eigenen Fähigkeit könnte ich leicht genug heimkehren, da ich nun wieder auf der Erde bin, aber ich will nicht meine Skills durchgehen, während ich mich mit den Auswirkungen meiner mehrjährigen Abwesenheit beschäftige. Schließlich hatte ich keine Wahl und musste gehen. Und wenn wir gerade über die Wahl sprechen …

„Ihr habt ja lange genug gebraucht", murmle ich und sehe die drei Ehrengardisten an, die aus dem Unterholz kommen. Genauer gesagt, Ehrengardisten und eine Champion-Kämpferin.

Die drei Erethraner sind über zwei Meter zehn groß, und ihre Haarfarben reichen von einem einfachen Lila bis hin zu einem bizarren, strahlenden Gelbrot. Alle haben korallenartige Ohren und Schlitzaugen, deren riesige gelbe Pupillen im Kontrast zu einer fast nicht vorhandenen Nase mit einem kleinen, fast schnabelartigen Überstand noch schockierender wirken. Sie tragen alle gepanzerte Kombinationen aus Hose und Jacke in den exklusiven Farben der erethranischen Königsfamilie – Lila und Silber.

„Ich glaube, das hätte ich sagen sollen", meint der Kämpferin mit einem Halblächeln.

Ich sehe die Frau einen Moment an und lese die Statusinformationen, die Ali aufrufen konnte. Interessant. Seit unserer letzten Unterhaltung ist sie um einige Levels aufgestiegen. Beeindruckend, wenn man bedenkt wie schwierig auf ihrer Stufe ein Levelaufstieg ist. Es sei denn, man schummelt, so wie ich.

Ayuri d'Malla der Dämmerung, Brecherin der Sechsten Legion, Heldin der Sechsten Kumma-Kriege, Herrin der Messer, Blutblüte, Töterin der Kumma, Goblins, Mizza … (Level 43 Erethra-Champion)
HP: 9990/9990
MP: 4342/4780
Zustand: Stärkungszauber. VIELE STÄRKUNGSZAUBER.

„Das klingt gelogen, weil du nie erwartet hast, dass ich überleben würde", sage ich mit einem Lächeln. Meine Stimme klingt nicht bösartig, nicht mehr. Ich sehe mir kurz ihre Freunde an und bemerke, dass sie ebenfalls im Level aufgestiegen sind. Auch das ist beeindruckend.

„Keine Vorwürfe oder Wut darüber, dass ich dich da reingeworfen habe?", sagt Ayuri und ihre dunklen Augen beobachten meine Reaktion.

„Ich hatte vier Jahre und jede Menge Monster, um meine Wut loszuwerden", sage ich. „Allerdings habe ich dir nicht vergeben. Aber das erwartest du wohl nicht, oder?"

„Nein."

„Also. Was jetzt?" Ich habe dieses Unterhaltung in meinem Kopf so oft durchgespielt und alle Varianten erprobt. Aber letztlich geht es darum, was diese Frau will. Tatsache ist, dass es leichter gewesen wäre, mich zu töten, um den Fleck meiner Anwesenheit auf ihrer Ehre zu entfernen. Sie hat das nicht getan – also hat sie Pläne für mich. Die muss ich jetzt herausfinden.

Oder auch nicht.

„Jetzt? Nichts. Aber ich glaube, wir werden uns wieder sprechen", sagt Ayuri.

Ich kneife die Augen etwas zusammen und sehe sie an. Ich könnte viel sagen – dass ich nicht mehr mitspiele, dass ich ihre Motive fragwürdig finde, oder sie fragen, was in letzter Zeit passiert ist. Aber letztlich sage ich nichts davon.

„Okay." Ich nicke und drehe mich langsam weg.

Ich nehme mir Zeit und behalte das Trio im Auge, um zu sehen, was diese Leute tun werden. Hier in der Wildnis zu erscheinen sollte auch feststellen, ob ich die Situation mit der Erethra-Ehrengarde gewalttätig und permanent lösen musste. Doch das Trio wirkt total gelangweilt und lässt mich gern die Hand heben und ein Portal bilden.

Erst als dieses voll geöffnet ist und ich an seiner Schwelle stehe, erhebt Ayuri das Wort. „Wenn du deine Freunde suchst, wirst du sie dort nicht finden."

„Was meinst du damit?", sage ich und kneife die Augen zusammen. „*Vancouver…?*"

„*Gehört immer noch dir. Genau wie all deine anderen Siedlungen. Ich kann Kim von hier aus nicht kontaktieren, aber es gibt keine Änderungen im Besitz.*"

„Nur dass deine Freunde sich momentan an einem anderen Ort befinden. Alle von ihnen sogar", sagt Ayuri.

„Wo?"

„Warum nehmen wir dich nicht mit? Wir sollten sowieso dort vorbeischauen", sagt Ayuri lächelnd.

Ihr lässiger Ton geht mir allmählich auf die Nerven. Dennoch nicke ich und schließe mein Portal. Einen Moment später erscheint ein anderes, viel größeres Portal, dessen Schwärze keinen Hinweis bietet, was mich dahinter erwartet. Sobald es ganz da ist, tritt das Trio ohne zu zögern hinein und ich folge ihnen trotz leichter Zweifel. Ich habe keine Ahnung, wohin das führen wird. Aber in dem Fall sollte ich es lieber gleich hinter mich bringen. Ich sage mir, dass ich Geduld haben muss, wirke aber kurz einen Seelenschild auf mich. Selbst wenn sie mich absichtlich provozieren und mit mir herumspielen, wird sich das alles zeigen.

Und wenn nicht, dann zeige ich ihnen, was passiert, wenn man vier Jahre in einer Verbotenen Zone überlebt.

Kapitel 2

Das Tageslicht verschwindet und das Zwielicht erscheint. Meine Augen passen sich sofort an, obwohl ich wünschte, dass ich noch meinen Helm hätte. Aber der ist weg, seit – was, vierzehn Monaten? Irgend so etwas. Das erschwerte wirklich die Nutzung von Sabre, da der Helm kein Teil der Nanomaschinen-Kalibrierung war. Und ich hatte den Mech auch seit Monaten nicht mehr herausgeholt. Das arme Ding war so ramponiert, dass ich es oft im Inventar ließ.

Während ich diese nutzlosen Gedankengänge verfolge, sehe ich mir die Umgebung an und suche mit meinem Skill und meinen Sinnen nach Anzeichen von Gefahr. Aus grünem Gras ist Sand geworden, und das flache Terrain ist durch eine Düne ersetzt worden. Keine Riesenbäume in einem Regenwald mehr. Stattdessen erscheinen Gruppen kleinerer, herumhuschender Lebewesen vor mir, die wie Wellen aufeinanderprallen. Nach einem Moment erkenne ich, dass es bei diesem Konflikt drei Seiten gibt – Monster, Galaktiker aller Größen und Formen, und Menschen. Die Größe der Schlacht ist überraschend – vor mir kämpfen Zehntausende von Gestalten.

Helle Lichtstrahlen, das Donnern von Schießpulver und anderen Sprengstoffen und der ständige Gestank von geronnenem, eisenreichen Blut greifen meine Sinne an. Von durch kontinuierliche Explosionen erzeugte Winde wirbeln um mich herum. Sand, Salz und organischer Feinstaub verdunkeln die Luft, während überall Stöhnen und Schmerzensschreie hörbar sind. Sie sind weit genug entfernt, dass man sie normalerweise nicht sehen könnte, aber meine optimierte Wahrnehmung scheint den Rauch mühelos zu durchdringen. Ein Teil von mir beobachtet die Schlacht, kategorisiert Kämpfer und Gruppierungen, während der andere Skills und Zauber vorbereitet und meinen Körper kampfbereit macht.

„Was ist hier los?" Vor einigen Jahren hätte ich mich ins Gefecht gestürzt, ohne vorher nachzudenken. Vor einigen Jahren hätte ich gewusst, wer recht hat und wen ich schützen muss. Aber jetzt ...

„Nur eine kleinere Feldschlacht", sagt Ayuri. „Deine Freunde nehmen teil, und alle wollen den Feldboss erledigen."

„Feldboss?"

„Ein Alpha-Monster, das zu einem Fokus des Manastroms geworden ist. Statt einen Dungeon zu erzeugen, stärkt dies das Monster beträchtlich. Einige der ältesten Feldbosse respawnen sogar, wie Monster in einem Dungeon."

Ich muss nicht einmal fragen, wer das ist. Der riesige, rosa leuchtende Pfeil, der den Bewegungen des Monsters folgt, reicht voll aus. Das ist ein seltsames Skorpion-Monster mit zehn Gliedmaßen, dünnen Greifarmen vorne und einem zweiten, humanoiden Körper dort, wo man den Schwanz erwarten würde. Selbst ohne den Pfeil hätte meine jahrelange Kampferfahrung mir die verräterischen Verschiebungen, den Fluss der Schlacht und die Zentren der Aktivität gezeigt, die Dreh- und Angelpunkte. Auf der Seite der Monster steht der Feldboss zwar unter ständigem Beschuss durch eine moderne, futuristische und magische Artillerie, aber der Schaden macht ihm kaum etwas aus. Seine Gesundheitsleiste sinkt nur minimal

Auf der Seite der Menschen gibt es Dutzende kleinerer Aktivitätszentren. Ein Mann mit Cowboyhut marschiert zwischen den Monstern herum und feuert seine Pistolen. Zwei Hunde und ein Tiger laufen unter den Galaktikern Amok, während eine Rothaarige auf einem Greif sie leitet und gelegentlich unterstützt. Zwischen den beiden Angreifergruppen wirbelt eine gepanzerte Person in einer geisterhaften japanischen Rüstung im mittelalterlichen Stil eine Stangenwaffe herum. Zwei Wächter unterstützen sie, einer mit einer silbrigen Metallfaust und ein anderer mit winzigen Schilden, die herumschwirren und gegen Angriffe schützen. Weiter hinten gibt es mehrere Magier, die abwechselnd Zauber wirken und bannen, um die Menschen und ihre Verbündeten zu schützen. Und ich sage Verbündete, da ich zwei Anomalien bemerkt habe.

An einem Ende der Menschenarmee, die den Galaktikern entgegensteht, befindet sich ein Trupp Hakarta. Aufgrund ihrer identischen Rüstungen und der grünen Stoßzähne, die aus den Helmen aufragen, sind sie leicht zu erkennen. Die Hakarta haben eine Reihe von Kraftfeldern an der Front platziert, die von mit Plasmaspeeren bewaffneten Hakarta bewacht werden, während weitere Mitglieder ihres Söldner-Korps Granaten, Zaubersprüche und andere Angriffe über die Abwehrstellung schleudern. Höher auf dem Hügel und hinter der Front mischen sich Scharfschützen und andere Fernkämpfer in das Gemetzel ein.

In einem anderen Bereich der menschlichen Kampflinie nehmen es in Blau und Silber gerüstete Personen in zweieinhalb Meter hohen Mechs mit den Monstern auf. Jeder Mech besitzt das Äquivalent einer Minigun und ballert verzauberte Kugeln mit einer wilden Geschwindigkeit – aber sie halten die Monsterarmee kaum auf. Neben jedem Mech feuern andere Mitglieder des Trupps genauer oder laden Mechs nach. Zwischen den hochaufragenden Metallriesen verwenden kleinere Gestalten Magie und Nahkampfwaffen, um mit den wenigen Monstern fertigzuwerden, die durch die Lücken eindringen.

„Das ist die erethranische Armee dort unten, nicht wahr?", sage ich und deute auf die Gruppe mit den Mechs. Die grüne und gelbe Paspelierung ist auch ein deutlicher Hinweis.

„Ja", antwortet Ayuri.

Ich schneide eine Grimasse und frage mich, was das alles soll – aber ich stelle keine Fragen mehr. Nicht jetzt. Momentan habe ich eine ziemlich gute

Vorstellung der Situation. Ich schätze Entfernungen ab, analysiere mein Mana und melde mich dann zu Wort.

„Und noch etwas. Ich muss ein weiteres Portal borgen ..."

***

Das schwarze Loch öffnet sich im Raum, hoch über der Monsterarmee. Es absorbiert einen Blitzschwall, als ein Zauber nach oben abgelenkt wird. Ich ignoriere es und springe durch das Portal, wobei ich zwei kanalisierte Feuerstürme in Bereitschaft halte. Dann erscheine ich hoch über der Gruppe. Ich aktiviere die Zauber im freien Fall und das Feuer erscheint so schnell, dass sich die Monster unter mir nicht vorbereiten können. Wenn um dich herum Feuer aufwallt, kannst du nur brennen.

Ich falle durch die Flammen und mein Seelenschild verbrennt, da die Flammen seine Integrität schwächen. Ich knalle auf den Boden und springe dann gleich auf die Beine, während ich vorwärts stürme und sich die Erfahrungs-Benachrichtigungen am Rande meines Blickfelds sammeln. Meine Füße stoßen sich vom Boden ab und ich renne auf den nun erreichbaren Feldboss zu. Der Boss brüllt und seine Haut ist durch die Feuerstürme leicht geschwärzt. Seine Gesundheit ist kaum gesunken. Während ich mich noch bewege, fallen vorher abgefeuerter Zaubersprüche und Geschosse und lassen meinen Seelenschild erbeben.

Aqrabuamelu Alpha (Feldboss Level 129)
HP: 13380/15380
MP: 9804/10230
Zustand: Größere Regeneration (IV), Feldvorteil

Ich hasse diese Arten von Monstern. Wirklich. Schlau genug, dass man sie fast als intelligent betrachten könnte, aber ohne das Gewissen und die Moral, um sie zu nützlichen Mitgliedern der Gesellschaft zu machen. Sie setzen Magie und Wildheit mit gleicher Leidenschaft ein, obwohl ihre Zaubersprüche eher angeborenen Fertigkeiten ähneln. Der Aqrab starrt mich an und seine Finger bewegen sich, als der humanoide Teil beginnt, einen Zauber zu wirken. Ich werfe mich instinktiv zur Seite, als ein regenbogenfarbiger Strom an meinem Körper vorbeirast. Während ich mich auf die Beine rolle, schleudert der vordere Körper einen anderen Zauber aus seinen dünnen, seltsamen Handtentakeln.

Versetzungsschritt. In der nächsten Sekunde stehe ich neben dem vorderen Körper und mein Schwert hackt in einen dünnen Arm. Es trifft und erzeugt kaum einen Kratzer, aber das geht in Ordnung – die folgenden, vom Skill generierten Klingen sind bereits unterwegs. Frostklinge reagiert sobald eine Klinge den Körper berührt und startet einen Kältezauber auf den Boss, der verlangsamt wird, während ich mich bewege. Nach einer Körperdrehung rolle ich über seinen breiten Rücken, wobei eine Hand den Zauber Schlammwall erzeugt, der vom Boden her nach oben fließt. Gleichzeitig schleudere ich einen zweiten Schlag auf den hinteren Körper.

Das Monster faucht und lehnt sich zurück, um dem Angriff auszuweichen. Währenddessen versucht es, sich aus den Schlammwällen zu befreien. Da der Boss durch die Bewegung meiner Klingen und die Schlammwälle gefangen ist, lasse ich das Schwert aus meiner Hand verschwinden, richte beide Hände auf den Monsterkörper und wirke Infernostrahl. Plasmafeuer schießt hervor und bohrt zischende Löcher in den Körper, als ich an seinem Torso entlanggehe. Bevor ich kanalisieren und seinen Körper zerreißen kann, kommt seine Verstärkung an und ich muss den Zauber vorzeitig abbrechen.

Eine Löwen-Mutantin, schlank und mit goldenem Fell, stürzt sich mit geöffnetem Maul auf mich, wobei eine grüne Flüssigkeit von den Fangzähnen tropft. Eine Sekunde lang kann ich in ihren Schlund schauen. Fleischfetzen hängen von nadelscharfen Zähnen, die so groß wie Dolche sind. Dann erwischt meine Hand das Monster unten am Hals und ich schleudere es zu Boden, wobei das Knacken der Knochen auf dem gesamten Gefechtsfeld zu hören ist. Ein Tritt nach hinten erledigt ein weiteres Monster, bevor ich den Löwen in eine andere Gruppe werfe. Selbst wenn der angerichtete Schaden nicht groß ist, stellt das eine deutliche Machtdemonstration dar. Vor allem wenn meine Aura der Ritterlichkeit voll aktiviert ist und die Aufmerksamkeit aller auf mich zieht.

Eine weitere Lektion, die ich auf dem Planeten gelernt habe? Manchmal kommt es weniger auf den Schaden als auf die Kontrolle des Schlachtfelds an. In früheren großen Schlachten hatte ich mich darauf konzentriert, möglichst viele Feinde möglichst schnell zu töten. Aber jetzt habe ich ein anderes Ziel. Mit einem Fußtritt stoße ich mich vom Feldboss ab, als dieser eine Reihe gelenkter Blitze aus reinem Mana abfeuert. Nachdem ich vor ihm auf dem Boden lande, absorbiere ich einige dieser Angriffe.

Ich packe seinen vorderen Arm und halte ihn fest, während ein Kick nach oben den Körper aufgrund meiner durch das System vergrößerten Stärke aufwärts wirft. Denn die Punkte verweisen nicht nur auf eine Änderung meiner körperlichen Stärke, sondern auch darauf, wie ich diese Stärke in der echten Welt manifestieren kann. Und ich hatte viel Übung dabei, diese Punkte richtig einzusetzen. Die Kreatur fliegt in die Luft und wird nur von meinem Arm gehalten. Dann tanze ich und schwinge den riesigen Feldboss wie einen Knüppel, während mein Seelenschild unter den wiederholten Sekundärangriffen nachgibt.

Blut fließt und kleine Kratzer und Schäden häufen sich, als der Boss Zauber um sich wirft und Geschosse um uns herum auftreffen. Aber der Rammbock des Feldbosses räumt einen breiten Bereich um mich frei, der immer breiter wird, während ich durch die Menge renne. Unterwegs verwende ich meine schwebenden Schwerter, um das Gemetzel noch zu intensivieren. Ich sorge für Störung und Verwirrung, breche die Kampfmoral und die Formationen, während ich Schaden wirke und Hindernisse aufwerfe.

Zunächst ist die Änderung klein, als mein plötzliches Erscheinen den Kampfwillen der Menschenarmee stärkt. Dann bemerke ich die Ablenkung und den Schaden an den Helfern des Bosses, wodurch Befehle und unterstützende Aktionen verschwinden, die stattfinden sollten. Schwächen in der Monsterlinie werden zu Durchbrüchen, da Verstärkungen nicht ankommen. Und da der Feldboss jetzt keinem mehr weitere Befehle erteilen kann, werden die Monster noch mehr aufgespalten. Schlammwälle behindern Bewegungen und Polarzonen beschädigen und verlangsamen empfindliche Monster, die herumlaufen. Lücken erscheinen und werden größer. Die erfahrene Menschenarmee reagiert darauf und greift Elite- und Alpha-Feinde entschlossen an. Es ist ein Wasserfalleffekt.

Aber nicht alles läuft so, wie ich es will. Nach einer Minute wird der Aqrab aktiv und schneidet den eigenen Arm ab, um sich zu befreien. Durch die Fliehkraft wird sein Körper dadurch weggeschleudert. Es dauert etwas, bis ich mich wieder zu ihm vorkämpfe, wobei ich diverse Monster zerschlage und meinen Körper heile, während ich mich dem Boss nähere. Statt den Angriff zu wiederholen, wechsle ich zum Monsterbowling und benutze als Kugel den robusten Feldboss, um die Frontlinien zu zerschmettern.

Aus dem Augenwinkel sehe ich, dass Ali neben mir voranstürmt, wobei sein Geisterkörper vollständig materialisiert ist. Er trägt immer noch seinen orangefarbigen Jumpsuit, aber um seine Hand tanzt nun Magie. Durch unsere Verbindung kann der Geist das ganze Spektrum an Zaubern nutzen, die ich erlernt habe, sowie einige angeborene Zaubersprüche und Fähigkeiten. Aber er konzentriert sich vor allem auf Verbesserte Manarakete, Verbesserter Blitz und gelegentlich Schlammwall, während er mich ständig mit Heilzaubern stärkt. Zusammen wüten wir in den hinteren Linien der Monster und verursachen Tod und Verletzungen, während die Gesundheit des Feldbosses ganz langsam sinkt.

„Junge, dein Mana steht bei einem Viertel", erinnert mich Ali in Gedanken.

Ich fauche, hebe ein Monster hoch und werfe es zur Seite, bevor ich ein anderes aus dem Weg kicke. Dann konzentriere ich mich und leere das in meiner Mana-Armschiene gespeicherte Mana. Es ist an der Zeit, das Ganze zu beenden. Eine nashornähnliche Kreatur stürmt auf mich zu und zertrampelt dabei ein kleineres Monster mit einem Rückenpanzer, das ihm im Weg steht. Ich muss dabei grinsen.

„Gerade rechtzeitig."

Nun denke ich an etwas anderes und zähle die Sekunden herunter, während ich eine weitere Kreatur zerhacke. Eine Sekunde, zwei, dann springe ich hoch, wobei meine Füße das Horn des anstürmenden Monsters leicht berühren. Ein weiterer Stoß mit den Füßen und ich bin in der Luft, wobei das wütende Brüllen und der Angriff der Kreatur mir zusätzlichen Schwung geben. Ich lache, und die Kampfeslust strömt durch meinen Körper. Bei den Göttern, ich hatte vergessen, wie viel Spaß es macht, niedrigstufigere Monster zu vermöbeln.

In der Luft wirble ich herum und finde den Feldboss, der sich von meinen letzten Kegelversuchen erholt hat und davonläuft. Währenddessen manifestiert er einen weiteren Zauber und seine Hände bewegen sich im Einklang, während ein seltsamer, lauter werdender Gesang das Schlachtfeld erfüllt. Leider dauert es eine Weile, bis Zaubersprüche sich manifestieren. Je mächtiger ein Zauber ist, umso länger dauert das – abhängig von Skills und Fähigkeiten – weshalb ich im Kampf meist einfachere Zaubersprüche einsetze. Wenn ich keine Skills nutze. Denn Skills erfordern nur einen Moment lang Konzentration und Willenskraft.

Um mich herum erscheint ein Dutzend identischer Kopien meines Schwerts. Ich hebe die Hand und mein ursprüngliches Schwert leuchtet, während ich es nach unten richte. Diese Bewegung wird von einem Dutzend Klingen wiederholt und Strahlen konzentrierter Energie rasen durch die Luft und treffen den Feldboss. Einige Monster haben das Pech, dem Angriff in den Weg zu kommen und werden wie nasses Zeitungspapier zerfetzt. Jede verstärkte Energieklinge, deren Durchdringungskraft dank meiner neuen Meister-Fertigkeit verdoppelt wurde, reißt sich durch das Monster. Lange Risse erscheinen auf dem Körper des Aqrab, und ein Angriff erzeugt Tausende von Schadenspunkten.

Einzelkämpfer-Armee. Der Name des verdammten Skills sagt alles.

Ich lande grinsend auf dem Boden und marschiere vorwärts, während der Aqrab Mühe mit dem Stehen hat – ein Paar Beine sind so schwer beschädigt, dass eines davon neben ihm auf der Erde liegt. Blut tropft aus seinen Wunden und erzeugt einen Schwefelgeruch, obwohl die Stärkungszauber versuchen, den Schaden zu heilen.

Dank meiner Aura und des Schocks, ihren Anführer fast geplättet zu sehen, greift mich keines der anderen Monster an, als ich die elende Kreatur mit einem letzten Schwertstich erledige. Sobald der Feldboss schließlich stirbt und zu Boden fällt, läuft eine Welle durch die Monstermenge. Ihre Formation bricht auf und sie fliehen, da sie hier nichts mehr bindet.

In ihrer Angst vermeiden die Monster, mir nahe zu kommen und machen einen großen Bogen um die Leiche des Feldbosses und mich. Es ist keine

Überraschung, dass meine Freunde kurz danach ankommen. Zuerst kommt natürlich Lana, die Rothaarige, die auf ihrem Greif über den Monstern flog. Der Greif landet und lädt seine kurvenreiche Pilotin in einer Sandwolke ab.

Ohne ein Wort zu sagen, umarmt mich die Rothaarige ganz fest. Ich erwidere die Umarmung, während der Rest der Gruppe näher kommt. Bald sind meine übrigen Freunde hier – mein Team. Während das Gefecht um uns herum weitergeht und die restlichen Monster eliminiert werden, halten wir unser erstes Treffen seit vier Jahren ab.

Ich muss einfach grinsen, als sie sich um mich drängen und meine Augen die Änderungen bei ihnen sehen. Die neuen Falten in den Gesichtern, die größere Zuversicht in der Körperhaltung, die viel längeren Gesundheits- und Manaleisten. Das große, breite Grinsen auf den Gesichtern. Ich nehme all das wahr und genieße den Moment, bevor ich schließlich etwas sage.

„Warum habt ihr so lange gebraucht?"

Kapitel 3

Es dauert nicht lange, nach dem Feldboss aufzuräumen. Die Hakarta und die erethranische Armee helfen, die Monsterleichen zu beseitigen und stapeln sie auf, damit sie später abtransportiert und gereinigt werden können. Interessanterweise wird die Beute etwas anders als sonst verteilt, da sich jeder in einer armeebasierten Supergruppe befindet, was das Ganze erleichtert. Alles wird gelagert und später aufgeteilt, anstatt dass alle die Leichen finden müssen, für die sie verantwortlich sind.

Die Galaktiker, gegen die wir kämpften, gaben auf, als der Feldboss fiel und ihr Interesse verschwand wie das Leben der Kreatur. Es dauert etwas, das zu erklären, aber anscheinend war die gesamte Schlacht eher ein ritualisierter Wettbewerb als ein verzweifelter Kampf um Ressourcen. Nach dem Tod des Feldbosses ist es sinnlos, den Kampf fortzusetzen, und die Galaktiker strecken die Waffen. Sie helfen unseren Leuten, die Leichen ihrer Gefallenen aufzuheben und looten die Leichen der Monster, die sie getötet haben. Dennoch bemerke ich, dass wir vor allem Erethraner mit ihnen interagieren lassen. Das ist nicht besonders überraschend – die Galaktiker sind wohl mehr daran gewöhnt, von einem heftigen Gefecht zu einer nichtaggressiven Haltung zu wechseln, als wir Menschen das wären.

Mit Ausnahme der Zeit, in der ich auf Lanas Bitte hin die Beute des Feldbosses einsammle, bin ich mit anderen, menschlicheren Dingen beschäftigt. Ich habe sogar kaum Zeit, mehr als nur beiläufig zu erwähnen, dass ich im Level aufgestiegen bin.

„Ja, ich lebe."

„Nein, es war nicht möglich, zu kommunizieren. Es gab nur einen Shop, der nicht voll funktionsfähig war."

„Ja, ich habe meine Meisterklasse erhalten."

„Nein, ich kann nicht sagen, wo das war."

„Ja, es war schwer. Ich habe euch auch vermisst."

„Ja. Ich musste mich so in Szene setzen."

„Ja, ich habe eure neuen Levels gesehen. Herzlichen Glückwunsch mal zehn. Oder zwanzig."

„Nein, ich war noch nicht in Vancouver."

Und so weiter und so weiter. Die lauten Fragen, die Ausrufe der Überraschung und der Freude, die hastigen Antworten und Erklärungen decken die nächste Stunde ab, bis wir schließlich unser provisorisches Lager erreichen. Die Tatsache, dass das Lager gut organisiert ist und aus fast dauerhaft wirkenden Gebäuden besteht, die durch Skills und Zauber erbaut worden sind, überrascht mich weniger als die reine Größe.

Die Gespräche und Fragen gehen weiter, während wir die Kantine betreten und uns um zwei Picknicktische mit einem umfangreichen Büfett versammeln. Nun kommen auch Amelia und Mike, während andere, die ich kaum kenne – wie die Leute aus Calgary und Seattle – uns nach einer kurzen Begrüßung alleine lassen. Selbst dann bemerke ich einige neugierige Blicke in meine Richtung, aber niemand drängt sich auf.

„Kommt mir das nur so vor, oder schmeckt das echt gut?", frage ich, während ich einen Mund voll köstlichem gegrillten Monster habe. Es ist eine Mischung aus dem saftigen Genuss von Rindfleisch und dem intensiven Geschmack von Lamm, mit einer leckeren Mischung aus Gewürzen, die Schärfe und Säure bieten.

„Es schmeckt wirklich gut", antwortet Mikito mit einem Lächeln. Die Samurai-Kriegerin ist in den vier Jahren unglaublich weit gekommen und hat nun Level 41 ihrer Klasse. Das ist ein fantastischer Aufstieg, und wahrscheinlich der größte Sprung, den ich in der Gruppe gesehen habe – selbst, wenn sie von anderen unterstützt wurde und vollen Zugriff auf die Quests und Shops einer Dungeonwelt hatte.

Ich habe das Gefühl, dass ich um viel Erfahrung betrogen wurde, obwohl ich mich mit dem Gedanken tröste, dass das nur zeitweilig ist. Früher oder später „verdiene" ich mir das alles wieder.

Natürlich hilft es sicher, dass die zierliche Japanerin in den letzten vier Jahren an vorderster Front gekämpft und eine Last auf sich genommen hat, die eigentlich für mich bestimmt war. Ihr Titel ist ein gutes Zeichen dafür, wie wichtig meine Kameradin geworden ist.

Titel: Speer der Menschheit

Die Inhaberin dieses Titels hat unter den Resten der Menschheit Ruhm und Popularität gewonnen, da sie bei der Verteidigung der Erde Heldentaten gegen Monster, Mitgliedervölker des Galaktischen Rats und andere Menschen vollbracht hat.

Wirkung: Inhaberin dieses Titels erhält einen Bonus von 15 % auf alle Werte, wenn sie Menschen verteidigt oder sich auf der Erde befindet. +10 % Erfahrungsbonus auf der Erde. Menschen erleiden eine Schwächung von -10 % auf Attribute, wenn sie die Inhaberin dieses Titels angreifen.

Ich muss zugeben, dass ich auf den Titel echt neidisch bin. Was die Boni betrifft, ist das einer der imposantesten Titel, die ich je gesehen habe. Aber die Tatsache, dass er vermutlich einzigartig ist und auf weltweitem Ruhm basiert, hat viel damit zu tun, so wie ich das System verstehe. Schließlich nimmt das System, dieser verdammte Blutsauger, meist von den Massen und fördert das Individuum. Und sich selbst natürlich.

„Wir bringen auf diese Feldzüge oft mehrere Chefköche mit", sagt Lana und deutet zu den Kochstellen.

Ich muss blinzeln, da sich mir der Kopf dreht, wenn ich an den Kontrast zwischen unserer improvisierten Kampagne vor vier Jahren, die meist

Mitglieder der Kampfklassen enthielt, und dieser eleganten Angelegenheit denke.

Als ob sie meine Gedanken lesen könnte, ergreift Lana das Wort. „Da sie Teil der offiziellen Kampfgruppe sind und einen echten Dienst leisten, erhalten sie einen Anteil der Erfahrung, um im Level aufzusteigen. Und die Verwendung exotischer Fleischsorten steigert auch ihren nicht kampfrelevanten Skill-Level."

„Es ist eine ziemlich häufig verwendete Methode", fügt Ali hinzu, der hinter einem fünf Teller hohen Stapel Essen sitzt. In seiner größeren Form scheint der Geist beschlossen zu haben, sich den Bauch vollzuschlagen. Irgendwie schafft er es, mehr als doppelt so viel wie jeder andere zu essen. Und das ist beeindruckend, wenn man bedenkt, dass wir fast alle zu den Kampfklassen gehören. „Es gibt auch einige Handwerker im Lager, die sich nützlich machen. Sie erhalten Erfahrung, können sich was aus der Beute aussuchen und haben Arbeit. Mit Ausnahme einiger Gruppen – wie den Erethranern – machen das viele bei großen Kampagnen so. Das ist auch billiger, da man die Idioten jederzeit feuern kann."

„Verstehe", sage ich zu Ali und blicke Lana an. Ich frage mich, ob das auf meine Steigerung bei Charisma und Wahrnehmung zurückzuführen ist, oder dass ich seit meiner Rückkehr besser aufpasse, aber ich habe einige Dinge bemerkt. Die Umarmung. Die Tatsache, dass sie nahe bei mir sitzt, aber auf der anderen Seite des Tischs. Dass sie weniger sagt und mir nicht direkt in die Augen schaut. Mein Bauchgefühl kennt die Antwort, auch wenn ich das noch nicht akzeptieren will. Aber jetzt unterdrücke ich diese Gedanken erst einmal. „Wo ist denn der Rest des Teams?"

Schweigen senkt sich über den Tisch. Amelia und Mike, die ehemaligen Mounties, die jetzt Wächter sind, starren Lana wortlos an und zwingen sie praktisch dazu, mir zu antworten.

„Ingrid arbeitet nicht mehr ausschließlich mit uns. Sie ist hier und da und spielt die Söldnerin und Assassine. Sie bezeichnet diese großen Schlachten als Idiotenlinien. Carlos ist wieder in Vancouver. Er hat sich vor einem Jahr aus dem Kampf zurückgezogen, nach Beijing, und leitet jetzt eine Alchemiefirma. Er kommt noch gelegentlich, aber seine Frau–", dabei wirft Lana Mikito einen Blick zu, die so tut, als ob sie das nicht bemerken würde. „Na ja. Er hat zu tun. Sam ... den haben wir bei Beijing durch ein Attentat verloren."

Ich zucke zusammen und blicke nach unten. Verdammt. Ich mochte den alten Mann. Nach einem Moment blicke ich Lana in die Augen und frage leise: „Wer sonst?"

Die Liste folgt schnell. Manche habe ich seit unserer Reise in die USA nicht mehr gesehen. Menschen aus Whitehorse und British Columbia, Namen und Gesichter, die ohne große Mühe aus den Tiefen meines Gedächtnisses aufsteigen. Viele sind nur eine kurze Erinnerung. Älteste Badger aus Carcross – im Schlaf gestorben. Chetan, der Heiler-Magier aus Seattle, wurde von einem Kämpfer der Meisterklasse in Austin in Stücke gerissen. Aron Hauser, der Yerrick, der in einem Dungeon fiel, welcher über seine Ressourcen hinausgewachsen war. Mehr Namen, mehr Gesichter. Weniger als ich befürchtet hatte, aber dennoch zu viele. Manchmal erwähnen sie andere, an die ich mich nicht erinnere, Personen, die ihre Freunde wurden und dann starben. Aber irgendwann gehen ihnen die Namen aus.

Vielleicht liegt das an der kompletten Liste der Toten. Vielleicht ist es die Erinnerung daran, was passiert ist und welche Verluste sie erlitten haben. Oder vielleicht ist es nur die Erkenntnis, dass trotz all der Ereignisse, alle der gemeinsam bestandenen Gefahren unsere Zeit zusammen letztlich kurz war. Kürzer als die Zeit, die ich weg war. Es ist viel geschehen, viel ging verloren, und ich war nirgends auffindbar. Ich bin in ihrem Leben ein Fremder.

Eine ernste Stimmung legt sich über den Tisch, die sich noch vertieft, als meine Freunde nacheinander erzählen, was in den letzten Jahren passiert ist.

Der am wenigsten überraschende Aspekt ist wohl, dass sich nach meinem Verschwinden die Offensive zur Befreiung der Menschenstädte schließlich verlangsamte. In den ersten sechs Monaten gab es noch beträchtliche Vorstöße in den Vereinigten Staaten, aber im Laufe der Zeit wuchs der Widerstand. Viele der Großmächte, die sich bisher zurückgehalten hatten, wurden nun aktiv. Sie kauften Siedlungen von anderen Galaktikern – und in einigen Fällen von Menschen – und transportierten dann ihre Bevölkerung in großer Anzahl hierher. Und es kamen keine Mitglieder der Basisklassen, sondern Schwärme von Fortgeschrittenen Klassen und einige Meister.

Um die sich ständig beschleunigenden Verstärkungen der Galaktiker zu bekämpfen, entwickelten Miller und das Team eine opportunistische Methode zur Unterstützung von Siedlungen. Sie setzten kleinere, spezialisierte Teams von Menschen ein, mit Hilfe der Erethranischen Armee und der 36. Division der Hakarta. Eine Reihe begrenzter Kampagnen konzentrierte sich auf Siedlungen, die auf die Befreiung warteten. Darüber hinaus stieß natürlich Millers kombinierte Armee weiter nach Osten vor.

Leider schwächte jede Schlacht die Armee, und die Verluste nahmen ständig zu. Jede eroberte Siedlung benötigte Wachen, die sie schützen und ausbauen konnten. Es gab kaum Verstärkungen, da nur wenige Leute aus anderen Orten kamen. Der Wendepunkt in den USA ereignete sich, als wir Denver innerhalb von zwei Wochen verloren – und wieder eroberten. Statt weiter vorzustoßen, beschloss Miller die Offensive anzuhalten und die neu eroberten Siedlungen zu trainieren und zu verstärken. Während der Guerillakrieg fortgesetzt wurde – bis heute – sind die Ergebnisse immer weniger positiv. Wir scheinen uns daher in einem Kalten Krieg mit den verbleibenden Galaktikern zu befinden.

Auf einer persönlichen Ebene gehören alle meine Siedlungen immer noch mir und florieren. Dank der fähigen Verwaltung von Lana, Kim und Katherine ist die Westküste Kanadas sogar zu einem wichtigen Levelaufstiegs-Zentrum geworden. Da wir ein Handels- und Transportabkommen mit Roxley abgeschlossen haben und eine der wenigen „sicheren" Überlandrouten nach Alberta und anderen hochstufigen Zonen im Yukon bieten, wanderten sogar viele Menschen aus den USA nach Norden. Während Alberta und die Prärie-Provinzen nun – größtenteils – befreit sind, führten die Verluste und die Verzögerungen bei der Einrichtung von Städten zu einer niedrigeren Wachstumsrate.

Leider hat uns ein Bündnis zwischen zwei galaktischen Großmächten daran gehindert, die meisten Bevölkerungszentren von Ontario einzunehmen. Ihre brutale Taktik, einschließlich des Massakers und der Umsiedlung der gesamten Bevölkerung von Montreal, hat uns gezwungen, unseren Vormarsch zu stoppen. Ein ständiger Strom von Flüchtlingen und befreiten Leibeigenen flieht nach Westen, wodurch die Präriestädte Vergeltungsangriffen ausgesetzt sind, weil wir diese Menschen aufnehmen. In der Zwischenzeit trainieren die von Lana gesammelten Kampfeinheiten in ritualisierten Kämpfen, wie der eben abgeschlossenen Schlacht, und sie steigen dadurch im Level auf.

Was die Staaten betrifft, sind sie so politisch gespalten, dass man nicht mehr von den Vereinigten Staaten sprechen kann. Stattdessen haben die Westküste, der Süden – einschließlich großer Teile von New Mexico und Texas – und das Gebiet um Washington, DC drei separate Blöcke gebildet, die aus befreiten Menschenstädten und einigen verbündeten galaktischen Siedlungen bestehen. Sie bezeichnen sich als Varianten der „legalen" Regierungsvertreter und es gibt regelmäßig Verhandlungen darüber, das Land wieder zusammen zu flicken.

Was den Rest betrifft, die Gebiete in der Mitte, gehören deren Siedlungen meist den Galaktikern, mit einigen verstreuten Bandenchefs der Menschen und von Monstern infizierten Dreckslöchern dazwischen. Die Truinnar machen momentan den größten Teil der Besitzer in Nord- und Südamerika aus. Das hat unsere eigenen Siedlungen in eine interessante politische Position gebracht, mit Freunden auf beiden Seiten.

Global gesehen ist die Lage etwas weniger deprimierend. Vielleicht aufgrund ihrer großen Bevölkerungszahlen gelang es Indien, Brasilien, Pakistan, Japan, Nigeria, Korea und China, die Kontrolle über die meisten ihrer Städte zu behalten. Natürlich wurden viele der uns bekannten Grenzen umgeändert, und zahlreiche größere Länder haben sich in kleinere aufgespalten. Örtliche Bandenführer herrschen über vier, fünf oder sechs Städte mit verschiedenen Gesetzen und Vorschriften. Es ist nicht überraschend, dass die Verhandlungen fortgesetzt werden, während Visionäre und Despoten versuchen, größere Länder zu bilden.

Obwohl Europa eine hohe Bevölkerungsdichte hatte, schien sich die starke Präsenz von Galaktikern dort negativ auszuwirken. Niemand weiß warum, aber viele große galaktische Konzerne beschlossen, dass Westeuropa ein wunderbarer Ort für eine Zweigstelle war. Menschen wurden insgesamt nur zu Schachfiguren und mussten fliehen, wenn die Galaktiker gegeneinander kämpften. Vor allem die Movana besitzen einen beträchtlichen Teil Westeuropas. Im Gegensatz zu unseren heftigen, brutalen Gefechten scheinen die Galaktiker kleinere, ritualisierte Kämpfe zu bevorzugen. Mike erzählt mir gerne, wie Eindhoven durch ein Duell zwischen zwei Individuen der Meisterklasse gewonnen wurde, nach dem beide Parteien schwer mitgenommen, aber noch am Leben waren.

Ironischerweise hat die erhöhte Zahl europäischer Flüchtlinge in Nordafrika geholfen, die menschlichen Siedlungen dort zu stabilisieren, so dass wir in dieser Region mächtige Helfer haben. Dorther kommen sogar viele Mitglieder unserer Armee. Abgesehen davon ist Afrika ein Mischmasch aus Siedlungen und Interessengruppen, mit wenigen „Machtblöcken", die mehr als ein halbes Dutzend Städte kontrollieren. Aber Afrika ist ein großer Kontinent, und auch wenn Teile leer sind, haben sich einige wichtige Regierungen entwickelt. Erschreckend ist allerdings, dass Afrika einige der größten Konzentrationen hochstufiger Kämpfer der Welt besitzt.

Und Australien … na ja, je weniger man über diesen elenden Kontinent sagte, desto besser. Er hat seinem Ruf als der giftigste Kontinent wirklich alle Ehre getan. Die wenigen Menschen, die es dort noch gibt, überleben nur mit Müh und Not.

„Also im Grunde sind die Menschen einfach Menschen, und keiner schließt sich zusammen?", sage ich und verziehe das Gesicht. Wir vereinen uns zwar kurzfristig, aber über längere Zeit hinweg siegt die Selbstsucht.

„Nicht ganz. Es haben sich einige Gruppen gebildet", sagt Lana und seufzt. „Da die planetare Wahlplattform jeden Monat stattfindet, hat dies gewisse Gruppierungen auf höherer Ebene nötig gemacht. Einige der Interessengruppen sind geographisch ausgerichtet, andere basieren auf Champions."

„Champions?"

„Leute wie unsere kleine Mikito", sagt Lana und neigt den Kopf, während Mikito vor Verlegenheit leicht errötet. „Leute, die berühmt genug geworden sind, um einen bedeutenden politischen Machtfaktor darzustellen."

„Ich habe nichts mit Politik zu tun", grummelt Mikito und deutet auf Lana. „Sie spielt auch eine Rolle."

„Nur wegen Johns – deiner – Siedlungen", betont Lana. „Und darüber müssen wir reden."

„Das werden wir", versichere ich der Rothaarigen. Es gibt so viele Bereiche, in denen ich aufholen muss. So vieles, das ich verstehen muss. Wir haben andere, mich verwirrende Fakten noch gar nicht erwähnt, wie die Anwesenheit der erethranischen Armee.

Aber bevor wir tiefer in die Vergangenheit vorstoßen können, unterbrechen uns andere. Auch wenn sie meine Freunde sind, sind sie doch auch bedeutende Personen mit Verpflichtungen. Wichtigen Verpflichtungen, die sie nun lange genug beiseite geschoben haben. Einer nach dem anderen werden sie weggeschleppt, um Probleme zu lösen, die nur sie beheben können. Und schließlich bin ich allein, bis auf Ali.

Schon wieder.

***

„Erlöser." Die tiefe, knurrende Stimme mit britischem Akzent lenkt mich von den Benachrichtigungen ab, die Ali vor mir erscheinen lässt.

Da ich allein bin, wollte ich die wichtigsten Ereignisse der letzten Jahre durchgehen, und Ali hat die relevanten Daten sortiert und mir geschickt. Auch wenn meine Freunde mir einen Überblick gegeben haben, kann in vier Jahren viel passieren.

„Major Ruka." Ich blicke hoch und grinse den großen, hässlichen, stoßzahnbewerten Hakarta an. Meine Güte, ich hatte vergessen, wie hässlich sie aus der Nähe aussehen.

„Colonel inzwischen", sagt Labashi mit einem Anflug von Stolz, während er sich ungefragt neben mich setzt.

„Ah. Herzlichen Glückwunsch. Ist das also hier dein Kommandobereich?", sage ich und neige den Kopf in die Richtung der noch immer aufräumenden Hakarta.

„Ja.“

„Nicht schlecht.“

„Ich wollte vorbeikommen und dir persönlich zu deiner Beförderung und zur Rückkehr gratulieren. Und dir danken. Das zwischen uns geschlossene Abkommen war äußerst lukrativ“, sagt Labashi.

„Mh'sái“, sage ich und winke ab. „Soweit ich weiß, hast du sehr geholfen. Du und die Erethraner.“

Was mir an Labashi besonders gefällt ist seine Intelligenz. Er versteht die Anspielung sofort. „Ms. Pearson und General Miller haben das nach deinem Verschwinden arrangiert. Die Erde ist jetzt ein offizielles Trainingsgelände der erethranischen Armee. Die Erde – dein Volk – ist für die Gebühren der Langstrecken-Teleportation der Armee verantwortlich. Die Armee wiederum unterstützt uns in derartigen Gefechten.“

Aha. Ich überlege mir, wie das abläuft. Ich bezweifle, dass die Erethraner völlig unter der Kontrolle unserer Leute stehen – so ein Abkommen wäre für sie unsinnig – aber ich stelle Labashi in dieser Hinsicht keine Fragen. Er weiß das wahrscheinlich nicht, und wenn er es wüsste, würde er es mir wohl kaum sagen. Schließlich habe ich eine viel bessere und zuverlässigere Informationsquelle, und seine Enthüllung derartiger Daten würde als unhöflich betrachtet werden. Niemand hat es gern, wenn seine Verbündeten einen bespitzelten.

„Und dein Vertrag ...“, sage ich, um mehr zu hören. Ich will die Details erfahren.

Labashi grinst mich an und lehnt sich vorwärts, und plötzlich erinnere ich mich an unser erstes Treffen vor so vielen Jahren. Aber diesmal befinden wir uns endlich auf Augenhöhe, da unsere Levels fast identisch sind und beide etwas haben, was der andere will.

Eineinhalb Stunden später findet uns Lana, als unser Gespräch fast vorbei ist. Der neue Vertrag ist zur Inspektion bereit, so dass die letzten Details festgelegt werden können. Diesmal lasse ich mich nicht von Labashi zur Unterschrift drängen – Leute wie Lana und Katherine können nun unser neues Abkommen genau durchgehen. Dennoch dürften die grundlegenden Ideen in Ordnung sein – stärkere Präsenz der Hakarta in unseren Städten, ihr Einsatz als zusätzliche Wachen im Austausch gegen kleinere Zugeständnisse bei Gebäuden, Zugang zu Dungeons – von denen wir jetzt vier besitzen – und natürlich Credits.

Insgesamt bin ich sehr mit mir zufrieden. Bis Lana zu mir kommt und mich wütend anstarrt.

„John. Wir müssen reden."

***

Wir gehen aus dem Lager hinaus, wobei angespanntes Schweigen herrscht. Ali war schlau genug, in dem Moment zu verschwinden, als Lana erschien. Natürlich schwebt er direkt neben mir, in voller Größe – was übrigens ziemlich erschreckend wirkt – aber Lana kann ihn nicht sehen. Während wir an den ersten Wachen vorbeikommen, öffne ich schließlich den Mund. „Lana–"

„Noch nicht", sagt Lana abrupt.

Ich folge ihr mit zusammengekniffenen Lippen, während wir in die dunkle Wüste gehen, deren Temperatur bereits sinkt. Im Schatten sehe ich gelegentlich Roland und die Hunde, die ausschwärmen, um potenzielle Bedrohungen abzufangen. Ich blicke nach oben, kann aber den Greif nicht sehen – was mich daran erinnert, dass ich über diese Tiere sehr wenig weiß. Die wahren Greife, nicht die durch Mana korrumpierten Legenden, die wir haben. Nach fünf Minuten will ich erneut etwas sagen, werde aber unterbrochen.

Lana hält erst an, als wir mehrere Kilometer von allen weg sind. Sie zieht aus ihrem Inventar ein einfaches Metallzepter und aktiviert es. Trotz der Dunkelheit kann ich die leichte Röte auf ihren Wangen und die Spannung in ihren Schultern sehen.

„Jetzt können wir reden", meint Lana. Als ich den Mund öffne stößt sie einen Finger fast an mein Gesicht. „Was zum Teufel hast du denn da gemacht?"

„Reden–"

„Verhandeln! Mit Labashi", faucht Lana.

„Du sagst das, als ob er ein Feind wäre."

„Er ist ein Söldner. Befreundet, aber ein Söldner", raunzt Lana. „Und du hattest kein Recht, mit ihm zu verhandeln. Absolut keines!"

„Eigentlich–"

„Und komm mir bloß nicht damit, dass du der Eigentümer der Siedlungen bist", knurrt Lana und wedelt mit ihrem Finger herum. Ich kneife die Augen zusammen, da mir bei ihren Worten die Wut aufsteigt. „Du warst vier Jahre weg. Vier! Wir haben uns an deiner Stelle um alles gekümmert. Die Verhandlungen. Die Politik. Die endlosen Meetings und Attentatsversuche. Und du hast dich nicht ein einziges Mal bei mir gemeldet!"

Ich öffne den Mund, um zu protestieren, zurückzubrüllen. Aber am Ende gibt es ein kurzes Zögern in ihren Worten, als ob sie einen Schluckauf hätte. Ich starre sie an und mein Zorn verklingt, da ich nun plötzlich verstehe, was los ist. Dann trete ich näher an sie heran, ignoriere den Finger und umarme die Rothaarige fest. Sie wehrt sich zunächst, aber ich war schon immer stärker als sie. Und schließlich hört sie auf und weint einfach. Ihre Fingernägel bohren sich in meinen Rücken, während sie schluchzt.

„Verdammt, du... Ach verdammt ...“

Schließlich hat sich Lana wieder unter Kontrolle und drückt heftiger gegen mich. Ich lasse sie los und sie macht einen Schritt rückwärts und starrt mich lange an.

Ich muss einfach lächeln. „Du wirst mir keine runterhauen, oder?“

„In dem Fall würde das meiner Hand mehr wehtun als deinem Gesicht“, knurrt Lana. „*Baka.*“

Ich muss lachen und bin froh, Mikitos typische Beleidigung für mich zu hören. Als Lana wieder seufzt, den Kopf schüttelt und weiter zurückgeht, erkenne ich, dass es fast Zeit für das echte Gespräch ist.

„John ...“, sagt Lana zögernd.

„Ich weiß. Du hast jemand anderen“, sage ich leise. Ich spüre einen aufblitzenden Schmerz, eine tiefe Qual in meiner Brust und im Magen, die ich rücksichtlos unterdrücke. Nicht jetzt. „Kenne ich die Person?“

„Nein. Wir sind uns in Südamerika begegnet ...“

Ich schüttle den Kopf. „Wenn es dir nichts ausmacht, will ich das gar nicht wissen. Momentan nicht.“

Lana wirkt einen Moment gekränkt, aber dann glättet sich ihr Gesicht und sie nickt zustimmend. „Was Labashi betrifft. Das hättest du wirklich nicht tun sollen. Er ist ein Freund, und eure Abmachung ist nicht schlecht. Aber es geht um mehr, als dir klar ist. Es gibt Gruppierungen, die diesen Bereich wollen und brauchen.“

Ich lasse mir ihre Worte durch den Kopf gehen und seufze. Sie hat recht. Ich hatte versucht, das während der Verhandlungen in Betracht zu ziehen, aber Ali verfügt wohl über deutlich weniger Informationen als sich in Lanas Kopf befinden.

„Tut mir leid. Aber ich habe den Vertrag noch nicht unterschrieben", sage ich und schicke ihr die Details mit einer Handbewegung. „Ich bin sicher, dass wir ihn, wenn nötig, modifizieren können."

„Das wird nötig sein", murmelt Lana und starrt das Dokument eine Sekunde lang an, bevor sie die Benachrichtigung verschwinden lässt. „Es ist ... später. Ich kümmere mich später darum."

„Und die Siedlungen ..." Ich überlege, was ich sagen soll. Schließlich entscheide ich mich für die einfachste Option. „Danke."

„Gern geschehen" Lana starrt mich einen Moment an, dann kommt sie näher und umarmt mich fest, wobei sie in meine Brust murmelt: „Ich bin froh, dass du wieder da bist."

„Das bin ich auch."

***

Danach reden wir über andere Dinge, damit ich auf dem neuesten Stand bin. Selbst wenn unser Leben sich um das System und die dadurch ausgelösten Änderungen dreht, haben wir immer noch ein Leben. Hoffnungen und Träume. Oder zumindest hat Lana das – und sie spricht am meisten: Geschichten über Freunde, Änderungen in den Siedlungen und Bekannte. Ich finde heraus, dass Jason und Rachel jetzt drei Kinder haben, und dass die Knirpse unglaublich süß sind. Den Videos nach zu schließen, müssen all drei Kinder extrem hohes Charisma haben, das schwöre ich.

Ich erfahre viel über die Welt, die ich zurückgelassen habe, die Änderungen und das Wachstum der Siedlungen. Und vielleicht noch etwas – wie stolz Lana auf die vergrößerten und verbesserten Siedlungen ist. Vancouver ist deutlich angewachsen und wird bald eine Großstadt sein.

Die Stunden vergehen schnell und ich vergesse beinahe die letzten Jahre und habe das Gefühl, dass es fast wieder wie vorher ist. Aber es gibt jetzt eine Kluft zwischen uns, eine Änderung in unserer Beziehung, auf die keiner von uns eingehen will. Wenn ich daran denke, spüre ich einen dumpfen Schmerz im Herzen, aber er ist dumpf. Vielleicht habe ich das immer gefürchtet, immer so etwas nach meiner Rückkehr erwartet. Oder vielleicht habe ich den Schmerz einfach unterdrückt.

Wir unterhalten uns und trennen uns dann, als wir der zweiten Gruppe von Wächtern begegnen, die uns kurz zunicken. Lana geht tiefer in den Gebäudekomplex hinein, während ich am Rande bleibe und mir unterdrückte Gedanken und Emotionen durch den Kopf wirbeln.

Rein logisch verstehe ich, was passiert ist. Ich war jahrelang weg, und es war keineswegs sicher, dass ich zurückkehren würde. Zudem hatten wir während unserer Zeit zusammen nie wirklich über unsere Beziehung gesprochen. Wir arbeiteten an einer mehr dauerhaften Beziehung, aber wir waren beide verletzt worden. Und wir waren beschäftigt. So verdammt beschäftigt. Dann verschwand ich, kurz nachdem sie Anna verloren hatte, und sie musste sich um meine Siedlungen und eine Allianz kümmern, die auf meinen Fähigkeiten basierte. Ist es überraschend, dass sie schließlich woanders Trost fand? Wenn ich nicht auf einem öden Felsen voller brutaler Monster und Aliens festgesessen wäre, hätte ich auch der Versuchung nachgegeben.

„John", begrüßt mich Mikito, die gerade ihren Lagerumgang beendet. „Wie geht's dir?"

„Ausgezeichnet", sage ich und blicke sie an.

„Dann hör auf, hier draußen reglos herumzustehen. Die Wachen kriegen Angst", sagt Mikito.

Ich runzle die Stirn und merke dann, dass ich seit ein paar Minuten hier stehe. Aha. „Ich ...“

„Komm schon“, sagte Mikito und winkt mir zu, loszugehen.

Ich verziehe das Gesicht, aber ich folge ihr. Ich frage mich, wohin sie mich führt, vermute aber, dass sie nur mit mir reden will. Irgendwie will ich das ablehnen, weggehen. Gespräche unter vier Augen sind emotional erschöpfend. Aber ...

„Auf die Plattform.“

Ich muss blinzeln und merke, dass wir auf einer Lichtung stehen, die von einer kleinen leuchtenden Plattform dominiert wird. Sie ähnelt dem Teleporter im Raumschiff Enterprise und wird von glänzenden Stahlsäulen umgeben. Ich verziehe das Gesicht, aber Mikito marschiert bereits darauf zu und blickt mich ungeduldig an. Daher folge ich ihr.

„Wohin gehen wir?“

„An die Arbeit.“

Lichter blitzen auf und werden so hell, dass ich die Augen zukneifen muss, bevor die Welt wackelt und mein Magen und meine Sinne sich drehen. Und dann verschwindet alles.

Kapitel 4

„Das." Stich. „Ist." Drehung. „Nicht." Kicken. „Was." Zauber. „Ich." Schnitt. „Erwartet." Ausfallschritt. „Habe."

Ich richte mich auf und sehe die um uns herum liegenden Leichen der Monster an, die wir bekämpft haben. Ich zähle sie im Kopf durch und entspanne mich etwas, als die Zahl der halb zerhackten Köpfe und Leichen der Zahl der Angreifer entspricht. Die Minikarte sagte das auch, aber aufgrund meiner Zeit in der anderen Welt verlasse ich mich viel weniger darauf. Es gibt zu viele Methoden, mit der man sie täuschen kann.

Einen Moment lang sehe ich mir die Überreste der Monster an. Diese Penangallan sind wirklich seltsam. Sie beginnen die Kämpfe mit ihren vollständigen Körpern, aber wenn sie nicht sofort getötet werden, zerteilen sie sich mitten im Gefecht und lassen ihre nun härteren und zäheren Köpfe und Eingeweide schweben, um uns anzugreifen. Die Tatsache, dass sie eine Kombination aus Magie und Säurespritzern verwenden, macht sie noch ekelhafter. Der zerkratzte und angefressene Beton und Marmor zeigt, wie erbittert sie gekämpft haben.

Ich schüttle knurrend den Kopf und blicke aus dem Hotelkorridor auf die verlassenen Überreste der Stadt Davao auf den Philippinen hinaus. Glücklicherweise bringt der Teleporter uns in die Nähe des Stadtzentrums, so dass wir das restliche Team treffen können, statt uns durch die von Monstern überlaufene Stadt kämpfen zu müssen.

„Nörgelt er immer so?", fragt Hugo Karlsson, der über 2 Meter große blonde, blauäugige Übermensch.

Ich sehe den Level 21 Winter-Waldläufer an und bemerke, dass er mich herausfordernd anstarrt. Auch diesmal blicke ich weg, statt einen Konflikt zu riskieren.

„Kommen Sie, Hugo, das ist unfair. Mr. Lee hat uns geholfen, diesen Dungeon viel schneller abzuschließen", sagt Jamal Naser, der Level 39

Wüsten-Seher, um mich zu verteidigen. Der Berber aus Marokko nickt mir zu. Der ältere Mann mit dem kantigen Gesicht und der dunklen Haut steht von den Leichen auf, deren Beute er eingesammelt hat und wischt sich die linke Hand ab. Zum Glück erledigte Ali das Looten für mich.

„Schneller. Aber das war nicht nötig", sagt Cheng Shao.

„Das stimmt. Aber ich habe nicht darum gebeten, bei euch mitzumachen", sage ich zu Shao und frage mich, wieso die schwarzhaarige Metallmagierin so sauer auf mich ist.

Sobald mich Mikito per Portal in diese Stadt brachte, hatten wir leider kaum Zeit für mehr als ein paar Begrüßungsworte, bevor wir den Angriff starteten. Schon auf den ersten Blick erkenne ich, warum wir hier sind – der Dungeon wird bald über seine Grenzen hinauswachsen. Wir müssen eine Riesenmenge an Monstern töten, was die Reise durch die raumverändernden und der Schwerkraft trotzenden Stockwerke des Hotels noch nerviger als üblich macht. Die Tatsache, dass die Monster mindestens Level 80 haben, und einige Elite-Monster sogar Level 100 erreichen, erleichtert unseren Kampf nicht gerade. Es sagt viel über das Team aus, mit dem wir arbeiten, dass wir uns dennoch durch den Dungeon fressen wie ein Fünfjähriger durch eine Torte.

Andererseits sind sowohl Shao als auch Hugo Mitglieder der Meisterklassen. Ich muss zugeben, es kränkte mich etwas, als ich merkte, dass ich gar nicht so besonders bin. Denn als das System kam, hatten auch andere Glück mit ihrem Bonus und konnten wie ich eine Klassenstufe überspringen. Und eigentlich ist es gut für die Menschheit, dass es weitere knallharte Kämpfer gibt.

„Wir verstehen das", antwortet mir Jamal, da sonst niemand etwas sagt. „Aber du musst auch verstehen, dass es frustrierend ist, für eine ungeplante

Dungeonmission seine normalen Aufgaben vernachlässigen zu müssen. Wir alle haben unsere Verpflichtungen."

„Fototermine", sagt Mikito mit einem herablassenden Schnaufen. „Reden."

Nicht alle von uns wollen unbedingt an die Front", sagt eine kurzgewachsene Schwarze mit breiten Hüften, gekräuseltem Haar und einem ausgeprägten Südstaatenakzent. Jessica Knox, Level 37 Fassadenkletterin und unser Späher für diese kleine Dungeonunternehmung. Ich muss zugeben, dass sie gut aussieht – mit üppigen Kurven, dunkler Haut und Dreads, um ihre Locken zu kontrollieren.

„Aus dem Weg, bitte." Rae, das letzte Mitglied des Teams, rollt in seinem Mech heran. Kleinere mechanische Arme wirbeln und summen, als sie aus der käferähnlichen Fahrzeugpanzerung herausgeschoben werden. Sekunden später ist die Leiche neben mir zerlegt. Die mechanischen Arme ziehen die wichtigen Teile heraus und verstauen sie.

Normalerweise würde ich die Leichen in meinen Veränderten Raum stecken, aber ich habe noch keinen richtigen Shop besucht, um vier Jahre an wertvollen Leichen zu verkaufen. So bekommt der Mech-Mann die wertvollen Teile.

„Karten-Update unterwegs", sagt die roboterartige Stimme.

Ich knurre nur und erhalte die neue Benachrichtigung von Rae. Nur Rae. Kein Nachname, kein Hinweis auf das Geschlecht. Abgesehen von der Tatsache, dass er oder sie ein Level 42 Silber-Cyborg ist, weiß ich nichts. Auch diskrete Anfragen bei Mikito haben mir keine weiteren Informationen geboten. Rae verlässt den Roboter nicht, wenn das möglich ist. Und außerhalb derartiger Kampagnen interagiert Rae auch nicht mit den anderen Champions. Dennoch sind Raes Skills und Fähigkeiten nützlich.

Rae hat einen Skill verwendet, um einen Sender an Jessica anzubringen, während sie den Weg erkundet. Dieser liefert uns eine Karte der Gebiete, die sie erkundet hat und zeigt auch die Monster, die sie sieht. Der Detailgrad der Updates ist höher als alles, was ich von meinen Drohnen erhalten habe – oder Sam von seinen – und dadurch echt beeindruckend. Das ist ein weiterer Grund dafür, dass wir diesen Dungeon so locker hinkriegen. Die Tatsache, dass Raes Sender die Updates durch die dichte Manawolke im Dungeon zu uns schicken konnten, war noch erstaunlicher.

„Ich meine nur, dass wir gute EP auf diesen Neuankömmling verschwenden", sagt Hugo.

Ich knirsche fast mit den Zähnen, unterdrücke aber dann meine Wut. Schließlich war Hugo noch ein Kind, als das alles angefangen hat. Und obwohl mir der Trend nicht gefällt, unsere neue Welt als Spiel zu betrachten, hat er das offensichtlich gut genutzt. Zudem darf ich nicht vergessen, dass ich hier ein Außenseiter bin.

„Das ist eine Arbeitseinführung", sagt Mikito einfach und deutet mit ihrer Naginata die Kurve des Korridors entlang. „Also sollten wir arbeiten."

„Er hat es nicht verdient, hier zu sein", sagte Shao und starrt mich verächtlich an. „Was hat er denn schon getan? Ich habe nie von ihm gehört."

„Entdecker. Monsterschreck. Duellant. Meisterklasse", zwitschert Raes metallische Stimme aus dem rollenden Mech. „Bedeutende Erfolge."

„Und kein Ruhm", sagt Jessica kopfschüttelnd. „Ihr wisst, dass die Öffentlichkeit ihn nicht akzeptieren wird."

„Wen kümmert das schon?", schnaubt Jamal. „Ich bin froh, bei der Räumung dieser Dungeons einen weiteren zuverlässigen Kämpfer zu haben. Oder an der Front."

„Mir ist das nicht egal", raunzt Jessica. „Ich muss mich um Sponsorenverträge sorgen."

„Wisst ihr, mich hat auch niemand gefragt, ob ich eurem kleinen Buchclub beitreten will", sage ich und verziehe das Gesicht, als ich zahlreiche Punkte auf uns zukommen sehe.

Ich hebe die Hand und bilde einen Verbesserten Blitzschlag, den ich dann ohne jegliche Warnung schleudere. Der Blitz zuckt vorwärts durch die von mir geschaffene Verbindung und den Kanal. Die hellen Lichtstrahlen sind in dem beengten Raum schmerzhaft grell. Die getroffenen Penangallan schreien und zucken vor Schmerz, als der Blitz ihre Eingeweide kocht. Bald setzen auch die anderen Mitglieder der Gruppe ihre Flächenzauber und Skills ein und zerfetzen die nächste Welle von Feinden, bevor sie uns erreichen kann.

„Wir sind die Champions", sagt Jamal, als ob diese Aussage genügen würde.

Für viele Leute wäre das wohl der Fall. Schließlich wären nicht nur der Ruhm und die Credits, die sie verdienen, sondern auch der Erfahrungszuwachs durch ständige hochstufige Dungeons sehr attraktiv. In dieser neuen Welt sind Levels Zeichen der Macht, so wie es früher das Geld war. Es ist egal, wo man ist – Levels sind entscheidend.

Ich sage kein Wort über Jamals arrogante Behauptung. Es ist nicht meine Aufgabe, seine irrige Meinung oder sein aufgeblasenes Selbstwertgefühl zu korrigieren. Auch wenn die anderen das vielleicht als ein ausgedehntes Vorstellungsgespräch und eine Prüfung betrachten, um zu sehen, ob ich es würdig bin, zu ihnen zu kommen, tobe ich mich einfach etwas aus. Nicht völlig, da ich immer noch einige Karten verdecken will, aber genug, um einen Teil des Frusts abzuarbeiten, der in mir aufsteigt. Das ist vielleicht kindisch, aber auf Sachen einzuhämmern hat auch eine therapeutische Wirkung. Da ich so lange festsaß, habe ich gelernt, meinen Stress dort loszuwerden, wo es möglich ist – selbst mitten auf einem Gefechtsfeld.

Mein anhaltendes Schweigen bringt die Gruppe dazu, zu anderen Themen zu wechseln. Zunächst werden Skills, Zaubersprüche und Ausrüstung diskutiert, vor allem Taktiken und seltsame Monster. Ich halte meine Ohren offen, da die meisten dieser Kreaturen in meinem Zielbereich sind. Es ist irgendwie nett, unter Leuten zu sein, die solche Dinge verstehen. Aber als wir im Hotel Stockwerke hochklettern, ändert sich das Thema schließlich.

„Hey, Cheng, hast du die Karten für KMC besorgen können?", fragt Jessica flehend. „Du hast es versprochen!"

„Nenn mich Shao. Das habe ich dir doch schon gesagt", antwortet Cheng Shao. „Und ihr Manager hat uns VIP-Pässe versprochen. Aber vielleicht müssen sie das Konzert verschieben."

„Schon wieder?", knurrt Jessica.

„Soo-yi hat es noch nicht geschafft, im Level aufzusteigen. Sie wollen erst in den neuen Level-70-Dungeon nördlich von Seoul gehen", erklärt Shao, während sich ihre Hände bewegen. Verzauberte Messer flitzen durch die Luft, um die Penangallan abzufangen und zu erstechen, die sie angreifen wollen.

„Ach nein, schon wieder diese Band?", stöhnt Hugo.

„Warum denn nicht? Ihre Musik ist einfach irre!"

„Sie ist industriell und steril. Kein Wunder, dass sie mit ihren Songs töten können. Ich würde sterben, wenn ich ihre Musik noch einmal hören muss", knurrt Hugo.

„Ach, du bist doch nur wütend, dass wir die Wette gewonnen haben."

„Wette?", murmle ich Mikito zu, während ich mich ducke, verdrehte Eingeweide packe und den Körper gegen eine Wand knalle.

„Sie haben uns gezwungen, in einem Dungeon den größten Hits der Band zuzuhören. Als Endlosschlaufe. Acht Stunden lang", sagte Mikito und rollt mit den Augen.

„Oh." Ich starre die ekelhaften Eingeweide an, die das System als die „Beute" aus den Penangallan bezeichnet, bevor ich sie Mikito überreiche.

Die Samurai-Kriegerin zuckt nicht einmal mit der Wimper, als sie es verstaut. Das bringt Credits. Obwohl ich in kulinarischen Dingen recht aufgeschlossen bin, will ich nicht unbedingt wissen, wie das Zeug letztlich verwendet wird. Manchmal kann man bezüglich gastronomischer Spezialitäten sagen: *selig sind die Unwissenden.*

„Die Band schließt Dungeons ab?" frage ich stirnrunzelnd, nachdem ich die anderen gehört habe.

„Ja. Sie sind ein Team mit Fortgeschrittener Klasse, die Nummer 6 unter den Abenteurer-Teams in Seoul", plappert Jessica glücklich. „Natürlich haben nicht alle ursprünglichen Mitglieder von KMC überlebt, aber die meisten schon. Und sie alle besitzen die Klasse Sirene.

Zuerst stiegen sie von verschiedenen Musiker- und Unterhalter-Basisklassen auf, aber ihr Manager zwang sie, einen gefährlichen Dungeon der Fortgeschrittenen Klasse abzuschließen. Die überlebenden Mitglieder erhielten alle die Fortgeschrittene Klasse Sirene, und ihr ‚Lied der Erlösung' kann Werte sechs Stunden lang um bis zu zehn Prozent steigern. Und das ist teilweise stapelbar!"

Zuerst versuche ich, ihren Informationsschwall zu stoppen, aber als ich bemerke, dass das Gequassel Hugo ärgert – und irgendwie Jessica nicht an der Arbeit hindert – lasse ich sie weiterreden. Es ist etwas bizarr, wie sie ihre Stimme aus mehreren Kilometern Entfernung projizieren kann und während einer Spähmission plaudert, aber Skills sind eben seltsam.

Schließlich erreichen wir nach zahlreichen falschen Abzweigungen das Ende des Dungeons. Irgendwann hört Mikito auf, sich um die Auswirkungen der Tatsache zu kümmern, dass sie mich mitten in der Nacht entführt hat. Sie murmelt in ihren Kommunikator, dass sie mich zurückbringen wird. Aber die Gewalt ist nützlich, da ich nicht nur die besten Kämpfer der Erde bewerten sondern auch so richtig Dampf ablassen kann. Es sind zwar nicht alle der „Champions" hier, aber ein Großteil davon.

Als wir dann den Dungeon-Boss erledigen – in einem Kampf mit wenig Spannung und kaum Überraschungen, außerdem eine große Fläche abdeckenden Eisen-Wirbelsturm, den Cheng Shao wirkt – lootet die Gruppe schnell die verschiedenen Leichen, bevor sie das Ziel der Mission erreicht. Der Stadtkern von Davao dient auch als Dungeonkern.

„Wer ist dran?", fragt Jamal, als niemand sich zu dem Kern begibt, der stumm in der Mitte des einst wunderschönen Ballsaals leuchtet.

„Ich", antwortet Jessica und legt ihre Hand darauf.

Wir alle erhalten die Benachrichtigung, und in den nächsten paar Minuten wird es ziemlich hektisch, als die Monster Amok laufen und versuchen, Jessica von der Kugel zu vertreiben. Aber zum Leidwesen der Monster kämpfen wir defensiv, was alles deutlich vereinfacht. Die Monster hingegen müssen mehrere Stockwerke hochklettern und sich durch eine Engstelle zwängen. Es ist ein Massaker.

Sobald Jessica die Kontrolle über die Siedlung und den Dungeon erhält, löscht sie die Dungeoneinstellungen, was zu einem Mana-Exodus aus unserer Umgebung führt. Das wird Probleme in der Stadt verursachen, da das Mana nach einem Weg sucht, sich zu entleeren. Später wird sich ein neuer Dungeon bilden. Momentan kauft Jessica Upgrades für das Gebäude, in dem wir uns befinden. Sie verstärkt die Stahltüren und fügt diesem

Stockwerk und dem unteren einige automatische Wächter hinzu, was den Zugang zum Kern erschwert.

„Das genügt jetzt", sagt Jessica und sieht die riesigen Stahltüren an, die jetzt den Eingang des Stadtkerns blockieren. „Wir werden Wachen hierher teleportieren, sobald ich mich zurückgemeldet habe."

Nach diesen Worten, die uns offensichtlich wegschicken, trennt sich das Team. Shao und Hugo aktivieren Kommunikatoren und senden ihren Leuten die jetzige Position, bevor sie wegteleportiert werden. Rae rollt auf das Dach zu. Ali schickt mir ein Bild des verstärkten Luftschiffs, das langsam zum Hotel schwebt, um mich abzuholen. Jamal, andererseits, bleibt mit Jessica beim Stadtkern. Deshalb gehen Mikito und ich allein die Treppe hinunter und schweigen eine Weile nachdenklich.

„Ich nehme an, ich bin durchgefallen, oder?", sage ich und ein boshaftes Grinsen verzerrt meine Lippen.

„Nein, sie sind sich nur nicht sicher", sagt Mikito. „Sobald dein Ruf ansteigt ..."

„Schon gut. Ich habe es ernst gemeint, als ich sagte, dass ich nicht interessiert bin."

„Was meinst du?", fragt Mikito und ich stutze, weil ihre Stimme diesen flehenden Unterton hat.

Ich überlege mir die Antwort gut und denke noch einmal darüber nach, was ich gesehen habe. „Sie sind gut. Sie alle verstehen, wie man seine Skills, sein Mana und den Ausdauerverbrauch kontrolliert. Ich habe nicht einmal gesehen, dass jemand Tränke verwendet hätte. Gut koordiniert. Könnten besser sein, aber angesichts der Tatsache, dass ihr nicht ständig zusammen kämpft, durchaus akzeptabel. Niemand wird allein gelassen, so dass dieser Person Mana oder Ausdauer ausgehen würden. Das war nicht der schwierigste Test, aber sie haben ihn mit fliegenden Fahnen bestanden."

„Wir haben viel geübt."

„Ja. Aber ..." Ich überlege, wie ich das ausdrücken will. Wie ich etwas erkläre, was ich erlernt habe, was ich verbessern musste. „Sie verlassen sich zu sehr auf die Oberfläche. Sie verwenden die Grundlagen ihrer Attributsgewinne, ihrer Skills, aber sie graben nicht tiefer."

„Was meinst du damit?", sagt Mikito und runzelt die Stirn.

„Unsere Attributsteigerungen sind nicht linear. Es gibt gewisse Überlappungen zwischen Individuen, aber die Unterschiede zwischen Gattungen sind beträchtlich. Teilweise liegt das daran, dass wir nicht an der richtigen Stelle suchen", sage ich leise. „Die Stärke wäre das einfachste Beispiel dafür. Ein Zuwachs von zehn Punkten erhöht nicht nur deine Hubkraft. Das beeinflusst auch, wie sich diese Hubkraft auf andere im System registrierten Wesen auswirken. Dadurch kannst du einen Teil ihrer Abwehr und ihrer Gesundheit ignorieren, wenn du weißt, wie du es nutzen kannst. Dadurch kannst du das tun." Ich stoße mich mit einem Zeh ab und schleudere mich gegen eine Wand in der Nähe. Dann stoße ich mich davon mit einem Finger ab und fliege zur Decke. Jede dieser Bewegungen lässt den Boden und die Wand unberührt, aber als ich die Decke erreiche, setze ich meine Stärke anders ein und zerschmettere die Deckenplatten, als ich mich zum Boden hin abstoße. Dann lande ich auf dem Boden, ohne diesen zu beschädigen. „Und das."

Mikito macht große Augen, als sie die vier Stellen anstarrt, die ich berührt habe, während der Staub meiner Demonstration noch um uns herum fällt. Jede Aktion führt zu einer gleichen Reaktion in Gegenrichtung – mit Ausnahme der Fälle, in denen sie das nicht tut. Wir haben eigentlich alle akzeptiert, dass das System gegen „normale" Gesetze verstößt, aber ich habe herausgefunden, dass das nicht stimmt. Wir sehen nur die anderen Kräfte nicht und ignorieren das Gesamtbild.

„Das ist erst der Anfang", sage ich und klopfe gegen meinen Kopf. „Die Willenskraft gibt uns Mana-Regeneration und Methoden, um mit Manipulationszaubern umzugehen. Aber sie kann auch verändern, wie Skills wie Auren und Charisma funktionieren. Das kann sogar die Informationen verschleiern, die wir dem System liefern. Die Willenskraft bestimmt deinen Schmerzwiderstand und deine Erholungsrate. Sie kann sogar, soweit ich gesehen habe, posttraumatische Belastungsstörungen beheben, wenn sie richtig eingesetzt wird. Jedes Attribut hat auch Anwendungsbereiche, an die wir nicht denken und die wir nicht nutzen."

„Hast du das herausgefunden? Als du weg warst?", fragt Mikito leise und starrt mein ernstes Gesicht an. Ich nicke und sie schnaubt: „Du bist wohl nicht die ganze Zeit am Strand herumgelegen."

„Nein, Und ich werde auch hier nicht faulenzen. Ich muss viel nachholen, und ich habe nicht vor, den Helden zu spielen. Bestimmt nicht für Ruhm und Credits."

„Wirklich nicht?", sagte Mikito, tritt vor und blickt mir in die Augen. „Haben wir das denn nicht getan? Bevor du gegangen bist."

„Nein. Wir haben getan, was nötig war."

„Wofür nötig?"

Ich bleibe plötzlich stehen, da mir klar wird, dass Mikito diese Frage nie gestellt hat. Während der ganzen Zeit nicht, die wir zusammengearbeitet haben. Sie hat meine Führungsrolle akzeptiert und folgte mir immer. Ich stehe eine Weile da und blinzle, als ich das verarbeite.

„John ...?"

„Sorry." Ich schüttle den Kopf, da ich nicht mehr daran denken will. „Es war nötig, damit wir überleben konnten. Und damit ich die Siedlungen erhielt, um dadurch an der Abstimmung teilnehmen.

„Die planetarische Wahl", meint Mikito.

„Ja", sage ich mit einem energischen Nicken. „Wir müssen in den Galaktischen Rat kommen."

Mikito schürzt die Lippen und neigt den Kopf, während sie mich ansieht. „Wird das der Erde helfen?"

„Ja. Wir haben dann mehr Mitspracherecht, mehr Optionen. Wir können Regeln festlegen, sobald wir offiziell registriert sind. Wir würden mehr Status gewinnen."

„Der Unterschied zwischen einer im System registrierten Stadt und einer nicht registrierten...", sagt Mikito und wartet, damit ich den Satz bestätige. Als ich das tue, nickte sie kurz. „Was kann ich tun?"

„Ich bin mir nicht sicher. Noch nicht", sage ich.

„Dann frage."

Ich nicke ihr zur Bestätigung zu.

„Und wenn das erledigt ist? Was kommt dann?"

„Dann verlasse ich das alles. Den Rat, die Galaxis. Da draußen läuft viel mehr ab als der Kampf um einen einzelnen Planeten. Unsere Welt, unsere Verluste sind nur ein Tropfen in einem unvorstellbar großen Ozean", sage ich.

Mikito schürzt die Lippen und starrt mich an, während sie über meine Worte nachdenkt. Schließlich deutet sie zur Seite. „Ein Portal für die Rückreise, bitte."

„Natürlich. Aber ich gehe direkt nach Vancouver", sage ich, während ich ein Portal zum Feldlager öffne.

Mikito zögert, bevor sie in das Portal tritt und das schwarze Oval sie glatt verschluckt. Ich bleibe in dem Korridor mit dem roten Teppichboden zurück. Der Schaden an der Decke repariert sich langsam, und ich bin in der Stille mit meinen Gedanken allein.

Dieser letzte, wortlose Blick ... ich muss tief einatmen und mich fragen, wie viel sie erraten hat. Denn es gibt einen anderen Grund, warum meine – unsere – Aufnahme in den Galaktischen Rat wichtig ist. Ich muss dorthin kommen, um mehr zu sehen und mehr zu lernen. Es gibt Antworten auf meine Fragen in der weiteren Welt, Antworten, die ich auf der Erde nicht finden kann. Während ich schweigend im schwach beleuchteten Gang stehe, taucht eine Erinnerung auf.

„Diese Fragen über das System sind gefährlich“, sagt Ka'lla d'Mak. Gelbgrüne Haare fallen über seinen Rücken, bis zu seinem Hintern, als er vor mir tiefer in das Höhlensystem geht, das wir unser Zuhause nennen. „Deswegen wurde ich gezwungen, hier zu leben.“

„Aber die Antworten sind da draußen.“ Ich humple weiter und schleppe die acht Tonnen schwere und dreißig Meter lange Leiche hinter mir her.

„Manche Antworten sind es nicht wert, dein Leben zu riskieren“, meint Ka'lla.

„Manche schon.“

„Dann sei vorsichtig, wen du fragst. Und wie du fragst. Denn jeder im System könnte dein Feind sein.“

„Ja.“

Erinnerung. Ich unterdrücke sie und blicke mich um, als das Gefühl der Paranoia und Nervosität zurückkehrt, das ich eigentlich hinter mir gelassen hatte. Das stimmt. Die Erde gehört nicht mehr zu mir. Oder ich zu ihr.

Mit einer Geste öffne ich ein Portal und trete hinein. Zeit, sich an die Arbeit zu machen.

Kapitel 5

„Mr. Lee. Willkommen." Katherine grüßt mich von meinem – ihrem? – Schreibtisch aus, als ich durch das Portal in mein Büro trete. Oder ihr Büro. Verliert man einen Ort, wenn man ihn vier Jahre lang verlässt? Obwohl ich immer noch der Eigentümer bin, haben ja Katherine und Lana meine Siedlungen die ganze Zeit für mich verwaltet.

Als ich durch das Portal kam, schickte ich Ali vor, um sicherzustellen, dass ich mir keine Sorgen machen musste. Zum Glück musste ich das nicht. Ich muss zugeben, dass ich stinksauer gewesen wäre, wenn ich nicht per Portal in meine eigenen Siedlungen springen könnte. Ich will auf keinen Fall, dass ich beim Portalsprung nach Hause in Atome zerrissen werde.

Ich nicke meiner Assistentin kurz zu, während sie aufsteht und schnell und ruhig um den Schreibtisch geht. Die ältere ehemalige Sekretärin trägt einen eleganten Geschäftsanzug in Grau, der gut zu ihrer Figur und dem hellen Grau in ihrem Haar passt. Ich bemerke beiläufig, dass sie eine interessante Kette besitzt, die höchstwahrscheinlich verzaubert ist. Ein kurzer Blick per Manasinn bestätigt das und zeigt auch, dass ihre Ohrringe, ihr Gürtel und ein Armreif ebenfalls verzaubert sind. Ein beeindruckendes Arsenal an magischer Ausrüstung für eine Assistentin. Andererseits war sie, abgesehen von Lana, die Person, die eine der größten Siedlungsgruppen in Nordamerika verwaltet hat – oder es noch tut. Oder sollte man es ein Land nennen?

Katherine Ward (Level 18 Siedlungsverwalterin)
HP: 410/410
MP: 1023/1480
Zustand: Ablativer Schild, Präkognition, Siedlungsverbindung

Na ja, ich würde sagen, dass sie eigentlich keine Assistentin mehr ist. Sowohl ihr Levelanstieg als auch ihre neue Klasse überraschen mich. Aber ihre offizielle Anstellung und die Verwaltung meiner Siedlungen hatte anscheinend Wunder für ihren Erfahrungszuwachs getan.

„WILLKOMMEN ZURÜCK", sagt KIM, meine Siedlungs-KI.

Unmittelbar darauf erhalte ich eine Benachrichtigung, dass meine KI während meiner Abwesenheit eine Stufe aufgestiegen ist und ihre Verarbeitungsleistung deutlich verbessert wurde. Da wir Kim mit den Kernen der Siedlungen bei Vancouver verbunden hatten, überrascht es mich nicht, dass die KI zusammen mit der Stadt Upgrades erhalten hat. Am Rande meines Blickfelds sammeln sich Benachrichtigungen an, aber ich ignoriere für den Moment die meisten davon.

„NEURALVERBINDUNG WIRD MIT SIEDLUNGSGDATEN SOWIE NOTWENDIGEN SICHERHEITSPROTOKOLLEN, PASSWÖRTERN UND DATEN AKTUALISIERT. BITTE WARTEN."

„Hey, Blechkopf, hältst du unsere Siedlungen am Laufen?", sagt Ali, der in der Mitte des Büros steht und wie ein Irrer ins Nichts spricht. Den Göttern sei Dank, dass ich schon lange gelernt habe, telepathisch mit ihm zu reden, sonst würde ich wirklich bekloppt aussehen.

„OHNE ZUSÄTZLICHE GEGENBEFEHLE HABE ICH MS. PEARSON UND MS. WARD BEI DER ENTWICKLUNG DER SIEDLUNGEN GEHOLFEN. EIN AKTUALISIERTER BERICHT ÜBER ALLE ÄNDERUNGEN WURDE HOCHGELADEN", informiert uns Kim über das blaue Benachrichtigungsfeld, mit dem er/sie/es spricht. Eines Tages, das verspreche ich, werde ich mich bei Kim für ein Geschlecht entscheiden. Aber ich glaube, dass das wahrscheinlich schon herausgekommen ist. Es fühlt sich bloß so unmenschlich an. Was technisch gesehen zutrifft. „ICH HABE ES MIR AUCH ERLAUBT, DEN

SICHERHEITSKRÄFTEN DRAUSSEN DEN WAFFENEINSATZ ZU VERBIETEN."

„Danke, Katherine. Kim", sage ich und ignoriere den letzten Satz. Die würden ja nicht wirklich auf mich schießen. Oder doch? Vielleicht ist es ganz gut, auf beliebige Leute zu schießen, die ohne direkte Einladung per Portal in mein Büro springen. „Ich sehe mir die Daten später an. Und ich bin froh, dass wir die Möbel hier nicht wechseln müssen."

„NUR DIE MÖBEL?", fragt Kim und ich antworte mit einem wölfischen Grinsen. Ich bin mir ziemlich sicher, dass ich die Vernichtung nötigenfalls begrenzen könnte.

„Sind unsere Sicherheitskräfte nicht ausreichend?", fragt Katherine.

„Gegen mich? Zwei Fortgeschrittene Leibwächter mit Level 17?" Ich pruste laut. „Selbst *vor* meiner Abreise hätte das nicht gereicht. Allerdings hättest du dann die Zeit gehabt, den Teleportsender zu aktivieren, den du hinter dem Schreibtisch versteckst."

Katherine hebt eine Augenbraue, als einziges Zeichen ihrer Überraschung. Ich erkläre allerdings nicht, dass Ali Informationen über das Gebäude aus dem Stadtkern geholt hat und mir die relevanten Teile gesendet hat, sobald er angekommen war. Oder, dass für mich hier, mitten in meiner eigenen Siedlung, praktisch alle Informationen nur einen Gedanken entfernt sind. Die Datenmenge, auf die ich zugreifen kann, ist fast unheimlich. Das zeigt mir auch, wie sehr ich den Vorteil unterschätzte, den Roxley hatte, wenn ich ihn besuchte. Dank des massiven Anstiegs meiner Intelligenz kann ich nun beispielsweise all die Benachrichtigungen, die mir Kim sendet, unbewusst herunterladen, was vor meiner kleinen Reise nie möglich gewesen wäre.

„Dürfte ich erfahren, was für heute auf dem Plan steht?", fragt Katherine, um das Thema zu wechseln.

„Das möchte ich auch wissen. Was wolltest du denn tun, wenn ich dich nicht unterbrochen hätte?", sage ich.

„Ich wollte die nächste Stunde die Korrespondenz lesen und beantworten, die sich über Nacht angesammelt hat. Dann folgt ein Treffen mit dem integrierten Rat von Vancouver über die neuesten Updates beim Bauzyklus und beim Flächennutzungsplan, was weitere Industrien und Infrastruktur betrifft. Viele verlangen, dass wir den Platz für unsere Bergungs- und Jagdaktivitäten auf See erweitern und einen zweiten Schlachthof einrichten. Natürlich besteht die Gefahr, dass die Abfälle des Schlachthofs und der damit verbundenen Betriebe weitere Bedrohungen vom Meer her anziehen werden." Katherine hält inne, als sie sieht, dass ich vor mich hinstarre.

Soweit ich sehe, besteht ihr Tag im Grunde aus nichts als Meetings. Dabei ändert sich nur, wen sie trifft – von den Bürgermeistern anderer Städte über galaktische Gilden, Konzerne zu örtlichen Gilden. Anscheinend verbringt sie den Tag entweder in Meetings oder mit Papierkram.

„Also ...", sage ich und erschaudere etwas bei der Vorstellung, zu all dem zurückzukehren. Dann erkenne ich, dass man mich in den letzten vier Jahren wirklich nicht gebraucht hat und dass das sinnlos ist. „Also, wir werden Folgendes tun. Du wirst weiterhin in diese Meetings gehen. Ich rufe ein Benachrichtigungsvideo auf, sehe und höre zu, während ich in allen Bereichen aufhole, in denen ich etwas versäumt habe. Abgemacht?"

Katherine nickt und akzeptiert meinen Vorschlag ohne Widerstand. Zumindest momentan. Ich bin froh, denn nachdem Lana mir die Leviten gelesen hat, ist es wohl besser, den Stand der Dinge festzustellen, bevor ich mich wieder in die Verwaltung meiner Siedlungen stürze. Die Tatsache, dass die Siedlungen zusammen eigentlich ein Land bilden, selbst wenn wir sie nicht als eines bezeichnen, stellt einen weiteren Grund dar, mich nicht einzumischen.

„Ali, ich habe ein paar Aufgaben für dich." Ich schicke meinem Geist diese telepathische Nachricht, während ich mich an den Schreibtisch setze.

Ali zuckt etwas zusammen und legt schuldbewusst die Birne hin, die er von Katherines Schreibtisch genommen hat und an der ein Biss sichtbar ist. Katherine sitzt mir gegenüber uns starrt vor sich hin, als sie die Benachrichtigungen liest, die nur sie sehen kann.

„Schieß los, Junge."

„Die erste dürfte dir gefallen. Wir müssen mein Inventar und die Leichen in meinem Veränderten Raum verkaufen. Schaffst du das?"

„Locker. Ich werde mich bemühen, sie nicht zu sehr über den Tisch zu ziehen", antwortet Ali, und ich höre das Grinsen in seiner Stimme.

Gut. Dadurch wird mein Inventar ausgeräumt, und ich kriege Credits. Außerdem kann er seinen neuen physischen Körper gut einsetzen. Die Leichen der Monster mit Level 120+ in meinem Veränderten Raum könnten jedem Metzger, Kürschner oder sonstigem Handwerker beim Levelaufstieg helfen, der damit arbeitet – deshalb sollten wir die schleunigst abstoßen. Und letztlich hatte ich das ganze Zeug hierher geschleppt, um Credits zu verdienen und meinen Leuten beim Leveln zu helfen.

Nachdem das erledigt ist, konzentriere ich mich auf die nächsten Schritte. Meine eigenen Siedlungen kennenzulernen.

Zusammengefasster Siedlungsstatus

Momentane Bevölkerungszahl: 498.308

Gesamtzahl der Siedlungen: 13

Kombinierte Siedlungskasse: 4.313.87 Millionen Credits (+12M pro Tag)

Kombiniertes Siedlungs-Mana: 333.412 Manapunkte (+981 Mana pro Tag)

Steuern: 10 % Umsatzsteuer im Shop

*Wichtige Einrichtungen: Stadt-Dungeons (3), Gilden der Stufe II (1), Gildengebäude der Stufe III (9), Militärischer Komplex (2), Mega-Farmen (3), Schlachthöfe der Stufe III (4), Waffenwerkstatt der Stufe III (1) Teleporter-Stationen (Kurzstrecke * 11, Langstrecke * 2), Handwerker-Hochschule (1), Hyperlink (3 – siehe Karte für Link)*

Wichtige Verzauberungen: Mana-Sammelfelder (3), Manaschild-Verbesserung (6), Feld der Klarheit (1)

*Wichtige Verteidigungssysteme: Siedlungsschilde (Stufe II * 1, III * 8), Quanten-Sperre (Typ 2 Statisch, Typ 4 Dynamisch – siehe Karte für Zonen), Wachen (Stufe II * 3, III * 4)*

„Dreizehn Siedlungen, Kim?"

„MAN HAT FESTGESTELLT, DASS ES EFFIZIENTER IST, DIE STADTKERNE VON GREATER VANCOUVER, VICTORIA, KELOWNA UND ANDEREN GRÖSSEREN STÄDTEN ZU VERBINDEN. DIE GESAMTZAHL IST AUF DIESE NEUE STRUKTUR ZURÜCKZUFÜHREN", antwortet Kim. „IST EINE LISTE DERARTIGER SIEDLUNGEN ERFORDERLICH?"

„Eine Karte würde reichen."

„SCHON GEMACHT."

Ich schürze die Lippen und starre die Karte der Provinz mit ihren leuchtenden Punkten an. Vancouver ist natürlich der größte Punkt. Victoria, Kamloops und Kelowna ähneln einander von der Größe her, und kleinere Siedlungen wie Prince George, Golden und Fort Nelson sind überraschend angewachsen. Nach einer Anfrage verstehe ich den Grund dafür – die hochstufigen Zonen haben die Anzahl der Abenteurer um diese Siedlungen herum erhöht und für Wachstum gesorgt. Für mich ist es interessant, dass die Quanten-Sperre nicht nur die Städte abdeckt, sondern auch einen Großteil des Gebiets zwischen den Siedlungen. Aber momentan deckt sie Victoria nicht ab, so dass diese Siedlung von ihrer eigenen kleinen Blase geschützt wird. Ich bin an den kleinen Linien interessiert, die ein Dreieck der Hochgeschwindigkeitstransporte anzeigen – eine Entwicklung des Hyperloop. Irgendwie frage ich mich, wie sie die Monster daran hindern, alles zu zertrampeln.

Oh. Das tun sie nicht. Deshalb wurden diese Strecken nicht weitergeführt. Ich seufze und schüttle den Kopf. Wer hat nur die Idee gehabt, ein empfindliches Stück Technologie in der Wildnis zu platzieren, wo beliebig spawnende Monster es ruinieren können. Eigentlich ärgere ich mich über die Verschwendung meiner Credits, aber andererseits war ich ja auch nicht hier. Am Ende begnüge ich mich mit einer Notiz an Kim, dass das nicht mehr passieren sollte. Wenigstens ist es keine totale Geldverschwendung – der Hyperloop erzeugt eine nette Reihe wiederholbarer Quests für Kämpfer und Handwerker.

Ich starre eine Weile die angesammelten Credits und das Mana an und träume davon, was ich damit anfangen könnte. Die Menge und Vielzahl an Skills, die ich kaufen könnte ... aber dann schüttle ich den Kopf und wische die Gedanken beiseite. Zum Glück ist es nicht möglich, Siedlungs-Credits in seine eigene Tasche zu übertragen – mit Ausnahme spezifischer Gehälter, für die es aber Obergrenzen gibt – da sonst die ältesten Königreiche und Konzerne unglaublich dominieren würden. Dabei haben sie jetzt schon einen unverschämten Vorteil gegenüber uns anderen.

„Wie viele Tage Mana und Credits sind das? Wenn wir keine zusätzlichen generieren", frage ich, da ich wissen will, wie wir dastehen.

„DIE MANAVERBRAUCHSRATE DER SIEDLUNG BETRÄGT NEUNZEHN TAGE. BEI CREDITS SIND ES SECHS."

„Das ist nicht gut", murmle ich.

„Was ist nicht gut, Mr. Lee?", fragt Katherine und sieht mich an.

„Wir scheinen nicht viel in Reserve zu haben", sage ich und deute auf den Bildschirm, den sie nicht sehen kann – und dann wird mir diese Tatsache erst klar.

„Sehen Sie sich die Finanzdaten an?" Als ich nicke, fährt sie fort. „Der Rat hat beschlossen, sich aktuell auf Wachstum statt auf Stabilität zu konzentrieren, trotz der damit verbundenen Risiken."

„Aber neunzehn Tage?" Ich kann die Entscheidung verstehen, aber warum ist die Manareserve so viel höher?

„Die Erforschung und Implementierung siedlungsweiter Verzauberungen ist ein langsamer Prozess. Bei unserem nächsten geplanten Update wird die Handwerker-Hochschule eine Magierfakultät erhalten", sagt Katherine.

Ich nicke. Insgesamt eine gute Entscheidung. Ich schweige, und schiebe den Schirm hin und her, wobei ich sehe, dass die Siedlungsbenachrichtigung alles unter Stufe III ausblendet. Das bedeutet, dass häufig aktualisierte Gebäude wie Wohnhäuser, im System registrierte Läden und Werkstätten ausgelassen werden.

Ich sehe mir den Siedlungsbildschirm genauer an, rufe spezifische Informationen für jede Stadt auf und versuche, die momentane Lage besser zu verstehen. Katherine geht nach einer leisen Verabschiedung zu ihrem Meeting am anderen Ende des Korridors, wobei sie mir mit einer Handbewegung den Videostrom aktiviert. Ich reduziere die Lautstärke und teile meine Aufmerksamkeit, während ich weiterlese.

Interessanterweise haben sie im Gegensatz zu meiner früheren Entscheidung andere Gemeinden um Vancouver herum in eine einzelne Kollektivsiedlung vereint. Burnaby, Surrey und so weiter haben immer noch ihre Kerne, die aber nun als Nachbarschaftskerne markiert sind. Einer der Vorteile dieser Methode besteht darin, dass ein Nachbarschaftskern wie ein Stadtkern übernommen werden kann, was dann aber nur den Zugriff des ursprünglichen Besitzers sperrt. Der Eroberer kann die Fähigkeiten des Kerns nicht nutzen, der de facto heruntergefahren wird, bis der zentrale Stadtkern erobert wird. Natürlich gibt es auch Nachteile, wie weniger fortgeschrittene Bauplätze. Das ist kein Totalverlust, da das System die Anzahl der Plätze auf der Bevölkerung, der Fläche und der Zahl der Kerne berechnet, aber es sind deutlich weniger.

Eigentlich ziemlich seltsam, wenn man sich das so überlegt. Die meisten „normalen" galaktischen Städte wachsen aus einem Kern heraus, und ihre Entwicklung hängt von der Bevölkerung und den Bauwerken ab, wobei weitere Stufen hinter Mana- und Creditschwellen verborgen sind. Auf der Erde hingegen gibt es eine Reihe dieser Stadtkerne, so dass wir früher oder später die Kerne verkaufen, zerstören oder konsolidieren mussten, um unsere Siedlungen an die neuen Bevölkerungszahlen anzupassen. In einigen Fällen befanden sich die Siedlungen nicht an der optimalen Stelle – in der Nähe von hochstufigen Zonen für Abenteurer, oder in einer niedrigstufigen Zone für die Landwirtschaft – da wir unsere Bevölkerungszentren im Grunde um existierende Gebiete herum aufbauen und versuchen, uns an die Realitäten einer Dungeonwelt anzupassen. Daher wachsen einige unserer kleineren Städte so schnell, und deshalb berät eines von Katherines Meetings darüber, ob man eine kleine Siedlung demolieren sollte, um deren Siedlungsschlüssel zu erhalten und eine praktischere Siedlung anzulegen.

Aber so ist das eben, und eigentlich kommen wir ganz gut zurecht. Wie ich anfangs geplant hatte, spezialisieren sich viele der Siedlungen auf bestimmte Produktionszweige. Kamloops wird zunehmend zu einem wichtigen Handelszentrum und einer Werkstatt für die Waffenproduktion, während Kelowna weiterhin äußerst wertvolle landwirtschaftliche Produkte herstellt, die in der Galaxis sehr begehrt sind. Dabei hilft es, dass die Handwerksgilde dort mit ihrer Expertise geholfen hat, um die Vielzahl der Produkte zu steigern. Zudem ist die Siedlung ein Ausgangspunkt für Abenteurer, die sich in die hochstufigen Rockies wagen.

Vancouver ist momentan eine Zentrale, mit Stadt-Dungeon, Trainingsanlagen und einem Hafen, was alles für lebhaftes Interesse sorgt. Es ist auch ein Regierungszentrum, wo unsere stärksten Kämpfer leben. Der leichte Zugang zu Langstrecken-Teleportern ermöglicht es uns, ganz einfach auf Monsterhorden und regionale Quests zu reagieren. Victoria hingegen ist das Stiefkind der Siedlungen, und ihre Position auf Vancouver Island macht die Stadt relativ autark. Ich bemerke sogar einen Bericht, der auf einen langsamen, aber stetigen Rückgang der Menschenbevölkerung dort verweist. Andererseits nimmt die galaktische Einwanderung dort stark zu, vor allem, bei nautisch orientierten Monstern. Es gab mehrere Meetings darüber, wie man darauf reagieren soll, was eigentlich witzig ist.

„Kim. Was sind regionale Quests?"

„DIE AUCH ALS KÖNIGREICH-QUESTS BEZEICHNETEN REGIONALEN QUESTS WERDEN ENTWEDER VON DER ÖRTLICHEN REGIERUNG ODER VOM SYSTEM GENERIERT. SOLL ICH DIR EIN AKTUELLES BEISPIEL ZEIGEN?"

„Schieß los."

„AKTIVIERE WACHE."

„Nein, das habe ich nicht gemeint", sage ich mit lauter werdender Stimme. Dann mache ich große Augen, als ich ein leichtes Zischen und Krächzen höre. „Du hast inzwischen einen Sinn für Humor erworben."

„IN GEWISSER WEISE. WIE MS. PEARSON BEMERKT HAT."

„Aha. Quest."

Regionale Quest, westliches British Columbia (WBC): Aus der Asche

Als schnell wachsendes Bevölkerungszentrum steht WBC an der Schwelle zur Entwicklung zur einer bedeutenden Regionalmacht. Hilf der örtlichen Regierung bei dieser Quest (oder behindere sie).

Anforderungen: 2 Großstädte, 5 größere Siedlungen, 8 Städte

Belohnung: Je nach der geleisteten Hilfe (oder dem Widerstand).

Akzeptiere die regionale Quest, um weitere Unterquests zu erhalten.

Regionale Quest, westliches British Columbia (WBC): Ungezähmte Wildnis

Keine Regierung kann lange bestehen, wenn die Bevölkerung ständig um ihr Leben bangen muss. Zumindest sollte die Bevölkerung nicht fürchten müssen, von Monstern, denen sich niemand entgegenstellt, aus ihrer Heimat vertrieben zu werden.

Anforderungen: 30 Tage mit 0 Monsterwellen

Akzeptiere die regionale Quest, um weitere Unterquests zu erhalten.

Ich muss zugeben, ich überlege gerade, ob ich beide zu meiner Questliste hinzufügen soll. Aber einige schnelle Anfragen bestätigten eine nagende Furcht – die Quests, die ich erhalten würde, hängen von meinem Ruf und Ruhm ab, und aufgrund meiner langen Abwesenheit mangelt es mir in diesen Bereichen. Selbst wenn niemand diese Attribute sehen kann, verfolgt das System sie alle.

Nachdem ich eine bessere Vorstellung vom Status meiner Siedlungen habe, sehe ich nach, was Katherine macht. Katherine – und Kim, der sie schweigend unterstützt – hat das Meeting voll unter Kontrolle. Besser als ich das könnte, daher ignoriere ich das momentan. Na ja, ich nehme mir zumindest vor, irgendwann den Hafen zu besuchen und zu sehen, ob ich ein paar nautische Monster erlegen kann. Von einer sicheren und stabilen Stelle an Land aus. Irgendwann hat meine höhere Willenskraft meine Furcht vor dem Wasser deutlich reduziert, ohne dass ich es bemerkt hätte – aber wenn ich die Wahl habe, werde ich dennoch nicht mit einer Gruppe walgroßer Monster schwimmen gehen.

Ich sehe die beiden Benachrichtigungen an, die darauf warten, gelesen zu werden.

Habe die Leichen abgeliefert. Erwarte restliche Credits in einigen Wochen.
+138.950 Credits

Besuche den Shop, um im System registrierte Beute zu verkaufen. Du solltest das auch tun – du musst deine Skills aktualisieren.

Als ich die letzte Benachrichtigung durchlese, erscheint ein kleineres Fenster und überrascht mich etwas.

+1.238.194 Credits

Als ich die Zahl sehe, bleibt mein Hirn stehen. Das ist mehr Geld, als ich je hatte. Natürlich weiß ich, dass mein beträchtliches Inventar und der Veränderter Raum voll waren, und dass die Monster, die ich besiegt hatte, besonders hochstufig waren, aber dennoch kommt mir das bizarr vor. Ich starrte die Informationen lange an und stelle mir vor, wofür ich meinen plötzlichen Reichtum ausgeben könnte. Mehr Fertigkeiten. Mehr Zaubersprüche. Vielleicht ein deutliches Upgrade meines armen Mechs. Ich rufe sogar den Bildschirm auf, der mir einige der Dinge zeigt, die ich im Shop kaufen kann.

„NEUE KLEIDUNG WÄRE EMPFEHLENSWERT."

Ich blicke nach unten und starre meinen zerfetzten, reparierten und wieder reparierten gepanzerten Jumpsuit an und muss lachen. Klar. Vielleicht neue Kleidung.

„Danke", murmle ich Kim zu und schließe dann die Fenster. Das Einkaufen kommt später. Zuerst muss ich mir die Ergebnisse der vergangenen planetaren Wahlen ansehen.

Um als wahlberechtigtes Mitglied des Galaktischen Rats registriert zu werden, muss ein Planet ein „Mitglied mit beträchtlicher Autorität" entsenden. Dieses Mitglied wird durch wiederholte Wahlen auf der Planetaren Wahlplattform bestimmt. Allerdings gibt es Vorbehalte. Erstens muss der Kandidat über 80 Prozent aller registrierten Stimmen erhalten. Zudem muss der Planet bestimmte Schwellenwerte erreichen, um die planetare Wahl zu ermöglichen. Mindestens fünf Prozent der Planetenoberfläche müssen aktiv verwaltet und überwacht werden, zudem muss ein Mindestwert für die Bevölkerungszahl erreicht werden.

„Fünf Prozent – ist das nicht etwas wenig?", sage ich zu Kim.

„DIE OBERFLÄCHE WURDE ALS KOMPROMISS REGISTRIERT, UM MIT INSTABILEREN PLANETAREN ZENTREN UMZUGEHEN. ALLERDINGS BEFINDEN SICH DIE MEISTEN REGISTRIERTEN SIEDLUNGS-WÄHLER DER ERDE NUR AUF DEREN LANDGEBIETEN. DIE GESAMTE LANDMASSE DER ERDE STELLT MOMENTAN NUR NEUNUNDZWANZIG PROZENT DER PLANETENOBERFLÄCHE DAR."

Ach ja, das stimmt. Die fünf Prozent sind ein ziemlich hoher Wert, wenn man es so betrachtet. Das ist fast ein Sechstel der Landfläche der Erde, welche Bereiche wie die Arktis und große Wüstengebiete umfasst. Als ich mir das näher ansehe, erkenne ich, dass es der Erde kürzlich nur mit Mühe gelang, die zweite Voraussetzung zu erfüllen – und auch das nur durch die häufige Nutzung von Forts, um mehr Gelände abzudecken. Ohne die Forts und die neuen Siedlungen, die von diversen galaktischen Gruppen in ungastlichen Regionen errichtet wurden, hätten wir den Schwellenwert immer noch nicht erreicht.

Es amüsiert mich, dass die Arktis und Antarktis einen kleinen Zuwachs bei der Zahl der Siedlungen aufweisen, da Galaktiker, die solche Umgebungen bevorzugten, den Mangel an Konkurrenz von uns Einheimischen ausnutzten. Falls ich je die Gelegenheit habe, sollte ich eine dieser Siedlungen besuchen.

Das Problem liegt darin, dass wir nicht genug Stimmen für eine bestimmte Person hätten, selbst wenn wir uns für einen Sitz im Galaktischen Rat qualifizierten. Ich lese einige Benachrichtigungsbildschirme, um einen besseren Eindruck zu erhalten. Ich gehe die öffentlich verfügbaren Informationen darüber durch, wem was gehört. Dabei hilft mir Kim, die Situation besser zu verstehen. Am Ende ist die Antwort ganz einfach:

Menschen sind Idioten.

***

Als die erste Siedlungszählung etwa sechs Monate nach dem Ende der System-Integrationsperiode stattgefunden hatte, besaß die Menschheit etwas mehr als sechzig Prozent der Gesamtzahl der potenziellen Stimmen. Da die Erde nicht den nötigen Prozentwert für die Landnutzung besaß, wurde die Abstimmung um weitere sechs Monate verschoben. Und sechs Monate danach erneut und erneut und erneut, bis vor drei Monaten. Ich spüre kurz

Bedauern, als mir klar wird, dass ich mehr Städte erobert hätte, wäre ich hier gewesen – und dann hätten wir vielleicht schon früher eine Chance gehabt.

Selbstverständlich führte auch die Abstimmung vor drei Monaten zu keinem Ergebnis. Mit einer Handbewegung rufe ich die Ergebnisse des Vorjahres wieder auf.

41,2 % Stimmen der von Menschen kontrollierten Siedlungen

8,8 % Movana und Verbündete

17,6 % Truinnar und Verbündete

3,8 % Ares Corporation

21,64 % Diverse Königreiche und Organisationen

6,96 % Nicht beanspruchte Siedlungsgebiete

Bei der letzten Wahl erhielt niemand über zwanzig Prozent der Stimmen. Die Truinnar kamen dem Wert am nächsten. Roxley hatte fast zwölf Prozent der Stimmen erhalten, da die Mitglieder seiner Gattung den Dunkelelfen unterstützten. Es überraschte mich nicht, dass die meisten Individuen ihre Stimmen nach Gattungslinien konsolidierten oder einfach für sich selbst stimmten, weil dies nie eine Erfolgschance hatte. Aber nicht die Menschen. Nein, wir spalten unsere Stimmen auf. Ich finde die drei führenden Kandidaten unter den Menschen und sehe mir ihre Details etwas näher an.

Bipasha Chowdury ist eine Weberin, deren Stimmen hauptsächlich aus dem indischen Subkontinent kommen. Überraschenderweise gehört sie zu den Champions. Es ist interessant, dass sie nicht am letzten Kampf teilgenommen hat – aber die Gruppe stellt jeweils eher eine lockere Koalition als eine förmliche Organisation dar.

Rob Markey ist ein Amerikaner, der ehemalige US-Landwirtschaftsminister und jetzige Anführer der größten der drei amerikanischen Regierungen.

Und dann gibt es noch einen Afrikaner, der fast fünfzehn Prozent aller Stimmen auf sich vereint hat, einschließlich der meisten afrikanischen – Ikael Tafar. Irgendwann muss ich sie alle treffen und mit ihnen reden.

Abgesehen davon sind die politischen Trennlinien für die Galaktiker leicht sichtbar. Die Movana wollen nicht, dass die Truinnar einen weiteren Sitz im Galaktischen Rat erhalten. Ihre erste Option wäre eine Blockade, die zweite ein Bündnis. Die Truinnar glauben natürlich, dass wir ihnen gehören, da sich die Erde technisch gesehen in ihrem Territorium befindet. Auch wenn das eine Dungeonwelt ist, sind sie nicht gerade als freundlich und großzügig bekannt und werden wohl kaum zustimmen, dass wir den Sitz im Rat erhalten sollten. Dadurch wird die Zusammenarbeit mit ihnen etwas heikel. Zum Glück kenne ich aber ihren Spitzenkandidaten. Da die Truinnar und die Movana einander nicht ausstehen können, ist es natürlich unmöglich, die Stimmen beider Gruppierungen zu erhalten.

Was die Ares Corporation betrifft ...

„ARES CORPORATION, DER SECHSTGRÖSSTE WAFFENHERSTELLER DER GALAXIS UND DER GRÖSSTE IN DIESEM QUADRANTEN. DIE FIRMA HAT ZAHLREICHE SEKUNDÄRE SIEDLUNGEN IN DER NÄHE GRÖSSERER, BESSER ETABLIERTER STÄDTE. ARES LIEFERT DORT RESSOURCEN, DIENSTE UND TRANSPORTOPTIONEN UND STELLT AUCH FABRIKEN ZUR VERFÜGUNG."

Aha, sekundäre Siedlungen. Das wäre irgendwie logisch. Wenn man einen Ort total kontrollieren will, ist ein kleinerer die bessere Wahl. Es besteht ein geringeres Risiko, um die Siedlung kämpfen zu müssen, und die Erweiterung der Infrastruktur ist viel leichter. Und als Waffenhersteller bringt es massive Einsparungen, wenn man die Produktion auf diese Siedlungen konzentriert und nahe genug bleibt, um die Beute und die zerlegten Materialien aus den größeren Siedlungen heranbringen zu können. Schließlich fluktuieren die Teleportationskosten je nach Entfernung. Natürlich hilft uns das nicht dabei, eine Methode zu finden, ihre Stimmen für uns zu gewinnen.

Ich wende mich momentan anderen Dingen zu und gehe den Abschnitt „Sonstiges" durch. Denn selbst wenn es mir irgendwie gelingt, dass die wichtigsten Gruppierungen meinen Zielen zustimmen, benötigen wir immer noch Hilfe. Oder wir müssen weitere Siedlungen unter unsere Kontrolle bringen.

Leider erkenne ich nach einer Stunde fruchtloser Recherche eine ganz einfache Wahrheit. Ich verstehe die galaktische Politik und die dort aktiven Gruppen nicht gut genug. Namen und Gattungen, Clans, Konzerne und Königreiche – alles nur Worte. Selbst als mir Kim das galaktische Gegenstück zu Wikipedia schickt, kann ich in dieser kurzen Zeit nur eine begrenzte Menge an Informationen verarbeiten. Das hindert mich zwar nicht daran, es zu versuchen, aber selbst meine Sturheit hat Grenzen. Sobald ich diese Tatsache anerkenne, wäge ich meine Optionen ab. Ich brauche Hilfe. Die Frage ist, wo ich sie finde.

Zunächst wären da Lana und Miller, die wohl beide diese Art von Politik besser verstehen. Oder zumindest Lana, da Miller wahrscheinlich herumläuft und Sachen zerstört– oder zumindest als Kommandeur der US-Armee andere Leute Sachen zerstören lässt. Andererseits habe ich während meiner kurzen Unterhaltung mit Lana den Eindruck erhalten, dass sie sich darauf konzentriert hat, die Siedlungen zu verwalten. Auch wenn sie wohl etwas über das Thema weiß, dürfte das nicht genügen. Katherine hat vermutlich das gleiche Problem – eine zu große Konzentration auf unsere Siedlungen und mangelndes Verständnis der galaktischen Situation. Das schloss alle Menschen aus, die nützlich sein könnten – es sei denn, jemand hat seit meiner Abreise ein neues Hobby. Was, wie ich zugeben muss, nicht völlig unmöglich ist.

Dann wären noch die Galaktiker. Natürlich erst einmal Labashi und Capstan. Als Söldner und Abenteurer müssten die beiden sich ungefähr mit dem politischen System der Galaxis auskennen. Leider versucht aber Capstan möglichst unauffällig zu bleiben, soweit ich mich erinnere. Und Labashi würde mir wahrscheinlich alle Informationen, auf die ich zugreife, in Rechnung stellen. Und die dritte Option ... ach, was soll's.

„Was würde es kosten, dir ein Upgrade mit einer Subroutine über galaktische Politik und dem entsprechenden Wissen einzubauen?", frage ich Kim, als mir ein Gedanke durch den Kopf geht.

„..."

„Kim?"

„ICH WERTE ES AUS."

Interessant. Wenn man bedenkt, dass Kim eine KI ist – die den Großteil der im Hintergrund laufenden alltäglichen Prozesse meiner Siedlungen ausführt – kommt mir die Pause etwas lang vor. Es gibt keinen logischen Grund dafür, dass die KI so lange braucht.

„EIN UPGRADE AUF EINE POLITISCHE SUBROUTINE DER STUFE III WÜRDE 87.000 CREDITS KOSTEN. ALLERDINGS WÄRE EIN DERARTIGES UPGRADE NUR AUF DEN JETZIGEN SIEDLUNGSRESSOURCEN AUSFÜHRBAR. UM MICH SELBST UN DIE SUBROUTINE AUF DEINER NEURALVERBINDUNG ZU HOSTEN, WÄRE EINE UPGRADE ERFORDERLICH, DAS 197.000 CREDITS KOSTET.

ZUDEM WÜRDEN DIE NOTWENDIGEN DATENBIBLIOTHEKEN WEITERE 440.000 CREDITS KOSTEN. WEITERHIN IST ES EMPFEHLENSWERT, ALLE 34,3 TAGE 14.000 CREDITS FÜR NACHRICHTEN UND POLITISCHE INFORMATIONEN AUSZUGEBEN, DAMIT DIE BIBLIOTHEK AKTUELL BLEIBT."

Ich verziehe das Gesicht und rechne es schnell durch. Eine Menge Geld. Credits. Ich habe jetzt zwar viel, aber das ist mehr, als ich ausgeben möchte. Während ich zögere, erscheint eine weitere Benachrichtigung auf meinem Bildschirm.

"LORD GRAXAN ROXLEY BITTET SO BALD WIE MÖGLICH UM EIN TREFFEN."

Klar. Und das ist der andere Galaktiker, an den ich lieber nicht denken wollte. Leider kann ich an niemand anderen denken – vielleicht mit Ausnahme eines sehr gesprächigen Galaktikers in den Vereinigten Staaten, den ich kurz getroffen habe – der eine bessere Übersicht der galaktischen Politik bieten kann. Aber wie immer bringt Roxley gewisse Probleme mit sich.

"Ali."

"Ja, Jungchen?"

"Ah. Du bist wieder da." Ich grinse und bin dankbar, dass er mit dem Shop fertig ist. Man kann nie wissen, wie lange der verdammte Geist feilschen wird. Aber eigentlich ist es aufgrund des Zeitunterschieds im Shop gar nicht so überraschend, dass er wieder da ist. *"Tu mir einen Gefallen. Kaufe Kim die politischen Upgrades und Daten, die er benötigt. Danach müsst ihr gemeinsam die Informationen über die Wahlen durchgehen. Ich will wissen, wer mit wem zusammenarbeitet, wen wir auf unsere Seite bringen und mit wem wir etwas aushandeln können. Nötigenfalls kannst du Lana miteinbeziehen."*

„Und was machst du inzwischen?"

„Einkaufen. Und dann habe ich ein Date mit Roxley."

„Ooooh…."

„Nicht so eines", antworte ich ziemlich hitzig.

Ich höre nur ein telepathisches Kichern und beiße die Zähne zusammen. Als ich aufstehe, um selbst in den Shop zu gehen, bemerke ich eine ziemlich heftige Debatte auf dem Monitor, der Katherines Meeting zeigt. Per Gedankenbefehl erhöhe ich die Lautstärke.

„Ich verstehe. Ms. Weingard, aber—", sagte Katherine beschwichtigend, wird aber wieder unterbrochen.

„Kein aber. Es ist jetzt schon fünf Jahre her, und unsere Kinder rennen wie kleine Barbaren herum. Man hat uns ein richtiges Schulsystem für unsere Steuern versprochen, aber wir haben davon noch nichts gesehen!", faucht Weingard und schlägt mit einer runzligen Hand auf den Tisch.

Ich runzle die Stirn und sehe mir ihren Level genauer an – sie ist nur eine Level-31-Bäckerin. Keine echte Gefahr für Katherine. Zumindest nicht körperlich. Es sei denn, Katherine akzeptiert Gebäck von ihr. Oder wenn sie ein Lebkuchenhaus betritt.

„Das ist eine Übertreibung. Die Kinder werden in einer sicheren Umgebung mithilfe von System-Tools unterrichtet. Viele davon sollen den Lernerfolg in Bereichen fördern, die den individuellen Stärken und Schwächen des Kindes entsprechen", erwidert Katherine ruhig.

„Blaue Bildschirme und Hausaufgaben, die nur eine KI ansieht. Und die Klassengrößen sind ungeheuer. Fünfzig Kinder pro Lehrer. Wie kann man da erwarten, dass sie etwas lernen?", faucht Weingard. „Als ich Lehrerin war—"

„Wir haben Probleme, mehr Lehrer zu finden, das stimmt. Ich setze Sie gerne auf die Liste, wenn Sie das möchten", wirft Katherine ein. Ich bemerke, wie sich ihre Lippen minimal verziehen, als Weingard zusammenzuckt. „Aber Lehrer sind nur ein Teil des Unterrichtssystems. Die Kinder werden im Unterricht direkt von KI-Tutoren betreut. In Klassen mit körperlichen Aktivitäten ist das Zahlenverhältnis viel kleiner, und wir erwarten bis Ende des Jahres einen Lehrer für je zehn Schüler zu haben.

„Darüber müssen wir reden. Man bringt den Kindern das Töten bei", fauchte Weingard. „Wie können Sie so etwas zulassen?"

„Die Selbstverteidigung stellt nur eine der vielen Klassen mit körperlichen Aktivitäten dar. Und die ist nur für die älteren Kinder gedacht", sagte Katherine mit eisiger Stimme. „Der Sportunterricht für jüngere Kinder konzentriert sich auf andere, weniger gefährliche Aktivitäten wie Sprints, Turnen und Völkerball."

Weingard will wütend antworten, als der ältere Mann neben ihr eine Hand auf ihre Schulter legt. Sie beruhigt sich fast sofort.

Der ältere Inder meldet sich zu Wort. „Wir verstehen, dass Sie Ihr Bestes tun, aber unsere Organisation sorgt sich wegen der Art des angebotenen Unterrichts."

„Oh?", meint Katherine.

„Beispielsweise gibt es inhaltliche Probleme. Der Sohn eines unserer Mitglieder kam aus einer Klasse zurück, diskutierte die durch Gifte verursachten Verletzungen und zeigte entsprechende Bilder. Die Eltern waren ziemlich schockiert", sagt der Mann.

„Das scheint in dieser Welt doch sehr nützlich zu sein", wirft der untersetzte Mann mit dem kastanienbraunen Haar neben Katherine ein. Eine schnelle Anfrage zeigt mir, dass Cory Gentile der für das ganze Programm verantwortliche Bürokrat ist.

„Mit sechs Jahren? In dem Alter sollten sie das ABC lernen!", faucht Weingard.

„Das Kind, um das es geht, hat diese Informationen in der selbstgestalteten Zeit beim Sprachkundeunterricht gefunden", sagt Cory.

„Aber wir nehmen Ihre Bedenken ernst. Wir werden den jetzigen offenen Lehrplan für jüngere Kinder überprüfen. Aber jetzt möchte ich über die frühen Experimente mit dem Ausbildungsprogramm sprechen. Wir sind überzeugt, dass es Kindern wichtige Fertigkeiten vermittelt, und ersten Anzeichen zufolge haben Absolventen mehr und stärkere Klassenvarianten, nachdem sie das Programm abschließen", sagt Katherine und bringt das Meeting damit wieder zum eigentlichen Thema zurück.

Ich stelle die Lautstärke leiser, nachdem die Wahrscheinlichkeit einer gewalttätigen Auseinandersetzung geringer geworden ist. Das war ja interessant. Ich wusste in etwa, dass wir ein Unterrichtssystem für alle Kinder eingerichtet hatten, in dem wir Nahrung und eine sichere Umgebung boten. Aber ich hatte mich nie näher damit beschäftigt und hatte die Ausführung anderen überlassen. Anscheinend hat sich das System seitdem erweitert. Trotzdem hätte ich erwartet, dass sie inzwischen mehr Lehrer gefunden hätten.

Über Kims Antwort muss ich etwas kichern. Wir haben mehr Hilfe gefunden – aber der Großteil wurde in dem Bereich konzentriert, wo unsere Kinderzahlen am höchsten sind – fünf Jahre und jünger. Aufgrund unserer natürlichen Neigungen und der Fähigkeit des Systems, Schwangerschaften zu fördern, ist es zu einem enormen Bevölkerungszuwachs gekommen. Momentan strengt sich die Siedlung an, diese übermächtigen, vom System unterstützen Kinder unter Kontrolle zu halten. Ich tippe mir an die Lippen und überlege, was da zu tun ist, als der Signalton einer neuen Benachrichtigung hörbar wird.

„LORD ROXLEY WILL EINE UNGEFÄHRE ANKUNFTSZEIT ERHALTEN."

Ich stöhne laut, starrte die Nachricht an, bevor ich sie ebenso wie meine früheren Gedanken wegwische. Klar. Ich habe meinen Job, genau wie diese Leute. Auch wenn ich gerne zur Lösung eines wachsenden Problems beitragen würde, ist das weder mein Fachbereich, noch kann ich da besonders viel einbringen. Letztlich bin ich nur ein gescheiterter Programmierer, der sich in dieser neuen Welt sehr gut durchschlagen kann. Die großen Fragen sollte man lieber den Profis überlassen.

Kapitel 6

Zum ersten Mal seit Jahren bin ich wieder im Shop. Einen Moment lang empfinde ich ein Déjà-vu-Gefühl, als ich den hellen gelben Raum ansehe und der fuchsartige Verkäufer breit lächelnd auf mich zukommt.

„Erlöser! Es ist ein Vergnügen, Sie wieder zu sehen", sagt Foxy. „Ich habe schon einen Raum für Sie vorbereitet. Wenn Sie mir bitte folgen würden."

„Selbstverständlich." Ich lasse mich widerstandslos führen und bin neugierig, was er für mich hat. Einerseits frage ich mich, ob er meinen neuen Reichtum ausnutzen wollte, aber schließlich hat Foxy das seit unserem ersten Treffen nicht mehr versucht. Trotzdem ... „Ich muss meine ursprünglichen Verbrauchsgüter auffüllen. Und dabei Upgrades durchführen."

„Selbstverständlich. Soweit ich weiß, hat Ihr Persönliches Kampffahrzeug schwere Schäden? Möchten Sie es reparieren oder ersetzen?", sagt Foxy und verschränkt die Arme.

Nach kurzem Zögern antworte ich: „Momentan weder das eine noch das andere."

Auch wenn ich es gerne tun würde, ist Sabre in der jetzigen Form schon lange nicht mehr nützlich. Es wäre effektiver, ein normales Motorrad zu kaufen. Meine Güte, ich könne wahrscheinlich ein Fahrzeug von der Siedlung kaufen, falls das nötig wäre. Es wäre vielleicht möglich, Sabre mit den Mitteln der Siedlung zu reparieren und zu verbessern, aber ich bin mir nicht sicher, ob das gegen finanzielle Regeln verstößt. Und in dem Fall vermute ich, dass Sabre dann nicht mehr mein Eigentum wäre. Nein. Ich sollte lieber nach Kamloops gehen und Sabre dort bei Handwerkern abgeben, die versuchen würden, die übel zugerichteten Überreste meines PKF irgendwie zu reparieren. Im schlimmsten Falle würde ihnen das einige

Levels und neue Skills bieten, während sie daran arbeiteten. Und falls alles klappte, würde ich Sabre besser als zuvor zurückerhalten.

„Oh, und bevor ich es vergesse. Das wurde bei uns gelassen, falls Sie uns einmal besuchen würden", sagt Foxy und streckt die Hand aus. Es ist ein kleines, glänzendes Armband.

Ich starre es einen Moment verwirrt an, bevor ich mich erinnere. „Ein echtes Déjà-vu-Gefühl."

Ich nehme das Armband und lege es an. Einen Moment später erhalte ich die Nachricht, dass mein Quanten-Status-Manipulator aktiviert wurde und einsatzbereit ist. Ich muss lachen, wenn ich daran denke, wie nützlich dieses Gerät war, als ich damals anfing. Die Fähigkeit, halb in eine andere Dimension zu wechseln ermöglichte es mir, mich anzuschleichen und Kreaturen weit über meinem Level zu bekämpfen und zu töten. Heutzutage aber haben fast alle Siedlungen eine Art von Quanten-Sperre, was dieses Gerät viel weniger nützlich macht. In der Verbotenen Zone stieß ich sogar auf einige Monster, die diese Fähigkeit besaßen.

„Benötigen Sie noch etwas von mir, Erlöser?", fragt Foxy, und ich nicke.

„Sie haben doch Kontakt zu Verzauberern und anderen Handwerkern, die Zauber aufschichten können, oder?", sage ich und er nickt. Ich ziehe ein Dutzend Wurfmesser aus meinem Inventar.

Foxy neigt den Kopf und öffnet eine Hand. Als ich nicke, hebt er eines der kleinen dunkelroten und schwarzen Wurfmesser auf, die ich grob aus dem Zahn eines Monsters mit Level 140 geschnitzt habe.

Zahn-Wurfmesser

Schlecht und unter Verwendung ungeeigneter Werkzeuge angefertigte Wurfmesser, die aus der seltenen Beute einer Erwachten Bestie mit Level 140 stammen.

Grundschaden: 180

„Erstaunliches Material. Die Handwerkskunst ist unterdurchschnittlich, aber ich glaube, dass es genug Material für eine Umformung gibt. Wir können selbstverständlich mit unseren Kontakten sprechen", sagt Foxy und starrt mich einen Moment an. „Bei einem derartigen Werkstoff würde ich die Verzauberung nur durch einen Meister durchführen lassen. Allerdings ..."

„Die sind teuer. Wie viel?"

Als Foxy den Preis nennt, bleibt mir fast die Luft weg. Das würde den Großteil meines jetzigen Profits auslöschen.

„Und die Verzauberung ...?"

„Viele Meister sind ... hmmm ... Künstler der höchsten Stufe. Sie werden die Art der Verzauberung erst garantieren, wenn sie das Material und das Objekt sehen, an dem sie arbeiten sollen, und sobald sie eine Inspiration haben." Als ich die Augen zusammenkneife, will er mich beruhigen. „Aber derartige Investitionen haben zu vielen mächtigen und berühmten Waffen geführt. Zumindest bin ich sicher, dass sie diesen Messern eine Rückkehr-Verzauberung geben werden."

Ich nicke langsam und überlege meine Optionen. Diese Waffen waren mir auf dem anderen Planeten nützlich und stellen meinen ersten – und einzigen – Versuch dar, meine eigenen Werkzeuge zu erschaffen. Ich hatte immer vor, sie irgendwann zu verbessern, und jetzt habe ich die Gelegenheit dazu. Ich muss mich nur damit abfinden, dass ich dann wieder pleite bin. Zumindest relativ gesehen – vor allem wenn man meine kommenden Ausgaben einberechnet.

„Machen Sie das." Ich seufze, gebe ihm die anderen Messer und ziehe zwei größere, dreißig Zentimeter lange Messer aus dem gleichen Material heraus. „Ich werde auch neue Kleidung brauchen, bessere Rüstung –

vielleicht etwas mit Nanogewebe und automatischer Reparaturfunktion – sowie weitere Skills und Zaubersprüche. Ich denke da …"

Foxy nickt, und seine dunklen Augen glitzern vor kaum unterdrückter Gier, als ich die gewünschten Skills und Zaubersprüche aufliste. Dabei unterbricht er mich nur manchmal mit einem Vorschlag, wenn er meine Wahl als nicht optimal betrachtet. Ich frage mich, ob es besser gewesen wäre, Ali zum Feilschen mitzubringen, aber ich kann den Geist ja später noch nachschicken, falls es aussieht, als ob ich übervorteilt worden wäre.

***

Eine Stunde später bin ich allein im Raum und erhole mich langsam von den wiederholten geistigen Injektionen von Informationen. Anscheinend ist der Erwerb von Skills der Fortgeschrittenen Klasse – die hochstufigsten Skills, die ich außerhalb meines eigenen Klassen-Fertigkeitsbaums erhalten kann – etwas anstrengender als der Kauf von grundlegenden Fertigkeiten. Ohne meine zugebenermaßen unglaublichen Attribute für Willenskraft und Intelligenz müsste ich vermutlich bei der Integration langsamer vorgehen. Allerdings stellt sich dann die Frage, warum ich frühere, gekaufte Fortgeschrittene Skills aus meiner Klasse so gut integrieren konnte. Lag das daran, dass sie zu meiner Klasse gehörten und das System meinem Körper irgendwie diese Skills eingeprägt hatte, um ihn darauf vorzubereiten? Mehr Fragen, und so wenige Antworten. Zumindest jetzt.

Da ich nicht mehr daran denken will, gehe ich die zahlreichen Benachrichtigungen durch, die seit Beginn des Prozesses auf mich gewartet haben.

Analysieren (Level 2)

Ermöglich es dem Benutzer, Individuen, Monster und im System registrierte Objekte zu scannen, um Systeminformationen zu sammeln. Die Detail und die Präzision der Informationen hängen vom Level und allen Fertigkeiten oder Zaubersprüchen ab, die mit der Fähigkeit in Konflikt stehen. Reduziert Mana-Regeneration dauerhaft um 10.

Ehrlich gesagt ist dieser Skill unnötig, solange ich Ali bei mir habe. Aber meine Erfahrung hat gezeigt, dass mein Geist nicht immer bei mir sein wird – vor allem, da er sich jetzt materialisieren kann und riskiert, verbannt zu werden. Ali ist zwar extrem intelligent, aber nicht sehr kampfstark, und er lässt sich in besonders intensiven Gefechten oft ablenken.

Abhärten (Level 2)

Dieser Skill verstärkt die jeweiligen Verteidigungssysteme und schwächt Angriffe darauf, um deren Durchschlagskraft zu reduzieren. Diese Standardfähigkeit der Schildkröten-Ritter von Kiumma hat Gegner seit Jahrtausenden frustriert.

Wirkung: Reduziert Durchschlagskraft von Angriffen auf die jeweilige Verteidigung um 30 %.

Preis: 3 Mana pro Sekunde

Quanten-Sperre (Level 3)

Diese Standardfähigkeit der M453-X Mechani-Assistenten blockiert Überraschungsangriffe und reduziert die taktischen Optionen der Feinde. Im aktivierten Zustand erregt die Quanten-Sperre der Mechani-Assistenten für alle Individuen und Skills im jeweiligen Gebiet Quanten-Strings.

Wirkung: Alle Teleportations-, Portal- und Dimensions-Fertigkeiten und -Zauber werden gestört, solange die Quanten-Sperre aktiv ist. Der erzwungene Einsatz von

Skills und Zaubern während diese Fertigkeit aktiv ist, führt zu (verwendete Skill-Manakosten mal 4) Gesundheitsschaden. Benutzer zahlen eine unterschiedliche Menge an zusätzlichem Mana, wenn sie den Skill aktivieren, um die Wirkung der Quanten-Sperre und den erlittenen Schaden zu senken.

Anforderungen: 200 Willenskraft, 200 Intelligenz

Wirkungsbereich: 100 Meter Umkreis um Benutzer

Preis: 250 + 50 Mana pro Minute

Elastische Haut (Level 3)

Elastische Haut ist eine permanente Änderung, die es dem Benutzer ermöglich, eine kleine erlittene Schadensmenge zu absorbieren. Erlittener Schaden um 7 % reduziert, und 7 % des absorbierten Schadens wird in Mana umgewandelt. Manaregeneration permanent um 15 Mana pro Minute reduziert.

Elastische Haut ist wahrscheinlich der teuerste Skill, den ich gekauft habe, da dies ein exklusiver Skill aus einer anderen Klasse ist – die Wühler. Das ist auch in Hinblick auf meine Mana-Regeneration teuer, aber die Kombination aus Schadensreduzierung und Manaersatz ist nützlich. Die meisten anderen Skills, die ich mir angesehen habe, waren entweder reine Schadensreduzierungen oder boten leichte Vorteile in anderen Bereichen. Wie Steinhaut, das einen etwas weniger empfindlich gegen Feuer macht und eine höhere Schadensreduzierung gegenüber Reibungseffekten bietet. Bei 7 % von 7 % ist die Schadensmenge, die in Mana umgewandelt wird, etwa 0,5 Prozent des erlittenen Schadens – ein erbärmlicher Wert. Aber besser als nichts.

Insgesamt geht es bei dieser Einkaufstour vor allem darum, einige meiner Schwachstellen auszubügeln, damit es schwerer wird, mich umzubringen. Ich habe zwar immer noch das Gefühl, dass ich nicht genug Schaden austeile, aber wenn es schwieriger ist, mich zu erledigen, kann ich das wenigstens über einen längeren Zeitraum tun. Das bedeutet, dass ich durch all diese Skills pro Minute 80 Punkte Mana-Regeneration verliere, aber da ich meine Gratis-Attribute noch nicht verwendet habe, lässt sich das leicht beheben. Ich teile zwei Drittel meiner 98 Gratispunkte zwischen Intelligenz und Willenskraft auf, was beide auf neue Höchstwerte bringt.

Außerdem besorge ich mir einige nützliche Zaubersprüche – wie Erdform, Reparatur, Chlorophyl-Sprache, Oxygenieren und Kühlen – falls ich je wieder irgendwo in der Wildnis ende. Andere sind Varianten existierender Zauber, wie Frostschlag – ein fast wortwörtliches Gegenstück zu Infernostrahl. Auch wenn ich kein großer Fan von Zaubersprüchen bin, da ihr Wirken Zeit und Konzentration erfordert, bedeuten höhere Intelligenz und Willenskraft, dass ich es ohne größere Probleme im Kampf nutzen kann. Dennoch bevorzuge ich sofort verwendbare Skills.

Aber ich habe nun einige interessante Zauber, die ich früher echt gerne gehabt hätte.

Wasser-Erzeugung

Zieht Wasser aus der elementaren Wasserebene. Das Wasser ist rein und stellt die höchste verfügbare Form dar. Beschwört einen Liter Wasser. Abklingzeit: 1 Minute Preis: 50 Mana

Sehen

Erlaubt es dem Wirkenden, einen Ort in bis zu 1,7 km Entfernung zu sehen. Die Reichweite kann durch den Einsatz von mehr Mana erhöht werden. Während dieser Zeit kann sich der Wirkende nicht bewegen. Es wird empfohlen, dass sich der Seher auf den Zauber konzentriert, um Unfälle zu vermeiden, es sei denn, er besitzt viel Intelligenz und Wahrnehmung. Das Sehen kann durch gleichwertige und höherstufige

Zaubersprüche und Fertigkeiten blockiert werden. Individuen im Sehbereich, die eine hohe Wahrnehmung besitzen, können gewarnt werden, dass dieser Skill eingesetzt wird. Abklingzeit: 1 Stunde
Preis: 25 Mana pro Minute

Seherschutz

Blockiert Seherzauber und Ähnliches in 5 Meter Umkreis um den Wirkenden. Höherstufige Zauber werden eventuell nicht blockiert, aber der Wirkende wird über versuchte Seherzauber informiert. Abklingzeit: 10 Minuten
Preis: 50 Mana pro Minute

Verbesserte Unsichtbarkeit

Verbirgt Systemdaten, Aura, Geruch und visuelle Erscheinung des Ziels. Die Wirksamkeit des Zaubers hängt von der Intelligenz des Wirkenden und allen Fertigkeiten oder Zaubersprüchen ab, die mit dem Ziel in Konflikt stehen.
Preis: 100 + 50 Mana pro Minute

Verbesserter Manakäfig

Auch wenn der Manakäfig physisch schwächer ist als andere elementarbasierte Fangzauber, hat er den Vorteil, dass er alle Kreaturen einsperren kann, darunter halbfeste Geister, beschworene Elementarwesen, Schattenbestien und Skill-Anwender. Abklingzeit: 1 Minute
Preis: 200 Mana + 75 Mana pro Minute

Verbesserter Flug

(Flieg, Vogel, flieg – Ali) Dieser Zauber ermöglicht es dem Anwender, die Schwerkraft zu überwinden. Kontrollierte Manaschübe lassen den Anwender selbst in schwierigsten Situationen fliegen. Die verbesserte Version dieses Zaubers erlaubt auch

den Flug in der Schwerelosigkeit und bietet bessere Manövrierfähigkeit. Abklingzeit: 1 Minute

Preis: 250 Mana + 100 Mana pro Minute

Ich erwarb zudem zwei Beweglichkeitszauber, auch wenn ich nicht weiß, ob ich sie je einsetzen werde. Hast ist zwar ein nützlicher Zauber, aber seine Manakosten sind hoch. Und mein eigenes Tempo ist schon beträchtlich. Aber das wäre nützlich, um auf das geringe Risiko vorbereitet zu sein, wenn ich wieder einen schnellen Gegner bekämpfen muss. Und Verbesserter Flug, na ja ... Fliegen eben. Auch wenn ich nicht zu den Leuten gehöre, die immer vom Fliegen geträumt haben, ist es doch attraktiv. Zumindest kann ich das wiederholen, was ich mit dem Feldboss tat, ohne dass mich jemand per Portal heranbringen muss.

Insgesamt füllen die meisten meiner Einkäufe Lücken in meiner Verteidigung und bieten mir mehr Optionen – vor allem, wenn ich mich nicht im Gefecht befinde. Im Gefecht wäre es theoretisch nützlich, einige zusätzliche Zauber zu besitzen, die genau zu den Monstern passen, mit denen ich kämpfe. Aber ich weiß aus Erfahrung, dass ich mich wohl auf einige bewährte Skills und Zauber verlassen werde. Wie ein berühmterer Lee einmal sagte, muss man nicht den Mann fürchten, der tausend Angriffe trainiert hat, sondern den Mann, der einen einzigen Angriff tausendmal geübt hat.

Ein Klopfen an der Tür unterbricht meine Gedankengänge. Auf meine Einladung hin kommt Foxy herein und legt meine banaleren Einkäufe hin. Ich springe praktisch zu der neuen Kleidung hin und kann es kaum erwarten, mich umzuziehen. Ich hatte gar nicht bemerkt, wie sehr ich neue, unbeschädigte Kleidung vermisste, bis Kim es erwähnte. Obwohl ich einige zusätzliche Sachen in meinem Veränderten Raum aufbewahrt hatte, hatte ich auf meinem verdammten Exilplaneten alles vor langer Zeit aufgebraucht.

Sobald alle meine Einkäufe auf dem immer größer werdenden Tisch liegen, verbeugt sich Foxy etwas und lächelt. „Sonst noch etwas?"

„Nein. Ich werde wahrscheinlich zurückkommen, sobald ich hier fertig bin. Es war mir ein Vergnügen", sage ich.

Foxy verabschiedet sich ebenfalls. Ich sehe den Alien weggehen und muss in Gedanken darüber lächeln, dass ich seinen Namen immer noch nicht kenne. Andererseits hat er sich mir nie vorgestellt.

Zuerst die Kleidung. Ich schicke meine schmutzigen Sachen kurzerhand ins Inventar. Dann wirke ich kurz einen Reinigungszauber und ziehe mich dann an. Zunächst der gepanzerte Jumpsuit, ein hautenges Kleidungsstück, das Schutz vor ballistischen und Energiewaffen bietet, ohne meine Bewegungen zu behindern. Dieser Jumpsuit ändert seine Farbe per Gedankenbefehl, von einem einfachen Grau zu einem eleganten Schwarz mit silbernen Akzenten. Ich rufe kurz seine Beschreibung auf.

Ares Gepanzerter Jumpsuit der Platin-Klasse (Stufe II)

Die berühmten gepanzerten Kleidungsstücke von Ares der Platin-Klasse kombinieren hochmoderne Nanotechnologie-Fasern mit den Spitzenleistungen eines Fortgeschrittenen Handwerkers und bieten anspruchsvollen Abenteurern unübertroffenen Schutz.

Wirkung: +218 Verteidigung, +14 % Widerstand gegen kinetische und Energie-Angriffe, +19 % Widerstand gegen Temperaturschwankungen. Selbstreinigungs-, Selbstreparatur- und Auto-Anpassungszauber ebenfalls verfügbar.

Preis: 89.399 Credits

Ich bin sogar etwas amüsiert, dass Alis Übersetzung es als Jumpsuit bezeichnet. Aber das Ding ist jeden Credit wert, den ich dafür bezahlt habe. Die zusätzlich Verteidigung und der Komfort sind besonders wichtig, wobei auch die gestärkten Widerstände nicht zu verachten sind. Leider stapelt sich das nicht mit meinen eigenen Widerständen, wodurch es weniger nützlich ist. Dennoch stecke ich den zweiten Jumpsuit ins Inventar, nur für den Fall, dass dieser zerstört würde.

Über dem Jumpsuit ziehe ich eine gepanzerte Jacke an, die wie eine etwas dünnere Version einer Motorradjacke aussieht. Auch wenn sie nicht so teuer ist, verstärkt sie meine Verteidigung aufgrund der Dicke um fast den gleichen Wert. Nun kommt der nanoverstärkte, einziehbare Helm, über den ich erleichtert lächle. Ich hatte den einfachen Zugang zu der visuellen, akustischen und olfaktorischen Technologie eines Helms vermisst. Ich passe meine Neuralverbindung sofort an den Helm an und spüre ein leichtes Klicken, als die Daten direkt in mein Bewusstsein strömten. Ich greife tiefer hinein, berühre meinen Techlink-Skill und entferne meine Verbindung zu Sabre. Das fühlt sich an, als ob ich einen ziemlich langen Schorf in meinem Bewusstsein abreiße. Ein weiterer Gedankenbefehl verbindet das Techlink mit meinem Helm, was alles noch klarer erscheinen lässt.

Danach stecke ich die sonstigen Kleidungsstücke, darunter billigere förmliche Sachen, die nicht für die Apokalypse geeignet sind, in mein Inventar und sehe meine anderen Einkäufe an. Das vor mir liegende Arsenal beginnt mit einem Strahlengewehr und einer Pistole. Dann folgen mehr Projektilwaffen, darunter ein modifiziertes Sturmgewehr mit Granatwerfermodul, die notwendige Munition in farblich kodierten Magazinen und eine kleinere Pistole des gleichen Typs. All diese Waffen sind hochwertige Modelle der Gold-Klasse und der Stufe II, die im System registriert und dadurch leistungsfähiger als entsprechende Massenprodukte sind.

Sobald ich mir die Strahlenpistole umgeschnallt und den Rest der Fernwaffen weggepackt habe, nehme ich die beiden Premium-Stahlmesser. Hier habe ich nicht zu viel ausgegeben, da ich weiß, dass ich meine verzauberten Waffen zurückbekommen werde. Und wenn ich wirklich etwas schneiden muss, habe ich ja mein seelengebundenes Schwert. Und ich muss mir nie Sorgen machen, dass es je zerbricht, was enorm nützlich ist. Es brach auf dem Exilplaneten so oft ... mit einer Geste lasse ich das Schwert in meiner Hand erscheinen und analysiere es erneut.

Schwert Stufe II (Seelengebundene persönliche Waffe eines Erethra-Paladins)

Grundschaden: 307

Haltbarkeit: N/Z (persönliche Waffe)

Sonderfähigkeiten: +20 Manaschaden, Klingenhieb

Ein ganz netter Anstieg des Grundschadens, was wahrscheinlich auf meinen erhöhten Klassen-Level zurückzuführen ist. Immer noch Stufe II, was ärgerlich ist – aber wohl fair. Ich lasse das Schwert verschwinden und konzentriere mich auf die anderen Werkzeuge, die ich gekauft habe.

Erstens eine Menge Granaten und Minen. Die meisten sind billig, obwohl ich auch einige höherstufige Sprengsätze habe, die von Handwerkern hergestellt wurden. Größtenteils dienen sie lediglich dazu, im Gefecht Verwirrung und Verunsicherung zu erzeugen. Ich zögere aber, zu viel in diesem Bereich zu investieren – als Verbrauchsgüter, die man in großen Mengen einsetzt, sind sie einfach zu teuer. Und die Monster, gegen die ich kämpfe, werden sich wohl kaum von diesen Sprengstoffen ablenken lassen. Während der Haufen an Einkäufen groß ist, ist er also relativ preiswert.

Danach folgen die üblichen Dinge wie Zelte, Schlafsäcke, Seile, Leuchten und Tränke. Jede Menge Mana- und Heiltränke. Die meisten werden in meinem Veränderten Raum untergebracht, und ich frage mich, ob ich diesen wieder vergrößern soll. Aber wie hoch ist schon das Risiko, dass ich wieder auf einem Planeten zurückgelassen werde?

„Ja?", sagt Foxy, der gerade hereinkommt.

„Nichts ..." Ich hüstle und ziehe meine Hand von dem Stück Holz weg, auf das ich geklopft habe.

„Selbstverständlich." In Foxys Augen ist ein leicht amüsiertes Glitzern zu sehen.

Ich warte, bis sich die Tür hinter ihm schließt, bevor ich meinen Statusmonitor öffne, da ich meine Daten noch einmal sehen will.

Statusmonitor			
Name	John Lee	Klasse	Erethra-Paladin
Volk	Mensch (M)	Level	15
Titel			
Monsterschreck, Erlöser der Toten, Duellant. Entdecker			
Gesundheit	3070	Ausdauer	3070
Mana	2710	Mana-Regeneration	225 (+5) / Minute

Attribute			
Stärke	180	Beweglichkeit	275
Konstitution	307	Wahrnehmung	127
Intelligenz	275	Willenskraft	300
Charisma	78	Glück	48
Klassen-Fertigkeiten			
Mana-Erfüllung	3*	Klingenhieb*	3
Tausend Schritte	1	Veränderter Raum	2
Zwei sind Eins	1	Entschlossenheit des Körpers	3
Größere Entdeckung	1	Tausend Klingen*	3
Seelenschild	2	Versetzungsschritt	2
Portal*	5	Einzelkämpfer-Armee	2
Sanktum	2	Sofort-Inventar*	1
Spalten*	2	Raserei*	1
Elementarhieb*	1 (Eis)	Geschrumpfte Fußspuren*	1
Tech-Verbindung*	2	Durchdringung	1
Aura der Ritterlichkeit	1	Augen der Einsicht	1
Analysieren*	2	Abhärten*	2
Quanten-Sperre*	3	Elastische Haut*	3

Kampfzauber	
Verbesserter schwacher Heilzauber (IV)	Größere Regeneration (II)
Größere Heilung (II)	Manatropfen (II)
Verbesserte Manarakete (IV)	Verbesserter Blitzschlag (III)
Feuersturm	Polarzone
Frostklinge	Verbesserter Infernostrahl (II)
Schlammwall	Frostschlag
Froststurm	Verbesserte Unsichtbarkeit
Verbesserter Manakäfig	Verbesserter Flug
Hast	

Enorm. Ich überlege, wie ich das reduzieren und was ich bezüglich der Punkte anpassen könnte. Ich habe immer noch 32 Gratis-Attribute, aber momentan bin ich mir nicht sicher, wo ich die einsetzen soll. Oder was ich brauche. Ich benötige mehr Zeit auf diesem Level und muss gegen Kontrahenten kämpfen, die mich herausfordern, bevor ich es bestimmen kann.

Deshalb wähle ich die Option Verlassen und fühle, wie die Welt verblasst und ich in die „normale" Realität zurückgeworfen werde.

***

„SCHÖN, DASS SIE WIEDER DA SIND. WAS LORD ROXLEYS BITTE BETRIFFT ..."

Sobald ich vom Shop weg teleportiere, bemerke ich Kims Nachricht und verziehe das Gesicht. „Hast du deine Upgrades?"

„JA."

„Dann arbeite mit Ali zusammen. Ich will einen Bericht erhalten, sobald ihr fertig seid", befehle ich und beschließe dann, dass ich der verdammten KI und Roxley lange genug ausgewichen bin. „Sag, dass ich ihn bald besuche."

„BALD?"

„Bald. Heute Abend", sage ich.

„INFORMATION WURDE WEITERGELEITET."

Ich knurre und stampfe davon. Ich bin halb aus dem Büro hinaus, als Lana mich einholt und sanft anlächelt.

„Probleme?", fragt Lana.

„Nichts Besonderes." Ich atme tief ein. Na schön. Vielleicht ärgert es mich etwas, dass man mich drängt, mit einem Mann zu reden, den ich seit Ewigkeiten nicht mehr gesehen habe. Und dessen Beweggründe ich nie richtig verstand.

„Gut. Denn ich habe ein Problem für dich", sagt Lana und läuft neben mir her. Ich runzle die Stirn und die Rothaarige scheint das als Hinweis zu verstehen, dass sie fortfahren will. „Inzwischen haben manche Leute gehört, dass du wieder da bist."

„Das habe ich ja nie verbergen wollen."

„Nein, aber einige Probleme, die wir unterdrücken konnten, sind nun wieder auf der Tagesordnung. Wie dein Status als Eigentümer dieser Siedlungen", sagt Lana.

„Oh?" Ich neige den Kopf und bleibe stehen, so dass wir mitten im Korridor aus Sandstein und Glas stehenbleiben. Zum Glück ist dieses Stockwerk größtenteils leer. „Wer will das ändern, und zu was?"

Lana sieht etwas verlegen aus, als sie meine Frage beantwortet. „Na ja, es gibt da mehrere Gruppen. Einige werden vom früheren Stadtrat von Vancouver angeführt, und andere etablierte Gruppierungen. Wir haben sie über die Eigentumsfrage diskutieren lassen, um sie abzulenken. Aber nach deiner Rückkehr werden sie sich darauf konzentrieren, dich zu entmachten."

„Und ...?"

„Und mich als vorläufige Verwalterin einzusetzen." Als Lana merkt, dass ich nicht einmal wütend bin, hebt sie eine Augenbraue. „John?"

„Schon gut. Eigentlich hatte ich das erwartet", sage ich mit einem leichten Lächeln. „Es hat mich überrascht, dass du mir so lange die Verantwortung überlassen hast, statt mich einfach abzusetzen."

„Die Tatsache, dass du am Leben warst, stellte eine nützliche Abschreckung dar". meint Lana. „Dein Ruf, deine Titel haben vieles leichter gemacht. Und solange die Stadtkerne nicht frei waren, wussten wir, dass du noch lebst. Ich wusste das."

Ich bemerke ein kurzes Zögern in ihrer Stimme und fluche in Gedanken. Irgendwie hasse ich es, dass das passiert ist, dass das, was wir begonnen haben, so abrupt zerbrach. Wenn wir vielleicht mehr Zeit gehabt hätten ... aber was ist, das ist. Manchmal muss man sich aber fragen *was wäre, wenn?*

„Du also?" Vertraue ich Lana? Wenn du mich vor vier Jahren gefragt hättest, wäre meine Antwort eindeutig „ja" gewesen. Jetzt ... jetzt muss ich darüber nachdenken. Aber es stimmt, dass ich ihr die Verwaltung der Siedlungen übertragen habe und sie diese Aufgabe klaglos übernahm. Ihre Persönlichkeit, ihre Kenntnisse, und letztlich die Tatsache, dass sie gerne mit Leuten arbeitet, machen sie eine viel bessere Wahl als ich es wäre. Aber ...

„Lass mich darüber nachdenken."

Ehrlich gesagt weiß ich nicht, warum ich mich jetzt an die Siedlungen klammere. Schließlich kann sie diese ja selbst halten. Sie hat zahlreiche mächtige Helfer, auf die sie sich verlassen kann. Vielleicht ist das der Geizhals in mir, der Pfennigfuchser, der lieber Instant-Nudeln isst als in ein Restaurant zu gehen, aber es fällt mir schwer, etwas wegzugeben.

„Selbstverständlich." Lana legt eine Hand auf meinen Arm und sieht mich ernst an. „Ich wollte die Siedlungen nicht. Nur damit du das weißt."

„Ich weiß." Ich seufze. „Aber ..."

„Du denkst schon an die Abstimmung. Und was im Galaktischen Rat passiert", sagt Lana, die ihre eigenen Schlussfolgerungen zieht. Eigentlich habe ich ihr das schon vor Jahren gesagt. Jetzt bin ich mir aber nicht mehr so sicher. Sie beißt sich auf die Unterlippe und zögert, bis ich eine Augenbraue hebe. „Warum machst du das?"

„Was denn?"

„Das hier. All das", sagt Lana und deutet um sich herum. „Du bist kaum zehn Minuten auf der Erde und wirfst dich sofort auf einen Feldboss und säuberst einen Dungeon. Sobald du fertig bist, kommst du hierher, arbeitest vier Jahre Geschichte durch und überlegst, wie du einen Sitz im Galaktischen Rat kriegen kannst. Was treibt dich an?"

„Das ..." Ich sehe einen Moment weg und beobachte die Passanten draußen. Sie gehen in die Mischung auf Rathaus und Bibliothek und wieder hinaus, betreten andere Bürogebäude, um Dinge zu erledigen. So viel Trubel, so anders als früher. „Es gibt im Taoismus ein Konzept namens *Wu Wei*. Das könnte man – schlecht – als Handeln-Nichthandeln übersetzen. Es geht um das Tun, ohne zu denken, weil es das Richtige ist."

„Wie eine Armee anzugreifen?", sagt Lana, und aus dem Augenwinkel sehe ich, wie sich ihre Lippen leicht nach oben verziehen.

„Wenn das in dem Moment die richtige Entscheidung ist, dann ja", sage ich und drehe mich absichtlich nicht vom Fenster weg. Ich weiß nicht, wie ich das erklären soll, ohne wie ein Idiot zu klingen.

Wir können in unseren Leben so wenig entscheiden. Wir können nicht entscheiden, wann wir geboren werden. Wo. Wer unsere Eltern sind. Wir können so viele der unerwarteten Freuden und Leiden nicht wählen, die auf uns fallen, die Schmerzen, die man uns zufügt, die Liebe, die man uns schenkt. Der Wille des Schicksals und die Küsse der Glücksgöttin fallen gleichermaßen auf unser Haupt. Daher sind unsere Entscheidungen, die seltenen und die täglichen, noch wichtiger. Zu stehen oder zu knien, zu kämpfen oder zu fühlen. An etwas zu glauben, ganz gleich wie töricht, wie naiv und falsch es ist.

„Das hier? Das fühlt sich richtig an", sage ich. „Es ist keine schlechtere Entscheidung als alle anderen. Oder bessere. Es ist einfach meine."

Lana starrt eine Weile stirnrunzelnd meine Gestalt an. Schließlich drehe ich mich zu ihr hin.

Der Rotschopf schüttelt den Kopf. „Ich beneide dich nicht darum. Ich würde so einen Kampf nicht wählen."

Ich muss blinzeln, weil mich ihr Eingeständnis überrascht. „Das hast du noch nie erwähnt."

„Damals war das nicht wichtig. Aber John, nicht alle von uns sind bereit, sich auf Drachen zu stürzen. Manchen von uns genügt es, gegen Oger zu kämpfen. Und denen, die nach uns kommen, die Werkzeuge zum Kampf gegen Drachen zur Verfügung zu stellen."

Ich muss über die Metapher lachen, die nur in diesem Zeitalter möglich wäre. „Geht in Ordnung. Außerdem ist das Drachentöten nicht so toll, wie viele glauben."

„Drachen ..." Lana kneift die Augen zusammen, aber ich gebe keine weitere Erklärung. Schließlich wechselt sie das Thema. „Ich muss los. Ich muss mich mit Katherine treffen. Kelowna verlangt wieder ein drittes Gildengebäude. Und Kamloops möchte, dass du bei ihrem Arsenal vorbeischaust. Da wäre eine junge Dame, die dich sehen will ...", spöttelt Lana.

Ich rolle mir den Augen, weil sie so offensichtlich versucht, die Atmosphäre aufzulockern. „Ich habe noch ein Meeting heute Nacht. Und dann wartet noch ein Stadt-Dungeon auf mich." Ich rolle meine Schultern und hebe eine Hand, um mit meinem Mana ein Portal zu bilden. „Ich muss einige neue Skills ausprobieren."

„Viel Spaß", ruft Lana, als ich durch das dunkle Oval schreite und ins Nichts geworfen werde.

Kapitel 7

Als ich wenige Schritte vom Rand des Stadt-Dungeons entfernt das Portal verlasse, sehe ich etwas Neues – eine graue Betonmauer. Ich verziehe das Gesicht und neige den Kopf, da diese genau der Beginn des Dungeons ist.

„Kim, ich sehe hier eine riesige Mauer", murmle ich leise.

„SIE WURDE ERBAUT, NACHDEM EINIGE NIEDRIGSTUFIGE TEENAGER STARBEN, DIE DEN DUNGEON UNVORBEREITET BETRATEN."

Klar. Ich reibe mir über mein Kinn, springe über die drei Meter hohe Mauer und lande im Dungeon. Sofort erscheint eine Benachrichtigung. Der erste Teil ist nicht anders als früher, obwohl der Level des Dungeons angestiegen ist. Der Zusatz ist allerdings neu.

Du hast den Stadt-Dungeon der University of British Columbia betreten.

Dieser Dungeon ist für Level 10-80 geeignet Der örtliche Dungeonwächter und seine Helfer können Karten der Zonen-Level und weitere Informationen liefern.

Zusatz: Alle Besucher sollten sich beim Dungeonwächter oder einem Helfer melden. Wird dies nicht getan, führt das zu Strafen, einschließlich des Verlusts von Dungeon-Privilegien und Strafgeldern – UBC DW.

Ach so. Ich wollte einen Dungeonwächter ernennen, bevor ich ging. Offensichtlich haben das Lana oder Katherine in der Zwischenzeit erledigt. Ich runzle die Stirn und merke, dass ich weder eine Ahnung habe, wie ich diesen Dungeonwächter oder seine Assistenten finden kann, noch gibt es eine offensichtliche Methode, ihn zu kontaktieren. Ich zucke mit den Achseln und gehe hinein. Egal. Regeln sind für das Fußvolk.

Statt meine Zeit mit niedrigstufigen Monstern zu verschwenden, aktiviere ich meine Aura. Auch wenn sie nicht so furchterregend wie andere ist, reicht das, um schwache Monster zu verscheuchen, die sowieso Angst vor mir gehabt hätten. Das ist wie ein Suchscheinwerfer, ein Waldbrand, der diesen Kreaturen Gefahr signalisiert. Dadurch kann ich über die waldbesäumten Straßen mit ihrem aufgerissenen Asphalt gehen, um höherstufige Zonen zu erreichen. Ich erinnere mich an unseren einzigen Besuch hier, als ich am Golfplatz vorbeigehe – einer Level-30-Zone mit irren mutierten Wühlmäusen, Eichhörnchen und einer Kreatur, die Kugeln aus Elementarwasser schießt – und dann an Wohnheimen zu den eigentlichen Fakultätsgebäuden.

Kim, ich brauche eine Karte der Zonen.

HOCHGELADEN.

Danke.

Einen Moment später habe ich die Karte und lasse die Informationen auf meiner eigenen Minikarte erscheinen. Ich vermisse Alis präzisere Updates, aber was ich habe, genügt durchaus. Und obwohl ich schlendere, ist das mit meinen verbesserten Attributen das Äquivalent eines Vollsprints für die durchschnittliche Person vor dem Erscheinen des Systems.

Als ich schließlich den ersten Campus erreiche, befinden sich die Zonen auf einem Level, mit dem man ganz gut experimentieren kann. Das erste Monster, auf das ich stoße, ist ein winziger Gribble mit langen Zähnen, einem scharfen Pelz und riesigen Augen. Wenn man nicht so genau hinsieht, könnte man ihn sogar für niedlich halten. Zumindest wenn man die Giftwolke um die Kreatur herum ignoriert. Das Monster greift mich an und bewegt sich so schnell, dass es sich mit jedem kleinen Hüpfer zu teleportieren scheint.

Gribble (Level 41 Monster)

HP: 381/381

MP: 833/833

Zustand: Wütend, Giftig, Schadenswiderstand

Ich ziehe meine Strahlenpistole und feuere aus der Hüfte, wobei ich das Wesen im Sprung erwische. Auch wenn es als die bessere Option erscheinen mag, das Biest im Ruhezustand anzugreifen, kann es nicht ausweichen, wenn man es in der Luft sieht, verfolgt und trifft. Der erste Schuss setzt das Fell des Gribble in Brand und zersetzt Muskeln und Haut. Ein zweiter Schuss trifft, als die Kreatur stolpernd landet, und der dritte machte dem Monster den Garaus, als es dann zu fliehen versucht. Ich stecke die Pistole stirnrunzelnd weg und merke, dass das Nachladen einen Moment erfordert. Die Kadenz war deutlich langsamer als meine Fähigkeit, den Abzug zu betätigen. Allerdings ist das ja nicht überraschend. Das ist eben der Grund, warum manche Leute Nahkampfwaffen bevorzugen – wenn Attribute ansteigen, können Hightech-Waffen nicht mithalten. Ein PKF wie Sabre könnte sogar mehr bewegungshemmend als nützlich sein.

Ich loote kurz die Leiche und gehe dann tiefer hinein, wobei ich wegen potenzieller Angriffe wachsam bleibe. Einige Minuten später finde ich den Grund dafür, dass ich nicht mehr angegriffen werde – ein Trio von Abenteurern bekämpft in einer Dreiecksformation eine ganze Horde von Gribbles. Alle drei tragen typische Abenteurer-Outfits, gepanzerte Jumpsuits mit Gurtsystemen, die leichten Zugriff auf Injektionsgeräte und kleinere Nahkampfwaffen bieten. Sie sehen wie Hunderte von Gruppen aus, die ich gesehen habe – hager, muskulös und jung. Ich schalte meine Aura aus und sehe unauffällig von einer dunklen Stelle unter einer Betonüberdachung aus zu.

Die Gruppe ist größtenteils ziemlich langweilig – ein DNA-Magier, ein Schildkämpfer mit Schwert und Schild, und ein Hoplit, der mit seinem Speer kämpft. Natürlich setzen sie diverse Skills ein und schleudern beispielsweise Schockwellen aus Energie, Strahlen und Feuer, wenn sie nicht schneiden und stechen. Sie haben aber ihr eigenes Flair. Der Speerkämpfer hat einen flexiblen Schweif mit einem Sprengstab, und der Magier scheint den Leichen um ihn herum das Blut auszusaugen, um dadurch seine Zauber zu verstärken. Um das Trio wirbelt ein kleiner Zyklon, saugt die giftige Wolke hoch und zerstreut sie. Ein schneller Blick auf die Statusanzeige weist darauf hin, dass alle drei vergiftet sind, aber nicht in gefährlichem Ausmaß.

Nachdem ich mir sicher bin, dass das Team ohne meine Hilfe mit den Gribbles fertig wird, schleiche ich mich langsam um die Gruppe herum. Kills zu stehlen gilt als unhöflich, und selbst wenn ich das nicht vorhabe, sind die Gribbles wütend und würden mich angreifen, sobald sie mich entdecken. Während ich mich bewege, merke ich, dass der Affenmensch zuckt und einmal in meine Richtung blickt, aber er hört nicht damit auf, seinen Speer einzusetzen. Ich habe fast den Platz vor der noch geschlossenen zahnmedizinischen Fakultät überquert, als ein Brüllen die Aufmerksamkeit aller auf sich lenkt. Wie auf ein Signal hin ziehen sich alle Gribbles zurück.

Die drei nutzen den Rückzug der Gribbles nicht aus, da sie – und ich – nun eine herantrapsende, viel gefährlichere Bedrohung bemerken. Die rotglühenden Augen mit lila Wirbeln, das aufgestellte Fell – all das lässt das Monster von der Größe eines Kleinbusses noch größer aussehen. Die Gribble-Königin heult erneut, wobei ihre Stimme immer höher wird, bis sogar meine Ohren bluten, da das Geheul nicht aufhört. Den drei Abenteurern ergeht es schlimmer, da sie die Waffen wegwerfen und die Hände auf die Ohren drücken. Der Schildkämpfer kniet vor Schmerz nieder, und seine Afrofrisur ist um seinen Helm und seine Finger herum sichtbar.

Gribble-Königin (Level 65 Alpha)

HP: 1411/1411

MP: 980/980

Zustand: Wütend, Giftig, Schadenswiderstand, Rudel-Aura

„Ach du Scheiße ...“

Die Gribbles, die sich zurückgezogen haben, stürzen sich auf das Trio und wollen die Abenteurer erledigen, solange sie kampfunfähig sind. Während ich laut fluche, konzentriert sich ein Teil von mir und greift nach außen ins System und nach innen in meinen Körper, um mein Gehör anzupassen. Wenn höhere Attribute gut sind, warum würde einen dann eine bessere Wahrnehmung gegenüber sinnesbasierten Angriffen empfindlicher machen? Das wäre wirklich unlogisch. Eines der Upgrades des Attributs höhere Wahrnehmung ist ein unsichtbarer Widerstand gegen derartige Attacken. Aber da dies unsichtbar und versteckt ist, wird es von den meisten nicht optimal genutzt. Nachdem ich aber vier Jahre gezwungen war, nur mit meinen eingefrorenen Attributen zu kämpfen, gehöre ich nicht mehr zur Mehrheit. Mit einem raschen Gedankenbefehl berühre ich das System und bringe meine Abwehr auf das Maximum. Der inhärente Widerstand meiner Fortgeschrittenen Klasse leitet bereits viel Schaden ab, was den Rest weniger gefährlich macht.

89 Schaden durch Schallangriff

Hörwahrnehmung erhält 9 Sekunden lang einen Modifikator von -11

Betäubung abgewehrt

Ein Zauber fließt aus meiner Hand, wobei ich gleichzeitig auch Schlammwall um das Trio wirke. Eine Sekunde später strömen die Schlammwälle vorwärts und erwischen die Gribbles. Dann folgt Erdform, und der Boden unter dem Trio senkt sich und bietet zusätzlichen Schutz.

Die Gribble-Königin dreht sich zu mir hin, als ihr Heulen endet. Sie faucht, schüttelt sich und stößt plötzlich ein lilafarbiges Gas aus, das sich nicht gleichmäßig verbreitet, sondern in einer dunklen Flut auf mich zuströmt. Ich stoße mich vom Boden ab und springe rückwärts, während ich einen Frostschlag auf die Königin schleudere. Der Zauber friert Teile des Fells dieses Monsters ein, und selbst das Gas vor ihm, so dass das Gift sich verfestigt. Dann schießt Polarzone aus meinen Händen. Aber ich konzentriere mich zu sehr auf das Wirken von Zaubern und deren Auswirkungen und ignoriere die kleineren Gribbles. Dafür bezahle ich, als eines der Biester mich nach der Landung anspringt und in meinen Oberschenkel beißt.

Ich verziehe das Gesicht, als seine scharfen Zähne sich durch das Nanogewebe bohren und ein lähmendes Gift in mein Bein injizieren, während das durch die Luft verteilte Toxin versucht, meine Atemwege zu schließen. Ein Stich und eine Drehung meines Messers schleudern den Gribble weg und ich springe wieder hoch, wobei ich den Boden unter meinem Sprung explodieren lasse, um die Gribbles zu verwirren.

Du bist vergiftet!
-2 Gesundheit über 11 Sekunden hinweg

Polarzone scheint zu funktionieren und verlangsamt nicht nur die Gribble-Königin, sondern auch den Strom ihres Giftgases. Dennoch scheint das Gas meiner neuen Flugbahn zu folgen, als es aus dem Körper der

Königin strömt, wobei der nicht so dichte Teil zur sich langsam erholenden Gruppe fließt.

„So verdammt seltsam." Ich grinse und probiere dann meinen nächsten Zauber aus.

Der Manakäfig erscheint um die Königin herum und sperrt sie zwischen seinen leuchtenden Stäben ein. Die Königin faucht, schnappt und wirft ihren Körper gegen die Stangen, aber diese halten und sperren die Königin ein – wenn auch nicht das Giftgas. Verdammt, vielleicht hätte ich das Managefängnis kaufen sollen – aber die Manakosten des verbesserten Fangzaubers waren deutlich höher.

Ich rufe beiläufig mein Schwert herbei und zerschneide zwei springende Gribbles, bevor ich lande. Ein Hackgeräusch aus der Richtung der drei Abenteurer erinnert mich daran, dass ich nicht allein kämpfe. Daher höre ich auf, herumzuspielen. Ich kann meine Zauber testen, wenn ich wieder allein bin. Statt Mana zu verschwenden, hebe ich die Hand und schleudere eine Reihe von Manaraketen auf die Königin. Die Manaraketen sind Upgrades meines alten Standardzaubers Manapfeil, wirken aber mehr Schaden. Ein halbes Dutzend Manaraketen, die fast einen halben Meter lang sind, bohren sich wirbelnd in den Körper der Königin. Da sie nicht ausweichen kann, wird die Königin bald ein stark blutendes Nadelkissen, wobei sie den Manakäfig fast zerreißt, bevor dieser abklingt. Sobald die Königin stirbt, ist es leicht, mit Hilfe der drei Abenteurer, die sich inzwischen erholt haben, den Rest der Gribbles zu beseitigen.

„Danke", sagte der Schwertkämpfer zu mir und wirft das Injektionsgerät weg.

Ich verziehe das Gesicht, als ich sehe, wie er die Gegend vermüllt, aber ich sage momentan nichts. Allerdings verärgert meine Anwesenheit den Affen-Hopliten, der mich anfaucht.

„Was machst du hier? Wir sind die einzige Gruppe, die für heute eingeplant war", raunzt der Affenmensch und richtet seinen Speer auf mich.

„Bitteschön", antworte ich, nicke dem Krieger mit Schwert und Schild zu und ignoriere den Affenmenschen.

Auf mein offensichtliches Desinteresse hin tritt der Affenmensch vor, wird aber vom DNA-Magier aufgehalten, der den Kopf schüttelt. Als ich näher hinsehe, merkte ich, dass der Magier wahrscheinlich älter ist als ich — mindestens in seinen Vierzigern. Ich überlege beiläufig, ob ich einige weitere Punkte in Charisma investieren und mein dünner werdendes graues Haar färben sollte.

„Ich werde dich dem Dungeonwächter melden", knurrt der Affenmensch.

Ich winke der Gruppe zum Abschied zu, plündere die Königin und stecke sie in meinen Veränderten Raum, bevor ich zu meinem letzten Ziel gehe — der medizinischen Fakultät.

„Hey, das ist eine Level-70-Zone", ruft eine neue Stimme hinter mir — vermutlich der ältere Mann.

Ich winkte zustimmend, ohne mich umzudrehen. Irgendwie frage ich mich, warum die medizinische Fakultät offen ist, aber nicht die zahnmedizinische. Andererseits fürchten Leute Zahnärzte mehr als Ärzte, vielleicht weil wir zu sehr unter Dentalhygienikern gelitten haben.

Als ich das Gebäude betrete, scanne ich innen nach Bedrohungen, ignoriere aber die Benachrichtigung über die höhere Zonenstufe. Ein huschendes Geräusch warnt mich vor den sich nähernden Monstern, bevor ich sie sehen kann. Ein halbes Dutzend Humanoide erscheinen, meist in Krankenhauskitteln, aber einige auch in OP-Bekleidung oder Freizeitkleidung, auch wenn ihre Haut grau und blass ist. Sie bewegen sich entweder auf allen Vieren oder sie gehen leicht gebückt. Ihre Fingernägel sind ungewöhnlich lang und schwarz. Selbst ihre Augen sind triefend und gelb und verweisen auf wenig Intelligenz. Ein schneller Scan zeigt, dass sie fast alle identisch sind.

Kranker Wiedergänger (Level 71)
HP: 3488/3488
MP: 0/0
Zustand: Krank, untot, geplatzt

Ich rümpfe die Nase etwas, als ich das sehe, aber die humanoiden Untoten sind die perfekten Trainingsattrappen. Und letztlich sind die Wiedergänger nur Attrappen. Sie stürzen sich mit wenig Finesse aber enormer Aggression auf mich, und ihre Taktik wird nur durch wilde Schlauheit bestimmt, wie wenn sie versuchen, mich von der Flanke her anzugreifen. Was ihnen an Intelligenz fehlt, wird durch ihre Unempfindlichkeit gegenüber Schmerzen und eine unerbittliche Aggression kompensiert, die eine wütende Hornisse wie einen sanften Schmetterling erscheinen lässt, einen angeborenen hohen Schadenswiderstand und zahlreiche Gesundheitspunkte.

Mein erster Versuch gegen sie verwendet Feuerstürme, ein verbesserter Feuerball-Zauber, der einen Wirbel aus Flammen aus meinem Körper schießen lässt. Vom System verstärkte Wände brennen und knirschen schmerzvoll unter der steigenden Temperatur. Hölzerne Theken verwandeln sich sekundenschnell in Asche und die Wiedergänger kochen, so dass ihr Fleisch brutzelt und aufbricht, was stramme Muskeln und dampfende Flüssigkeiten enthüllt. Aber sie hören nicht auf.

Ich bewege meine Hand und ein Schlammwall fließt in einer Welle aus dem Boden und wirft die Monster zurück – doch zweien von ihnen gelingt es, mich von der Flanke anzugreifen. Ich fange ein Monster mit zwei schnellen Schritten ab, packe einen Arm und den Körper, um es gegen das zweite zu schleudern, bevor ein Eisstrahl das Paar trifft. Ihre Körper zucken, als sie versuchen, sich zu befreien. Gefrorenes Fleisch und Knochen brechen unter ihren Bemühungen und der überhitzten Luft. Selbst meine eigene Gesundheit sinkt kurz aufgrund der verbleibenden Hitze, bevor meine Regeneration einsetzt.

Ich grinse, als ich in der Dunkelheit weitere Bewegungen höre und das Geheul der Wiedergänger durch die Korridore hallt und weitere anlockt. Gut. Das wird Spaß machen

****

Stunden später springe ich schließlich aus dem obersten Stockwerk des Gebäudes, lege eine sanfte Landung hin und reiße die Klaue des Wiedergänger-Zonenbosses aus meinem Arm. Ich verziehe das Gesicht, als das Blut fließt und auf den Boden tropft, während sich die Wunde gleich darauf schließt, obwohl ein dunkelgrauer Ton sich auf dem Fleisch verbreitet. Krankheit. So ein netter Statuseffekt – reduziert eine ständig zunehmende Zahl von Attributen, bevor er seinen Gipfel erreicht und die Attribute sich erholen. Auch wenn sich die Krankheitswirkungen bei den normalen Wiedergängern nicht stapeln, tragen die Bosse und Eliten eine andere Form der Krankheit, die länger andauert, und die selbst von meiner verbesserten Konstitution und meinen Widerständen nicht innerhalb von Minuten eliminiert werden kann.

Klaue des Alpha-Wiedergängers (Level 79)

Handwerksmaterial. Kann von erfahrenem Handwerker zur Herstellung von Ausrüstung verwendet werden.

„Ich sehe, dass Sie die Zone abgeschlossen haben. Und dazu noch in Rekordzeit. Das hat einen Drink verdient."

Die Stimme des spindeldürren Mannes unterbricht meinen Gedankengang. Ich sehe, wie der langhaarige, in eine Weste gekleidete Typ, mir eine Flasche zuwirft. Ich fange sie und muss lächeln, als ich das Etikett sehe – das gute alte Apocalypse Ale aus dem kühlen Whitehorse.

Rodolfo Stone, Dungeonwächter der University of British Columbia Dungeon Keeper, Missratener Sohn (Level 21 Dunkler Sohn)

HP: 480/480

MP: 1610/1610

Zustand: Allsehendes Auge, Dungeon-Verbindung, Simulakrum (x2)

„Danke." Ich trinke einen Schluck und hebe eine Augenbraue, als das dunkle Starkbier auf meine Geschmacksnerven einhämmert und mich daran erinnert, wie guter Alkohol schmeckt. Offensichtlich sind die Brauer weiter im Level aufgestiegen.

„Bitteschön, Mr. Lee", sagt Rodolfo. „Aber jetzt muss ich Ihnen sagen, dass Sie für die nächsten zwei Wochen gesperrt sind. Schließlich können Sie sich nicht einfach vordrängeln, oder?"

„Wirklich?", sage ich. „Sie wissen doch, wer ich bin, oder?"

„Sie sind der Boss. Aber die Regeln sind die Regeln, Mann."

Ich lache, fange aber keinen Streit an. Es gibt eine interessantere Frage. „Wissen Sie, wie lange ich für das Gebäude gebraucht habe?"

„Ja." Rodolfo bewegt eine Hand und kurz darauf erhalte ich eine Benachrichtigung mit einer Reihe von Daten. Verbrauch von Mana und Ausdauer, Anteil und Prozentsatz, die jeweils übrig waren, wie oft ich bei diesen Werten null erreichte – niemals – Anzahl der getöteten Monster, durchschnittliche, längste und kürzeste Zeit für das Töten eines Monsters, verwendete Zauber und Waffen, und vieles mehr. Eine enorme Menge von Informationen über jeden Aspekt meines Kampfes, die scheinbar kein Ende nimmt. „Ich habe auch den Rest Ihrer Reise, aber das sind die guten Sachen."

„Sie haben all diese Informationen verfügbar?", sage ich etwas überrascht, als ich es durchlese. „Geben Sie das allen?"

„Nein, nur denen, die dafür bezahlen." Mit einer weiteren Geste lässt Rodolfo eine Flasche Apocalypse Ale in seiner Hand erscheinen. „Man muss das Platin-Paket erwerben. Aber Sie sind, na ja, der Boss, also nahm ich an, dass Sie das sehen wollen. Ziemlich coole Konfiguration."

„Danke. Was haben Sie sonst noch zu bieten?"

„Ich berate Leute über Schwachstellen, aber Sie haben ja eine echt solide Charakterkonfiguration. Einsatz von Skills, Trainingsoptionen im Dungeon, um Schwachstellen zu kompensieren. Das Übliche eben."

„Wie würden Sie meine Konfiguration bezeichnen?", frage ich. Allerdings habe ich schon viel darüber nachgedacht. Selbst wenn mir die Idee widerstrebt, dass unser Leben dadurch wie ein Videospiel erscheint, ist es eine gute Idee, im Voraus zu bestimmen, was man werden will.

„Durchhaltevermögen. Sie sind kein Duellant oder Abenteurer. Was Sie da haben, ist für einen langen Schlagabtausch konzipiert. Nicht genug Schaden, um einen gleichstufigen Gegner mit einem Treffer zu töten, aber Ihre Ausdauer ist nicht einmal in die niedrigen Sechziger gefallen. Sie sind wie ein riesiges Duracell-Häschen, das nur so vor Ausdauer strotzt. Ich würde höchstens mehr Willenskraft oder Intelligenz hinzufügen, um Ihre Mana- und Regenerationsraten zu verbessern." Zwischen seinen Sätzen wedelt Rodolfo mit der Flasche Apocalypse Ale herum, um seine Worte zu betonen. „Außerdem müssen Sie die Verkettung von Zaubern verbessern."

„Ich habe sie gerade erst erworben", sage ich, um ihn zu informieren.

Rodolfo nickt. „Ich verstehe. Sie sollten trotzdem an der Verkettung arbeiten. Aber solange Sie keinen Allzweck-Build wollen, sollten Sie bei dem bleiben, was Sie kennen. Ich habe einige der Arenakämpfe angesehen, deren Videos man nun sehen kann, und auf ihrem Level bedeutet ein Zögern, auch wenn es nur einen Sekundenbruchteil dauert, dass Sie tot sind."

„Arenakämpfe?" Ich trinke die Flasche aus.

Als ich mich umsehe, wo ich sie abstellen kann, schnaubt Rodolfo nur. „Einfach wegwerfen. Der Dungeon macht das sauber. Und niemand kommt durch diesen Bereich, bevor er damit fertig ist." Seinen Worten entsprechend warf er auch seine eigene Flasche weg. „Die Galaktiker stehen auf Kämpfe im römischen Stil, wissen Sie? Das ist für sie wie Eishockey."

„Verstanden", sage ich und nehme mir vor, diese Arenakämpfe mal unter die Lupe zu nehmen. Ich möchte gerne sehen, wie Kämpfer der Meisterklasse auf meinem Level aussehen. „Und noch etwas. Mikito hat erwähnt, dass die anderen Kämpfer der Meisterklasse manchmal hier trainieren?"

„Die Champions? Ja, ich lasse sie neue Zonen testen, bevor ich sie für alle öffne."

„Gut. Ich möchte ihre Charakterdaten", sage ich.

„Kommt nicht in Frage, Boss", erwidert Rodolfo. „Schweigepflicht."

„Es ist mein Dungeon", sage ich leise, wobei der sanfte Ton aus meiner Stimme verschwindet, als ich ihn anblicke. Ich löse auch die Aura der

Ritterlichkeit aus, aber Rodolfo zuckt mit keiner Wimper. Ich vermute, dass er einen Statuseffekt besitzt, der diese Aura blockiert.

„Und wenn Sie mich feuern und den Job übernehmen, kriegen Sie die Daten", sagt Rodolfo. „Aber vorher müssen Sie mich erst feuern."

„Sind Sie sicher, dass Sie das wirklich wollen?", sage ich mit einem Unterton der Drohung.

„So sicher wie das Amen in der Kirche."

„Okay." Ich hebe meine Hand und tippe etwas in der Luft an.

Rodolfo zuckt mit den Achseln und zieht eine weitere Flasche aus seinem Inventar, an der er nippt.

Einen Moment später stoße ich einen Seufzer aus. „Verdammt. Das Portal öffnet sich nicht."

„Von hier aus kann man kein Portal nach draußen öffnen. Oder mit einem Portal hereinspringen. Das sollten Sie doch wissen", sagte Rodolfo und schnüffelte. „Ich würde Sie ja rausbringen, aber ich werde bald gefeuert und fühle mich nicht besonders menschenfreundlich."

Ich schüttle den Kopf. „Ich feuere Sie nicht, weil sie mir widersprochen haben. Ich wollte nur sicherstellen, dass sie eine Person sind, die all diese Informationen besitzen sollte."

„Und Sie dachten, dass die beste Methode darin besteht, mich zu bedrohen?" Rodolfo schnaubt und sieht mich mitleidig an, bevor er sich umdreht und geht.

„Hey, das Portal ...", rufe ich dem Dungeonwächter zu.

„Sie können laufen!"

Das habe ich wohl verdient. Aber als ich in Richtung Ausgang laufe, muss ich lachen. Anscheinend haben Lana und Katherine mit Rodolfo eine gute Wahl getroffen. Selbst wenn er etwas stur ist.

Beim Laufen wische ich die weniger wichtigen Benachrichtigungen beiseite.

Herzlichen Glückwunsch! Du hast Level 16 als Erethra-Paladin erreicht.

Attribute werden automatisch zugewiesen. Du kannst 39 weitere Gratis-Attributpunkte und 5 Klassen-Fertigkeitspunkte verteilen.

Ich bin etwas überrascht, wie schnell ich im Level aufgestiegen bin. Mit einem Gedankenbefehl rufe ich die Erfahrungsmeldungen auf und gehe sie durch. Mal sehen – ein Bonus, weil ich als erster die Level-70-Zone abgeschlossen habe. Ein Bonus dafür, dass ich es allein getan habe. Eine lange Liste von Dingen, die ich getötet habe, einschließlich des Zonen-Bosses. Ich überspringe alle diese Benachrichtigungen. Und selbstverständlich die Bonus-Erfahrung für den Kampf mit den Champions und den Abschluss des Dungeons, einschließlich des ersten vollständigen Abschlusses dort. Oh, und ich habe ständig eine kleine tägliche Menge an Erfahrung erhalten, weil ich meine Aufgabe als Siedlungsbesitzer tatsächlich erfülle. Das ist reduziert, da es mir an den Klassen dafür mangelt, aber weil der Wert auf der Gesamtbevölkerung basiert, ist es dennoch beträchtlich.

Aha.

Der Erfahrungszuwachs als Siedlungsbesitzer stellt eine Überraschung dar. Auch wenn ich das bestimmt schon früher erhielt, wurde es durch die niedrigere Bevölkerung, die Siedlungs-Level und mein geringes Engagement deutlich verkleinert. Trotzdem ist die Erfahrung super. Aber auch vernünftig, da sonst der Hochadel, der sich nie in den Dungeons die Finger schmutzig machen durfte, auch nie im Level aufsteigen könnte.

Nach einer kurzen Überlegung beschließe ich, dass ich mit fünf Gratis-Klassen-Fertigkeitspunkten einen Punkt in alles investieren kann, was ich will. Daher gebe ich einen weiteren Punkt für Durchdringung aus. Es ist immer gut, etwas härter zuzuschlagen.

Kapitel 8

Whitehorse. So eine kleine Siedlung – jetzt eine Stadt – irgendwo in der Wildnis. Selbst vor all dem hatte es kaum 30.000 Einwohner. Heutzutage hat es aufgrund der von uns Geretteten und der neuen Einwanderer diesen Wert fast wieder erreicht. Auch wenn die meisten davon keine Menschen sind. Truinnar in förmlichen Jacken und Hosen, deren Farbe zu ihrer dunklen Haut passt, Yerrick mit Fell und Hörnern, die über allen aufragenden Kapre, die bis auf ihre rindenartige Haut nackt sind, cyborgähnliche Kreaturen und Monster direkt aus Fantasyromanen vermischen sich auf den runenbedeckten Straßen. In dieser bewölkten Nacht sorgen Manalichter für die Beleuchtung. Die Passanten sind allesamt bewaffnet und bewegen sich in kleinen Gruppen, als ob sie sich für einen weiteren Tag der Abenteuer vorbereiten.

Als ich die Main Street entlangschlendere, sehe ich das silberne Hochhaus an, das so gar nicht zur historischen Architektur einer Pionierstadt wie Whitehorse passt. Abenteurer strömen in den Turm und aus ihm heraus, gehen nach oben zum Shop, sehen sich neu angebotene Quests an und beschweren sich beim Verwaltungspersonal. Ich ignoriere sie alle und schlüpfe an den Gruppen vorbei, um in den hinteren Bereich des Gebäudes zu kommen. Dabei bemerkte ich erneut, wie seltsam verzerrt der Raum hier ist. Die Decken sind zu hoch, die Korridore zu breit, und das Gebäude ist irgendwie länger und breiter als man von außen vermuten würde.

Bei der Bank öffnet sich die Aufzugstür, damit Ali und ich den Lift betreten können. Er gleitet nach oben und bringt uns zu meinem Ziel, wobei die Bewegung kaum spürbar ist. Ich brumme und tappe mit den Füßen, als ich den Saum meiner Jacke anpasse.

„Immer mit der Ruhe, Junge. Es ist nur ein Date", sagt Ali mit einem Grinsen.

„Es ist ein geschäftliches Treffen. Kein Date", knurre ich leise, aber der Geist mit seiner olivfarbenen Haut kichert nur.

„Ich habe nicht dich gemeint. Ich wollte mit Roxleys KI plaudern, sehen ob sie interessiert wäre ...", sagt Ali und wackelt mit den Augenbrauen.

„Weißt du, ich habe mich immer gefragt. Sie ist eine KI, du bist ein Geist. Ich meine nur, wie könnt ihr ..."

„Bumsen?"

„Reden."

„Mit äußerster Vorsicht."

Bevor ich eine richtige Antwort aus Ali herausbekomme, öffnet sich die Aufzugstür. Der Raum ist mir nur allzu gut bekannt – der lange Metalltisch und die zwei Stühle, das Teller- und Geschirrset für den ersten Gang, der kalt serviert wird. In der Ecke schwebt Roxleys persönlicher Koch, dessen kugelförmiger Körper den nächsten Gang bringen und servieren wird.

„Ich kann ihn nicht ausstehen", murmle ich.

„Weil er dir Essen bringt?", sagt Roxley, der gerade aus seinem Büro tritt. Der Dunkelelf lächelt mich an und deutet auf den Tisch. „Soweit ich mich erinnere, hat dir das Abendessen hier immer ziemlich geschmeckt. Und schließlich kann ich einen Gast nicht hungern lassen."

Ich starre den Truinnar an, seine breiten Schultern und die schlanke Taille, die durch die Jacke in Schwarz und Silber (den Farben seines Hauses) noch betont werden, den Schnitt seiner Hose, der jeden Zentimeter seiner muskulösen Beine hervorhebt. Das Lächeln, das immer auf seinen Lippen erscheint, aber manchmal etwas verblasst, wenn Roxley etwas wirklich lustig findet. Das jetzt elektrisch blaue Haar steht in Kontrast zu seinen weißen Augenbrauen, und sein stechender Blick untersucht mich und meinen Körper. Während ich den Truinnar anstarre, stößt mich Ali mit dem Ellbogen an, um meine Aufmerksamkeit auf sich zu lenken.

Danach tritt der Geist vor und verneigt sich kurz. „Ich gehe dann, ja?“
Während er das tut, sehe ich eine neue Nachricht.

Geistiger Einfluss abgewehrt
Jetzt reiß dich zusammen, Jungchen.

„Das Abendessen ist in Ordnung. Ich bin mir sicher, dass es so
wunderbar wie immer ist.“ Ich nicke Roxleys Koch zu und setzte mich,
während Roxley den Stuhl gegenüber belegt. Dabei versuche ich, meinen
Ärger zu unterdrücken. Ich muss essen, das Essen ist köstlich, und ich kenne
den Mann gut genug um zu wissen, dass das teilweise der Preis für die
Antworten ist, die ich von ihm will. „Aber ich möchte gern wissen, worüber
du so dringend mit mir reden wolltest.“

„Selbstverständlich. Aber zuerst ein Trinkspruch. Roxley hebt das
Weinglas, in dem sich eine blassgelbe Flüssigkeit mit zuckenden dunklen
Flocken befindet. „Auf deine Meisterklasse.“

„Danke.“ Ich nehme einen Schluck. Die Flüssigkeit ist süß, fruchtig und
mild, und bevor ich es bemerke, ist das Glas leer. Zu schnell, um es vorher
zu scannen, was verdammt schade ist.

„Jumma-Sommerwein. Die Sommer dauern neun Jahre, aber nur im
ersten und im letzten Monat wachsen Früchte“, sagt Roxley.

„Danke“, sagte ich. „Und herzlichen Glückwunsch zu deinem neuen
Titel. Graf, oder?“

„Ja.“ Roxley starrt mich an und sucht vermutlich nach dem Zorn und der
Verbitterung, die ich vor so vielen Jahren an den Tag legte. Aber ich hatte
viel Zeit, darüber nachzudenken, und noch mehr, seine Entscheidungen
abzuwägen. Und auch wenn ich ihnen nicht zustimme, bin ich nicht
nachtragend. Vielleicht erkennt er das, denn seine Lippen entspannen sich

und sein Lächeln wirkt natürlicher. Das würde mich nicht überraschen – Roxley war immer einfühlsamer als ich. „Es ist uns gelungen, viele der Dungeons in der Stadt und der Umgebung zu stabilisieren. Die Herzogin ist mit unseren Ergebnissen sehr zufrieden. Jetzt sollten wir aber essen, bevor alles kalt wird."

Ich akzeptiere Roxleys Ablenkungsmanöver gern und fange an zu essen. Ich erinnere mich, dass die Truinnar beim Essen nur ungern über geschäftliche Dinge sprechen. Selbst die paar Bemerkungen Roxleys zeigen, dass er sich etwas an unsere Gewohnheiten angepasst hat. Das Mahl ist, wie immer, ein Schlemmerparadies. Auch wenn ich die meisten Gerichte nicht erkenne, haben die Jahre unter dem System die meisten Leute dazu gebracht, nicht mehr zu fragen, woher und von welcher Kreatur ihre jetzige Mahlzeit stammt. Zumindest, wenn sie keinen eisernen Magen haben. Dadurch ist es viel einfacher, die vielfältigen Geschmacksnuancen zu genießen, die einem über die Zunge tanzen.

Wir vermeiden heikle Themen und unterhalten uns stattdessen, wie es vielen meiner Bekannten geht, der Stadt insgesamt und auch einigen meiner verbleibenden geschäftlichen Investitionen. Vor allem hat sich die örtliche Brauerei wieder erweitert und deckt nun fast einen ganzen Häuserblock ab, während sie versucht die Nachfrage bei den Galaktikern zu befriedigen. Darüber hinaus wurde Dawson vor einem Jahr von drei ehrgeizigen Abenteurer-Teams zurückerobert. Jetzt hat die Gilde, zu der die Teams gehören, in der wiederbesiedelten Stadt ihr Hauptquartier aufgeschlagen und streicht eine Menge Credits ein, während ihre Mitglieder die hochstufigen Zonen im Umkreis der renovierten Siedlung durcharbeiten. Ein negativer Aspekt ist allerdings, dass kein einziger Mensch in der Stadt wohnt, der früher dort lebte. Dawson ist vor allem eine Siedlung der Galaktiker. Soweit ich weiß, hat nicht einmal Ingrid die Stadt besucht.

Die Zeit vergeht schnell, und ich lache und entspanne mich, während die Unterhaltung so locker fließt wie die Drinks. Erst nach dem Abendessen, nachdem wir in Roxleys Arbeitszimmer sind, ändern sich der Ton und die Atmosphäre des Treffens. Als wir uns in weichen Sesseln gegenübersitzen, die sich an unsere Körper anpassen, starren wir einander an und wollen diesen Moment der Kameradschaft nicht beenden. Aber wir müssen über geschäftliche Fragen sprechen, daher ergreife ich das Wort.

„Du wolltest mit mir reden", sage ich.

„Ja. Deine neue Klasse macht alles komplizierter", sagt Roxley und lehnt sich zurück. „Aber du hast dein Leben ja immer komplizierter gemacht, nicht wahr, John?"

„Weiß ich nicht", sage ich und zucke mit den Schultern. „Ich habe nur das getan, was ich wollte. Warum stellt das ein Problem dar?"

„Verstehst du, welche Folgen deine Klasse hat? Was sie für die Erethraner bedeutet?" Bevor ich antworten kann, redet er weiter. „Du bist der einzige aktive Paladin im ganzen Erethra-Reich. Du stehst außerhalb aller Befehlshierarchien und bist nur ihrem Herrscher unterstellt."

Aha. Anscheinend kennt er die Details meiner Klasse gar nicht. Ich bemerke, dass Roxley „aktiv" erwähnt, aber ich verziehe keine Miene.

„Du kannst, der Tradition und dem Recht des Stärkeren zufolge, jede Person im Reich aburteilen und hinrichten, mit Ausnahme der Kaiserin. Zudem wirst du als Verkörperung ihrer Überzeugungen und des Volkswillens betrachtet."

„Ich weiß", sage ich. „Und ...?"

„Und du bist ein Mensch. Ohne politische oder gesellschaftliche Unterstützung. Deine Autorität beruht nur auf dem Gewicht der Tradition und dem, was du selbst einbringen kannst. Du hast Autorität, aber keine Macht", sagt Roxley und lehnt sich vorwärts. „Und daher bist du nur ein

Bauer auf dem Schachbrett. Einer, den viele im Auge behalten, in der Hoffnung, ihn gegen die anderen einsetzen zu können."

„Das können sie gerne versuchen. Aber wenn du darüber reden willst, hättest du dir das sparen können. Ich wusste, worauf ich mich einlasse."

„Interessant." Roxley lehnt sich zurück und legt seine Finger zusammen. Er blickt mich über die aquamarinfarbenen Fingernägel hinweg an. „Ich hatte den Eindruck, dass du wenig Zeit hattest, um deine Klassenquest und deren Folgen zu überdenken."

„Das stimmt", sage ich. Es wäre unsinnig, etwas verbergen zu wollen, was allen bekannt ist. Man kann leicht herausfinden, was mit mir passiert ist.

„Dann sag mir, John, was hast du vor?"

„Das Übliche", sage ich mit einem leichten Lächeln. „Ich tue, was getan werden muss. Und momentan wäre das, der Erde einen Sitz im Galaktischen Rat zu beschaffen."

Roxley atmet auf und schüttelt kurz den Kopf. „Du konzentrierst dich immer noch auf deine unmöglichen Quests, nicht wahr, John? Und daher hast du meine Einladung angenommen."

„Ja. Du verstehst die galaktische Politik viel besser als ich und kannst wohl viel besser abschätzen, welchen Einfluss alles auf die Erde hat. Nach Kims Analyse wird es sehr schwierig sein, kurzfristig etwa sechs Prozent der nicht beanspruchten Stadtkerne auf permanenter Grundlage zu beanspruchen. Beim Rest wird es länger als vier Monate dauern, sie unter Kontrolle zu kriegen. Wenn ich das richtig sehe, werden wir sehr, sehr bald keine Gebiete mehr beanspruchen können. Wir müssen entweder schnell neue Freunde finden, oder wir müssen aggressiv werden."

„Was eine Riesendummheit wäre", sagt Roxley streng.

„Weil wir keinen langen Kampf gewinnen können?" Ich nicke. „Nein, das können wir nicht. Vor vier Jahren waren wir vielleicht in der Lage, die anderen Mächte zu überrumpeln. Wir hätten sie hart genug und schnell genug schlagen und genug Stadtkerne erobern müssen, damit wir ihren Vergeltungsangriff durch die Rechte und planetare Macht abschwächen könnten. Jetzt gibt es zu viele Kämpfer der Meisterklasse auf dieser Welt, als dass dies möglich wäre, selbst wenn wir es wollten. Wenigstens nicht im Alleingang."

Roxley starrt mich an und schüttelt den Kopf. „Ich kann meine Herzogin nicht dazu verpflichten. Nicht ohne ihre vorherige Genehmigung. Nicht einmal für dich."

„Aber du kannst mir Ratschläge über die politische Lage geben."

„Das kann ich." Roxley macht eine Handbewegung, und zwischen uns schwebt ein Bildschirm. Ein einfaches Kreisdiagramm neben einer Weltkarte. Ich runzle die Stirn und merke dann, was mich an der Karte stört — es ist nicht die übliche Projektion, sondern eine, in der die Landmassen gemäß ihrer tatsächlichen Größe dargestellt werden. Die Peters-Projektion. Und ja, meine höhere Intelligenz hat sich an dieses winzige Detail aus einer Episode von *West Wing* erinnert. „So würde ich die Stimmen aufteilen, die du haben willst."

41,2 % Stimmen der von Menschen kontrollierten Siedlungen

8,8 % Galaktischer Rand

17,6 % Irvina

8,6 % Die Faust

2,14 % Handwerker

14,7 % Diverse Mächte

6,96 % Nicht beanspruchte Siedlungsgebiete

„Aha", sage ich und starre mir die genauere Auflistung der „diversen Mächte" an.

„Der Galaktische Rat besteht aus vier Hauptgruppen und zwei kleineren. Das sind nur generelle Beschreibungen, was man nie vergessen sollte. Nicht alle Gattungen und Individuen werden in diese Kategorien passen. Trotzdem bietet das eine nützliche Zusammenfassung." Als ich nicke, fährt Roxley fort. „Die erste wichtige Gruppierung ist der Galaktische Rand – eine Gruppe, die auf die im System registrierten Planeten expandieren will, um zusätzliche Ressourcen zu gewinnen. Viele der Neuankömmlinge im System gehören zu dieser Gruppe, darunter Rassen wie meine. Der Galaktische Rand ist von den Sitzen her die drittgrößte Gruppe im Galaktischen Rat."

Dann erklärt er: „Die Irvina – die nach dem primären Sonnensystem und dem Planeten benannt sind, von dem aus der Rat agiert – haben die größte Menge an Sitzen. Die Gruppe besteht auf einer begrenzten Anzahl Rassen, nämlich denen, die schon am längsten im System sind. Dazu gehören die Movana, einige aktive Drachen und eure Zwerge. Natürlich sind ihre engen Verbündeten auch Teil der angezeigten Zahl."

Ich runzle die Stirn und versuche, mich an ein Bild des Galaktischen Systems zu erinnern. „Aber haben die Truinnar nicht genau so viel Territorium wie die Movana?"

„Vom Raum her, ja. Aber wie eure Welt haben wir das Problem der Stimmen auf vielen unserer Planeten. Wir beherrschen in den meisten Fällen nicht genug Landmasse, oder müssen uns um Eindringlinge oder gespaltene Wahlergebnisse kümmern. Mein Volk ist nicht sehr altruistisch, und daher kann die Politik auf unsere Heimatplaneten ein gefährliches Geschäft sein", sagt Roxley.

„Klar. Territorium und Anzahl der Welten ist also nicht mit der Anzahl der Sitze identisch", murmle ich.

Da die Movana älter sind, haben sie mehr Sitze, weil es ihnen gelungen ist, ihre Macht zu konzentrieren, ohne ihre Siedlungen aufzugeben. Es ist nur logisch, dass die älteren Rassen das schaffen. Selbst wenn ältere Planeten aufgrund des Manastroms unbewohnbar werden, haben sie genug Ressourcen, um eine neue Stadt mit Leuten und Credits zu überfluten und in ihren Herrschaftsbereich zu bringen. Und schließlich finden die direkten Kämpfe auf Planeten, die als Dungeonwelten bezeichnet werden, nicht so oft statt.

„Die dritte Gruppierung hat einen langen, komplizierten Namen, der sich nur schlecht übersetzen lässt. Die meisten nennen sie die Faust. Sie besteht aus besonders kriegerischen Individuen, Gattungen und Königreichen, wie die Hakarta oder deinem Erethra-Reich. Ihr Ziel ist eine weitere Erkundung der Sperrzone in der Nähe der Manaquelle, die Festlegung zusätzlicher Dungeonwelten und mehr Unterstützung für Kampfklassen im Allgemeinen", erklärt Roxley.

„Haben sie auf unsere Umwandlung gedrängt?", frage ich leise und kneife wütend die Augen zusammen.

„Ja. Genau wie die Irvina", sagt Roxley. „Du musst verstehen, dass jede neue Dungeonwelt den Druck der Manazunahme auf allen anderen Welten abmildert und den Prozess verlangsamt."

„Ich weiß. Warum eröffnet ihr dann nicht einfach ein Dutzend weiterer Dungeonwelten?" Da ich die letzten vier Jahre auf einem Sperrplaneten festsaß, verstand ich, warum sie die Manazunahme verlangsamen wollen. Ständig zunehmende Monsterhorden mit immer höheren Levels stellen für eine Gesellschaft eine nicht zu bewältigende Aufgabe dar. Es ist eine Sache, wenn die durchschnittlichen Monster von Level 20 auf Level 30 ansteigen. Aber wenn die Steigerung auf Level 130 geht, ist es ganz anders.

„Begrenzungen des Systems und der Politik", sagt Roxley. „Wie die meisten Dinge erfordert auch die Eröffnung einer Dungeonwelt eine beträchtliche Menge an Ressourcen und bestimmte Umstände. Man kann nur bei der ersten Einführung eines Planeten ins System diesen als Dungeonwelt bestimmen. Die Welt sollte auch bereits bewohnt sein, am besten von einer intelligenten Gattung, um die erhöhte Manalast zu verarbeiten, die auf den Planeten gerichtet wird. Eine gescheiterte Integration führt nicht nur dazu, dass die Welt dem System verloren geht, sondern bedeutet auch den Verlust aller bei ihrer Erschaffung verwendeten Ressourcen."

„Zudem", fährt Roxley fort, „muss der gesamte Rat zur Gründung der Dungeonwelt beitragen. Da sie den Gattungen am meisten bringt, die sich in ihrer Nähe befinden, kann es politisch schwierig sein, diesen Aufwand zu rechtfertigen, selbst wenn das allen Gruppierungen nutzt."

Ich knurre und beschließe, mir das zu merken. Diese beiden Gruppierungen stehen jetzt auf meiner Abschussliste.

„Die letzte größere Gruppe sind die Handwerker. Sie sind die zweitgrößte, zahlenmäßig den Irvina nahe, aber ihre individuelle Macht wird durch ihren Mangel an Kämpfern der Meisterklasse oder höher etwas eingeschränkt. Die Handwerker erhalten beträchtliche Unterstützung von verschiedenen Konzernen, und es wäre dumm, ihre Stärke zu unterschätzen", warnt mich Roxley. „Was die beiden kleineren Gruppen betrifft, wollen die Technokraten die Grenzen der vor dem System existierenden Technologie ausloten – also ‚normale' Physik und Chemie – und zwar innerhalb und außerhalb der Grenzen des Systems. Sie sind nur eine kleine Gruppierung, aber sie haben zwei Mitglieder im Inneren Rat, was ihnen mehr Prestige verleiht, als sonst zu erwarten wäre. Und die Systemer sind keine offizielle Gruppierung, aber ihre religiöse Verehrung des Systems ist in der Galaxis weit verbreitet.

Ich nicke nur kurz. Ich kenne die Technokraten schon – viele der Autoren, deren Werke ich in meiner ständigen Suche nach Informationen lese, stammen aus dieser Gruppe. Anscheinend hat das Venn-Diagramm der Technokraten und der Questoren beträchtliche Überlappungen. Sie stellen auch eine der wenigen Gruppen dar, die freiwillig den Systembereich verlassen und tief ins Unbekannte vorstoßen, um etwas über die Nicht-System-Technologie zu erfahren, bevor das System ankommt, und die älteren Technologien erprobt. Insgesamt gelten sie als völlige Spinner – aber gefährliche und nützliche Spinner.

„Wie du siehst, haben die Handwerker nur eine geringe Präsenz auf der Erde. Und diejenigen, die hier sind, sind nicht wirklich organisiert – ihre Anwesenheit basiert mehr auf individuellen Wünschen als auf den Bemühungen einer Gruppe. Natürlich hat die Faust eine beträchtliche Präsenz, da Ares und einige andere Konzerne, sowie die Hakarta-Legion die wichtigsten Siedlungskerne besitzen", sagt Roxley und deutete auf die schwebenden Daten.

„Das ergibt viel mehr Sinn." Ich tippe mir auf die Lippen und rechne das im Kopf durch. „Aber wir benötigen 80 Prozent der Stimmen, und das bedeutet, dass der Großteil der Leute im Ausschuss für uns stimmen muss. Das schließt viele derer ein, die du als Unabhängige bezeichnest, da ich annehme, dass ich entweder die Truinnar oder die Movana ausklammern muss."

„Ja. Ich glaube, dass du die Unterstützung eines dieser Völker gewinnen kannst, aber nicht beide."

„Typisch", murmle ich und schüttle den Kopf. Wenn ich mir die Zahlen ansehe, weiß ich nicht einmal, ob das klappen könnte. Und so viele

Unabhängige auf unsere Seite zu bringen würde erfordern, dass wir mit zahlreichen separaten Organisationen sprechen. „Warum gibt es überhaupt Unabhängige? Wäre es nicht sinnvoller, sich anderen Gruppierungen anzuschließen?“

„Auch wenn es vier Hauptgruppen gibt, existieren noch zahlreiche kleinere Gruppierungen. Manche stimmen mit den Hauptgruppen bezüglich einiger Themen überein, aber nicht bei anderen. Andere haben zu unterschiedliche Ansichten oder sind einfach nicht daran interessiert, sich dauernd mit der Politik der größeren Gruppen herumzuschlagen“, sagt Roxley mit einem Lächeln. „Manche sind lieber unabhängig, koste es, was es wolle.“

„Ali, lass Kim diese Gruppen nach anstößigen, moralischen und kulturellen Praktiken filtern, ja? Wenn wir einigen Leuten auf die Füße treten müssen, um unsere Stimmen zu bekommen, dann soll sich das wenigstens lohnen.“

„Weißt du, Junge, Kim hat jetzt genug Upgrades, dass du ihm das selbst sagen kannst. Wenigstens hier oben“, antwortet Ali telepathisch.

Ich brumme und schicke die Nachricht direkt an die KI. Ich erhalte eine Empfangsbestätigung, schicke aber Ali eine Erinnerung, die Liste zu überprüfen. Auch wenn Kim intelligent ist, stellt er doch nur ein Programm dar, und ich bin mir nicht ganz sicher, ob seine Moralvorstellungen meinen entsprechen. Das gilt zwar manchmal auch für Ali, aber er ist schon lange genug bei mir, um meine Absichten zu verstehen.

„Und obwohl du all das weißt, willst du deine Quest fortsetzen?“, fragt Roxley, lehnt sich vor und legt seine Hände auf die Armlehnen des Sessels.

Ich nicke ihm zu, während ich mein inzwischen leeres Glas zwischen den Fingern drehe. Roxley schließt den Mund und der Drohnendiener kommt herein und füllt unsere Gläser. Danach gleitet er lautlos auf seinen Antigrav-Düsen davon.

„Und du willst, dass wir dir helfen?"

„Wenn deine Herzogin es anbietet. Ich nehme an, dass es andere in deinem Königreich gibt, mit denen ich sprechen muss, oder?", sage ich. Auch wenn sie alle zur gleichen Rasse und zum gleichen Reich gehören, sind die Truinnar in gewisser Weise Rivalen, Ebenbürtige, die gegeneinander kämpfen.

„Darf ich einen Vorschlag machen?" Als ich nicke, fährt Roxley fort. „Wenn meine Lehensherrin deinem Vorschlag zustimmt, wäre es besser, wenn sie – oder genauer gesagt ich als ihr Vertreter – mit anderen auf der Erde sprechen würde. Deine Zeit ist begrenzt, ebenso wie deine Einsicht in die hiesige Politik."

Und natürlich bedeutete das auch, dass wir viel mehr in der Schuld der Herzogin stehen. Aber das Angebot ist verlockend. Roxley hat recht. Die Zeit ist knapp, wenn ich das vor der nächsten Abstimmung erledigen will.

„In Ordnung. Wenn sie sich dazu bereit erklärt", sage ich.

„Gut." Roxley tippt sich auf die Lippen. „Es wird aber schwer werden, von den meisten Unterstützung zu erhalten, ohne etwas dafür zu bieten. Ich werde nicht fragen, was du aufgeben würdest, aber du solltest das in Betracht ziehen. Die Faust würde ich beispielsweise nur allzu gern in ihrem Lager haben. Für den Galaktischen Rand ist das nicht so abstoßend, da wir oft für das Gleiche stimmen."

„Aber das würde uns in Konflikt mit den Handwerkern bringen", sage ich und fahre mit den Fingern über den Rand des Weinglases. „Und sie sind die zweitstärkste Gruppierung, die vielleicht mit uns zusammenarbeiten würde. Und sie sind für die Menschen wirtschaftlich am nützlichsten."

„Ja", sagt Roxley. „Allerdings hat der Galaktische Rand einige weitere Vorteile. Hast du beispielsweise an den Nutzen der Kolonisierung gedacht?"

Ich blinzle Roxley an. Ich will gerade die zahlreichen Hürden auflisten, die einer richtigen Kolonisierung im Wege stehen, bevor ich merke, dass das System viele davon eliminiert. Verdammt, mit genug Credits und Mana kann man das Terraforming eines Planeten in Tagen statt in Jahrzehnten durchführen. Zudem kam die Tatsache hinzu, dass unsere Körper im System ein viel breiteres Spektrum an Umgebungen relativ mühelos tolerieren können.

„Touché", sage ich.

„Noch etwas, John", sagt Roxley. „Hast du überhaupt unter deiner eigenen Rasse deine Unterstützung garantiert?"

„Nein, ich muss erst die Situation besser verstehen", sage ich und zucke mit den Achseln. „Das steht als Nächstes auf meiner Liste."

„Dann verstehst du wohl, dass wir erst dann offiziell aktiv werden können, wenn du diese Zustimmung hast?" sagt Roxley, und ich stimme ihm mit einem Nicken zu. Roxley lächelt, wedelt mit der Hand herum und ruft die Liste der Unabhängigen auf. „Dann kannst du meiner Meinung nach in der Zwischenzeit an diesen Gruppen arbeiten."

Ich sehe mir Roxleys Liste an und merke mir die Namen, die der Truinnar erwähnt. Aber während er das sagt, beobachte ich auch wie er es sagt. Auch wenn ich weiß, dass er wohl kaum lügen würde, ist es verdächtig, wohin und auf wen er deutet. Trotz all seiner Freundlichkeit hat der Truinnar stets mehr als ein Ziel.

Dennoch höre ich ihm zu. Schließlich ist jede Information besser als gar nichts. Und ich muss etwa vier Jahre örtliche Ereignisse und Jahrtausende der galaktischen Geschichte nachholen.

Kapitel 9

Als ich später am Abend – viel später – das Gebäude verlasse, summt die Stadt noch vor Aktivität. Dank Technologie, Skills und Zaubersprüchen hindert ein ehrgeiziges Team von Abenteurern kaum etwas daran, die ganze Nacht zu arbeiten. Die meisten nächtlichen Quests bieten sogar unabhängig vom Questtyp deutlich höhere Belohnungen als jene am Tag. Das liegt teilweise daran, dass Nachtmonster meist stärker sind, aber vor allem zahlen Nacht-Quests mehr, weil sie unbequemer sind.

Als ich die herumhuschenden Abenteurer sehe, lege ich unwillkürlich einen Finger an die Lippen. Manchmal wünsche ich mir wirklich, dass ich wie sie wäre. Dass ich mich auf einfache Aufgaben und Quests konzentrieren könnte. Geh und sammle ein Dutzend Klauen. Töte ein paar Monster, schließe einige Dungeons ab. Begleite einen Bioorganik-Forscher, der feststellen will, wie sich der Manaüberschuss auf unser Ökosystem ausgewirkt hat. Einfach. Kinderleicht. Unkompliziert.

Nicht wie Politik auf einer planetaren Ebene. Nicht wie die Verwaltung einer Siedlung. Oder wie ein gutaussehender Dunkelelf, der dich zum Abschied auf die Lippen küsst und dir dann die Tür vor der Nase zuknallt.

Einfach.

„Na, Paladin, bist du endlich fertig?", fragt Ayuri.

Ich blinzle und neige den Kopf und sehe, dass die Champion-Kämpferin neben mir steht. Ich runzle die Stirn und denke nach, worauf mir klar wird, dass sie schon seit mehreren Minuten hier ist. Ich erschaudere bei dem Gedanken, dass ich eine so gefährliche Person so nahe an mich herangelassen habe. Aber sie sendet keine Zeichen der Gefahr aus, keines der subtilen Signale, die man zu erkennen lernt und die eine Tötungsabsicht enthüllen. Sie steht einfach nur da.

„Vorläufig." Ich seufze und lasse meine Hand fallen. „Warum bist du hier?"

„Man hat mir gesagt, ich sei etwas zu voreilig gewesen", antwortet Ayuri und starrte dabei Unilo wütend an. Die Wächterin winkt mir zu, und in ihren geschlitzten lila Augen tanzt kaum verborgener Humor. „Deine Klasse allein bedeutet wenig."

„Ich verstehe", sage ich und sehe mich verstohlen in unserer Umgebung um.

Etwa zwanzig Leute befinden sich auf den Straßen – zum Glück sind die meisten davon Abenteurer. Die dürften einen etwaigen Kollateralschaden der Nutzung von Skills wohl überleben. Ein Versetzungsschritt die Straße entlang zur anderen Seite des Flusses wird sie aus der Gefahr bringen. Solange ich nach dem Versetzungsschritt nach links gehe, vom Krankenhaus weg, müsste ich in der Lage sein, das Gefecht von den meisten Zivilisten wegzubringen. Natürlich leben dort die Kapre, aber sie haben ihre eigenen Schutzmaßnahmen.

„Komm." Ayuri deutet auf ein schwarz klaffendes Portal, das mir keine Hinweise bietet, wohin wir nun gehen würden.

„Weißt du, es war heute ein langer Tag ..."

Ayuri legt mir eine Hand auf die Schulter und führt mich zum Portal. Ihre Stärke ist deutlich höher als meine, und kontinuierlich. Eine Kraft so unaufhaltsam wie die Kontinentalverschiebung drückt mich vorwärts. Das Portal verbeitert sich, so dass wir nebeneinander hineingehen können. Dann kommt Unilo und schließlich Mayaya, der so gelangweilt wie eh und je wirkt.

„*Du warst ja eine große Hilfe*", sage ich telepathisch zu Ali, als er auf meiner Schulter erscheint, bevor ich das Portal betrete.

Ich könnte mich wehren, aber mein Instinkt sagt mir, dass sie wohl nicht planen, mich mein Grab ausheben zu lassen und mir dann einen Kopfschuss zu versetzen. Ali antwortet lässig mit einem telepathischen Achselzucken, was mich wütend macht, als die Dunkelheit mich umschließt.

***

Das andere Ende des Portals ist eine kleine Siedlung irgendwo in Nordamerika, da wir uns immer noch auf der Erde befinden und die Sonne noch nicht aufgegangen ist. Ich sehe mir die Gebäude an, wobei ich jene mit galaktischer Architektur ignoriere. Stattdessen konzentriere ich mich auf die Bauweise der 60er Jahre mit Backstein und Holz, um Hinweise zu finden. Die Schilder sind auf Englisch, daher befinden wir uns in Kanada oder den USA. Die Klimaanlagen verweisen auf den Süden. Das, und die Resthitze des Tages. Ich bemerke, dass die Bevölkerung in der Stadt herumschlendert und viele noch Uniformen tragen.

„Eure?", frage ich Ayuri, als sie mich loslässt. Ich brumme, als sie zufrieden nickt, aber ich folge ihr passiv die Straße entlang zu einem neueren galaktischen Gebäude. „Ich erinnere mich nicht daran, das Erethra-Reich auf einer Liste von Siedlungseigentümern gesehen zu haben."

„Weil es nicht der Eigentümer ist. Der Ort gehört Unilo direkt", sagt Ayuri.

Als ich Unilo ansehe, lächelt sie freundlich.

„Wir warten noch auf die angeforderten Credits für den Raum", fügt Ayuri hinzu. „Da Unilo eine d'Cha ist, hat sie genug Credits dafür, bis mein Antrag genehmigt wurde."

Ali kichert und schwebt in seiner Miniaturform neben uns. „Galaktische Bürokratie. Das ist überall gleich."

„Allerdings ist bei den M453-Xs der Gnumma, der Vasall–"

„Na schön. Nicht überall", sagt Ali mürrisch und starrt Mayaya an, der den Geist weiterhin ignoriert.

Ich muss lachen und lasse mich von den beiden ablenken, während wir das Gebäude betreten. Innen ist es überraschend geräumig und leer und enthält nur vier schimmernde blaue Zellen. Innerhalb einer der Zellen sind zwei erethranische Soldaten beim Sparring. Einer verwendet ein Messer, der andere etwas, das wie ein Schlagring aussieht. Die beiden gehören den Basisklassen an, und nach dem, was ich sehen kann, sind sie keine besonders geübten Kämpfer.

„Ihr wollt mich reinstecken, damit ich gegen einige eurer Männer kämpfe?", sage ich, um ihre Absichten herauszufinden. Ich hoffe, dass diese Option zutrifft, da die andere viel schmerzhafter wäre.

„Natürlich nicht. Das wäre ja keine Herausforderung, oder?", schnaubte Ayuri. „Nein, ich werde gegen dich kämpfen."

***

Als ich Ayuri in der Mitte des verstärkten Rings gegenüberstehe, spüre ich, wie mein Herz allmählich schneller schlägt. Alle vier Schildwände wurden unserer Zelle zugewiesen, was dem ständig zunehmenden Publikum mehr Schutz bietet. Ich stehe leicht geduckt da, mit den Händen an meiner Seite und sehe zu, wie die lilahaarige erethranische Kämpferin sich lässig streckt.

„Regeln?", frage ich, um das Schweigen zu brechen, während Ayuri sich weiterhin vorbereitet.

„Niemand verlässt die Zelle", sagt Ayuri. „Fünf Schläge, hörbare Anzeige oder fünf Prozent verbleibende Gesundheit bedeuten eine Niederlage. Das Gebäude verfolgt unsere Gesundheit. Es wird einen hörbaren und sichtbaren Hinweis geben, den Kampf einzustellen."

„Okay."

Ich könnte dagegen protestieren, aber ehrlich gesagt freue ich mich darauf. Seit unserer letzten Begegnung sind vier Jahre vergangen, und ich habe viel Erfahrung gewonnen. Jetzt bin ich neugierig, wie groß der Unterschied zwischen uns ist. Ayuri ist nicht wie ich, da ich eine ganze Klasse übersprungen habe. Sie hat den Vorteil von über 80 Levels von Attributen und Skills, und zahllose Jahre Erfahrung. In einem direkten Duell wie dem hier habe ich keine realistische Erfolgschance. Aber dennoch grinse ich erwartungsvoll und aktiviere Manasicht. Denn das würde Spaß machen.

„Auf dein Signal, Unilo", ruft Ayuri.

Es herrscht ein angespanntes Schweigen zwischen uns, das mit jeder Sekunde ohne Signal noch zunimmt. „Jetzt."

Ayuri reagiert zuerst und erscheint hinter mir – aber das habe ich erwartet. Ich lasse mich bereits fallen und kicke mich rückwärts, während ich einen Seelenschild um meinen Körper wirke. Mein Angriff trifft, da Ayuri sich weigert, ihm auszuweichen, und er prallt von ihrem Seelenschild ab. Erst als ich mich wegrolle, sehe ich Ayuris seelengebundene Waffe. Das kurze Flammenschwert zuckt nach unten und schleuderte einen Klingenhieb, dem ich knapp entkomme, indem ich mich weiterrolle. Die kürzere Klinge ermöglicht es Ayuri, die Bewegung umzukehren und einen weiteren Klingenhieb auf mich zu werfen, während ich mich abfange. Der Treffer vernichtet fast die Hälfte meines Seelenschilds, und ich kneife die Augen zusammen. Meine Güte, sie hat eine Menge Punkte in ihre Angriffsfähigkeit investiert.

Sie verschwimmt und greift mich an, während ich sehe, wie Ströme aus Mana sich sammeln und um ihren Körper wirbeln. Hast. Ein Skill der Basisklasse, der ihre Bewegung beschleunigt, aber während der Aktivierung enorm viel Mana und Ausdauer kostet. Sie erreicht mich in Windeseile, und ich muss den Wirbel aus Stichen und Schlägen mit meinem eigenen Schwert blockieren.

Während ich zurückweiche, rufe ich meinen Skill Tausend Klingen auf, wodurch der Raum zwischen uns durch die schwebenden Klingen komplizierter wird. Jetzt muss sie sich nicht nur um meinen anfänglichen Angriff kümmern, sondern auch den darauf folgenden Klingen ausweichen. Jedes Blockieren schließt einen Angriffsbereich und jede zusätzliche Klinge reduziert ihre Angriffswinkel. Aber statt die Winkel zu vermeiden, blockiert Ayuri meine schwebenden Waffen und schlägt sie zur Seite, um so gewaltsam Winkel zu öffnen. Das Klirren der Schwerter, das Rutschen unserer Schritte und das laute Grunzen der Erschöpfung erfüllen während des Gefechts den Raum. Innerhalb von Sekunden werde ich ein halbes Dutzend Mal getroffen, so dass mein Seelenschild fast aufgebraucht ist. Erst nachdem ich den Zauber Hast einsetze, beruhigt sich die Lage.

Die Champion-Kämpferin dreht ihre Hand, als wir wieder aufeinanderprallen. Das löst einen Skill aus und bricht den Griff meines Schwerts, so dass ich entwaffnet werde. Ich blocke den nächsten Stoß mit meinem linken Unterarm ab, und der Rest meines Seelenschilds verschwindet in einem Blitz, worauf die Klinge meinen Arm aufschneidet. Aber dieses Opfer bewegt das Schwert von meiner Brust weg und gibt mir Zeit, meine Strahlenpistole auf sie zu richten und ihr ins Gesicht zu schießen. Der Angriff blitzt auf, als er ihren Seelenschild trifft, aber noch wichtiger ist, dass er sie eine Sekunde lang blendet, und ich mich hektisch zurückziehen kann.

„Deine Schwertfähigkeiten haben sich verbessert", lobt mich Ayuri grinsend. Sie wirft das gewellte Schwert von einer Hand in die andere, als sie mich durch den Ring verfolgt, was mir die Zeit gibt, meinen Seelenschild zu erneuern.

„Bist du bereit, jetzt ernsthaft zu kämpfen?", sage ich.

„Du hast das bemerkt?"

„Natürlich."

„Gut. Dann komme ich", sagt Ayuri, und ihre Augen glitzern belustigt. Noch bevor sie ihre Worte ausgesprochen hat, ist sie schon bei mir, da sie die kurze Entfernung mit einem Versetzungsschritt überbrückt.

Ich mache einen Sprung nach hinten, fall auf ein Knie und strecke das hintere Bein aus, so dass ich sie direkt in die Brust treffe. Ihr Schild bricht, da die Wucht ihres Angriffs und der Versetzungsschritt ihn zusammen mit meinen Skills und meiner Attacke zerschmettern. Aber das hält sie nicht auf. Sie nutzt den Impuls meines Angriffs, um herumzuwirbeln, wobei eine Hand an der Schneide meiner Klinge entlang fährt und die andere ein weiteres Schwert beschwört. Ich wechsle mein Schwert in die linke Hand, um ihren Angriff zu blocken, aber sie zuckt mit ihrer ursprünglichen Hand und wirft ihr kurzes Schwert direkt auf mich. Danach folgt ein weiterer Angriff, und noch einer.

In Sekundenschnelle zieht sie Kopien ihres seelengebundenen Schwerts hervor und schleudert diese auf mich, wobei sie jedes präzise wirft und meine Blockiertaktiken durch die bloße Menge überwältigt. Unter diesem Bombardement versagt mein Seelenschild wieder, und die neu beschworenen Klingen durchbrechen meine improvisierte Abwehr. Als sich die erste Klinge in meine Schulter bohrt, löse ich meinen Skill aus.

Versetzungsschritt.

Unter mir dreht Ayuri sich herum, blickt dann hoch und entdeckt meine fallende Gestalt. Sie grinst und schleudert bereits Messer, um mich und die von mir geworfenen Granaten abzufangen. Im Fallen erkenne ich, wie die Erkenntnis den Instinkt einholt, kurz bevor ihre erste Klinge die erste Granate durchbohrt.

Eine Chaosgranate.

Fische explodieren aus der Granate – stachlige, schleimige Fische, die um uns herum herabregnen. Eine weitere Granate detoniert, verschlingt ihre beschworene Klinge und hinterlässt ein kleines Loch im Raum. Eine dritte Granate landet vor ihren Füßen und eine Horde zischender, geschmolzener Feuerelementare erscheint. Ayuri schreit unwillkürlich auf, als sie sinkt und tiefer in den Schwarm fällt, während sie meine fallende Attacke blockiert. Ich sehe bereits, dass ihr Seelenschild aufflackert, als die Elementare sich hineinfressen.

„Chaosgranaten?", faucht Ayuri und packt meinen Arm, während ich mich vom Fall und dem blockierten Angriff erhole.

Sie schleudert mich in der Drehung weg und weicht gleichzeitig meinen nachfolgenden Klingen aus, wobei die Elementarwesen ihre Bewegungen kaum behindern. Ich taumle durch die Luft und knalle gegen die Seite des Käfigs. Als ich mich wieder erholt habe, hat sie bereits Eissturm gewirkt, tötet die neugebildeten Elementarwesen und erwischt mich mit der Sprengwirkung.

Während ich stolpere und den Seelenschild mit einem Gedankenbefehl erneuere, stapft Ayuri vorwärts. Ich löse die Minen aus, die ich im Fallen gelegt hatte, wobei der sich ausbreitende Schaum der Stufe II meine schnelle Gegnerin nur kurz an der Seite erwischt. Lang genug, dass ich Frostklinge auf mein Schwert wirken kann.

„Frostklinge. Gute Wahl." Mit einem Achselzucken bricht Ayuri aus dem klebrigen Schaum. „Aber nutzlos."

Ich schnaufe laut und ignoriere ihren Spott, während Ayuri vorsichtiger heranstürmt. Unsere Klingen prallen wieder aufeinander, und mit jedem Schlagabtausch klettert das Eis ihre Hand entlang. Aber so schnell die Schwerter einander treffen, so schnell lässt sie ihre verschwinden, so dass der

Frosteffekt kaum Zeit hat, sich auf sie auszuwirken. Und das Eis auf ihren Händen wird gleich von einem ihren Körper umgebenden Manawirbel aufgelöst. Noch ein Skill – wahrscheinlich einer, der Statuseffekte entfernt.

Sie zerschmettert meine Abwehr mit einigen Schlägen und mein Seelenschild gibt erneut auf. Eine Entwaffnung bietet eine Angriffsmöglichkeit, und Ayuri schlägt mit einem Ellbogen gegen meine Schläfe. Ich torkle rückwärts und eine Wunde platzt über meinem Auge auf, während ich einer weiteren geworfenen Klinge ausweiche. Ich drehe mich zur Seite und schleudere einen halbgeformten Klingenhieb, um sie wegzudrängen. Dann teile ich meinen Fokus vorläufig auf und werfe willkürlich Klingenhiebe, während ich Zeit gewinnen will, um meinen Zauber zu wirken. Das funktioniert, und Schlammwälle bilden sich vor mir und versperren ihr den Blick.

„Du kriegst deinen Arsch aufgerissen, Junge", kichert Ali.

„Das kannst du wohl sagen. Ich habe kaum Zeit, meine Skills einzusetzen. "

Durch Alis Perspektive außerhalb des Rings sehe ich, wie Ayuri meinem letzten Klingenhieb mühelos ausweicht, bevor sie die Schlammwälle angrinst. Sie hebt eine Hand und bildet eine leuchtende Energiekugel – anscheinend ein aufgeladener Skill. Ich bin etwas neugierig, ob das ein Angriff der Meisterklasse oder Basisklasse ist, aber vor allem konzentriere ich mich auf den Manastrom, den Ali sieht. Es ist nicht so effektiv wie ein direkter Blick, aber es reicht.

Als sie den Angriff auslöst, springe ich mit Versetzungsschritt und erscheine hinter Ayuri. Ich wirke sofort Einzelkämpfer-Armee und hämmere mit aller Kraft auf sie ein. Die Klingen schleudern Energiehiebe in ihren Rücken und Blut sprüht aus ihrem Körper, als der Angriff ihren Schild und ihre Abwehr durchdringt. Sie dreht sich sofort und weicht einigen der Attacken aus. Mein Skill der Meisterklasse macht hier den Unterschied und dadurch werden ihre zahlreichen Defensivskills nutzlos. Ayuri wird in die Schlammwälle geworfen, und ihre Gesundheit sinkt, da jeder Angriff einen sichtbaren Teil wegnimmt. Als der Angriff vorbei ist, hat die Champion-Kämpferin die Hälfte ihrer Gesundheit verloren – und ich das Überraschungselement.

„Das tat weh", sagt Ayuri und zeigt ein blutiges Grinsen. „Jetzt werde ich dir wirklich in den Arsch treten."

***

Mein Kopf knallt gegen den Boden und ich rutsche zurück und pralle gegen die Kraftfelder des Sparring-Rings. Die ersten beiden haben sich unter der Erschütterung durch Ayuris letzten Angriff aufgelöst. Das dritte bricht, als ich dagegen geworfen werde. Geröllhaufen bauen sich um meinen rutschenden Körper auf und werden durch die Kraft zu Staub gemacht. Aber das letzte und stärkste Feld hält und lässt mich blutend und geschlagen zurück. Der Raum leuchtet rot auf und eine Warnsirene heult und markiert das Ende unserer Sparrings.

Ich konzentriere mich einen Moment lang und wirke einen Erheblichen Heilzauber auf mich, um den Schmerz zu überwinden. Der Zauber reicht nicht, um den enormen Schaden auszugleichen, der mir zugefügt wurde, aber er beseitigt die größten Probleme, die auf den Blutverlust aus gerissenen Organen und offenen Wunden zurückgehen. Das Kraftfeld verschwindet und weitere Heilmagie wirkt auf meine liegende Gestalt ein.

„*Welcher ... Skill?*", frage ich Ali telepathisch, obwohl ich nicht klar denken kann, während mein Körper sich wieder repariert.

Statt mir direkt zu antworten, zeigt mir Ali die Skilldaten aus den von uns gekauften Informationen über die Champion-Klasse.

Der Wille des Volkes (Klassen-Fertigkeit des Erethra-Champions)

Indem der Anwender das Vertrauen und den Respekt nutzt, die sich ein Champion verdient hat, wird ein verwüstender Angriff ausgelöst, der alle Bedrohungen des Reichs eliminiert.

Wirkung: Angriffsform und Schadenswirkung hängen vom Anwender und dem Ruf ab, den der Champion in Erethra erworben hat. Jeweils 10 Rufpunkte in Erethra erzeugen einen weiteren Schadenspunkt.

Preis: 1000 Mana

Ich schnaufe laut und bereue es sofort, da bei der Bewegung mein Brustkorb schmerzt, als die gebrochenen Rippen aneinander scheuern. Verdammt, ein einziger Angriff. Ayuri bildete mit ihrem Skill millionenfach wirbelnde scharfkantige Dekaeder, die nach dem Abschuss auf mich zielten. Und 100 Rufpunkte hört sich nach gar nichts an, bis man merkt, dass das verfluchte Erethra-Reich ein sich über viele Systeme und Planeten erstreckender Koloss ist. Selbst ein geringer Berühmtheitsgrad eines Champions macht diesen Angriff lächerlich stark. Wenn Ayuri sich bei den meisten ihrer Attacken nicht absichtlich zurückgehalten hätte, wäre ich trotz meiner Schadensreduzierung und Zauberwiderstände nun tot. So wie es aussieht, hat der letzte Angriff mein Mana sogar um eine messbare Menge erhöht.

Als ich die Zaubersprüche durchrattere, spüre ich einen plötzlichen Hustenreiz. Ich drehe mich zur Seite, huste und keuche, was jedes Mal Schmerz erzeugt, aber schließlich kommen die zerbrochenen und verschobenen Knochen und das zerfetzte Gewebe heraus. Ich starre den blutigen Haufen an und rümpfe die Nase, als mein Geruchssinn zurückkehrt und den Gestank von geschmolzenem Beton und geröstetem Fleisch mit sich bringt. Ein Reinigungszauber beseitigt den Schmutz und den Geruch teilweise, während der letzte Zauber auf mir landet, so dass die langfristigeren Heilungsrhythmen und meine eigene Regeneration den Rest erledigen können.

„Verdammt. Du bist einfach nicht totzukriegen, oder?", sagt Ayuri, als sie neben meinen liegenden Körper tritt. „Wolltest du mich dazu bringen, dass ich meinen ultimativen Skill einsetze?"

„So ungefähr." Ich stehe auf und starre die Fetzen meiner Kleidung an, bevor ich plötzlich kichern muss.

„Was?"

„Nur eine lustige kulturelle Beobachtung." Mit einem Achselzucken reiße ich den Rest meines gepanzerten Jumpsuits weg, da er meine Nacktheit sowieso nicht verbirgt und ich etwas Neues anziehen will. Keiner der Erethraner verzieht eine Miene. Andererseits war ich schon seit einer Weile praktisch unbekleidet und sie hatten mehr als genug Zeit, ihren Schock zu überwinden.

„Was hast du erfahren?", fragt Unilo und neigt den Kopf zur Seite, als sie mich mustert. Nach einem Moment lächelt sie. „Oh! Du sprichst darüber, dass es dir peinlich ist, nackt zu sein! Uns auch."

„Euch auch?" Ich sehe die Fetzen meiner Kleidung an, während ich meinen neuen Jumpsuit anziehe.

„Ja. Aber nur, wenn wir uns unter Artgenossen befinden." Unilo verzieht das Gesicht. „Wen kümmert es schon, was andere Gattungen tragen? Schließlich sind sie ja nicht biologisch kompatibel."

„Es sei denn, du bist ein Truinnar oder Movana oder Zwerg oder ein Jungchen—"

„Nicht. Jetzt."

„Stimmt", sage ich laut.

Unilo fährt fort, ohne etwas zu bemerken. „Es ist, als ob man einem Cruppa zusieht und–"

„*Cruppa?*"

„*Ein Haustier.*" Vor mir erschein das Bild einer Kreatur mit sechs Gliedmaßen, oben mit Fell und unten mit Schuppen, kniehoch und mit einem Stachelschwanz. „*Das erethranische Gegenstück eines Hundes.*"

Ich erröte etwas und starre Unilo an, die weiter plappert, ohne meinen zornigen Blick zu bemerken.

„Beschämt. Oder, was schlimmer wäre, erregt. Auf Erethra lassen wir so eine Perversion nicht zu, aber ich weiß, dass es auf einigen der anderen Planeten ... na ja, weniger zivilisiert zugeht."

„Unilo." Ayuri unterbricht mit einem Wort Unilos Geplauder.

Ayuri deutet auf den Ausgang, und da ich nun salonfähig bin, folge ich ihr gerne. Wir drängen uns schweigend durch die Menge, wobei ich den Kopf zur Seite neige, als ich Lippen ablese und den geflüsterten erethranischen Unterhaltungen um mich herum lausche.

„*Bist du dir sicher, dass er ein Paladin ist? Ich habe gehört, dass sie schlimmer als Champions sind–*"

„*Ich habe nie gesehen, dass jemand auch nur einen Zwanzigstel des Willens ausgehalten hat. Seine Schadenreduzierung muss irre sein!*"

„*Naja, er hatte zwei Drittel seiner Gesundheit. Seine Regenerationsraten waren bizarr. Und mit dem Seelenschild hat er sich mehr Zeit erkauft.*"

„*Glaubst du, dass die d'Quam ihn am Leben lassen?*"

„*Er hat sie bis auf ein Viertel ihrer Gesundheit hinabgekämpft. Scheiße, ich glaube, ich muss sein Profil im Shop kaufen.*"

„*Scheiß auf den Shop. Ich kenne einen Zwischenhändler dafür. Der hat ein echtes Sonderangebot–*"

Ayuri schweigt, bis wir in ein neues Gebäude kommen und einen Raum betreten, der wohl ihr Büro ist. Es amüsiert, mich, dass es Ayuri selbst in einer praktisch papierlosen Gesellschaft geschafft hat, ihr Büro so unordentlich werden zu lassen. Ich sehe Krimskrams überall, von Schneekugeln, Lavalampen, einem Dudelsack und zahlreichen Magneten bis zu anderen, weniger eindeutig identifizierbaren galaktischen Souvenirs. Und Trophäen. Viele Trophäen, die Teile von Monstern enthalten. Als Ayuri in ihrem Sessel zusammensackt und ihre Füße auf den Tisch legt, während ich behutsam den halb zerschmetterten Schädel eines besonders großen Goblins beiseite schiebe.

„Hob", sagt Ayuri, als ob das eine Erklärung wäre. „Ich wollte einen Becher aus seinem Kopf machen, und, na ja ..."

„Becher?"

„Ihr Menschen habt diese interessante Tradition–"

„Übertreibung. Reine Übertreibung!" sage ich und wedle mit den Händen herum.

„Oh. Aha. Das würde es erklären", sagt Ayuri. „Na ja. Du hast die Prüfung bestanden. Gerade noch."

Ich nicke nur kurz und kneife die Augen zusammen. Sie hätte mich nicht hierher schleppen müssen, um mir das zu sagen. Sie hätte mich nicht einmal in diese Stadt bringen müssen. Jede relativ leere Zone hätte ausgereicht. Allerdings war es nie ihre Absicht gewesen, meine Kampfstärke zu testen.

„Wir sind fertig. Du solltest essen gehen. Unilo, besorg ihm ein paar Viktualien", sagt Ayuri und signalisiert mir, dass ich aufstehen soll.

Ich muss blinzeln und starrte erst Ayuri und dann Unilo an. Oh. Klar. „Was zu futtern?"

„Wir essen keine Tiernahrung, aber wir könnten dir welche besorgen", sagt Unilo, als sie mich aus dem Büro führt, vermutlich zur Offiziersmesse.

Unterwegs kläre ich das Missverständnis. Es dauert noch einige Minuten, bis ich etwas zu essen finde, und ich bin nicht überrascht, dass sich Unilo neben mich setzt. Oder dass Mayaya, der uns schweigend gefolgt ist, die wenigen anderen Anwesenden verscheucht.

„Die Hilfe der Siedlung bei der Abstimmung", sage ich, nachdem wir beide etwas gegessen haben.

„Gehört dir", sagt Unilo, unterbricht mich dann aber, als ich den Mund öffne, um ihr zu danken. „Unter einer Bedingung."

„Natürlich gibt es eine Bedingung", knurre ich.

Ali, der unsichtbar über Mayaya schwebt, rollt mit den Augen.

„Eine ganz einfache. Nur ein kleiner Gefallen", sagt Unilo.

„Ein Gefallen."

„Ein kleiner Gefallen."

„Kannst du mir da helfen?", frage ich Ali.

„Erethranische Adelige tun sich gegenseitig Gefallen. Die Kategorien werden in aufsteigender Bedeutung als trivial, klein, groß, Blut, Leben und Familie bezeichnet. Ein kleiner Gefallen ist meist eine Tat, die keinen großen Aufwand von dir erfordert oder Gefahren mit sich bringt. Eine Abstimmung, ein Dungeon mit passendem Level."

Unilo wartet auf meine Antwort und wühlt sich mit einem seltsamen Utensil in die nudelartige Substanz vor ihr, das bei der leichtesten Berührung an den Nudeln klebt. Ich neige mich über mein Essen, wobei ich es kaum schmecke, obwohl mein verheilter Körper die Kalorien dringen benötigt, da mir alle möglichen Gedanken durch den Kopf wirbeln. Also. Ich werde zur Schau gestellt und meine Skills und Klassen werden einer Gruppe erethranischer Soldaten gezeigt. Offensichtlich weiß jetzt das gesamte Königreich, wer und was ich bin. Und jetzt werde ich nicht sehr subtil darauf gedrängt, eine Abmachung zu schließen.

Das Problem mit Fallen ist, dass man sie manchmal zwar entdeckt, aber keine andere Wahl hat, als hineinzutreten. Manchmal muss man einfach durch eine Falle hindurch. Und eine bekannte Falle kann auch eine Chance bieten.

„Ein kleiner Gefallen. Erst nach der erfolgreichen Abstimmung", sage ich und stelle meine Bedingungen vor.

„Das hört sich an, als ob auf deiner Seite der Ausgang offen wäre", meint Unilo.

„Das stimmt nicht ganz. Ihr werdet irgendwann diese Siedlung verlieren, und dann verliere ich die Stimme."

Unilo neigt den Kopf und verzieht die Lippen nach oben. „Ah, ich konnte das Zeitlimit nicht vor dir verbergen, oder? Na ja, okay. Dann ist es abgemacht."

Ich warte und warte und runzle dann die Stirn.

„Schmeckt dir das Essen nicht?", fragt Unilo, während sie ihre Mahlzeit beendet.

„Es gibt keine Systembenachrichtigung", sage ich überrascht.

„Für unsere Abmachung? Sie ist nicht im System registriert."

„Was hindert mich dann daran, mich davor zu drücken?"

Unilo blickt einen Moment vor sich hin, bevor sie mich anlächelt. „Sich drücken. Interessantes Wort. Aber wenn ich nicht darauf vertrauen kann, dass ein Paladin sein Wort hält, schwebt unser Reich in großer Gefahr."

Einen Moment lang sitze ich nur da, weil diese Aussage mich etwas verwirrt. Geht sie davon aus, dass meine Klasse es mir unmöglich macht, Verträge zu brechen? Oder gibt es etwas in meiner Klasse, das mich daran hindert, mich vor etwas zu drücken? Sind Klassen so? Oder stellt das ein kulturelles Artefakt dar? Die Überzeugung, ein Paladin könne nicht eidbrüchig werden? Oder versteht sie mich besser?

Ich unterdrücke diese Fragen, die fast panikartigen Gedanken, während mir gleichzeitig klar wird, dass ich mich eigentlich ausruhen sollte. Es kann nicht gesund sein, zu Brei geschlagen zu werden, ganz gleich wie viele Widerstände ich besitze.

„Na gut", sage ich seufzend und blicke dann Mayaya an. „Kannst du mich nach Hause bringen?"

Mayaya antwortet nicht direkt, aber dann falle ich durch ein Portal, das sich unter meinen Füßen öffnet, so dass ich mit dem Stuhl hindurchstürze.

Klar. Bitte ihn nie wieder um einen Gefallen.

Kapitel 10

Nachdem ich mich davon erholt habe, so unwürdig in Vancouver abgesetzte zur werden – und dann den Stuhl zurückwerfe, wo er hoffentlich Mayaya treffen wird – verbringe ich die nächsten Stunden mit Schlafen. Aufgrund der Hektik der letzten Tage kam ich kaum zu Atem, und es ist über 24 Stunden her, dass ich mich ausgeruht habe. Auch wenn meine höhere Konstitution es mir ermöglichte, unter normalen Bedingungen tagelang ziemlich gut ohne Schlaf auszukommen, war der gestrige Tag wohl kaum als normal zu bezeichnen. Daher ist es schon 15 Uhr, als ich endlich aufstehe.

In den nächsten Tagen widme ich meine Zeit dem Studium. Zuerst kommen die verspäteten Treffen mit Ali und Kim, um zu erfahren, was sie herausgefunden haben. Auch wenn ihre Informationen wesentlich mehr Details bieten, als Roxley mir gesagt hat, kenne ich die Hauptpunkte. Allerdings zeigen sie mir einige Siedlungen, gegen die wir wegen anstößiger Aktionen vorgehen können, wenn ich will. Leider genügt es nicht, nur die Stadtkerne unter Kontrolle zu bringen. Ich benötige auch Leute, die den Kern bewachen und die Siedlung in Schuss bringen. Meiner Erfahrung nach sollte man einen Stadtkern nicht unbewacht lassen, da im Laufe der Zeit sonst leider stadtweite, vom System generierte Dungeons entstehen können.

Danach habe ich zwei lange Treffen mit Lana und Katherine, die mir mit Fragen und Details zur Siedlung auf die Nerven gehen. Ich quäle mich so gut wie möglich durch diese Diskussionen, vor allem da sie dieser Welt wenigstens etwas Kontext verleihen. Wir sprechen über zahlreiche Probleme, von Flächennutzungsplänen und Baugenehmigungen bis zu Gerichtsentscheidungen, die alle nicht spontan gelöst werden können. Es ist schockierend, wie viel Macht ich als Siedlungseigentümer habe, als kleiner Feudalherr, der mit dem Recht des Stärkeren regiert. Und daher verbringe ich meine Wartezeit damit, zu studieren und zu lernen.

Der nächste große Schritt ist ein Gespräch mit den Champions, aber da sie viel zu tun haben, muss ich einige Tage bis zu ihrem regelmäßigen Treffen warten.

Schließlich ist der Tag gekommen, und ich nehme zusammen mit Mikito ein Portal nach Hongkong und erscheine auf dem Bank of China Tower, von wo aus ich eine hervorragende Aussicht habe. Ein schneller Blick auf die Benachrichtigungen zeigt mir, dass die Siedlung sich zu einer Großstadt entwickelt hat, was innerhalb der kurzen Zeitspanne eine beeindruckende Leistung darstellt. Vor allem, wenn man bedenkt, dass nur sieben Prozent der Bevölkerung überlebt hat. Die hohe Bevölkerungsdichte führte zusammen mit einer hohen Manadichte zu einem explosiven Wachstum von Monstern, die im ersten Jahr die Bevölkerungszahl weiter reduzierten. Selbst aus meiner Perspektive kann ich die Lücken sehen, wo ganze Nachbarschaften ausgelöscht wurden, als ihre Gebäude von titanischen Monstrositäten und den zu ihrer Vernichtung nötigen Gefechten zerstört wurden.

„Willkommen, Mr. Lee", ruft eine Stimme auf Kantonesisch, und als ich mich umdrehe sehe ich einen kleinen, alten Mann.

Großmeister Chang Jing Yi, das Eiserne Tor von Hongkong, Siebter Drache von Südchina (Kung-Fu-Meister, Level 2)
HP: 4310/4310
MP: 1080/1080
Zustand: Eisenhemd, Eisenknochen, Himmel-und-Erde-Verbindung

„*Tai Tsifu Chang*", grüße ich den Mann auf Kantonesisch und verbeuge mich leicht. „Entschuldigung, ich glaube nicht, dass Mikito Kantonesisch versteht."

„*Baka.* Natürlich verstehe ich es. Ich komme ja oft genug hierher", sagt Mikito, bevor Großmeister Chang reagieren kann. „Aber Sie hätten uns nicht persönlich treffen müssen."

„Ich wollte den berühmten Erlöser der Toten treffen", sagt Großmeister Chang. „Seine Heldentaten in letzter Zeit waren wirklich beeindruckend."

Während Mikito und der Großmeister sich unterhalten, dränge ich Ali, mir eine Erklärung zu liefern. Vor allem für die ortsspezifischen Titel.

„*Das sind ruf- und erfolgsbasierte Titel. Sie sind nur verfügbar, wenn man sowohl den Erfolg als auch den entsprechenden Ruf aufweisen kann. So ähnlich wie Capstans Erste Faust. Und diese Himmel-und-Erde-Verbindung ist eine blumige Übersetzung für ein einzigartiges Situationsbewusstsein.*"

„Sie gewähren mir zu viel der Ehre", sage ich zu Großmeister Chang als Reaktion auf seinen vorherigen Kommentar. Hmm. Ich frage mich, ob dies das richtige Wort war – wäre Gesicht besser? *Mien* wird häufiger verwendet. Aber das ist nicht genau das gleiche. Das ist der Grund dafür, dass ich nicht gern traditionelles Chinesisch spreche. Da ich nicht in China geboren wurde, bin ich mir nie ganz sicher. Wenigstens bietet mir meine höhere Intelligenz eine bessere Beherrschung der Sprache. „Meine Erfolge sind im Vergleich zu Ihren sehr gering. Ich bin es nicht, der in den frühen Jahren einen Wasserdrachen mit bloßen Händen getötet hat."

„Es war ein kleiner Drache, und man hat mir geholfen. Sehr", sagt Großmeister Chang lächelnd und winkt uns, ihm zur feuerhemmenden Tür zu folgen.

„Dennoch würde ich gerne mehr darüber hören", sage ich.

Nach weiteren Bitten höre ich letztlich die Geschichte über den Kampf des Großmeisters mit dem Wasserdrachen, der Hongkong in den frühen Tagen der Apokalypse heimsuchte. Diese spannende Erzählung unterhält mich, bis wir den Konferenzraum erreichen. An der Tür verabschiedet sich der Großmeister mit einer Verbeugung.

„Wieso ist er nicht Teil der Gruppe? Er hat den Level dafür", frage ich und deute auf den sich entfernenden Großmeister der Meisterklasse.

„Nicht jeder mit den entsprechenden Levels wird angenommen. Oder hat Lust darauf, um die Welt zu reisen", sagt Jessica, die direkt neben uns erscheint.

Mikito zuckt etwas zusammen und bewegt eine Hand, als sie beginnt, ihre Waffe aufzurufen, dann aber abbricht. Ich selbst lächle Jessica an. Schließlich hat meine neue Klassen-Fertigkeit mir dabei geholfen, sie schon vor einer Weile im Schatten zu erkennen.

„Ich dachte, ihr wärt eine Gruppe der mächtigsten Individuen auf der Erde?", frage ich stirnrunzelnd.

„Nicht direkt", sagt Mikito. „Wir waren bereit, mitzumachen und wurden akzeptiert. Viele der Siedlungsbesitzer und andere, die über die Stärke verfügen – wie Großmeister Chang – sind nicht daran interessiert. Oder verfügbar. Nicht alle Siedlungsbesitzer delegieren so viel wie du."

„Ah. Und was bist du? Die Speerspitze? Oder die Galionsfigur?", sage ich.

Jessica lacht über meine Beschreibung und ihre perlweißen Zähne blitzen kurz vor ihrer dunklen Haut auf. „Ja. Kommt schon, wir sind die letzten."

Sie schiebt uns vor und legt uns je eine Hand auf den Rücken. Ich folge dem Drängen des Mädchens aus den Südstaaten, und als ich mich umblicke, sehe ich, dass sie recht hat – alle, die ich kenne, sind schon hier. Und zwei Personen, die ich noch nicht getroffen habe.

„Bipasha, Graham, John Lee", stellt Jessica mir die beiden Neuankömmlinge vor, während Mikito sich schweigend im Raum umsieht. „Bipasha ist eine Weberin und konzentriert sich auf das Heilen und die

Behinderung von Angriffen im Kampf. Sie ist auch die treibende Kraft hinter BP Fabrics, einem der am schnellsten wachsenden Textilkonzerne auf der Erde."

„Wenn du je ein speziell entworfenes Kostüm brauchst, dann lass es mich wissen", sagt Bipasha lächelnd.

Ihr langes schwarzes Haar, die etwas hervorstehende Nase, das einladende Lächeln und die attraktiven braunen Augen lassen mich einen Moment darüber nachdenken, wie viele Jahre es schon her ist, seit ich ... na ja. Seit ich. Die Tatsache, dass sie eine elegante rosa und cremefarbene Variation des gepanzerten Jumpsuits trägt, mit indischen Einflüssen, zeigt, dass nicht alles gleich aussehen muss. Ich bin nicht überrascht, dass sie eine solche Gefolgschaft aufgebaut hat – eine erfolgreiche Geschäftsfrau, die intelligent genug ist, um ihre nicht kampforientierten Klassen-Fertigkeiten für Missionen auf dieser Stufe zu verwenden, und mit genug Charisma, um einen Blinden umzuwerfen.

„Hey! Und ich? Bin ich unsichtbar?", protestiert Graham Speight, Level 40 Requisit mit dem neuseeländischen Akzent. Der Mittdreißiger ist stämmig gebaut, mit Armen, die so dick wie meine Oberschenkel sind und einem wütenden Blick, der viele einschüchtern würde.

„Na ja, du stehst ja nur blöd in der Landschaft herum", sagt Jamal, und alle stöhnen.

Jessica zwinkert Jamal an. „Klassischer Witz."

„Das stimmt." Graham wirft Jamal einen zornigen Blick zu, aber der grinst nur.

„Könnte mir jemand den Witz erklären?", frage ich.

„Also–", beginnt Graham, wird aber von Hugo unterbrochen.

„Was macht der denn hier? Wir haben noch nicht über ihn angestimmt", fragt Hugo und starrt mich mit verschränkten Armen an.

„Das möchte ich auch wissen", sagt Shao und sieht mich abschätzig an.

„Keine Sorge, ich will nicht in euren kleinen Club. Ich habe mich selbst eingeladen, da ich mit Ms. Chowdury reden muss", sage ich und nicke der jungen Dame zu, worauf sie mich anlächelt.

„Du willst über die planetare Wahl sprechen", sagt Jamal pikiert. Als ich eine Augenbraue hebe, schnaubt er nur. „Was, hast du geglaubt, man spreche uns nicht dauernd deswegen an? Die meisten von uns besitzen ein oder zwei Siedlungen. Und diejenigen, die keine haben, kennen die meisten Siedlungsbesitzer in unseren Ländern."

„Oder Kontinenten", sagt Shao und verschränkt die Arme.

„Sehr gut. Das bedeutet, dass ihr bei der planetaren Wahl nützlich wärt." Als ich das sage, achte ich auf die Reaktionen der Champions, um abzuschätzen, wer der Idee gegenüber aufgeschlossen ist, und wer nicht. Es ist keine Überraschung, dass Jamal einen so gequälten Gesichtsausdruck hat. Rae ist ein ausdrucksloser Metallklumpen, und Jessica und Shao wirken immerhin etwas interessiert. Was Bipasha betrifft, ist sie unlesbar, aber charmant.

„Als ob wir das noch nicht versucht hätten", schnaubt Hugo. „Du brauchst aber 80 Prozent der Stimmen, und solange du nicht der Besitzer des Planeten bist, ist das ein unmöglicher Wert. Verdammt noch mal, uns gehören nicht einmal 50 Prozent der Erde. Politisch gesehen ist das Quatsch."

„Das stimmt", sage ich, so dass meine Zustimmung Hugo einen Moment lang den Wind aus den Segeln nimmt. „Aber ich werde es trotzdem versuchen."

„Reine Zeitverschwendung", faucht Hugo. „Du kannst mit Bi reden, sobald wir fertig sind. Aber wir haben hier echte Arbeit vor uns."

„Selbstverständlich", sage ich und gehe zur Tür hinaus.

Da ich nun den Köder ausgeworfen habe, wird sich Bipasha sicher bei mir melden. Und wenn ich mich nicht irre, werden Shao und Jessica später auftauchen. Was Jamal betrifft, der Mann, mit dem ich sprechen muss, um mit Ikael in Kontakt zu kommen, ihn muss ich wohl später besuchen.

***

Als Bipasha mich endlich findet, seufze ich unwillkürlich aus Dankbarkeit. Nachdem ich den Konferenzraum verließ, wollte ich mich im neu aufgebauten Hongkong umsehen und vielleicht sogar den Stadt-Dungeon besuchen. Stattdessen wurde ich von Großmeister Chang abgefangen und „eingeladen", mit ihm und seinen Freunden Tee zu trinken. In den letzten paar Stunden haben wir in ihrer Lieblings-Teestube Tee getrunken, Donuts und Hefeklöße gegessen und Kriegsgeschichten ausgetauscht. Oder in meinem Fall, den Kriegsgeschichten zugehört.

"Bipasha!" Ich winke der jungen Politikerin eifrig zu, während ich aufstehe und mich dann vor der Gruppe verbeuge. „Vielen Dank, dass ihr euch die Zeit genommen habt. Aber ich sollte mit meiner Bekannten sprechen."

„Selbstverständlich. Bis dann."

Die Seniorengruppe lässt mich gehen, wobei ich aber nicht vergesse, vorher die Rechnung zu bezahlen. Mit alten Menschen umzugehen ist für mich eine Qual, da ich aufgezogen wurde, sie zu respektieren. Es wäre unhöflich, sie zu unterbrechen, und daher muss ich mir nie endende Geschichten anhören.

„Mr. Lee." Bipasha blickt sich im Restaurant mit seinen falschen Fenstern mit Jade-Intarsien und den Holzstühlen um. Ihre Lippen zucken leicht, als sie die meist alten Gäste ansieht. „Ich hätte nicht erwartet, dich an so einem Ort zu finden."

„Ich wurde eingeladen", sage ich, nehme sie am Ellbogen und führe sie die Treppe hinunter. „Können wir uns bei einem Spaziergang unterhalten?"

„Natürlich", sagt Bipasha.

Draußen spüre ich, wie meine Anspannung etwas nachlässt. „Ist Mikito ...?,

„Schon unterwegs. Am Rand von Monaco gibt es einen Dungeon, der zu überlaufen droht. Die Siedlungseigentümer konnte ihn nicht beseitigen und haben dem Team eine entsprechende Quest geboten", sagt Bipasha.

„Ah … ich hoffe, dass ich dich nicht davon abhalte", sage ich.

„Nein. Meine Skills würden dort wenig nützen. Es ist ein aquatischer Dungeon", sagt Bipasha, als ob das alles erklärte.

Ich nicke nur und beschließe, sie später über ihre Skills zu fragen. Wir schlendern durch die Innenstadt von Hongkong, und es schmerzt, wie leer die Straßen dieser einst so überfüllten Stadt nun sind.

„Das ist gut", sage ich und deute, zur Küste hinüberzugehen. Ich bin neugierig über die Fischereibetriebe, von denen ich so viel gehört habe. „Du versuchst also, dich zu unserem Repräsentanten wählen zu lassen."

„Ja", sagt Bipasha. „Und du?"

„Nicht mein Stil."

„Eher die graue Eminenz, oder?", fragt Bipasha, als wir zu dem Geländer gehen, von dem aus man in den Hafen blicken kann. Wir starren aufs Wasser hinunter, das gegen das Land schwappt, die gelegentlichen Quallenmonster in Küstennähe und die zahlreichen kleinen Boote, die im Hafen nach Monsterteilen fischen.

„Nein. Ja." Ich zucke resigniert mit den Achseln und beschließe, das einfach so zu lassen. „Wir müssen in den Galaktischen Rat kommen. Wie wir das tun ...", sage ich stirnrunzelnd und schüttle den Kopf. „Ich werde nicht sagen, dass es gleichgültig wäre, da ich nicht so naiv bin. Aber ich bin bereit, viele Zugeständnisse zu machen, um es zu ermöglichen."

„Und warum ist es so wichtig?", fragt Bipasha und kneift die Augen zusammen.

„Aus Eigeninteresse." Ich schaue mich um. „Jeder Planet, jede Gattung ohne einen Sitz im Rat stellt nur Bürger zweiter Klasse dar. Sie haben kein Mitspracherecht, was die Politik und die Ziele des Rats betrifft. Sie erhalten kaum einmal Benachrichtigungen darüber."

„Hört sich wie alle Regierungen an", sagt Bipasha und spielt den Advocatus Diaboli.

„Vielleicht. Aber sobald wir diesen Ratssitz haben, erhält die Erde auch Zugang zum planetaren System und wir können alles besteuern, das sich auf der Erde abspielt. Wir können Steuern auf bestimmte Branchen erheben. Wir können Besuchergebühren verlangen und sogar das Wachstum von Siedlungen und Dungeons kanalisieren." Kanalisieren ist das treffende Wort, da es so ist, als ob man Felsen in einen Fluss wirft – das Wasser strömt immer noch, aber wenigstens kann man es hier und da etwas umlenken. „Aber warum sage ich dir das überhaupt? Du weißt das offensichtlich schon."

„Das stimmt", sagt Bipasha. „Aber es ist immer gut, wenn man die Motive seiner Verbündeten versteht."

„Und sind wir das? Verbündete, meine ich?", frage ich und neige der Frau meinen Kopf zu.

„Vielleicht. Du hast dich noch nicht entschieden, mich zu unterstützen", sagt Bipasha.

„Ich kenne dich noch gar nicht", sage ich und deute ein Lächeln an.

„Und du hast die anderen noch nicht getroffen", fügt Bipasha hinzu. „Aber du solltest wissen, dass Shao die Chinesen überzeugt hat, mich zu unterstützen."

Ich muss blinzeln und rechne das im Kopf durch. Damit hätte sie fast so viele Stimmen wie Ikael. „Interessant. Wie war das möglich?"

Bipasha lächelt. „Wichtig ist, dass es davon abhängt, ob es wirklich eine Abstimmung gibt, aber Shao wollte die Stelle nicht. Ihr Goldjunge würde nie die Stimmen auf sich vereinen, nicht nachdem er in Beijing kandidiert hat. Und niemand will, dass die Amerikaner sie haben."

„Niemand?", sage ich und neige den Kopf.

„Ah ..." Bipasha hält inne, als ob sie sich plötzlich daran erinnert, dass ich aus Kanada stamme. Aber irgendwie bezweifle ich, dass so eine perfekte Politikerin so einen Fehler begehen würde. Nein, sie wollte, dass ich es erfahre. Sie wollte, dass ich die Abneigung verstehe, die sie und die Chinesen und wahrscheinlich andere gegen die Amerikaner hegen.

„Warum?"

„Hast du dich je gefragt, was dem galaktischen Gesandten zugestoßen ist?"

„Ich glaube, ich werde es jetzt herausfinden", sage ich. Ich vermute irgendwie, dass es um Area 51 geht. Das würde passen ...

„Der Gesandte teleportierte sich mitten ins ländliche Kentucky. Und dann kam ein Farmer aus seinem Haus und erschoss den Gesandten. Und da der Gesandte überhaupt nicht wie ein Mensch aussah, durchbohrte er ihn, hängte ihn auf und machte Fotos", fährt Bipasha fort. „Man kann die Fotos in ein paar Boulevardblättern sehen. Das war das erste wirkliche Zeichen außerirdischen Lebens, und ein bekloppter Hinterwäldler erschießt ihn, hängt ihn auf und macht Fotos, bevor er die Leiche ausweidet und die Teile verkauft."

„Na ja, ich bin überzeugt, dass es an den meisten Orten nicht besser verlaufen wäre", sage ich und protestiere gegen die recht unhöfliche Charakterisierung des Farmers. Und warum zum Teufel hat sich der Gesandte nach Kentucky teleportiert?

„Die Teleportation sollte ihn nach New York bringen – zum UN-Gebäude. Jemand hat das sabotiert."

„Woher weißt du das?"

„Was meinst du denn, was ich tue, während du mit Roxley herumschmust?"

„Das mache ich nicht ...", knurre ich telepathisch, während Ali kichert.

„Vielleicht. Aber es waren jene Leute, die uns in diese Hölle gebracht haben", meint Bipasha. „Und viele hatten es auch einfach satt, von den Amerikanern herumkommandiert zu werden. Fast jeder andere wäre besser."

„Fast?"

„Na ja, Ikael ist nicht viel besser."

„Es sieht aber aus, als ob er viel Unterstützung erhält", erwähne ich und denke an die zahlreichen Stimmen, die er erhalten konnte. Deutlich mehr als sie.

„Die hat er sich erkauft", sagt Bipasha verächtlich.

„Und du bist über so etwas erhaben?"

„Nein, aber was er versprochen hat, ist destruktiv. Korruption auf dieser Ebene ist unerträglich."

Ich blinzle und starre die Weberin an, wobei ich ihre Aussage und die zugrunde liegenden Überzeugungen analysiere. Andererseits stammt sie aus Bangladesch – vermutlich hat sie in ihrem Leben viel mehr Korruption erlebt als ich. Was wohl bedeutet, dass sie selbst Schmiergeld annehmen und Korruption in ihrer eigenen Regierung erlauben würde. Aber ... wenn es klappt, was soll ich da sagen? Ich muss erneut meine eigenen

Moralvorstellungen mit dem Pragmatismus abgleichen, der benötigt wird, um diese verdammte Welt am Laufen zu halten – und denke, dass mir das egal ist. Vor allem bei so etwas.

„Schön, das zu hören", sage ich, um eine Antwort zu geben.

„Momentan bin ich bereit, mit dir zusammenzuarbeiten. Mit deinen Siedlungen und deinem Prestige, sowie mit meinen und dem Einfluss von Mikito und anderen Champions können wir sicher eine große Anzahl von Unentschlossenen auf unsere Seite ziehen", sagte Bipasha mit einem Lächeln. „Das könnte beträchtliche Vorteile bieten. Für uns alle."

Bipasha legt eine Hand auf meinen Arm – ganz kurz, aber ich kann die Resthitze spüren, und dabei verschlägt es mir den Atem.

Geistiger Einfluss abgewehrt

Klar. Aber wie bei Roxley bin ich mir nicht sicher, ob das ein Nebeneffekt ihres hohen Charismas ist, oder etwas mehr Konzentriertes darstellt.

„Ich werde dich nach meinen anderen Meetings informieren", sage ich schließlich.

Bipasha nickt mir zu und verabschiedet sich. Während sie geht, stehe ich am Dock und sehe mir die Bucht und die zahlreichen Fischerboote an. Als ich zusehe, entdecke ich einen Fischer, der an einer blau leuchtenden Angel zieht. Sein Boot schaukelt gefährlich, als er gegen einen monströsen Fisch ankämpft. Auf ganz untypische Art spüre ich kurz ein Mitgefühl. Aber einen Moment lang weiß ich nicht, ob ich der Fisch oder der Fischer bin.

Kapitel 11

„Mr. Lee, es ist mir ein Vergnügen." Der Mann, der mir die Hand anbietet, sieht nicht älter aus als ich, ein Mittdreißiger mit wenigen Falten und kurzgeschnittenem, hellbraunen Haar. Aber in seinen Augen sehe ich etwas, das zeigt, dass er viel länger als nur dreißig Jahre gelebt hat. Das ist nicht besonders überraschend. Der ehemalige Landwirtschaftsminister war schon alt, bevor all das passierte. Ohne viel Glück und die Leistung seiner Leibwächter hätte er den ersten Monat nicht überlebt.

„Mr. Markey", sage ich und schüttle ihm die Hand.

Hinter ihm zuckt einer seiner Adjutanten und drückt die Lippen zusammen.

„Rob. Für jemanden, der so viel getan hat, genügt Rob", sagt Rob und ich nicke. Ehemaliger Minister, dann vorläufiger Präsident, jetzt richtig gewählter Präsident. Eine beeindruckende Karriere, wenn man die Anzahl der Toten missachtet, die dafür nötig waren.

„Ich bin echt überrascht, dass ihr diesen Raum nachgebaut habt", sage ich und blicke mich um. Ich war zwar nie im wirklichen Gebäude, aber ich habe genug Filme gesehen um zu erkennen, dass dieser Nachbau des Oval Office sehr detailgetreu ist. Einschließlich des großen Teppichs.

„Das wurde mir so empfohlen", sagt Rob mit einem ironischen Lächeln. „Es hilft der Öffentlichkeit und versichert der Bevölkerung, dass wir weiterhin den gleichen Idealen folgen. Selbst wenn das eigentliche Gebäude ein Dungeon ist."

„Level 120, soweit ich verstehe?", sage ich und reibe mir übers Kinn. Es wäre interessant, den Dungeon auszuprobieren, aber ich bin mir sicher, dass es zu historischen Resonanzen kommen könnte, falls ein Kanadier mit Schwert und Flamme dort Amok liefe.

„Level 120 Elite-Dungeon, ja", sagt Rob. "Die Champions haben versucht, ihn einmal zu säubern, als er nur Level 100 hatte. Sie schafften es nur zu einem Viertel, bis sie von den Rosenbüschen erwischt wurden."

„Rosenbüschen?", sage ich.

„Du solltest Ms. Sato fragen. Eine faszinierende Geschichte", sagt Rob. „Aber du bist sicher nicht hierher gekommen, um darüber zu sprechen."

„Nein." Ich neige den Kopf zur Seite und bin überrascht, dass er jetzt schon Klartext reden will.

„Ich war nie ein talentierter Politiker. Der Ministerposten war, na ja, ein Kuhhandel und ein Abschiedsgeschenk. Ich rede lieber unverblümt", sagt Rob mit einer etwas nach unten gerichteten Handgeste, als ob er etwas unter seinem Körper hinunterdrücken oder abschneiden würde. „Und General Miller hat mir gesagt, dass du auch sehr direkt bist."

„Direkt." Ich werfe dem sitzenden General einen Blick zu und sehe, dass er neue Sterne auf den Schulterstücken hat. Fünf Sterne. Ich bin mir ziemlich sicher, dass das der höchste Rang ist. Nicht, dass ich dem Soldaten seinen Erfolg missgönne. Dabei bemerke ich, wie ein schlanker, eleganter Afroamerikaner unserer Unterhaltung lauscht. Laut Ali ist es der Außenminister. „So kann man es auch ausdrücken."

„Also. Die planetare Wahl", sag Rob. „Du willst wissen, ob ich kandidieren werde, und falls nicht, ob du mich überzeugen kannst, meinen Untergebenen eine andere Person zu empfehlen."

„So ungefähr", antworte ich.

„Die einfachen Antworten lauten ja und vielleicht", erwidert Rob. „Ich meine, wir meinen, ich solle den Ratssitz übernehmen. Aber so wie es aussieht, haben wir nicht genug Stimmen. Ikael und Bipasha haben es geschafft, beträchtlichen globalen Widerstand gegen uns zu entfachen. Und die Schwierigkeiten sind signifikant, selbst wenn es uns gelingen würde, die Mehrheit der menschlichen Stimmen auf uns zu vereinen."

„Der Gesandte", sage ich tonlos. „Stimmt das wirklich?"

„Natürlich", sagt Rob mit einem schiefen Lächeln. „Warum sollte man etwa so Einfaches ableugnen? Vor allem, wenn die Wahrheit so effektiv ist. Aber ich fürchte, dass die Taten meiner Vorgänger schon früher viele vor den Kopf gestoßen haben."

Ich grummle und schüttle den Kopf. Nein. Ich werde mich in keine Diskussion über Geschichte und Geopolitik einlassen. Aber ich bin froh, dass meine – durch das Auge der Einsicht verbesserte – Intuition bezüglich des Gesandten recht hatte. Ich arbeite mich immer noch in diese neue Fertigkeit ein, da sie nur andere Skilleffekte eliminiert, nicht aber „normales" Lügen. Natürlich haben sich meine eigene Intuition und die Fähigkeit, Lügen anderer zu erkennen, nach all der Zeit deutlich verbessert, vor allem durch meinen Täuschungs-Bonus.

„Du hast *vielleicht* gesagt?"

„Ja, Entschuldigung. Manchmal lasse ich mich ablenken", sagt Rob und wirft mir wieder das charmante Lächeln zu. Ich benötige nicht einmal die Benachrichtigung, um zu merken, dass er extrem hohes Charisma hat und es – bewusst oder nicht – gegen mich einsetzt. Ich muss sogar zugeben, dass ein Teil dieses Charmes dem Politiker aus Maine angeboren sein könnte. „Wie du ja weißt, ist meine Situation unsicher. Wir versuchen immer noch, die Städte und Staaten, die sich abgespalten haben, zur Wiedervereinigung zu überreden. Viele der Siedlungen, die sich uns angeschlossen haben, würden nur ungern für einen Nicht-Amerikaner stimmen."

„Aber du kannst sie dazu zwingen", meine ich.

„Die erweiterte Verfassung gibt mir diese Autorität. Aber das würde ich nicht auf die leichte Schulter nehmen."

Ich seufze und bereite mich auf das Kommende vor. Obwohl er behauptet, kein Politiker zu sein, will er etwas im Gegenzug erhalten. Ich spüre einen leichten Kopfschmerz, der schlimmer wird, als wir die Details diskutieren. Der neue Außenminister mischt sich erst ein, nachdem wir die anfängliche Plauderei hinter uns haben und der Kuhhandel beginnt.

***

Stunden später verlassen Miller und ich gemeinsam den Raum, während der Präsident sich seinen Aufgaben widmet. Anfangs schweigen wir noch, als wir an den zahlreichen Wachen und Beamten vorbeigehen, welche die Bürokratie der Nation bilden.

„Vielen Dank, dass du mir Zugang verschafft hast", sage ich nach einer Weile zu Miller.

„Nicht nötig. Ich habe nur etwas nachgeholfen. Deine Taten und dein Ruf waren der entscheidende Faktor", sagt Miller.

„Irgendwie bezweifle ich das", sage ich schnaubend und lächle. „Wie geht es Wier?"

„Ganz gut", meint Miller. „Er ist momentan in LA und kümmert sich um die Grenze. Der Dungeon entlang der Grenze – die Mauer – wächst weiter. Wir müssen ihn immer wieder sprengen, aber wir haben sein Zentrum noch nicht entdeckt."

Ich grummle und schüttle den Kopf. Manchmal habe ich das Gefühl, dass das System einen Sinn für Humor besitzt. Oder vielleicht ein Gefühl für Ironie. Natürlich gab es eine wissenschaftliche Erklärung – dass das System ein resonantes Konzept zur Erschaffung von Dungeons verwendete, die auf Ideen, Konzepten und ökologischen Nischen basierten. Daher gab es lebende Bibliotheken, wo man von fliegenden Büchern angegriffen wurde, oder die riesige Grenzmauer, die immer weiter wuchs.

„Ich bin froh, dass alles in Ordnung ist", sage ich.

„Er ist ein guter Kerl." Miller zuckt kurz mit den Lippen, als er mein Zögern bemerkt. „Und der Präsident tut, was er kann. Aber er hat die Probleme heruntergespielt. Er verbringt so viel Zeit in Gesprächen mit denen, die noch Teil der Union sind, wie mit denen außerhalb, um uns zusammen zu halten und einen Bürgerkrieg zu vermeiden."

Ich nicke langsam und verziehe das Gesicht. „Kann ich etwas tun, um zu helfen?"

Miller lacht leise. „Nein. Eigentlich ist es besser, wenn du dich da raushältst. Dass ein Kanadier kommt und uns rettet – das hat einige Egos gekränkt.

„Okay", sage ich und klopfe Miller auf die Schulter. „Aber lass es mich wissen, wenn ich ein paar Eisbären und Ahornsirup schicken soll."

Miller rollt nur mit den Augen und bleibt in der Eingangshalle stehen. „Das werde ich. Und, John, sei vorsichtig wegen deiner Abmachungen. Ikael ... bei dem mache ich mir Sorgen."

Ich nicke ihm noch einmal zu, als wir die Teleporter-Zone erreichen, wo die Quanten-Sperren um die Siedlung herum abgeschwächt sind. Nachdem ich meinen Skill gewirkt habe, blicke ich zurück. Miller steht stirnrunzelnd und nachdenklich da.

In meinem Büro lasse ich mich in meinen Sessel fallen und lege die Füße auf den Schreibtisch. Ich bin echt froh, dass Katherine mir mein altes Büro zurückgegeben hat. Sie ist in das Büro nebenan umgezogen, so dass ich allein den holzvertäfelten Raum anstarren kann.

„Was denkst du, Ali?"

Der Geist erscheint und schwebt in einem Winkel von 45 Grad rückwärts. Er trägt immer noch seinen traditionellen orangefarbigen Jumpsuit, obwohl er sonst fast alles beschwören könnte. Aber Jumpsuit, Mankini oder Plattenrüstung haben die gleiche Abwehrstärke, daher ist es für den Geist nur eine Frage der Bequemlichkeit und des Aussehens. „Worüber?"

„Das Treffen. Glaubst du, er wäre es wert, ihn zu unterstützen?"

„Es ist egal, was ich glaube. Kannst du andere dazu bringen, ihn zu unterstützen?", schnaubt Ali. „Oder kannst du die Unterstützer von Rob dazu bringen, sich für eine andere Person zu entscheiden? So wie die Abstimmung gelaufen ist, hat er die meisten Länder der Ersten Welt hinter sich, zumindest alle, die nicht für sich selbst stimmen."

Ich verziehe das Gesicht und nicke. Ikael wird von Siedlungen in Afrika, dem Nahen Osten und Südamerika unterstützt, sowie von einem breiten Spektrum an einzelnen Städten. Bipasha hat Südostasien und den indischen Subkontinent. Aber nicht China und Sibirien, die größtenteils ihren eigenen Weg gehen. Ein Großteil von Russland und Osteuropa hat seine Stimmen zwischen sich und Ikael aufgeteilt, während Australien so viele Siedlungen verloren hat, dass es kaum der Rede wert ist.

„Ihr Menschen seid echt seltsam. Ihr klammert euch immer noch an alte Konzepte wie Länder und Nationen, alte Rivalitäten", sagt Ali achselzuckend. „Der Großteil der Leute, die früher etwas zu sagen hatten, ist nun tot. Aber man hört immer noch Klagen über die Herrschaft des Westens, über das Abschütteln des Jochs der Kolonialisten. Als ob man nicht gleichzeitig zu einer Kolonie der Galaktiker würde."

Ich muss lachen, denn wenn ich nicht lache, müsste ich weinen. Der Geist hat ja recht. Aber ich kann die Bedenken der anderen verstehen. Schließlich hatten die USA und andere westliche Länder lange Zeit andere

Länder gewaltsam unterdrückt. Erst in den letzten Jahrzehnten hatten sich diese Länder davon befreit.

In vielerlei Hinsicht hatten die reine Bevölkerungszahl und vermutlich eine bessere Fähigkeit, mit Veränderungen umzugehen, in nicht-westlichen Ländern zu einer höheren Anzahl überlebender Siedlungen und einer insgesamt besseren Lage geführt. Wenige Leute sind bereit, ihre Machtpositionen aufzugeben, vor allem, wenn diese durch das Opfer von Freunden und Verwandten erkauft wurde.

Die Galaktiker haben es da leichter. Viele von ihnen verstehen, dass eine Zusammenarbeit und eine Allianz mit existierenden Gruppierungen nötig sind. Und viele dieser Gruppierungen sind bereits kulturell gefestigt und daher garantiert. Die Siedlungsbesitzer, die auf die Erde kamen, haben oft einen auf Rasse oder Glauben basierenden Plan. Wir sind so damit beschäftigt, gegen alle zu kämpfen, dass wir langsam verlieren, ganz gleich wie energisch die Champions sich ins Gefecht stürzen.

Das Gruselige dabei? Ich kann das alles in den Geschichten anderer Gattungen sehen und lesen.

„Na schön. Wir sind Idioten", sage ich spreche meine Gedanken laut aus. „Aber sie sind meine Idioten."

Ali nickt und ich öffne ein Portal, das ich betrete, um in den Shop zu gelangen.

***

Das Auffinden von Cheng Shao erforderte nur einen kostspieligen Besuch im Shop. Zu ihr zu teleportieren kostete mich mehr, vor allem, da ich dorthin springen musste, wo die Frau hundert Meilen westlich von Hainan trainiert. Es amüsierte mich, dass die Zonen stets höher waren, wenn man sich im

Gebirge befand. Man sollte meinen, dass das Mana nach unten fließen und sich dort sammeln würde, aber das war nicht der Fall. Es waren die Berge und tiefen Höhlen, die Extreme, die diese Zonenunterschiede generierten. Mit Ausnahme bekannter Ebenen und Wüsten.

„Mr. Lee." Cheng Shao starrt mich an, als ich mich nähere.

Ich hatte beschlossen, an eine Stelle in einen Kilometer Entfernung zu teleportieren und den Rest der Reise zu Fuß zu gehen. Ich will, dass sie dadurch mehr Zeit hat, mich zu bemerken, als wenn ich direkt neben ihr erscheine. Auf jeden Fall ist das ein weniger feindseliges Manöver.

„Warum verfolgst du mich?"

Okay, vielleicht doch nicht.

„Ich wollte mit dir reden. Ich habe friedliche Absichten", sage ich und hebe die Hände, während ich ihr hoffentlich besänftigend zulächle.

Leider erwidert Cheng Shao mein Lächeln überhaupt nicht. „Ich bin beim Training." Sie dreht sich um. „Vielleicht ein anderes Mal."

„Also, es geht um die planetare Wahl–"

„Training."

„Ms. Cheng." Nach einer kurzen Pause knurre ich. „Ich muss nur wissen, ob Bipasha die Wahrheit sagt. Werden die chinesischen Siedlungsbesitzer sie unterstützen?"

„Ich gebe keine Kommentare über die Entscheidungen der Partei ab", bemerkt Cheng Shao und legt Tempo zu.

Ich zische frustriert, da die Frau vor mir eine Mauer erscheinen lässt, als ich ihr folgen will. Ich könnte sie zerbrechen oder mit Versetzungsschritt hindurchspringen. Aber ich kann sie nicht zwingen, mit mir zu reden. Daher stehe ich vor der Mauer aus silberfarbenem Metall und starre sie an.

Was für eine Partei meint sie?

„Liest du nie etwas, das wir dir geben? Die Kommunistische Partei Chinas. Die es auch schon vor dem System gab. Einem ihrer Anführer gelang es, die Klasse Mandarin zu erhalten. Diese ist für den direkten Kampf völlig nutzlos, bietet aber Untergebenen zahlreiche Stärkungszauber. Dadurch, und weil er einige Leibwächter mit guten Kampfklassen hatte, gelang es ihnen, die Kontrolle über Beijing zu behalten und von dort aus zu expandieren. Das ist eigentlich keine Kommunistische Partei mehr, aber wie die Amerikaner haben sie den alten Namen beibehalten. Vorläufig.“

„Und sie führen die gleichen alten Terrorkampagnen durch, was?“, sage ich leise und blicke zur Stelle, wo Cheng Shao hinter dem Bergkamm verschwunden ist,

Ich überlege, ob ich per Versetzungsschritt zu ihr springen soll, aber Ali lässt einige Punkte auf meiner Minikarte aufleuchten. Natürlich wird sie bewacht. Aufgrund ihrer Stärke kann sie sich wohl manches erlauben, aber die eigene Stärke bedeutet wenig, wenn man sich um Freunde und Verwandte sorgen muss.

„Verdammt. Was mache ich jetzt?“ Ich muss Bipashas Aussagen bestätigen lassen, aber ich habe keine Kontakte in der Bürokratie.

„Falls du vorhast, einfach reinzugehen und eine Audienz zu verlangen, dürfte das nicht sehr gut funktionieren.“

„Das hatte ich nicht vor.“

„Nun ja. Ich glaube, das ist ein Problem für Katherine.“

Ich schneide eine Grimasse, muss aber zustimmen. Diese Frau bekommt wohl am ehesten eine Bestätigung. Da ich ein im Ausland geborener Chinese (eine „Banane“) bin und aus Nordamerika stamme, würde man mich wohl noch mehr verachten als Katherine.

„Ich verschwende nur ungern meine Credits.“ Der Wind weht meine Worte weg, bevor ich ein Portal zur nächsten Stadt öffne und mich mit dem nächsten menschlichen Idioten beschäftige.

***

Natürlich kann ich Ikael nicht einfach sprechen, indem ich per Portal in sein Büro springe und ein Meeting verlange. Darüber hinaus weiß ich nicht einmal, wo er sich befindet. Und ich habe keine Wegpunkte nach Äthiopien. Daher springe ich von einem Langstrecken-Teleporterportal zum nächsten, bis ich schließlich Molekül um Molekül zerlegt werde und in Addis Abeba erscheine.

„Runter von der Plattform", befiehlt mir der Wächter sofort.

Ich folge seinem Befehl ohne Widerrede und drehe meinen Kopf, um mich umzusehen. Zu meiner Überraschung schweben mehrere Wachen in der Luft und richten ihre Gewehre auf die rechteckige Teleporter-Plattform hinab. Zudem gibt es noch größere Strahlenkanonen. Ich entdecke sogar über 50 Wachen auf dem Boden, die jeweils mit mindestens einer Strahlenwaffe der Stufe II ausgerüstet sind. Dabei bemerke ich auch die höhere Umgebungstemperatur und Luftfeuchtigkeit, was mir jedoch keine Sorgen macht. Anscheinend befindet sich die Teleporter-Plattform in einem alten Fußballstadion, wobei allerdings das Gras durch den Besucherverkehr zertrampelt und abgenutzt worden ist. Um uns herum heben Schwebelastwagen und Kräne teleportierte Waren mit höchster Effizienz auf und legen sie woanders wieder ab, während Arbeiter wie manische Eichhörnchen Dinge sortieren.

„Sind Sie taub?", faucht mich der erste Wächter an, so dass ich meine Aufmerksamkeit weder auf ihn richte. „Neuankömmlinge müssen sich sofort bei der Registrierungsstelle melden."

„Entschuldige." Ich gehe in den Bereich, um den Anweisungen des Wächters zu folgen.

Zum Glück ist die Schlange nicht lang und bald stehe ich vor einem der Registrierungsoffiziere. Ich bemerke, dass eines seiner Augen von innen heraus leuchtet. Die Andeutung von Metall um die Iris herum zeigt, dass es wohl nicht das Auge war, mit dem er geboren wurde.

Seine dunkle Haut steht von der hellbraunen Armeeuniform ab und er atmet tief ein, bevor er spricht. „Grund für Ihren Besuch von Tafar?"

„Tafar?" Ich verziehe das Gesicht.

„Sie befinden sich in der Republik Tafar", raunzt der Mann und kneift die Augen zusammen. „Haben Sie Ihre Benachrichtigungen nicht gelesen?"

„Hatte keine Zeit dafür", murmle ich. Ich rufe die Benachrichtigungen wieder auf und sehe, dass andere Neuankömmlinge einfach am Registrierungsbereich vorbeimarschieren. Entweder hat meine Verspätung den Wächter verärgert, oder sie können feststellten, wer hier neu ist.

Du hast eine sichere Zone betreten (Stadt Addis Abeba)
In diesem Bereich sind die Manaströme stabilisiert. Innerhalb der Region werden keine Monster spawnen. Runen-Verzauberungen haben die Skillzunahme in der sicheren Zone um 1 % erhöht.
Diese sichere Zone umfasst:

- *Stadtkern der Stadt Addis Abeba*
- *Shop*
- *Stadt-Dungeon*
- *Gilden (Stufe III * 4, Stufe IV * 2, Stufe V * 14)*
- *Arsenal*
- *Mehr ...*

Du befindest dich jetzt in der Republik Tafar

Momentaner Ruf bei der Republik: 04 (0 örtlich + 0 regional + 4 global)

Momentaner Ruhm: 222 (0 örtlich +11 regional + 211 global)

Örtliche Gesetze und Vorschriften ansehen? (J/N)

„Was ist der Unterschied zwischen Ruhm und Ruf?", frage ich Ali telepathisch. Ich habe mich mit dem Thema noch nicht ausführlich beschäftigt, obwohl ich das wirklich sollte.

„Also, beeilen Sie sich", faucht der Wächter. „Grund für Ihren Besuch?"

„Ich will mit Jamal reden. Oder besser noch mit Ikael", sage ich und beschließe, gleich zur Sache zu kommen.

Statt den Offizier wütend zu machen, lacht er lauthals, ebenso wie seine Kameraden, als er meine Worte wiederholt.

Ich seufze und warte, bis sich die Gruppe wieder beruhigt. „Ich bin John Lee."

Im Hintergrund beantwortet Ali meine Frage. *„Das sind galaktische Maßeinheiten. Der Ruf zeigt, wie wohlwollend sie dir gegenüber eingestellt sind. Das wird vor allem durch Verträge und Interaktionen mit einem Individuum oder einem Konzern beeinflusst. Ruhm zeigt, wie bekannt du bist. Das ist wie bei deinen Skills — gemeldete Daten auf Grundlage von Fakten. Ein Aktienkurs für deinen Ruf und Ruhm, statt etwas, das die Realität direkt beeinflusst. Anders gesagt — deine Aktionen lassen es ansteigen, im Gegensatz zu deinen Skills, die höher werden und dann die Art ändern, wie die Welt funktioniert. Allerdings hast du keine Skills, die diese Werte wirklich nutzen."*

„Soll das etwas bedeuten?", sagt der Wächter schnaubend.

„Manchen Leuten bedeutet das etwas." Ich nicke über seine Schulter hinweg.

Er dreht sich um und sieht, dass ihn sein Boss von mir weg winkt und anderen Untergebenen Befehle zuflüstert.

„*Melde das sofort Kofi*", kann ich ihm von den Lippen ablesen, bevor er vorwärts kommt und die Stelle des unfreundlichen Wächters einnimmt. Er lächelt mir zu, wobei seine perlweißen Zähne in deutlichem Kontrast zu seiner fast obsidianschwarzen Haut stehen. „Ich bin Lieutenant Amadi Worku. Ich habe meine Vorgesetzten über Ihre Ankunft informiert. Möchten Sie in einem passenderen Raum warten?"

Ich nicke und der schweigsame Lieutenant führt mich zu einem kleinen Wartezimmer und stellt sicher, dass ich kalten Tee und Snacks bekomme.

Jetzt ist es an der Zeit, Ali auszufragen. „*Und meine Werte?*"

„*Du hast einige Verträge abgeschlossen und die Unterzeichnung einiger anderer erleichtert. Darüber hinaus erhältst du als Herrscher automatisch Rufpunkte für eine effektive Regierung. Der örtliche Ruf kommt hinzu, um die Zahl zu erzeugen, die in deinem Charakterfenster erscheint. Aber dieser örtliche Ruf sinkt deutlich, wenn du die geographischen Grenzen verlässt. Er ist also weniger effektiv, wenn du nicht mehr dort bist, wo du diesen Ruf erhalten hast. Zudem hängt die Rufänderung von Ruhm und Ruf der Person oder Organisation ab, mit der du verhandelst. Da du dich außerhalb von Nordamerika befindest, wird dein örtlicher Ruf in diese vier Punkte übersetzt. Was deinen Ruhm betrifft, muss ich den erklären?*"

„*Nein. Gibt es denn einen galaktischen Ruf? Oder einen auf der Ebene des Sonnensystems?*"

„*Ja, aber diese Werte sind praktisch bei null. Die Erde ist auf planetarer Ebene nicht genug verbunden, als dass der galaktische Ruf in beträchtlichem Umfang bereits durchgedrungen wäre. Oder dass dein galaktischer Ruf Dinge vor Ort beeinflussen würde*", sagt Ali.

Ich brumme und suche nach den Leisten für Ruhm und Ruf, die ich nach einer Weile auch finde. Inzwischen sehe ich mir das selten an, vor allem die enorme Liste von Skills, die meistens ausgeblendet sind. Daher bin ich nicht überrascht, die neue Registerkarte für diese Werte gar nicht bemerkt zu haben. Da diese Informationen keine wirklichen Überraschungen enthalten, schließe ich all diese Fenster. Allerdings habe ich eine Frage.

„Warum war das gesperrt, bis ich wegging und zurückkehrte?"

„Kein nutzbarer Skill, weißt du noch? Außerdem ist das ein galaktischer Erfolg für Leute, die es nicht nutzen können. Es bringt ja nichts, es Hinterwäldlern verfügbar zu machen, die nie aus ihrer Gegend herauskommen, nicht wahr? Oder Leuten, die ihre erste Reise auf eine andere Welt nicht überstehen", sagt Ali. *„Wenn du nicht schlau genug bist, eine Ausflugsfahrt zu überleben, bist du es nicht wert, dass man Mana auf dich verschwendet."*

„Ausflugsfahrt?"

„Na ja, die meisten Galaktiker besuchen auf ihrer ersten interplanetaren Reise keinen verbotenen Planeten. Wie üblich bist du ein ganz besonderer Fall."

Ich muss einfach lachen, als ich Alis telepathische Stichelei höre. Um die Zeit totzuschlagen nehme ich mir einen Snack und beiße hinein, bevor ich zusammenzucke und die Süßigkeit wieder hinlege. Stimmt. Sie versuchen, mich mit Zucker umzubringen. Aber dann überlege ich es mir anders und schiebe das ganze Zeug mit einer Handbewegung in meinen Veränderten Raum. Vielleicht Lana …

Mein Gehirn bleibt stehen und meine Hand schwebt über dem nun leeren Teller. Klar. Katherine. Katherine mag so etwas vielleicht.

„Hätte Katherine Zugriff auf einen Skill, der den Ruf und Ruhm anderer anzeigt?", frage ich Ali telepathisch, um mich abzulenken.

„Bestimmt. Es wäre ja schwer, ein guter Türsteher zu sein, wenn man nicht sehen kann, wer einen guten Ruf hat, oder?", antwortet Ali. *„Ich wette, dass ihre neue Klasse ihr auch andere Skills verleiht. Vermutlich ein verbesserter Vertrags-Skill, der es ihr ermöglicht, die Einhaltung dank ihres höheren Rufs durchzusetzen. Ich könnte mir das genauer ansehen …"*

„Nein, schon gut." Ich wollte mich nur ablenken. Ich will ja keine Credits verschwenden, wenn ich sie einfach fragen kann.

Ich setzte mich wieder hin und verlangsame meine Atmung, während ich meditiere.

Einatmen. Ich nehme die Spannung, den Stress in meinem Körper und balle sie zusammen.

Ausatmen. Ich lasse die Welt und den Stress von mir fallen.

Wiederholen. Ad infinitum.

Kapitel 12

Es dauert Stunden, bevor sie mich aus der luxuriösen Zelle lassen, in der ich warte – Stunden, in denen ich meditiere und die gesammelten Informationen verdaue. Ich habe in letzter Zeit viele Daten erhalten, und auch wenn meine erhöhte Intelligenz es mir ermöglicht, Informationen zu sammeln und in gewissem Umfang zu verarbeiten, ist es doch etwas ganz anderes, sie auf intuitiver Ebene zu verstehen. Manchmal besteht die beste Option darin, abzuwarten und das Denken vom Unterbewusstsein übernehmen zu lassen.

Als die Tür sich öffnet, finden sie mich wach und erfrischt. Ein ganzer Wachtrupp ist hier, aber nichts in der Körpersprache der Soldaten – keine offensichtliche Anspannung, kein Abwinkeln der Körper, um ein kleineres Ziel zu bieten – zeigt an, dass es sich um mehr als eine Ehrengarde handelt, Minuten später sitzen wir in einem luxuriösen, gepanzerten Luftkissenfahrzeug und rasen zu Ikael.

Sie führen mich in sein Büro – ein prunkvoller Raum mit Golddekor, Goldakzenten und, ja, sogar einer goldenen Lampe. Ohne den kostbaren Holztisch und den grünen Plüschsessel (mit Goldverzierung) wäre das einfach zu viel gewesen. Schon so tut es fast den Augen weh.

Ikael sitzt im Sessel, bis ich hereinkomme. Man kann ihn nur als stämmig bezeichnen. Er trägt ein weiß und grau kariertes Seidenhemd, hat zahlreiche massive Goldringe an den Fingern und sein Kopf ist kahlgeschoren. Ikaels einladendes Lächeln kann den räuberischen Blick in seinen Augen nicht verbergen.

Ikael Tafar (Level 41 Aksumiten-Anführer)

HP: 1380/1380

MP: 2170/2170

Zustand: Aura des Befehls, Münze des Imperiums

„Aksumiten?"

„Da kann ich dir nicht viel sagen. Es ist eine fast einzigartige, kulturbasierte Klasse. Am ehesten mit einem keltischen Krieger oder einem römischen Konsul zu vergleichen — etwas, was das System vor längerer Zeit registriert hat, und das er aus irgendeinem Grund gewählt hat. Die Basis-Skills sind eindeutig stärker kampforientiert. Seine Fortgeschrittene Klasse ist eher am Staat orientiert. Münze des Imperiums erhöht beispielsweise die in seinen Siedlungen eigezogenen Steuern leicht. Es erzeugt im wahrsten Sinne des Wortes Credits aus dem System."

Geistiger Einfluss abgewehrt

Ich knurre und meine Augen zucken, als seine Aura auf meinen geistigen Widerstand trifft. Ich bin überrascht, wie stark sie ist. Der Mann muss eine Menge Punkte in die Aura investiert haben. Ich spüre, wie sie gegen meine geistigen Grenzen drückt. Sie drückt — bricht aber nicht durch.

Manchmal frage ich mich, warum manche Leute ständig ihre Auren verwenden. Je mehr Leute ich mit diesem Skill treffe, umso mehr frage ich mich, welche Auswirkung das hat. Nicht nur kurzfristig auf die Leute um sie herum, sondern auch langfristig auf die Interaktionen. Schließlich kann es nicht gesund sein, dauernd die Leute um sich herum geistig zu manipulieren. Die Erde hat eine lange Geschichte von Kaisern und Promis, die dadurch verändert wurden, dass sie von Jasagern umgeben waren. Wie viel schlimmer wäre es, wenn selbst ganz gewöhnliche Interaktionen von einem derartigen Skill befallen sind? Und dennoch haben viele die Aura immer aktiviert.

Nach der gegenseitigen Vorstellung setze ich mich in den angebotenen Sessel. „Danke, dass Sie Zeit für mich haben."

„Ich spreche gern mit anderen Siedlungsbesitzern, vor allem mit einem, der Zugang zu einer Reihe hochstufiger Zonen hat", sagt Ikael mit einem breiten Lächeln. „Der wilde Flammenkiefer-Saft, den Ihre Siedlung produziert ist eine sehr nützliche Ingredienz."

Der Name kommt mit bekannt vor, aber mir fällt nichts Genaueres ein. *„Ali?"*

„Der drittgrößte Export von Kelowna, vom Wert her betrachtet. Für einfache und mittlere Feuerwiderstands-Tränke nützlich."

„Ich bin mir sicher, dass wir über eine Erweiterung des Handels zwischen unseren Siedlungen reden können." Ich lege eine Pause ein und bereite mich auf einen Themenwechsel vor.

„Oh, fast hätte ich es vergessen. Ich habe ein Begrüßungsgeschenk für Sie", sagt Ikael während meiner Pause. Er stellt ein Kästchen mit Elfenbein-Intarsien vor mich hin.

Ich muss lächeln, als ich das Kästchen sehe, da Mikito mir gesagt hat, dass Elefanten nicht mehr vom Aussterben bedroht sind. Anscheinend sind diese sanften Riesen nicht mehr sanft. Es gibt sogar zahlreiche Zonen, in denen die Alphas mutierte Elefanten sind.

Ikael scheint mein Lächeln falsch zu interpretieren und schiebt mir das Kästchen zu. Ich nehme es, wobei ich zwischen Neugier und leichter Abscheu wegen des Bestechungsversuchs schwanke. Dennoch bin ich unwillkürlich vom Inhalt beeindruckt.

Ring der Größeren Abschirmung

Erzeugt einen größeren Schild, der ungefähr 1000 Schadenspunkte absorbiert. Dieser Schild ignoriert Schäden unterhalb des Schwellenwerts von 50 Punkten, während er noch funktioniert.

Max. Dauer: 7 Minuten

Aufladungen 1

Ich starre das Kästchen und dann den Ring darin an, bevor ich ihn aufhebe und umdrehe. Der Ring selbst besteht aus Knochen, einem merkwürdigen, spröde wirkenden Knochen, der sich aber selbst unter starkem Druck nicht verformt. Auf der Außenseite befinden sich kleine Glyphen, Buchstaben und Zeichnungen, die ich nicht verstehe. Auf eine telepathische Anfrage hin holt Ali weitere Informationen über den Ring aus dem System, und meine anfängliche Vermutung bewahrheitet sich. Er wurde auf der Erde hergestellt.

„Ein sehr großzügiges Geschenk. Und erstaunliche Arbeit", sage ich. „Der Handwerker hat hochstufige Skills."

Ikael strahlt, während er begeistert weiterspricht. „Er hat eben erst die dritte Stufe seiner Fortgeschrittenen Klasse erreicht. Das hat viele Ressourcen erfordert, aber Marcus kann jetzt ein derartiges Stück pro Woche herstellen."

Ich bin kein besonders erfahrener Handwerker, aber aus Gesprächen mit Lana und anderen habe ich den Eindruck, dass das eine enorme Arbeitsbelastung darstellen muss. Es ist schwierig, verzauberte Objekte zu erzeugen, kann schiefgehen und erfordert viel Mana. Jede Inschrift, jede Verzauberung erfordert mehr als das Hundertfache an Mana, den ein entsprechender Zauber oder Skill benötigen würde. Mindestens. Wenn man mehrere Verzauberungen oder stärkere Skills übereinanderschichten will, nehmen die Kosten noch mehr zu.

„Vielen Dank. Und auch herzlichen Dank an ihn." Auf Ikaels Aufforderung und nachdem ich sichergestellt habe, dass ich mir keine Sorgen machen muss, stecke ich den Ring an. Nicht unbedingt mein Stil, aber dennoch ein mächtiges Teil. „Ich kontrolliere meine Leute nicht direkt, aber ich sehe, dass derartige Gegenstände für unsere Polizei oder Sicherheitskräfte nützlich wären. Falls Sie eine Angebotsliste haben, kann ich diese an die entsprechenden Leute weiterleiten lassen. Ich bin mir sicher, sie hätten gerne einen lokalen Lieferanten."

„Genau das denke ich auch", sagt Ikael lächelnd. „Und ich wollte noch mit Ihnen über etwas anderes reden."

„Oh?"

„Die planetare Wahl. Ihre Siedlungen haben an den vorherigen Abstimmungen kaum teilgenommen. Auf Ihren Befehl hin, nehme ich an", fragt Ikael listig.

„Nein", sage ich und schüttle den Kopf. Damals hatte Lana nämlich untersucht, ob sie genügend Stimmen zusammenbringen konnte. Aber da sie die Last der gesamten Siedlungen tragen musste, beschlossen sie und Katherine, dass diese Aufgabe nicht durchführbar war. Daher hatten sie lediglich Informationen gesammelt, statt aktiv teilzunehmen. „Ich war damals nicht erreichbar."

„Sehr lange, soweit ich weiß", sagt Ikael. „Es ist gefährlich, wenn einer von uns so lange Zeit abwesend ist. Es ist erstaunlich, dass Sie seither immer noch im Besitz Ihrer Siedlungen sind. Ihre Leute müssen Sie sehr respektieren und fürchten."

Ich zucke mit den Achseln, weil ich nicht weiß, wie ich darauf antworten soll. Mich fürchten? Das hoffe ich doch nicht, obwohl ich da vielleicht etwas naiv bin.

„Wenn Sie sich dann nicht mehr Stimmen enthalten wollen, kann ich Sie vielleicht überzeugen, für mich zu stimmen."

„Das könnten Sie, aber das kommt mir sinnlos vor. Es bringt nichts, mehr Stimmen zu gewinnen, solange wir nicht den Sitz im Galaktischen Rat bekommen", sage ich, lehne mich zurück uns starre Ikael an. Es ist interessant, dass Ikael mich nicht gefragt hat, warum ich hier bin. Stattdessen genügt es ihm, die Unterhaltung nach seinen Wünschen zu lenken. Aber wenn er reden will, höre ich gerne zu.

„Ich sehe, dass Sie die Lage verstehen", meint Ikael und klopft leise auf den Tisch. „Die Außerirdischen haben zu viele unserer Territorien weggenommen. Aber das ist nur ein Detail. Ich bin gerade dabei, zusätzliche Stimmen zu sichern – einschließlich Stimmen von Außerirdischen."

„Oh?", sage ich leise und frage mich, ob er das genauer erklären wird. Aber in dieser Hinsicht enttäuscht er mich.

„Ja. Auch wenn ich nicht erwarte, bei der nächsten Abstimmung zu gewinnen, wird ein gutes Ergebnis mehr Menschen auf meine Seite ziehen. Vielleicht bringe ich sogar den Amerikaner dazu, für mich zu stimmen. Ich weiß, dass er verzweifelt Hilfe benötigt", sagt Ikael grinsend. „Ich bin mir sicher, dass wir mit meiner Armee einige seiner widerspenstigeren Mitglieder überzeugen könnten."

Ich muss blinzeln, als ich mir die Worte durch den Kopf gehen lasse. Währenddessen erstarre ich und mein Herzschlag wird schneller, da mich ein Gefühl der Gefahr durchzuckt. In der nächsten Sekunde sehe eine in Schatten gehüllte Gestalt aus einem Spalt treten und eine Klinge in Ikaels Rücken stoßen. Sein Schutzschild leuchtet auf und blockiert den Angriff, aber die Attentäterin hört nicht auf und verschwimmt, als sie immer wieder zustößt und jeder Angriff Schichten der Schutzschilder zerfetzt.

„Angreifer!", schreie ich, springe auf und hechte vorwärts.

Die Reaktion ist automatisch, aber vorhersehbar. Schattenfäden umwickeln meine Füße, bringen mich aus dem Gleichgewicht und ziehen mich zum Ende des Raums. So stark ich auch bin, überrascht mich dieser Angriff völlig und es dauert eine Sekunde, bis ich die Schatten zerreißen kann. Während ich das tue, wird die Tür aufgerissen und Ikaels Leibwächter strömen herein.

Die Assassine hört nicht auf. Eine schnelle Drehung ihres Körpers schneidet in Ikaels herumwirbelnden Arm und nagelt ihn an den Schreibtisch, während der letzte seiner Schutzschilde verschwindet. Als ich eine Hand hebe, um einen Seelenschild auf Ikael zu wirken, greifen seine Leibwächter an. Ein projizierter Machtschlag, ein Schmelzstrahl und mehr rasen auf die Attentäterin zu. Bevor der Seelenschild wirksam werden kann, wird der ganze Raum in eine Dunkelheit gehüllt, die selbst die Schüsse des Strahlengewehrs nicht durchdringen können.

„Ali! Wie geht es Ikael?"

„Fast tot. Aber ähhhhh ... Junge, Junge ..." Alis Stimme klingt zögernd, fast verwirrt.

Eine Sekunde später erscheint eine neue Benachrichtigung.

Ingrid Starling (Level 43 Schatten-Assassine)
HP: 643/2780
MP: 754/2330
*Zustand: Schattenkörper, Umarmung des Totengotts, Schatten-Doppelgänger *2*

„Was ...?"

Meine Überraschung bietet genug Zeit, dass die andere Benachrichtigung vor mir auf Null sinkt. Ikael ist tot, von meiner alten Freundin ermordet. Direkt vor mir. Ich knie dort und blinzle überrascht, während die Leibwächter laut schreien und versuchen, die Dunkelheit zu durchdringen. In einer Minute verschwindet die Dunkelheit und enthüllt die kopflose Leiche Ikaels, ohne die Ringe und anderen verzauberten Gegenstände.

Innerhalb von Sekunden richten sich Gewehre und Hände auf mein Gesicht. Einige übereilige Leibwächter schießen sogar auf mich, aber die ungezielten Schüsse prallen von meinem Seelenschild ab und führen nur dazu, meine Überraschung abschütteln zu können. Die Leibwächter schreien Befehle, und schließlich gehorche ich, statt weitere Probleme zu verursachen.

Glücklicherweise reduziert mein Seelenschild die Auswirkung ihrer groben Behandlung auf ein Minimum. Aber ich werde wie ein gefährlicher Gefangener behandelt und muss in der Mitte eines leeren Hofs sitzen, während man Kanonen auf mich richtet und zahlreiche Wachen der Fortgeschrittenen Klasse um mich herum postiert. Ich bemerke sogar, dass sie die Quanten-Sperre hier verstärkt haben, um meine Fluchtmöglichkeiten zu eliminieren.

Ich gehorche all ihren gebrüllten Befehlen. Ich spiele den netten, höflichen und zurückhaltenden Kanadier, der auf keinen Fall ihren Anführer ermordete oder am Attentat beteiligt war. Und währenddessen unterhalte ich mich telepathisch mit Ali.

„Wie zum Teufel habe ich nicht bemerkt, dass sie in den Raum kam?", frage ich Ali.

Meine Antwort erscheint als weitere Benachrichtigung.

Schattenebene

Anwender können durch die Schattenebene reisen, eine Dimension, die zwischen den meisten anderen Dimensionsebenen existiert. Quanten-Sperren und andere Dimensionssperreffekte sind gegen Anwender der Schattenebene weniger effektiv. Wenn Individuen zu viel Zeit in der Schattenebene verbringen, kann dies negative Auswirkungen haben und unerwünschte Aufmerksamkeit der Bewohner der Schattenebene auf sich ziehen.

Wirkung: Anwender können die Schattenebene betreten oder verlassen. Dimensionssperrende Skills, Zaubersprüche und Technologien werden in der Wirksamkeit um 50 % reduziert.

Preis: 500 pro Eingang/Ausgang

„Sie hat sich also nicht angeschlichen, sondern ist einfach durch eine andere Dimension gekommen. Und hat den zusätzlichen Preis bezahlt, um ihre Sperre zu durchdringen. Dabei hat sie wohl Gesundheit verloren", sage ich nachdenklich zu Ali.

Das hört sich richtig an. Ich hatte bemerkt, dass die Quanten-Sperre in der Stadt ein Störfeld war, statt eine Stasis-Sperre. Das ist die kostengünstigste Methode für eine Quanten-Sperre. Aber jeder, der den Schaden akzeptiert, kann die Sperre durchbrechen, während eine Stasis-Sperre derartige Bewegungen praktisch unterbindet. Der Nachteil von Stasis-Sperren besteht darin, dass man sie durchbohren kann, wenn man genug Mana oder Stärke hat. Dann erscheint man, ohne weitere Schäden zu erleiden.

„Guten Tag, Mr. Lee." Ein kleiner, drahtiger, weißer Mann in einem hellgrauen Anzug mit Krawatte kommt zu mir, lässt einen Stuhl und einen Tisch erscheinen und setzt sich mir gegenüber hin. „Tut mir leid wegen der Verspätung, aber Sie können sich wohl vorstellen, wie hektisch es hier zugeht, oder?"

„Natürlich", sage ich und neige meinen Kopf zur Seite.

Ein Diener kommt mit einem Krug Eistee und zwei Gläsern, die er zwischen uns auf den Tisch stellt.

„Ich bin Inspektor Jacques Lamar", sagt er und lächelt mich an, während er in einer Tasche herumsucht und einen kleinen Notizblock und einen Stift herausholt. Er nickt in Richtung des Krugs. „Würde es Ihnen etwas ausmachen? Ich habe ununterbrochen geredet ..."

Ich blinzle, zucke dann mit den Schultern und gieße dem Mann und mir selbst ein Glas Tee ein. Ich schiebe es ihm hin und beobachte, wie er daraus trinkt, bevor ich an meinem Glas nippe. Also enthält der Tee kein Gift oder

Wahrheitsdrogen, Natürlich mache ich mir dank meiner Widerstände keine großen Sorgen um derartige Dinge, aber es lohnt sich, das zu beobachten.

„Vielen Dank", sagt Jacques. „Und nochmals vielen Dank für Ihre Geduld. Also, Sie sind vor vier Stunden angekommen, ja?"

Nach einem Blick auf die Uhr sage ich: „fünf Stunden und fünfzehn Minuten."

„Stimmt, stimmt." Jacques kritzelt etwas auf seinen Block und beginnt, mich ernsthaft auszufragen.

Ich merke, dass er hin und her springt und die Fragen manchmal außer Reihenfolge stellt oder zu vorherigen Themen zurückkehrt – aber schließlich hat er die ganze Geschichte aus mir heraus. Ich halte nichts zurück. Schließlich war nichts im Gespräch zwischen mir und Ikael besonders überraschend oder geheim. In einer der Pausen zwischen den Fragen habe ich Zeit, meine eigenen Fragen zu stellen.

„Warum kaufen Sie das nicht einfach im Shop? Sie müssen sich das doch bestimmt leisten können", sage ich und blicke ihn fragend an.

„Das haben wir versucht. Leider besitzt der Attentäter einen Skill, der so etwas extrem kostspielig macht. Als einfacher Inspektor kann ich keine derartigen Ausgaben genehmigen" sagt Jacques und lächelt verlegen.

„Und Ikaels Nachfolger?"

„Muss das erst noch tun", antwortet Jacques. „Momentan ist er extrem beschäftigt."

„Es gibt Andeutungen eines Bürgerkriegs, Junge. Ich entdecke zahlreiche Zusammenstöße außerhalb dieses Gebäudekomplexes, und die Daten über den Status des Landes zeigen beträchtliche Fluktuationen in allen verfolgten Statistiken von Credits bis zu sicheren Zonen. Ich vermute, dass sie an Territorium verlieren", meint Ali.

Nach dieser Frage behandelt Jacques das Handelsabkommen und will die Details unserer Diskussion erfahren. Da wir aber das Thema gerade begonnen haben, kann ich nicht viel darüber sagen. Das führt zu einer weitschweifigen Erklärung darüber, dass ich ein fauler Siedlungsbesitzer bin, der die echte Arbeit seinen Untergebenen überlässt. Das löst natürlich eine weitere Frage aus.

„Wenn Sie sich nicht in die Probleme der Siedlungen einmischen, warum sind Sie dann hier? Es hört sich nicht an, als ob Sie ein Handelsabkommen abschließen wollten."

„Das wollte ich auch nicht", antworte ich ehrlich. „Ich wollte mit Ikael über die planetare Wahl reden."

„Ah", sagt Jacques langsam und schreibt etwas auf seinen Notizblock.

Ich warte geduldig, während er kritzelt, bis der Inspektor mich ansieht und eine Augenbraue hebt.

„Was?" Ich knurre ihn an.

„Nichts. Ich dachte nur, sie hätten zu diesem Thema mehr zu sagen", meint Jacques.

„Nein", sage ich achselzuckend. „Ich möchte verstehen, wie alle anderen dazu stehen." Ich zögere kurz und beschließe dann, ehrlich zu sein. Es gibt eigentlich keinen Grund, etwas zu verbergen. „Ich will, dass wir einen Sitz im Galaktischen Rat bekommen, aber wir müssen sehen, wie viele Stimmen wir erhalten."

„Achtzig Prozent, ja?", sagt Jacques, nachdem er in seinem Notizblock nachgesehen hat. Ich merke, dass er dazu deutlich über den Punkt zurückblättert, wo er am Beginn des Gesprächs mit dem Schreiben begann. Offensichtlich wurde das schon vorher diskutiert. Allerdings frage ich mich, in welchem Kontext und aus welchem Grund.

„Ja."

„Aber Ikael würde nie zustimmen, dass jemand außer ihm den Sitz erhält", sagt Jacques mit neutraler Stimme, bei der ein bisschen Neugier mitschwingt. Charmant, ohne den Skill. Eine subtilere Nutzung seiner Attribute, unauffällig statt damit offensichtlichen Druck auszuüben. Aber ich sehe die Benachrichtigung, dass er das aktiv benutzt, um meine Gefühle und Gedanken zu beeinflussen. „Wie sonst wollten Sie ihn überzeugen?"

Ich denke über seine Frage und den Kontext unseres Gesprächs nach. Klar. Motiv. Von außen sieht das wie ein sehr gutes Motiv aus. Scheiße. Ich nehme mir vor, mit meinen Worten sorgfältiger zu sein, aber ich bemerke, wie der Inspektor die Augen kurz zusammenkneift, als er mein Zögern entdeckt. Scheiße.

„Überhaupt nicht. Ich hatte nicht daran gedacht. Ich wollte erst mit ihm reden, einen Eindruck von diesem Mann bekommen", sage ich. „Vielleicht wäre er die geeignete Person für den Ratssitz gewesen. In dem Fall hätte ich ihn unterstützt."

„Sie wollten es nicht für sich selbst?"

„Das ist nicht mein Stil", sage ich kopfschüttelnd. „Die Siedlungen verlangen schon mehr als genug von mir. Ich will, dass die Erde einen Ratssitz hat."

„Warum?"

„Das sollten Sie doch wissen", sage ich.

„Tun Sie mir den Gefallen."

„Steuern. Zölle. Kontrolle des Manastroms. Zugriff auf Informationen", sage ich und leiere die Antwort herunter, die ich allen gebe, als ob mich das Thema langweilen würde. Und ehrlich gesagt tut es das auch. Aber das hilft, den anderen, den wichtigsten Grund dafür zu verbergen, dass meiner Meinung nach die Erde einen Sitz im Rat benötigt. Zugang. Zugang zu Irvina, der Hauptstadt des galaktischen Systems, deren Eingang kontrolliert wird. Klar, wenn ich genug galaktischen Ruf oder Ruhm erhalte, komme ich vielleicht rein. Aber die Wahrscheinlichkeit, dass das passiert, ist kurzfristig gesehen unglaublich gering.

„Ach, ein Patriot", sagt Jacques ohne Spott, und in seiner Stimme schwingt sogar etwas Bewunderung mit. Aber ich bemerke schnell, dass der Inspektor äußerst intelligent und begabt ist. Er ist ein Verhörspezialist und weiß, dass er mehr Informationen erhält, wenn er den netten Typen spielt, sich Zeit nimmt und Fragen stellt, statt mit Brachialgewalt vorzugehen.

„Nein. Vielleicht ein Humanist", sage ich und lächle.

„Dann würden Sie uns ja sicher sagen, wer Ikael getötet hat."

„Tut mir leid. Diese Information war blockiert", sage ich.

„Wirklich? Denn Ihr Geist ist dafür bekannt, solche Informationen herausfinden zu können", sagt Jacques, der plötzlich zum Angriff übergeht.

„Das ist er. Aber der Skill des Attentäters reichte aus, ihn daran zu hindern. Hier drin ging es etwas hektisch zu."

„Wirklich? Die Leibwächter haben nämlich gesagt, dass sie Informationen über seinen Status sehen konnten."

„Warum fragen Sie dann mich?", sage ich und spiele mit.

„Weil das, was die Leibwächter über sie erfuhren, nicht vollständig war", sagt Jacques und blättert einige Seiten zurück.

„Über sie?" Ich runzle die Stirn und neige meinen Kopf zur Seite. „Ich dachte Sie haben *seinen* Status erwähnt."

„Oh ja. Das habe ich getan." Jacques zuckt mit den Schultern und nippt dann an seinem Eistee.

In Gedanken lache ich über seine Mätzchen, während ich mich umsehe und bemerke, dass die Wachen erneut gewechselt werden. Sie haben die ganze Zeit Teile der Wache ausgewechselt, damit sie ausgeruht sind, falls ich einen Ausbruch wagen sollte.

„Gut gemacht, Jungchen."

Widerstands-Skill gegen Verhöre gesteigert

Täuschungs-Skill verbessert

Ich lasse die Benachrichtigungen verschwinden und lache in Gedanken, als Ali mir die Ergebnisse meines stundenlangen Verhörs zeigt. Wir machen uns nicht die Mühe, es ständig zu verfolgen, da Skills – im Gegensatz zu Klassen-Fertigkeiten – Daten über tatsächliche Fertigkeiten darstellen, die ich besitze. Auch wenn mein Täuschungs-Bonus es mir ermöglicht, bestimmte Fertigkeiten – wie die erwähnten Täuschungs-, Verhör- oder Verstohlenheit-Skills – viel schneller als normal zu entwickeln, ist das eher die Fähigkeit, Erfahrung schneller anzusammeln, als ein plötzlicher Strom an Informationen, der in mir erscheint. Statt also etwa einen Monat lang Kurse zu belegen, um etwas zu erlernen, brauche ich nur zwei Wochen. Das bietet im Laufe der Zeit eine allmähliche Änderung, aber die genauen Werte, wo ich mich jetzt befinde, sind egal. Ich bin auch froh, dass es keinen seltsamen Download von Informationen gibt. Es wäre noch komischer, in etwas wie dem Tanzen im Level aufzusteigen und plötzlich den Cha-Cha-Cha zu beherrschen, ohne ihn je geübt zu haben.

Andererseits ...

„Was denken Sie, Mr. Lee?", sagt Jacques und unterbricht meine Gedankengänge.

„Ich frage mich nur, wann das alles vorbei ist."

„Noch etwas Geduld, bitte. Ich habe nur noch einige Fragen ...", sagt Jacques und ich verberge gar nicht, dass ich mit den Augen rolle.

Aber ich bleibe sitzen und spiele gern weiter mit. Ich will auf keinen Fall mit einem Attentat assoziiert werden, während ich versuche, die anderen Siedlungsbesitzer zu überreden, für mich zu stimmen.

***

Das Verhör dauert noch ein paar Stunden, aber schließlich gibt Jacques den Versuch auf, weitere Informationen von mir zu erhalten. Er legt eine enorme Menge an Willenskraft und Entschlossenheit an den Tag, aber irgendwie habe ich den Eindruck, dass das Verhör sich nicht sehr von seiner Routine unterscheidet. Leider bedeutet das Ende des Verhörs nicht, dass ich freigelassen werde. Daher sitze ich noch einige Stunden im Hof herum.

Als ich aus dem Hof geführt werden, erhalte ich eine ziemlich streng formulierte Nachricht, die im Grunde „Sie sind hier unerwünscht" bedeutet. Dann werde ich zum Teleporter-Portal gebracht und rausteleportiert. Sie zahlen nicht einmal für eine Langstrecken-Teleportation, sondern setzen mich an der nächsten Siedlung außerhalb ihrer Grenzen ab. Das ist etwas ärgerlich, da sie das wohl fast so viel gekostet hat, wie ein richtiger Teleporter-Sprung. Ohne meinen Skill wäre das erst recht nervig.

Einen Moment lang starre ich die Benachrichtigung an, die mich informiert, dass ich mich in der Stadt N'Djamena befinde und deren Angebote auflistet. Ein schneller Blick auf meine Karte zeigt, dass ich ungefähr im Zentrum Afrikas bin, wo mein plötzliches Erscheinen bereits die Aufmerksamkeit der Einheimischen auf sich zieht.

„Wird auch Zeit", sagt eine bekannte Stimme. Ich drehe den Kopf zur Seite und nach hinten, wo ich die Frau aus den First Nations entdecke, die früher zu meiner Gruppe gehörte.

„Ingrid. Hast du mich hier absetzen lassen?", sage ich, da mir das nun offensichtlich erscheint.

„Jawohl. Erstaunlich, was passiert, wenn die ganze Gesellschaft auf Korruption basiert", sagt Ingrid grinsend, spring von dem niedrigen Gebäude, auf dem sie saß und landet neben mir. „Hungrig?"

„Ich könnte was essen", antworte ich und kneife die Augen zusammen, während wir zum Restaurant in der Nähe laufen. Der paranoide Teil von mir sagt, dass das gefährlich sein könnte, aber ich unterdrücke den Gedanken. Ingrid ist eine Freundin.

„Danke, dass du dich nicht zu sehr eingemischt hast", sagt Ingrid, als wir uns hinsetzen. Als ich etwas sagen will, hält sie eine Hand hoch und bestellt etwas in schnell gesprochenem Französisch. „Ich hoffe, es macht dir nichts aus, dass ich bestelle. Der Koch hier ist fantastisch, hat aber ein begrenztes Repertoire."

Ich winke ab, weil ich mich auf das wichtigere Thema konzentrieren will. „Warum hast du, na ja, getan was du getan hast?" Ich halte inne, weil mir klar wird, dass wir uns noch in der Öffentlichkeit befinden. Die Idee, dass alles, was wir sagen, käuflich erwerbbar ist, gefällt mir gar nicht. Aber sie hat ihre Skills und ich habe mein Halsband. Das dürfte reichen. Oder?

„Immer mit der Ruhe. Ich habe dieses Restaurant nicht nur wegen des Essens gewählt", sagt Ingrid, die anscheinend meine Gedanken lesen kann.

Manchmal geht es mir echt gegen den Strich, wie leicht das die Frauen in meiner Umgebung können. Andererseits sollte ich mir über so offensichtliche Dinge keine Sorgen mehr machen und meinen Freunden vertrauen.

„Der Eigentümer hat einen Skill, der die Sammlung von Informationen in diesem Restaurant verhindert." Als ich eine Augenbraue hebe, grinst

Ingrid. „Ich bin mir ziemlich sicher, er hat Beziehungen. Du weißt schon, was ich meine.“

Ich knurre nur, winke und ignoriere ihren Mafia-Jargon.

„Klar. Immer so ungeduldig. Es ist eigentlich ganz einfach. Man hat mich bezahlt“, sagt Ingrid.

„Bezahlt. Bist du jetzt eine Söldnerin?“

„Mit der großen Klappe – wie Deadpool.“ Ingrid grinst, wird dann aber ernst, als ich nicht reagiere. „Ja, das war nicht lustig. Es tut mir leid, dass er starb ... aber ja, wenn ich Zeit habe, übernehme ich einige Aufträge.“

„Wer hat dich bezahlt?“, frage ich mit leichter Wut. „Und wie hast du das geschafft, obwohl ich direkt daneben saß?“ Das kommt mir einfach nicht wie ein Zufall vor.

„Erstens, das weiß ich nicht. Und selbst wenn ich es wüsste, würde ich es dir nicht sagen. Alles wird durch Kuriere überbracht“ sagt Ingrid und tippt ihre Finger an. „Das bietet mehr Sicherheit. Zweitens war es kein Zufall. Zumindest nicht direkt. Ich hatte diesen Auftrag seit Tagen geplant und wartete darauf, dass er dieses Büro benutzte. Das war nicht sein übliches Büro – das andere hat mehr Sicherheitsmaßnahmen, sieht aber nicht so elegant aus. Als du aufgetaucht bist, wusste ich, dass er dich in seinem Vorzeigebüro treffen würde. Daher habe ich mich hineingeschlichen, während sie dich warten ließen.“

„Und es war reiner Zufall, dass ich erschien, statt ein anderer“, sage ich und schneide eine Grimasse. „Wie viele Tage?“

„Etwa drei“, sagt Ingrid.

Also nach meiner Rückkehr, als meine Anwesenheit bekannt wurde. Interessantes Timing, aber ich kann da nicht viel tun, außer mir das zu merken.

„Hast du Vermutungen, wer das war?“, frage ich.

„Ich stelle keine Vermutungen an. Das ist eine schlechte Angewohnheit", sagt Ingrid. „Aber die Leute, auf die meine Aufträge ausgerichtet sind? Die meisten von ihnen haben eine lange Liste von Feinden. Eine sehr, sehr lange Liste. Selbst wenn man die eliminiert, die sich meine Gebühr nicht leisten können, sind das noch zahlreiche Leute. Meine Ziele sind keine angenehmen Zeitgenossen."

Ich muss lächeln und bin froh, dass Ingrid immer noch eine Art von Moralkodex besitzt. Eigentlich überrascht es mich, dass ich nicht wütender auf sie bin. Vielleicht liegt es an der Apokalypse, oder an meiner Zeit auf dem anderen Planeten, aber ihre Taten regen mich kaum auf. Ich bin etwas enttäuscht, aber selbst das verklingt, nachdem sie ihre Zielpersonen beschrieben hat, Ich weiß, dass manche sagen würden, dass jedes Leben heilig ist, und dass man allen eine Chance geben muss, oder das Karma oder eine höhere Macht sie richten müssen. Aber ehrlich gesagt klebt so viel Blut an meinen Händen, dass ich nicht den ersten Stein werfen kann. Solange sie nicht mich angreift, werde ich bei Ingrid ein Auge zudrücken.

Ich wünschte nur, dass sie Ikael nicht getötet hätte. Sein Mord hat seine ganze Nation in Aufruhr gebracht und die Koalition zerstört, die er aufgebaut hatte. Deshalb muss ich die zahlreichen Individuen, die Ikael gefolgt waren, einzeln kontaktieren. Das ist eine Zeitverschwendung, über die ich echt frustriert bin. Aber ich unterdrücke meine Wut und erinnere mich daran: Was ist, das ist.

„Na gut", sage ich. „Gibt es eine bestimmte Liste für Ikael?"

„Politische Feinde. Söhne, Töchter, Väter und Mütter, die sich rächen wollen. Arbeiter, die es satt haben, umsonst Überstunden machen zu müssen. Frustrierte Geschäftsleute." Ingrid zuckt mit den Schultern. „Und das betrifft nur diese Nation. Ikael hat darüber gesprochen, einige der

Siedlungen in der Nähe anzugreifen. Siedlungen von Galaktikern und Menschen. Jeden, der nicht mitspielen wollte."

Bevor ich noch etwas sagen kann, kommt das Essen. Es ist eine Mischung aus französischer Haute Cuisine und traditionellen afrikanischen Gerichten, mit Bohnen, Hackfleisch und Gemüsesorten, deren Namen ich nicht einmal kenne. Vermutlich weil das Gemüse galaktisch ist. Wir essen und unsere Unterhaltung wendet sich weniger kontroversen Themen zu. Ingrid erzählt über ihr Leben wegen meiner Abwesenheit – eine Menge Kämpfe, gelegentliche Attentate und noch mehr Aufklärungsmissionen.

„Hört sich an, als ob du sehr beschäftigt warst."

„Die Dinge haben sich seit deiner Abreise etwas geändert", sagt Ingrid, während sie Erbsen auf ihrem Teller herumschiebt und eine einzelne Erbse mit der Gabel aufspießt. „Es ist billiger und effektiver, an einem Arschloch ein Exempel zu statuieren, als ganze Siedlungen zu erobern. Das kann man später immer noch tun, wenn die Leute es noch nicht kapiert haben." Die Gabel bewegt sich und damit eine weitere Erbse zur Seite. „Oder man kann das Verfahren wiederholen, wenn sie die Lektion nicht verstehen. Du wärst überrascht, bei wie vielen das der Fall ist."

Ich neige den Kopf zur Seite und denke darüber nach, dass Ingrid Lana zufolge mehr Zeit mit Miller verbringt. Das hört sich eher wie Aktivitäten der CIA als der Army an, aber nach dem Verschwinden der CIA hat Miller diese Taktik vielleicht übernommen. Ich könnte seine Rolle aber auch übertreiben. Ingrid ist durchaus in der Lage, diese Ziele selbst auszuwählen, wenn sie diese Idee verfolgt.

„Das war sehr aufschlussreich", sage ich, als wir mit dem Essen fertig sind.

„Und du?", fragt Ingrid und deutet auf Ali, der an der Bar sitzt und wie ein Loch säuft. „Ich sehe, dass der Geist größer geworden ist."

„Das stimmt. Eine Auswirkung meiner neuen Meisterklasse." Ich überlege, was ich über die Zeit meines Exils sagen soll. Ich habe nicht viel darüber geredet. Weder mit Lana noch mit Roxley. Oder sonst jemandem. Aber irgendwie habe ich das Gefühl, dass Ingrid es verstehen würde. Ihre Erfahrung in den letzten Jahren ähnelt meiner, einsamer und blutiger als das Leben der meisten. „Es war schwierig. Ich wurde auf einen Verbotenen Planeten geschleudert ..."

Ich beschreibe es in Umrissen. Lange Jahre des Kämpfens, ohne im Level aufzusteigen. Ich musste meine Fähigkeiten auf eine Weise einsetzen, die ich noch nie in Betracht gezogen hatte. Ich musste Upgrades von Zaubern wählen, da ich lernen musste, wie man Mana ohne die Hilfe des Systems manipuliert. Als ich fertig bin, ist es spät und wir haben zwei weitere Flaschen Wein ausgetrunken.

„Und das war's ...", sage ich, als ich sehe, wie Ali gähnt, von seinem Stuhl schwebt und zwei sichtbare Systembildschirme anstarrt. Diesmal ist es eine Bäckerei-Realityshow. „Wir sollten uns wohl auf den Weg machen."

„Moment noch." Ingrid dreht ihre Hand und eine Armbanduhr erscheint, die ich vor einigen Stunden an Ikaels Handgelenk gesehen hatte.

„Was ist das?" Ich verziehe das Gesicht.

„Ikaels dimensionale Speicherkette und KI", sagt Ingrid und tippt die Uhr an. „Der Speicher ist gesperrt, kann aber aufgebrochen werden."

„Und die KI?", frage ich neugierig. Wenn Ikael die KI so benutzt, wie ich das mit Ali tue, wäre das ein enormer Vorteil.

„Vielleicht", sagt Ingrid und zuckt mit den Schultern. „Ich kann es nicht tun. Sam ... der hätte das vielleicht geschafft." Wir schweigen, als der Name des alten Mannes erwähnt wird, da sein Tod immer noch etwas schmerzt. Aber bald blickt Ingrid wieder hoch. „Aber ich bin mir fast sicher, dass sich hier die Details über die Siedlungen befinden, mit denen er verhandelt hat."

„Was willst du?", frage ich und runzle die Stirn. Es ist offensichtlich, dass sie das aus gutem Grund erwähnt hat.

„Ich kann es knacken lassen, aber dann bist du mir etwas schuldig", sagt Ingrid. „Eine Bitte, später. Ohne jetzt zu fragen."

„Nein, ich gewähre keine offenen Zusagen."

„Wirklich ...?"

„Sei still"

„Frag mich einfach", sage ich zu Ingrid und blicke ihr direkt in die Augen.

Sie verzieht das Gesicht und blickt eine Weile weg. Schließlich keucht sie und sieht mich an. „Na schön. Ich will mitkommen. Auf der Reise nach draußen."

„Reise?"

„Zur Hauptstadt. Ich will Teil deines Gefolges sein", sagt Ingrid und starrt mir in Gesicht. „Abgemacht?"

Ich denke darüber nach und hebe einen Finger. „Aber noch etwas. Während der Reise darfst du ohne meine Zustimmung niemanden töten, außer aus Notwehr."

„Abgemacht."

Ich nicke und deute auf die Uhr. „Dann lass uns das Ding knacken und wir sehen, was wir bezüglich des Sitzes im Galaktischen Rat tun können."

Ingrid lächelt mir zu und ich lächle ebenfalls. Aber aus Neugier frage ich:

„Warum willst du mitkommen?"

„Warum nicht?", sagt Ingrid achselzuckend. Etwas Dunkles zuckt durch ihre Augen, bevor sie mich ansieht und ihre Lippen sich leicht verziehen. „Ich weiß, dass du nicht auf eine Vergnügungsreise gehst. Wenn Gewalt nötig ist, wirst du sie einsetzen. Und man muss es diesen Bastarden heimzahlen."

Ich weiß, wen sie meint. Und ehrlich gesagt stimme ich ihr zu. Der verdammte Galaktische Rat. Eine Weile lang starre ich meine Freundin an und sehe die Schatten der Vergangenheit, die Verluste, die sie erlitten hat. Wir alle haben Freunde und Verwandte verloren, aber Ingrid hat ihre ganze Stadt, ihren gesamten Stamm verloren. Sie ist die letzte Überlebende von Dawson City, vielleicht ihres Volkes. Einen Moment lang erkenne ich das klaffende Loch, das sie mit ihrem Sarkasmus bedeck. Dann lächelt sie und steht auf. Erst verschwindet die Armbanduhr, dann sie selbst.

„Und jetzt?", frage ich vor mich hin und überlege, was es noch zu tun gibt.

Ali erscheint neben mir und knabbert an den Resten der Mahlzeit. „Das Übliche, mein Junge. Noch mehr Arbeit. Du hast die Menschen getroffen, die eine Rolle spielen. Jetzt ist es an der Zeit, mit den Galaktikern zu reden."

Ich stöhne, aber Ali hat recht. Trotzdem verschiebe ich das noch etwas. Es ist besser, zuerst per Portal nach Hause zu springen. Dieses Attentat wird Folgen haben. Und ehrlich gesagt muss ich mit einem Elfen in Vancouver reden, falls ich mit den Movana sprechen will.

„Nach Hause."

Kapitel 13

Wie erwartet, verbreiten sich die Folgen des Attentats rasant. Auch wenn andere schon vorher getötet wurden, war das entweder gattungsübergreifend oder es handelte sich um kleine Fische. Ikael ist der erste wirkliche Anführer, der von einem anderen Menschen getötet wurde, und die neue Bedrohung versetzt alle in Panik. Es dauert sehr lange, bis ich Katherine und Lana erstens überzeuge, weitere Sicherheitsmaßnahmen zu implementieren und zweitens klarstelle, dass ich diese selbst nicht benötige. Ich halte mich zwar nicht für unbesiegbar, aber meine Skills als Ehrengardist bieten mir beträchtlichen Schutz gegen Attentate. Es wäre wirklich schwer, mich lange genug handlungsunfähig zu machen, um mich zu töten – dazu müssten sie wirklich alles einsetzen.

Sobald sich die Lage etwas beruhigt, verbringe ich die nächsten Tage quasi am Telefon. Inzwischen sind auf der ganzen Erde Türme zur Langstreckenkommunikation errichtet worden, welche die Stadtkerne miteinander verbinden. Auch wenn die Kommunikation auf Stadtkerne beschränkt ist, ist die Menschheit wenigstens wieder in Kontakt. Das erleichtert alles, vom Handel bis zu Beziehungen.

Meine Aufgabe in den nächsten Tagen besteht darin, mit diesen Siedlungen der Menschen zu kommunizieren. Ehrlich gesagt ist das aber gar nicht mein Plan. Innerhalb von Stunden nach meiner Rückkehr erhalte ich einen Anruf nach dem anderen. Anscheinend führt die Tatsache, dass ich etwas mit Ikaels Ermordung zu tun hatte – wie indirekt auch immer – dazu, dass ich unter den Siedlungsbesitzern ohne Rückgrat populärer geworden bin. Sie glauben wohl, dass sie lieber mein Freund werden sollten, statt ein Attentat zu riskieren.

„Dann ist das abgemacht. Ich schicke Ihnen zwei Leibwächter, sobald der Vertrag unterzeichnet ist", sage ich zu dem dunkelhaarigen Herrn mit großer Nase, der mich nervös anlächelt.

„Gut. Gut. Ich lasse es sofort unterschreiben. Ich bin mir sicher, dass Ihre Leibwächter Attentäter fernhalten werden", meint der Mann.

„Sie sind alle hervorragend ausgebildet. Wir haben die Ausbildung durch frühere Agenten des US Secret Service und Mitglieder der Erethra-Ehrengarde noch verbessert. Ich bin überzeugt, dass sie diese Aufgabe hervorragend erfüllen werden."

Nach einigen Minuten des Geplauders meldet der Mann sich schließlich ab. Ich lehne mich in meinen Sessel zurück und starre Ali an, der mir gegenüber sitzt und die Füße auf meinen Tisch legt.

„Ich glaube, Leibwächter sind künftig unser großer Exportschlager", sage ich lachend. „Gut, dass Ayuri ihre Leute als Ausbilder geschickt hat."

„Du exportierst keine Leibwächter. Du exportierst ein Gefühl der Sicherheit", sagt Ali. „Ich bin stolz auf dich, Junge. Du hast in den letzten Tagen sogar das vielsagende Schweigen zu einer wahren Kunst erhoben. Und ab und zu Ingrids Namen zu erwähnen, hat Wunder gewirkt. Wir können nur hoffen, dass sie nicht einen Auftrag zur Ermordung eines Typen annimmt."

Ich pruste laut los. Es überrascht mich nicht, dass Ingrids Identität schließlich enthüllt wurde. Selbstverständlich wurde ich dann aufgefordert, zu einem weiteren Verhör zurückzukommen, aber ich weigerte mich. Ich wusste, dass der Inspektor eine Art Wahrheits-Skill besaß, sonst hätte er mich nie gehen lassen. Und daher wiederholte ich meine Aussage, dass ich nichts mit dem Mord zu tun hatte. Aber irgendwie glaubte mir keiner. Es half auch nicht, dass der Auftraggeber bisher noch unbekannt ist.

„Wo stehen wir?", frage ich Ali, während Lana hereinkommt und uns ansieht, die Schüssel mit Snacks auf dem Tisch, auf der ich lauter Schnitzereien hinterlassen habe.

„Jetzt sind es 8,7 Prozent. Weitere vier Prozent von Ikaels Leuten haben sich noch nicht entschieden. Sie warten wahrscheinlich auf Schmiergeld", sagt Ali und zählt es an seinen Fingern ab. „Und der Rest seiner Unterstützer ist wütend auf dich. Ich bezweifle, dass du sie auf deine Seite ziehen kannst. Nicht direkt."

„Gut, dass ich nicht will, dass sie direkt für mich stimmen. Ich bin mir sicher, dass Bipasha und Rob ebenfalls aktiv sind", sage ich, bevor ich mich Lana zuwende. „Probleme?",

„Nein", sagt Lana kopfschüttelnd. „Aber wir haben einen Besucher. Wynn ist hier."

Ich muss grinsen. Endlich. Der verdammte Elf war die letzten Tage in einem Dungeon, und das ist der andere Grund, weshalb ich hier warten musste. „Schick ihn rein."

„Selbstverständlich."

„Und bleib hier, wenn du kannst", füge ich hinzu.

Lana lächelt mich an und verschwindet dann um die Ecke.

Während wir warten, dass Lana Wynn hierher bringt, blickt Ali erst zur Tür und schaut dann mich an. „Ist mit euch beiden alles in Ordnung?"

„Natürlich", sage ich leise. „Ich bin ein großer Junge. Sie hat einen anderen gefunden. Das ist mehr als verständlich, du weißt ja." Ich deute nach oben.

„Ich bemerke, dass du keine Fragen über ihren jungen Liebhaber gestellt hast", meint Ali.

„Das will ich auch gar nicht wissen", raunze ich und atme dann mit einem Kopfschütteln aus. „Nur weil es mir nichts ausmacht, dass sie einen anderen gefunden hat, heißt nicht, dass ich die Details wissen will."

„Wenn du meinst", sagt Ali skeptisch.

Als sich Schritte nähern, macht sich Ali wieder unsichtbar, statt dazu gezwungen zu werden, am Meeting teilzunehmen und uns Aufmerksamkeit zu schenken.

„Wynn", begrüße ich den Gildenmeister lächelnd, während ich aufstehe.

Wynn a Maro ist der Gildenmeister der Brennenden Blätter in Vancouver, einer mächtigen Gilde der Stufe II, deren Mitglieder aus vielen verschiedenen Orten kommen, deren Hauptquartier sich aber in der Hauptstadt des Movana-Königreichs befindet. Auch wenn sie nicht direkt von diesem Königreich unterstützt wird, stammen viele ihrer Mitglieder aus dem dortigen Adel. Die Namen der führenden Mitglieder lesen sich fast wie ein Adelsverzeichnis.

„Erlöser." Wynn verbeugt sich, lächelt und setzt sich in den Sessel, auf den ich deute.

Lana setzt sich ebenfalls und dreht den Sessel so, dass sich jeder von uns an einer Ecke eines Dreiecks befindet.

„Du willst mit mir sprechen?", fragt er.

„Ich will nicht um den heißen Brei herumreden", sage ich. „Ich will genug Stimmen finden, damit die Erde einen Sitz im Galaktischen Rat erhält. Zu diesem Zweck ..."

„Brauchst du die Unterstützung vieler Galaktiker", sagt Wynn. „Aber ich bin echt überrascht, dass du mit mir sprichst und nicht deinem Lord Roxley. Schließlich bin ich nur ein niedrigstufiger Gildenanführer."

„Ich habe mit ihm geredet", sage ich in neutralem Ton. „Aber ich bin eben ein Opportunist. Wenn dein Volk mit uns arbeiten will, bin ich zu

Gesprächen bereit. Und Schluss mit dem Unsinn über deine Stellung. Wir wissen beide, dass du mehr als ein niedrigstufiger Gildenanführer bist."

„Das ist problematisch", sagt Wynn direkt. „Dein Vorgehen gegen die Zarrie, kurz vor deinem Verschwinden, hat einigen Ärger verursacht. Deine engen Beziehungen zu den Truinnar sind ein weiterer Streitpunkt. Selbst wenn wir die Kommunikation eröffnen, wäre das extrem problematisch."

„Aber falls ihr mit uns zusammenarbeitet, würde das unsere Abhängigkeit von ihnen reduzieren", sage ich mit der Andeutung eines Lächelns.

Wynn erwidert das Lächeln und widerspricht mir nicht direkt.

„Die Erde ist zwischen euren Königreichen gefangen", sagt Lana zu Wynn, die zurückhaltend mit den Händen im Schoß dasitzt. „Wir wollen lediglich unsere eigene Zukunft bestimmen können. Wir werden mit allen zusammenarbeiten, die uns beim Erreichen dieses Ziels unterstützen. Und wir würden die Movana gerne als Verbündete gewinnen."

„Und ich wünsche, die Menschheit als Verbündete zu haben", sagt Wynn und legt eine Hand auf sein Herz. Wobei das bei den Movana weiter rechts und unten ist als bei Menschen. „Während meines Aufenthalts hier ist mir euer Volk ans Herz gewachsen."

„Und dafür sind wir dankbar. Und falls du mit anderen sprechen könntest", sagt Lana betörend. Sie lächelt nicht affektiert, sondern stellt eine direkte, von Herzen kommende Bitte. Das genügt, damit Wynn unwillkürlich nickt. „Und uns helfen würdest, anderen unsere Hoffnung vorzustellen."

„Ich werde tun, was ich kann, Lady Pearson", sagt Wynn und lächelt sie an.

„Ms. Pearson genügt."

„Nicht meiner Ansicht nach", meint Wynn und ich rolle fast mit den Augen. „Aber ich kann keine Zusagen machen. Ich kann nur mit den Verantwortlichen hier sprechen."

„Mehr können wir auch nicht verlangen", sagt Lana.

Ich sehe, wie Wynn vor Stolz strahlt und frage mich, ob ihm klar ist, dass er ihr verfallen ist. Oder ob ihm das etwas ausmacht. Nach etwas mehr Geplauder geht Wynn schließlich.

Nachdem Lana den Movana hinausgeführt hat, kehrt sie ins Büro zurück und lässt sich neben mir in einen Sessel fallen. „Bist du dir sicher, dass du die Truinnar wählen willst?"

„Hat der hübsche Junge dir den Eindruck vermittelt, dass sein Volk die bessere Wahl wäre?", sage ich.

„Ich weiß nicht, ob sie besser sind, aber hast du die beiden Gruppen gründlich recherchiert? Abgesehen von den Leuten, die du persönlich kennst?", fragt Lana.

„Das habe ich. Trotz all der Streitereien sind sie eigentlich sehr ähnlich. Das ist keine Überraschung, wenn man bedenkt, dass die Truinnar nur eine Untergruppe sind, die sich vor Jahrtausenden abgespalten hat. Die Movana sind etwas lockerer, was die Struktur ihres Adels betrifft, und der Aufstieg und Abstieg in ihrer Gesellschaft ist etwas flexibler. Die Truinnar sind in der Theorie mehr stratifiziert, aber ihre Armee bietet eine respektierte und praktikable Methode, Einfluss und Status zu gewinnen."

„Geographisch gesehen", fahre ich fort, „falls der Begriff bei Sternenreichen überhaupt anwendbar ist, kontrollieren die Movana weniger Sonnensysteme, die aber in Hinsicht auf Bevölkerung und Industrie weiter entwickelt sind. Die Truinnar sind stärker verstreut, und viele ihrer Systeme sind eher mittelmäßig. Roxleys ehemaliger Herrschaftsbereich gehörte dazu – anfangs recht stark, später dann weniger so. Wirtschaftlich gesehen sind die Movana besser gestellt, aber die Truinnar haben das stärkere stehende Heer. Auch wenn das für uns weniger relevant ist. Natürlich hat sich der kalte Krieg zwischen ihnen in den letzten Jahrzehnten aufgeheizt."

„Und sie unterstützen unterschiedliche Gruppierungen, wodurch es unwahrscheinlich ist, dass sie jemals zusammenarbeiten werden", fügt Lana hinzu. „Und eine dieser Gruppierungen hat uns wahrscheinlich zu einer Dungeonwelt gemacht."

„Die Movana", sage ich. „Dann hört es sich wie eine schlechte Idee an, ihnen das zu geben, was sie wollen."

„Abgesehen von der Tatsache, dass sie bereit waren, mehr als sechs Milliarden von uns in die Hölle zu schicken, was verschafft dir den Eindruck, dass sie dir freie Hand geben würden?", fragt Lana.

„Ich habe darüber nachgedacht", sage ich und sehe meine Hände vor dem Hintergrund des dunklen Nussbaumholzes an. Ich zucke mit den Achseln und lächle ihr etwas zu. „Sie werden allerdings feststellen, dass es viel schwieriger ist, mich umzubringen, als sie denken."

„Vielleicht. Aber ich traue auch den Truinnar nicht über den Weg. Du weißt schon, dass sie jeden betrügen würden, um ihr Ziel zu erreichen", sagt Lana. „Roxley ist vielleicht vertrauenswürdig, aber er ist nicht allein."

„Das stimmt. „Letztlich müssen wir einfach abwarten", sage ich und verziehe das Gesicht. „Wenn keine der Gruppen mit uns arbeiten will, ist das eine rein theoretische Frage."

Lana nickt, aber ihr besorgter Gesichtsausdruck verschwindet nicht. Nicht einmal, als wir zu nützlicheren Themen wechseln. Als die Rothaarige den Raum verlässt, frage ich mich unwillkürlich, ob sie recht hat. Aber letztlich muss ich es versuchen.

***

Nach den Movana und Truinnar muss ich mit den anderen Gruppen der Galaktiker sprechen. Interessanterweise ist die kriegstreiberische, waffenproduzierende Ares Corporation der einfachste Gesprächspartner. Gleich nach meinem ersten Anruf werde ich mit dem planetaren Manager verbunden. Und danach beginnt der Kuhhandel. Zum Glück habe ich Katherine und Lana zu den Verhandlungen mitgeschlappt, da ich nach wenigen Sekunden total überfordert bin. Schließlich sind Steuersätze, Lieferantenstatus und Zollgebühren Dinge, mit denen ich keinerlei Erfahrung habe. In erstaunlich kurzer Zeit sind die Verhandlungen abgeschlossen und ein Vertrag wird aufgesetzt und unterzeichnet. Danach teilen wir drei uns eine Flasche Sekt an meinem Bürotisch.

„Also. Kam euch das auch viel leichter vor, als es eigentlich sein sollte?", sage ich und starre die vor mir schwebende Vertragsbenachrichtigung an.

Lana wirft mir einen wütenden Blick zu und streicht sich mit der Hand durch ihr Haar. Selbst mit ihren hohen Werten für Konstitution und Charisma sieht sie nach zahlreichen endloslangen Verhandlungssitzungen doch etwas mitgenommen aus. „Leicht? Du hast nicht gerade drei volle Tage lang verhandelt."

„Doch", widerspricht ihr Katherine. „Und die letzte Forderung ..."

„Irgendwie habe ich den Eindruck, dass das der eigentliche Zweck der Verhandlungen war", sage ich.

„Bist du dir ganz sicher, dass du das noch nie gemacht hast?", fragt Katherine und kneift die Augen zusammen.

Ich zapple nervös und weiß nicht, was ich sagen soll. In meinem früheren Leben waren Bürointrigen zwar nicht gerade meine Stärke, aber ich hatte inzwischen Zeit, aus meinen früheren Fehlern zu lernen. Und aufgrund meiner höheren Werte für Intelligenz und Willenskraft und meines Täuschungs-Bonus habe ich das Gefühl, dass Informationen hereinsickern. Daher habe ich inzwischen ein seltsames, intuitives Gefühl für hinterhältige Politik. Politische Pokerspiele stellen für mich kein Problem dar. Ich habe sogar den Eindruck, dass ich vor Schreck umkippen würde, wenn ich wieder einem ehrlichen, aufrechten Politiker begegnete. Zum Glück sind die Galaktiker da nicht anders als wir – ehrliche Politiker existieren, aber sie sind seltener als Schnee in der Wüste.

„Nicht oft", antworte ich und unterbreche meine Gedankengänge. Und meine etwas berechtigten Bedenken, was unter dem Einfluss dieses Bonus in mich einsickert. „Auf jeden Fall haben wir uns geeinigt. Ich muss sowieso mit der Faust sprechen, und jetzt wäre das kein schlechter Zeitpunkt. Ich bin in ein paar Tagen wieder da."

Katherine nickt mir zu, während Lana das Gesicht verzieht und mit der Hand über ihr zerknittertes Kleid streicht.

Ich stehe auf und denke kurz nach. „Glaubt ihr, Mikito hätte Lust auf einen Ausflug?"

***

Die Antwort war ja. Nachdem wir die Samurai-Kriegerin kontaktierten, traf sie sich mit uns am Teleporter. Allerdings hatte Lana sich vorher eine Stunde hingelegt und dann umgezogen. Mikito scheint sich darauf zu freuen, mitzukommen. Sie lächelt, umarmt Lana und spielt mit ihren verschiedenen Tieren. Nach den entsprechenden Begrüßungen mit viel Ablecken und einem diskreten Wirken eines Reinigungszaubers dreht sich Mikito lächelnd zu uns hin.

„Fast wie in alten Zeiten", sagte Mikito und blickt sich um. „Wenn Ingrid hier wäre und wir Carlos herschleppen könnten ..."

„Na ja. Ich glaube, dass du bei Aiden eine bessere Chance hättest", sage ich. „Er scheint inzwischen seine Ängste hinter sich gelassen zu haben."

„Ein bisschen", sagt Mikito und wirft Lana einen Blick zu. „Vielleicht weil Lana ihn vor ein paar Sommern darauf gedrängt hat, während sie ein Tank-Top trug."

„Mikito!", sagt Lana, die zuerst empört scheint, aber dann grinst. „Wenn man was zum Vorzeigen hat ...", sagt sie und schaut demonstrativ die ziemliche flache Brust der kleinen Japanerin an.

„Schlag unter die Gürtellinie", knurrt Mikito und verschränkt unwillkürlich die Arme.

„Wer sagt eigentlich, dass Ingrid nicht hier ist?", frage ich und sehe mich um, da ich durch den Themenwechsel einen Streit verhindern will. „Schließlich könnten wir das kaum feststellen."

„Haha. Nein. Sie ist zu sehr mit dem Geldverdienen beschäftigt, als dass sie mit uns rumhängt", sagt Lana und verzieht das Gesicht.

Ich höre die leichte Verbitterung in der Stimme der Rothaarigen und muss in Gedanken eine Grimasse schneiden. Verdammt. Der Themenwechsel ist total in die Hose gegangen.

„Kommt schon, wir halten die anderen auf", sage ich schließlich und winke der Gruppe zu.

Lustigerweise gehen die Tiere zuerst. Alle von ihnen, einschließlich Lanas Greif, werden transportiert, bevor wir drei in den Teleporter steigen. Ein leichtes Zucken, eine Verdrehung der Raumebenen und wir sind plötzlich da. Ich schnaube leise und bemerke die ungewöhnliche Nachricht zur Begrüßung und das inzwischen übliche Symbol, das eine Quanten-Sperre im Raum anzeigt.

Du hast eine sichere Zone betreten (Stadt Scarborough)

In diesem Bereich sind die Manaströme stabilisiert. Innerhalb der Region werden keine Monster spawnen. Ausdauer- und Gesundheits-Regeneration sind in dieser Zone um 2 % erhöht. Bitte denke daran, dass eine nicht genehmigte Teleportation verboten ist.

Diese sichere Zone umfasst:

- *Stadtkern der Stadt Scarborough*

- *Shop*

- *Arena*

- *Arsenal*

- *...*

„Duellant Lee. Speer Sato. Herrin Pearson", grüßt uns die affenartige Kreatur mit breitem Brustkorb.

Es ist das erste Mal, dass ich jemanden Lana mit ihrem Titel ansprechen höre – abgekürzt oder nicht – nämlich Herrin der Flammen und Tiere, aber offensichtlich bedeutet es diesen Leuten etwas. Das ist interessant, da Kampftitel selten bei Begrüßungen verwendet werden. Soweit ich weiß, ist das ein gesellschaftlicher Fauxpas.

„Champion Emven", begrüße ich den Galaktiker und weise Ali an, seine Statusinformationen an meine Freunde weiterzuleiten. Allerdings haben sie diesen Skill inzwischen wohl selbst.

Emven Iz, Champion der Lila Sande, Größerer Fleischschild (Schildwächter Level 38)
HP: 5430/5430
MP: 870/870
Zustand: Vulkanisierte Haut, Organhülle, Reflexschild

„Gute Entscheidung, Junge. Für die Faust sind Kampftitel wichtiger als für andere. Dein Erlösertitel zählt hier nicht. Allerdings habe ich eine Ahnung, was wir erwarten können", sagt Ali.

„Raus mit der Sprache.“

„Nee, so macht es mehr Spaß“, antwortet Ali grinsend.

Und trotz wiederholter Nachfragen weigert sich Ali, etwas zu enthüllen. Inzwischen höre ich Emven zu, der uns durch die wiederaufgebaute Stadt führt, die von einer hochaufragenden ovalen Struktur dominiert wird. Emven schwärmt von den vielen Schlachten, die während der Geschichte der Erde um Tobago ausgefochten wurden, einschließlich in neuester Zeit von galaktischen Kolonisten. Ich finde das recht interessant, aber das enorme Gebäude noch mehr.

„Wohin gehen wir?“, fragt Lana während einer seiner wenigen Pausen.

„Ah, wir gehen zur Arena. „Hier hält wie üblich der Gouverneur Hof“, sagt Emven. „Er glaubt auch, dass Krieger wie ihr euch dafür interessieren würdet.“

„Ach wirklich?“, sage ich und blicke das hohe Gebäude an. Aus dem Innenbereich sind Jubelrufe zu hören. Laut. Das Schwertgeklirr und das Zischen der durch die Luft sausenden Zaubersprüche ist so laut, als ob eine Heavy-Metal-Gruppe dort mit verstärkten Instrumenten spielen würde. „Hört sich an, als ob da eine Menge Leute drin sind.“

„Es ist die populärste Form der Unterhaltung. Und des Trainings“, meint Emven. „Üblicherweise befinden sich fünf- bis sechstausend Leute hier, aber der Gouverneur hat ein paar Publikumsfavoriten gebracht, um es noch attraktiver zu machen. Ich habe gehört, dass es fast zehntausend sind.“

Lana blickt sich um und bemerkt die zahlreichen Fußgänger und das geschäftige Summen von Fahrzeugen, die unter und über uns auf der Straße schweben. Selbst auf den ersten Blick ist klar, dass Scarborough so dicht bevölkert wie Vancouver ist, selbst wenn sich zahlreiche Leute in der Arena befinden.

„Vor allem Menschen hier“, sage ich Ali telepathisch und schätze den Unterschied zwischen den Siedlungen ab.

„Wetten wir, die Galaktiker befinden sich in der Arena?“. sagt Ali grinsend.

„Da halte ich nicht dagegen.“

Ali lacht, während wir nach innen geführt werden. Es gibt allerdings einen peinlichen Moment, als es um Lanas verschiedene Tiere geht. Schließlich schließt das Wachpersonal einen Kompromiss und erlaubt es Roland, Lana zu begleiten, während die anderen mit den sonstigen Tieren und Reittieren untergebracht werden. Wir gehen durch graue Korridore aus einer steinähnlichen Substanz, die mit hellgrünen und blauen Streifen markiert sind, bis wir schließlich die Stadionloge erreichen. Irgendwie amüsiert es mich, dass bestimmte Bauwerke immer gleich sind, ganz egal in welcher Kultur – die wichtigen Leute erhalten einen luxuriösen Raum ganz oben mit guter Aussicht, und sind ungestört. Ich bin mir sicher, dass es Gattungen gibt, die von diesen Konzepten entsetzt wären, aber hier ist das nicht anders als bei den Menschen.

„Willkommen, Freunde! Ihr seid gerade rechtzeitig, um Umma Zweiklinge und Wirbel-Donnie zu sehen. Wirbel-Donnie ist einer eurer Landsleute und ein sehr unterhaltsamer Kämpfer.“

Die freundliche Begrüßung ertönt, sobald wir den Raum betreten. Der Sprecher ist wirklich beeindruckend. Er ist über 3 Meter 30 groß und fast ebenso breit. Sein Körper ist eine Masse aus festem grauem Fett, und seine langen großen Ohren hängen neben seinem länglichen Gesicht und den winzigen, stechenden Augen herab. Einen Moment lang frage ich mich, ob sich je jemand ein Wer-Nilpferd vorgestellt hat, denn so sieht der Sprecher aus.

Asgauver Heindra, Knochenschüttler, Meister der Sande, Herr der Wilden Lande, Überlebender des Marrik-Raids, (mehr) (Level 21 Absorber)

HP: 13980/13980

MP: 1230/1230

Zustand: Geänderte Schwerkraft, Zorn des Heilers, Kraft zu Knochen, Geschundene Nerven

„Danke", sagte ich und schüttle Asgauver die Hand. Zum ersten Mal seit langer Zeit komme ich mir winzig vor, als meine Hand in der des Wer-Nilpferds verschwindet.

Der 30 mal 30 Meter große Raum enthält wohl das breiteste Spektrum an Galaktikern, dem ich je außerhalb einer Schlacht begegnet bin. Eine rollende Kugel aus Kabeln und Tentakeln, eine Sirene, eine Sylphe, Truinnar, Movana, Hakarta und Yerrick sind leicht erkennbar. Es gibt auch andere, weniger häufige Galaktiker in der Mange, darunter zwei kleine graue Männchen.

„*Was ist das denn?*" Die Benachrichtigung von Lana erscheint in meinem Interface.

„*Kudaya Delta. Interessante Welt — es gab vier separate Gattungen darauf, als das System erschien, die gerade eben die Landwirtschaft erfunden hatten. Jede Gattung wird durch eine Bezeichnung nach dem Planetennamen identifiziert. Fast ihre gesamte Technologie gehört den Galaktikern. Die Kudaya beschlossen, ihre eigene technologische Kultur aufzugeben und konzentrierten sich darauf, die besten Krieger zu werden, die sie sein konnten*", antwortete Mikito fast sofort.

„*Woher weißt du das?*", fragte ich unwillkürlich.

„*Kenne deinen Feind.*"

„Setzt euch, setzt euch." Asgauver winkt uns zu drei kleineren Stühlen neben ihm. Ich bemerke dabei, dass Asgauver keinen Stuhl mit Rückenlehne verwendet, sondern ein Gerät, das sein Kreuz und seinen Hintern abstützt. „Wollt ihr eine Wette abschließen? In dem Fall müsst ihr das schnell tun."

„Äh … vielleicht später", sage ich, während Mikito das bejaht.

Ich muss blinzeln, als die üblicherweise so schüchterne Japanerin einen Platzanweiser mit einem Tablet herbeiwinkt. Nach einem kurzen Gespräch geht der Platzanweiser wieder. Lana beobachtet das leicht amüsiert und streichelt Roland, der sich neben sie gelegt hat. Ich frage mich, was sie davon hält.

Direkt vor uns blinken die Bildschirme auf und zeigen, dass die beiden Kämpfer nun die Arena betreten. Die Gespräche im Hintergrund verstummen sofort, da sich nun jeder auf den Kampf konzentriert. Nachdem ich mir nun über Asgauver und die Galaktiker in der Nähe weniger Sorgen machen muss, sehe ich mir die Arena an. Glänzend weißer Sand umgibt die sonst leere Arena, deren Grenzen durch kostspielige und fast völlig transparente Kraftfelder geschützt werden. Die Stadionsitze ragen um die Arena herum auf, während weiter oben eine zweite Schicht aus fliegenden, schwebenden und flatternden Galaktikern den Kampf beobachtet. Wie wir vermutet hatten, sind nicht viele Menschen zu sehen.

Die Kämpfer selbst sind sehr interessant. Wie ihr Name schon anzeigt, ist Umma eine Movana. Sie besitzt zwei leuchtende Kurzschwerter. Eines brennt rotglühend und das andere scheint die Luft in der Umgebung einzufrieren. Ein einfacher schwarzer Panzer-Jumpsuit wird von einer knallgelben taktischen Weste bedeckt, in deren Taschen sich kleinere Klingen befinden. Andererseits ist Wirbel-Donnie – eigentlich Elementarwirbel-Donnie – ein kurzgewachsener, gebräunter Mann mit Haaren in grellem Pink, einem Degen an der Hüfte und einem Handschuh an seiner Schwerthand. Trotz seines Aussehens ist der Mann als Kampfmagier klassifiziert. Was die Levels betrifft, unterscheiden sich beide nur um wenige Punkte, so dass niemand einen deutlichen Vorteil besitzt.

Auf das Signal des schneckenähnlichen Schiedsrichters hin beginnt der Kampf. Wie der Rest der Zuschauer – mit Ausnahme von Lana – lehnt sich Mikito vor und beobachtet das Duell gespannt. Umma rast sofort vorwärts und scheint dabei zu verschwimmen. Donnie reagiert, indem er Wasserwellen beschwört. Als Umma über die Wellen springen will, packen Fäden der Flüssigkeit ihre Beine und ziehen sie nach unten. Nun verdreht sich das Wasser und verwandelt sich in den Wirbel, nach dem der Kampfmagier benannt ist.

„Ah, das ging schnell", sagt Asgauver enttäuscht.

„Ha! Zähle deine Credits noch nicht. Meine Cousine lässt sich nicht so leicht besiegen." Ein Movana kommt zu uns und lächelt uns entspannt an. „Wie wäre es mit einer Nebenwette?"

„20.000 Credits", sagt Asgauver.

Der Movana nickt und die beiden stoßen sich mit den linken Schultern an, damit die Wette gilt, was wie ein Reflex erscheint.

„Aber ich bin ja unhöflich. Freunde, will noch jemand gegen Quityan wetten?", fragt Asgauver.

Lana schüttelt den Kopf, während Mikito sich das offensichtlich überlegt, bevor sie es ebenfalls ablehnt.

„Darf ich mich vorstellen? Ich bin Quityan o'Shea", sagt Quityan.

Wir stellen uns kurz dem Förster vor, der sich dann wieder dem Kampf zuwendet. Inzwischen hat sich das beschworene Elementarwasser verwandelt und Eiszapfen stechen auf die hilflose Gestalt in der Mitte ein. Aber Quityan scheint das gar nicht zu beunruhigen.

„Junge, konzentriere dich mit der Manasicht auf den Körper im Wirbel."

Ich rufe die Fähigkeit auf und runzle die Stirn, als sich die Farben verschieben und ändern. Statt der Heatmap, die ein normaler Körper erzeugen würde, sehe ich eine einfarbige Gestalt in hellem Gelb.

„Doppelgänger?"

Während ich die Frage noch stelle, verschwindet der Körper abrupt. Die echte Umma erscheint hinter Donnie und ihre Klingen schlagen nach unten. Sie prallen auf einen unsichtbaren Manaschild, der die Wucht der Waffen absorbiert, aber anschließend torkelt der Kampfmagier davon. Die Reaktion und die Erholung des Kampfmagiers sind allerding erstaunlich, da er Ummas nächsten Angriff mit seinem Degen erwidert. Innerhalb von Sekunden erscheinen weitere Fäden aus Wasser und Feuer, um Donnies Abwehr zu verstärken, während das Paar ein Duell aus nächster Nähe ausfechtet.

„Ein neuer Skill, oder?", sagt Asgauver und klingt zufrieden, auch wenn es so aussieht, als ob er die Wette verlieren würde.

Niemand antwortet Asgauver, da keine Antwort erforderlich ist. Das Gefecht geht weiter. Donnie kann sich mehrmals zurückziehen, aber nie weit genug, um sich ganz von Umma zu lösen. Schließlich wird die größte Schwäche des Magiers deutlich. Sein Mana ist verbraucht, und er ist gegen Ummas Klingen wehrlos.

„Verdammt. Jammerschade", sagt Asgauver und deutet auf Quityan, der in die Ferne blickt und seinen Kopf neigt. „Nächstes Mal."

„Von wegen Kampfmagier", brummt Mikito und verschränkt die Arme. Aber ich bemerke, wie sie auf und ab wippt und sich etwas vorwärts lehnt, als der nächste Kampf angekündigt wird.

„Ich glaube, ihr habt uns noch nie besucht, oder?", fragt Quityan.

„Nein", antwortet Lana mit einem höflichen Lächeln.

„Dann freue ich mich schon auf eure Kämpfe", meint Quityan.

„Was für Kämpfe?", fragt Lana.

„Es geht schon wieder los, Junge."

„Es ist Brauch, dass neue Besucher in der Arena kämpfen", sagt Asgauver und blickt dann Emven an. „Hast du unsere Gäste nicht darüber informiert?"

„Entschuldigung. Das habe ich anscheinend vergessen", sagt Emven. Seine unbeholfenen Worte lassen mich fast in lautes Gelächter ausbrechen.

„Zur Strafe musst dann du gegen sie kämpfen", sagt Asgauver und schüttelt den Kopf.

„Selbstverständlich."

„Warum tun sie das?", Lana schickt uns allen die Frage, und ich zucke mit den Achseln.

„Wahrscheinlich, weil sie kampflüsterne Idioten sind. Wenn du einen Vertrag mit ihnen abschließen willst, musst du ‚würdig' sein", sagt Ali telepathisch.

„Da bin ich mir nicht so sicher", antworte ich.

Irgendwas passt mir an der ganzen Sache nicht. Ich kann sehen, dass es auch Lana verstört. Ich entdecke eine kleine Falte zwischen ihren Augenbrauen und sie blickt Asgauver etwas länger an. Wenn man sie nicht sehr gut kennt, würde man das nie bemerken.

„Ich werde deine erste Gegnerin sein", sagt Mikito, springt von ihrem Sitz auf und blickt Emven durchdringend an.

Lana und ich sind etwas überrascht und starren die zierliche Japanerin an, die anscheinend noch in dieser Sekunde mit dem Tanz beginnen will.

„Ah ... ich werde es arrangieren", antwortet Asgauver und blickt dann uns beide an.

„Lana ist auf meine Bitte hier. Und obwohl sie kämpfen kann, möchte ich etwas anderes anbieten", sage ich, wobei sich die Wut in meinem Magen verknotet. Sie wollen uns manipulieren und tanzen lassen, damit wir zu ihrer Unterhaltung kämpfen? Na schön. Wir können mitspielen.

„Anbieten?“

„Ich kämpfe gegen dich.“

Nach meinen Worten herrscht Schweigen und die Gäste in der Loge blicken unsere Gruppe an. Asgauver starrt mich an und stößt dann ein langes, dröhnendes Lachen aus, bei dem der Stuhl neben mir vibriert.

„Abgemacht! Emven, arrangiere das.“

„Selbstverständlich“, sagt Emven und klopft sich auf die linke Schulter.

Ein scharfer Schmerz explodiert in meinem linkten Knöchel und als ich mich umdrehe, sehe ich eine wütende Lana vor mir.

„Ich muss mich von dir nicht beschützen lassen!“

„Das betrifft dich nicht. Ich will nur nicht, dass sie alles kriegen, was sie wollen.“

„Ich muss zugeben, dass der Junge recht hat. Bei der Faust geht es immer um die Stärke. Das, das ist stark.“

„Solange er gewinnt.“

„Ich werde gewinnen.“

„Angeber“, knurrte Mikito, verschränkt die Arme und starrt mich an. Ich lache darüber und sie muss lächeln. *„Baka.“*

***

Es dauert eine Stunde, bis Mikitos Duell arrangiert ist. In der Zwischenzeit hat die Samurai-Kriegerin Pech und verliert alle ihre Wetten. Auf das Drängen von Asgauver und Quityan hin nehmen Lana und ich schließlich an den Wetten teil, wobei die beiden Mitglieder der Faust uns widersprüchlich beraten. Bei den letzten paar Kämpfen beschließen Lana und ich, einfach gegen Mikitos Favoriten zu wetten, worüber sie sich gespielt aufregt. Wenn einige der Duelle keine chaotischen Gefechte mehrerer Kämpfer wären, hätte sich diese Strategie vielleicht sogar gelohnt. Ali schneidet am besten ab. Der Geist schließt unauffällig Wetten ab und gewinnt viele davon.

Während wir warten, erklärt man uns einige Aspekte der Arenakämpfe, die uns unklar waren. Zum einen ist für die meisten Klassen die Verwendung von Granaten, tragbaren Schildgeneratoren und Drohnen verboten. Es gibt Ausnahmen für jene, die keine direkten Kampfklassen sind, um die Gefechte etwas fairer zu machen. Zudem erfahren wir, dass die Arena ihre Geographie und Funktionen ändern und alles von halbpermanenten städtischen Strukturen bis zu einer aquatischen Umgebung bieten kann. Für heute allerdings wurde eine eher sterile Methode gewählt – ein direkter Zweikampf. Es ist nicht überraschend, dass viele Fernkämpfer, die Gewehr und Bogen einsetzen, nicht auf einem derart langweiligen Terrain kämpfen wollen. Ohne tragbare oder existierende Deckung riskieren sie, dass Nahkämpfer sie überrennen. Und in dieser vom System verstärkten Welt ist es nur allzu leicht, sich den Fernkämpfern zu nähern. Mein Versetzungsschritt ist nur eine der zahlreichen Teleportationsfähigkeiten, die es gibt.

All das und die verschiedenen Sicherheitsprozeduren werden uns erklärt, während wir auf den Kampf unserer Freundin warten. Schließlich beginnt er.

Mikito marschiert auf den Sand hinaus und hat ihre Naginata bereits beschworen und in den Händen. Sie trägt nun einen einfachen rotweiß gepanzerten Jumpsuit, der volle Abdeckung und Flexibilität bietet, und ein normaler Helm bedeckt ihr Gesicht und verbirgt ihre langen Haare. Die Geisterrüstung ihres Skills umhüllt ihren Körper und bietet ihr eine weitere Form des Schutzes, die meinem Seelenschild ähnelt, aber manaintensiver ist.

Ich starre meine Freundin an und bin gespannt, ob sie in so einer Umgebung voll loslegen wird. Dann sehe ich ihren Kontrahenten an, den

Schildwächter mit Hellebarde und Schild. Allerdings leuchtet die lange Schneide der Stangenwaffe mit einem ominösen Licht.

„Was für Skills hat ein Schildwächter?"

„Bei der Hauptklasse offensichtlich primär defensive Fertigkeiten. Es gibt zwei Varianten, die aktiv bzw. passiv sind. Emven hat die passive Version. Obwohl er eine Menge Gesundheit hat, besitzt er einen sehr niedrigen Manapool und eine langsame Regenerationsrate. Er kann Schaden absorbieren, wie ein Troll Felsen frisst."

„Ich sehe, dass du viel Geld auf deine Freundin gesetzt hast", sagt Asgauver. „Eine bewundernswerte Unterstützung."

„Ich hatte eigentlich vor, dich über den Tisch zu ziehen", sage ich.

„Haha. Eine nette Idee, aber schließlich ist er aus gutem Grund ein Champion", sagt Asgauver. „Sie ist gut, aber noch sehr jung. Blutiger Anfänger. Das seid ihr Menschen alle."

Bevor ich antworten kann, signalisiert der Schiedsrichter den Beginn des Duells, und alle konzentrieren sich darauf. Im Gegensatz zu Umma nimmt sich Mikito bei ihrer Annäherung an den Nahkämpfer Zeit. Emven duckt seinen in eine dicke Plattenrüstung gekleideten Körper. Ohne Vorwarnung schießt der Champion einen Strahl blendender lilafarbener Energie aus der Spitze der Hellebarde. Zu meiner Überraschung schwingt Mikito ihre Naginata gegen den Strahl und zerschneidet den Angriff, so dass der nun unscharfe Strahl harmlos gegen ihre Rüstung prallt.

„Was soll das ...?", rufe ich und starre hin. Das ergibt keinen Sinn. Man kann Licht nicht schneiden.

Obwohl sein erster Versuch gescheitert ist, will es Emven erneut probieren und feuert zwei weitere Strahlen. Aber bevor sie in Mikitos Angriffsreichweite kommen, verdrehen sie sich in der Luft und folgen einer Kurve. Mikito schneidet die beiden Strahlen lässig in Stücke, wobei ihre Stangenwaffe mit enormem Tempo herumwirbelt. Als ob sie nun genug hätte, rast die Japanerin nun vorwärts und erscheint einen Moment später neben Emven. Ich mache große Augen, als sie ihre Fähigkeit Blitzschritt einsetzt. Sie schwingt sofort ihre Stangenwaffe, aber jeder Schlag wird irgendwie von Emven abgeblockt.

„Was ist das für eine Waffe?", zischt Asgauver und lehnt sich vorwärts.

Ich höre, wie das Geflüster lauter wird, als Mikitos wiederholte Angriffe Wirkung zeigen und immer größere Dellen in den verstärkten Schild schlagen, so dass dieser sich fast in Schichten auflöste.

„Mikitos. Ich glaube, sie ist seelengebunden", lüge ich, ohne eine Miene zu verziehen. Allerdings wird mir dabei etwas unwohl. Ihre Waffe ist mehr als seelengebunden – es ist eine wachsende Waffe. Eine Waffe, die im Laufe der Zeit an Stärke gewinnen kann. Auch wenn wir Schritte unternommen haben – und ich bin mir sicher, dass sie das ebenfalls getan hat – um das Wesen dieser Waffe zu verbergen, kann man das in einer Systemwelt nur in begrenztem Umfang tun. Wenn sie zu viel Aufmerksamkeit auf sich lenkt …

„Beeindruckend. Sie hat mindestens zwei Skills, welche die Waffe selbst verbessern, aber es ist erstaunlich, Emvens Schild so viel Schaden zuzufügen", sagt Asgauver. „Ich habe Meisterklasse-Fertigkeiten gesehen, die weniger Schaden gewirkt haben."

„Spalten und Rauben, falls du dich fragst. Allerdings bin ich mir ziemlich sicher, dass der zweite Skill ein Teil der Waffe ist", sagt Ali.

Ich sage nichts, aber allmählich wächst meine Sorge um Mikito. Die Seelentrinker-Fähigkeit ihrer Naginata wird diese irgendwann in ein Artefakt verwandeln. Leute wurden schon für derartige Waffen umgebracht.

Ich habe das Gefühl … ja", sage ich, als Emven nicht mehr darauf warten will, dass Mikito sich erschöpft und nun einen Gegenangriff versucht.

Schildhieb, Schildattacke, Ausweiden, Vortexschlag. Der Name der ausgelösten Fertigkeiten erscheint in winzigen Benachrichtigungen Alis, aber jeder Angriff wird abgewehrt. Doch als Mikito dem wirbelnden Tornado ausweicht, den Emvens letzte Attacke ausgelöst hat, stampft der Schildwächter auf und erzeugt ein kleines Erdbeben. Dieses bringt Mikito nur einen Sekundenbruchteil aus dem Gleichgewicht, aber das genügt Emven, um einen Schildhieb einzusetzen, der Mikito noch mehr schüttelt und sie betäubt.

Der Champion verkettet seine Angriffe und jeder Schlag ist perfekt mit einem Schritt abgestimmt, so dass seine Bewegungen seinen Körper direkt neben der betäubten Samurai-Kriegerin halten. Aus ihrer Geisterrüstung strömt Licht, da sie unter der Attacke bricht, und offene Wunden spritzen rotes Blut auf den weißen Sand.

„Anfängerin, wie ich gesagt habe", meint Asgauver mit selbstzufriedenem Ton.

„Komm schon, Mikito", flüstert Lana, lehnt sich vor und packt ihre Knie.

Ich lege meine Hand auf ihre und drücke sie kurz, um sie zu beruhigen. „Ich würde sie noch nicht abschreiben."

Die Hellebarde hebt sich und schlägt nach unten, wird aber von Mikitos Naginata geblockt. Doch während sie sich wieder fängt, bewegt sich der Schild und schleudert die Naginata gegen ihren Körper. Ein Bein tritt vor, schlägt in das Knie der zierlichen Japanerin und wirft sie aus dem Gleichgewicht, so dass sie einen weiteren Schlag abfangen muss. Dieser schleudert sie zu Boden, wo sie sich abrollt. Sobald Emven vorwärts schreitet, blendet ihn eine Explosion aus Sand, Rauch und Flammen. Als er sich wieder erholt, steht Mikito wackelnd und hält ihre Waffe seitlich über ihrer linken Schulter.

„Ein guter Schachzug. Aber nicht gut genug", bemerkt Quityan.

Mikito hat noch 500 Mana und knapp 400 Punkte Gesundheit. Das reicht normalerweise nicht für einen mächtigen Skill aus. Natürlich ist auch

Emvens Mana in den niedrigen Hunderten, aber seine Gesundheit steht noch bei zwei Dritteln des Maximalwerts.

Ich schweige, während Emven sich vorsichtig vorwärts bewegt und Mikito stehenbleibt. In dieser Stille stellen sich mir die Nackenhaare auf, und meine Brust zieht sich zusammen, als Urängste aufsteigen. Emven sieht das, nähert sich mit Bedacht, kann aber nicht zu lange warten. Jeder Moment erlaubt es Mikitos besserer Regeneration, ihr Mana aufzufüllen. Und so nähert er sich ihr und stößt seine Hellebarde in niedrigen Finten hervor, die aber keine Reaktion hervorrufen.

Brüllend sticht der Champion seine Hellebarde nach vorn, wobei die Waffe lila Energie auf Mikito abfeuert. Dann reagiert die Samurai-Kriegerin und rast vorwärts, während ihre Naginata nach unten saust und in einer Bewegung Emvens Schild und Rüstung durchschlägt. Emven taumelt zurück. Sein Arm und seine Hellebarde klappern zu Boden, als die Schwerkraft wirksam wird und er zusammenbricht. Mikito selbst schwankt, da ihre Gesundheit auf 14 Prozent gesunken ist, weil sie Leben für Mana eingetauscht hat.

Die Menge um uns herum schreit, in vielen Stimmen und Sprachen.

„Das wird Gi genannt", sagt Asgauver überrascht.

„Das erste Prinzip des Buschido" Ich lehne mich in meinem Sitz zurück, und die Nervosität über meine Freundin verklingt etwas, als ich die von Ali angezeigte Beschreibung des Skills lese.

Gi (Exklusiver Skill)

Mit ihrem nächsten Angriff zeigen die Samurai ihre Entschlossenheit. Es muss ein Schlag, ohne Zweifeln und Zögern, mit voller Wucht ausgeführt werden. Wird dies vollendet, können Samurai im Ausgleich für ihr eigenes Leben deutlich mehr Schaden wirken.

Wirkung: Doppelter Grundschaden des Angriffs. Die Gesundheit des Anwenders kann 1:1 gegen Schadenswirkung getauscht werden, aber der Anwender muss vor dem Angriff die Menge der auszugebenden Gesundheit festlegen.
Preis: 200 Mana

Asgauver brüllt vor Lachen, und alle anderen folgen ihm sofort. Die Gruppe jubelt und unterhält sich über das Duell. Lana starrt die Umstehenden mit großen Augen an.

„Macht ihre euch keine Sorgen um euren Freund? Er hat seinen Arm verloren", sagt Lana.

„Besser als seinen Kopf. Sie werden den Arm wieder anbringen, und dann ist er in einigen Stunden erneut kampfbereit", sagt Quityan und ignoriert ihre Proteste mit einer abschätzigen Handbewegung. „Leider ist das nur ein Freundschaftsspiel. In einem Titelkampf würden sie weitermachen, bis jemand wirklich verloren hat."

„Er hat seinen Arm verloren!", faucht Lana.

„Emven kann ohne den weiterkämpfen", antwortet Quityan lässig. „Er ist ein Elite-Mitglied der Faust. Wenn er nicht einarmig kämpfen könnte, hätte er es nicht verdient, zum Team zu gehören."

Lana schüttelt den Kopf und sieht mich an, um Unterstützung zu erhalten. Ich lächle die Rothaarige an und schüttle den Kopf. Sie scheint über meine Reaktion enttäuscht zu sein, und ehrlich gesagt bin ich das auch über ihre. Allerdings hat sie auch nicht die letzten vier Jahre in einer Verbotenen Zone verbracht. Ich weiß nicht einmal mehr, wie viele Gliedmaßen ich im Laufe der Jahre verloren habe.

„Ich freue mich schon auf unseren Kampf", sagt Asgauver, und sein breiter Mund zeigt seine großen Zähne. Ich bemerke unwillkürlich, dass er wahrscheinlich meinen ganzen Arm in seinen Mund stecken könnte.

„Ich auch.“

***

Es ist nicht überraschend, dass unser Kampf am Ende des Tages stattfindet, wenn die Sonne allmählich untergeht. Versuche von Lana und Ali, das Gespräch auf den Grund unseres Besuchs zu lenken – ein Bündnis oder ihre Unterstützung bei der Wahl – werden immer höflich abgeblockt. Nach ihrer Rückkehr stürzen sich die Anwesenden auf Mikito, und viele wollen ihre Waffe sehen. Aber sie lehnt ab. Niemand regt sich darüber auf, da alle verstehen, dass Krieger nur ungern ihre persönlichen Waffen zeigen. Wir können nur hoffen, dass sie sich von den Informationen täuschen lassen, die wir öffentlich gemacht haben und ihr Interesse an der Waffe nach dem Einkauf im Shop dann befriedigt ist. Falls sie das tun.

Da wir bezüglich des eigentlichen Grunds unseres Besuchs keinen Fortschritt machen, stehe ich auf dem Sand und weiß, dass das Ergebnis dieses Duells wohl unseren heutigen Erfolg bestimmen wird. Die Arena ist überraschend still, und statt des Gebrülls der Menge hört man im Hintergrund nur ein leises Summen. Das Licht hier ist genau richtig, indirekt und weich, so dass es nie störend wirkt. Der Sand gibt etwas nach und ist weicher, als ich es möchte, aber nicht so locker, dass man abrutschen würde. Und der Geruch … es riecht nach altem Blut, säuerlichem Schweiß, verbrauchtem Adrenalin und anderen, exotischeren Chemikalien.

Ich hebe mein Schwert an meinen Kopf und salutiere Asgauver. Das passt zur Stimmung und zum Stadion. Und offensichtlich gefällt das dem Publikum, das laut jubelt. Das Wer-Nilpferd ist groß, robust und ein Kämpfer der Meisterklasse mit mehr Erfahrung, als ich besitze. Erstaunlicherweise steht die Wettchance bei neun zu eins gegen mich. Die

Wahrscheinlichkeit, dass ich eine Minute durchhalte, liegt bei sieben zu eins. Kaum besser.

Leider kann ich nicht auf mich selbst wetten.

Ein Signalton, die leichte Veränderung des Lichts und die Stimme des Schiedsrichters sind alles, was wir brauchen. Asgauver stürmt vorwärts, und seine Bewegung ist so explosiv, dass er ein Loch zurücklässt, als er seine Stärke darauf konzentriert, mich zu erreichen. Das enorme, monströse Nilpferd ist hier, bevor ich ausweichen kann – aber das hatte ich gar nicht vor. Ein Schritt bringt mich in den Bereich seiner Faust von der Größe eines Oberkörpers und ich hebe meine Hand, mit der Handfläche nach vorn. Das trifft seine riesige Nase und drückt sie leicht ein, während meine Beinmuskeln sich anspannen und ich rückwärts gedrängt werde. Ein Teil von mir greift zurück und verstärkt den Sand, auf dem ich stehe, während mein Körper sich gegen den Angriff stemmt. Rein von den Punkten her hat er wahrscheinlich eine größere Stärke als ich, aber er weiß nicht, wie man sie optimal einsetzt. In der Luft, wo ich meinen Arm ausstrecke, prallt Asgauver auf das Gegenstück eines unbeweglichen Objekts und wird zurückgeschleudert.

Ich freue mich, wie leise das Stadion geworden ist. Ich grinse und schüttle meine Hand leicht, während ich sonst keine Miene verziehe. Das Schütteln verbirgt auch das leichte Zittern in meinem Arm, als überlastete Nerven und ein gebrochenes Schultergelenk sich langsam regenerieren.

„Imposant!", brüllt Asgauver, als er sich wieder hochrollt. Er lacht, während Blut aus seinen zwei großen Nasenlöchern strömt. Er wischt das Blut mit einer Hand weg und stampft auf, als wolle er sich wieder gerade richten. Eine Sekunde später schimmern seine Fäuste auf, als sich Energiefelder um sie legen, was mir durch Mark und Bein geht. „Aber ein Trick ist ein Trick."

„Dann fangen wir mit dem Tanz an", sage ich und salutiere ihm erneut.

Als sich das Wer-Nilpferd erneut nähert, geschieht es diesmal viel vorsichtiger.

***

„Endlich ... fertig?", sage ich, wobei ich nicht zu viel Atem verschwenden will. Ein schneller Schwertschlag schleudert Bluttropfen und bespritzt den weißen Sand erneut mit dem Blut des Kudaya.

„Was, und mit all dem Spaß aufhören? Niemals!", sagt Asgauver, aber dann hustet er und spuckt Blut.

Das verdammte Nilpferd ist mit Schnitten und Stichwunden übersät, da meine Angriffe das Monster immer wieder getroffen haben. Aber seine Klasse ist ein Upgrade gegenüber dem normalen Wächter – ein Tank, der Schaden einstecken und diesen in Ausdauer, Mana und sogar Gesundheit verwandeln kann. Er ist ein Koloss, der einfach weiterkämpft, egal wie sehr ich ihn verwunde. Seine Gesundheit steigt an und erreicht bereits 60 Prozent, wobei sie sich im Gegentakt zu seinem Mana verhält.

In den letzten 30 Minuten hatte ich anfänglich meine Zauber und Skills voll eingesetzt, um ihn zu eliminieren, aber nun schone ich meine Ressourcen. Keiner meiner Zaubersprüche kann ihm etwas anhaben, nicht einmal Verbesserter Blitz. Seine Widerstände sind hoch und seine Klassen-Fertigkeiten machen den durchsickernden Schaden geringfügig, wenn nicht sogar nützlich für ihn. Dann wechselte ich zu banaleren Angriffen, die ich mit Tausend Klingen unterstützte. Er rannte durch die Klingen und nutzte seine größere Körpermasse und seine Abwehr, um sie aus dem Weg zu schlagen.

Und schlagen kann er. Sein Titel ist nicht nur Angeberei. Knochenschüttler. Seine Faust, die von einer Mauer aus Schallangriffen umgeben ist, schmerzt, selbst wenn ich blockiere oder ausweiche. Mein ganzer Körper fühlt sich an, als ob ich den ganzen Tag lang einen Presslufthammer gehalten hätte, und ich habe mir so oft in die Zunge gebissen, dass sie sich wie ein Knebelball anfühlt. Meine Gesundheit ist auf etwa 40 Prozent gefallen, während mein Mana mit 70 noch besser aussieht. Aber Mana ist nutzlos, da meine Angriffe nicht genug Schaden erzeugen, nicht gegen ihn.

„Na schön", knurre ich und winke den Kudaya zu mir.

Er rast vorwärts und ich schlage mit Klingen auf seine Faust. Ich habe zwei in den Händen, tanze und ducke mich, wobei meine Zähne und Knochen zittern, wenn sie fast getroffen werden und meine Schwerter in zähes Fleisch schneiden. Ich muss größere Bewegungen verwenden, mich drehen und gegen Asgauvers Skill drücken, was meinen Angriffen Schwung nimmt, so dass die Klingen steckenbleiben können. Ich muss mich ducken und ausweichen, stechen und springen, wodurch meine Ausdauer und meine Gesundheit langsam sinken.

Ich lasse mich durch die Finte einer zurückgezogenen Geraden täuschen, worauf die Hand zurückkehrt und direkt nach unten fällt. Ich bekomme das Schwert rechtzeitig hoch, aber das ist nutzlos. Das Nilpferd lässt seinen Körper fallen und erdrückt mich mit seinem Gewicht. Die Erde beult sich unter mir aus und eine Vertiefung bildet sich, als Asgauver einen Skill aktiviert, der sein Gewicht verdreifacht. Ich stecke in der Falle, werde nach unten gedrückt und spucke Blut.

Und ich habe ihn genau da, wo ich ihn haben will.

Als der Kudaya mit einer Hand meinen Arm festhält und die andere hebt, um mein Gesicht zu zerquetschen, konzentriere ich mich. Es dauert kostbare

Momente, bis Portale erscheinen, wobei die Zeit von der Entfernung abhängt. Und von der Interferenz am anderen Ende. In diesem Fall ist das andere Ende des Portals nicht weit entfernt. Nur etwa fünfzig Meter. Direkt über mir. Und der Eingang ist direkt unter mir.

Wir fallen durch das Portal und erscheinen über unserer vorherigen Position, über der Arena, die von der Quanten-Sperre, die Tobago umgibt, nicht beeinflusst wird. Schmerz durchzuckt meinen Körper, als Moleküle, die sich nach der Teleportation ausrichten sollten, nun leicht verschoben werden. Das System hilft, den Schaden zu beheben, nachdem es diesen zuerst ausgelöst hat. Wir fallen und werden dabei schneller. Ich wehre einen weiteren Schlag ab, bevor ich mit Versetzungsschritt von dem verdammten Kudaya wegspringe, nur etwa einen Meter, damit ich ihn wieder in die Mitte des Portals schieben kann.

„Gibst du auf?", schreie ich.

„Niemals!"

Asgauver fällt, dreht sich in der Luft und trifft das offene Portal, worauf er hoch über der Arena erscheint und erneut Schaden erleidet. Er fällt, als die Schwerkraft ihn nach unten zieht, fällt durch das Portal und erscheint oben wieder, wobei seine Geschwindigkeit ständig zunimmt. Was mich betrifft, stehe ich neben dem offenen Portal und konzentriere mich. Dabei behalte ich die Gesundheit des sturen Nilpferds im Auge und setzte gelegentlich Zauber ein, um ihn wieder zur Mitte zu schieben.

Das Schweigen im Stadion zeigt mir erneut, dass ich die Menge überrascht habe. Aber als der Lärm zurückkehrt, ist er gedämpfter, weniger ausgelassen. Ich gewinne vielleicht, aber offenbar nicht auf die „richtige" Art.

***

„Ich habe doch erwähnt, dass du mehr Bewegungs-Skills braucht", sagt Quityan zu Asgauver.

Das riesige Nilpferd ist jetzt weniger ausgelassen und verzieht die Lippen verächtlich, während es Nahrung zerkaut. Sobald schließlich festgestellt wurde, dass der Kudaya zu sehr geschädigt war, als dass er weitermachen könnte, schloss ich die Portale. Seitdem hat der Kudaya kein einziges Wort zu mir gesagt.

„Du hast es vielleicht übertrieben", sagt Lana und stößt mir den Ellbogen gegen die Rippen. „Du hättest aufhören sollen, nachdem du gezeigt hast, was du tun kannst."

„Scheiß drauf, wenn er nicht verlieren kann", sagt Ali und spielt mit einer Kette glitzernder kleiner Kugeln an einer Rebe, bevor er eine in den Mund steckt. „Er hätte den Jungen nicht verspotten sollen."

„Er wird das schon verkraften", sagte ich, ohne ganz überzeugt zu sein.

Ob es ihm gefällt oder nicht, scheint das System meinem Sieg zuzustimmen, und gibt mir eine Menge Erfahrung. Das ist einer der Aspekte der Arena, der sie so populär machte. Jeder, der in der Arena zusieht, gibt dafür etwas Erfahrung ab. Pro Person ist das nicht viel, aber da es so viele Zuschauer gibt, ist die gespeicherte und verteilte Menge beträchtlich. Da wir die Hauptattraktion waren, bekommen wir beiden den Großteil der an diesem Tag gesammelten Erfahrung. Als Sieger erhalte ich sogar noch mehr und kann dadurch zwei Levels überspringen und Level 18 erreichen. Ich würde gerne meine Attribute und Skills zuweisen, aber es würde als unhöflich betrachtet, das jetzt zu tun. Es eilt ohnehin nicht.

Mikito nickt und grinst dann leicht. „John hätte ihn sowieso zusammenschlagen können."

Ich huste, während Quityan uns einen Blick zuwirft, da er Mikito offenbar gehört hat. Aber sie hat recht. Schließlich ist das hier die Faust. Ich hätte eigentlich ihre Stimmen mit dem Ausgang des Duells verknüpfen sollen, aber ehrlich gesagt war ich nicht sicher gewesen, ob ich gewinnen würde. Wenn er einen Bewegungszauber wie Fliegen hätte, den er in der Luft verwenden könnte, wäre ihm nichts passiert.

Lana rollt mit den Augen, hört aber damit auf, als sie sieht, dass andere Leute kommen, um mir zu gratulieren. Wie üblich begrüßen sie erst Mikito und dann mich und gratulieren uns zu unseren Arenasiegen. Ich spüre erneut eine Andeutung von Geringschätzung, eine Abneigung gegen meine Methode. Nachdem Quityan Mikito eingeladen hat, später erneut zu kämpfen, kommt er zu uns.

„Entschuldigung. Asgauver verliert nur ungern. Nach seiner Heilung wird er sich besser benehmen. Sein Skill kostet ihn viel, ganz gleich, was er sagt", erklärt Quityan und blickt das große Nilpferd mit einem zärtlichen Blick an, den ich nicht erwartet hätte.

Ich muss blinzeln und denke an ihre scheinbar zufälligen Berührungen, die Körpersprache ... ach so. Wie würde das überhaupt funktionieren? Nach einem Moment möchte ich diesen Gedanken am liebsten wieder löschen.

„Zu einem späteren Zeitpunkt. Falls das in Ordnung geht?"

„Wie bitte?", sage ich kopfschüttelnd. Ich spule im Kopf seine Worte zurück und verstehe ihn nun. „Oh. Ja, ganz bestimmt. Wir benötigen eure Stimmen."

„Und ihr werdet sie bekommen. Für einige kleine Gegenleistungen." Quityan legt eine kurze Pause ein und sagt dann: „Wir wollen wenig von eurer Welt, aber Individuen sind immer von Interesse. Deine Stärke, deine Erfahrungen in der Verbotenen Zone ..."

Ich nicke nur kurz, da ich in Gedanken zurückweiche. Klar. Ich weiß schon, worauf das hinausläuft. Sie wollen Details, über Monster und meine Erlebnisse. Vielleicht wollen sie, dass ich mit ihnen in eine Zone gehe, damit sie schneller im Level aufsteigen können. Ich sehe das in seinen Augen, in der Art, wie er spricht.

„Selbstverständlich. Also bis Morgen?", sage ich.

„Morgen", sagt Quityan. „Wenn ihr möchtet, kann ich euch zu euren Räumen führen lassen. Ihr müsst müde sein."

Ich höre gemurmelte Zustimmung. Lana sagt aber, dass sie mit ihren Tieren lieber laufen möchte. Das führt zu einer weiteren Verzögerung, als andere ihr anbieten, ihr den Weg zu einem Dungeon in der Nähe zu zeigen. In all dem Trubel setzen Mikito und ich uns ab, da wir froh sind, die kampfbesessenen Mitglieder der Faust hinter uns zu lassen.

Wie ist es gelaufen?", frage ich. „Mit deinen Wetten?"

„Etwa 40.000 Credits verloren", sagt Mikito ganz fröhlich. „Es wäre besser gewesen, wenn ich auf deinen Sieg gewettet hätte, wie ich es vorhatte."

„Du hast gewettet, dass ich verliere?", knurre ich.

„Na ja, ich wollte dir kein Pech bringen", antwortet Mikito und ihre Augen funkeln.

Einen Moment herrscht Schweigen, bis wir beide lauthals lachen. Der Assistent, der uns unsere Zimmer zeigen soll, starrt uns an, als ob wir übergeschnappt wären. Als wir das sehen, lachen wir noch lauter.

Kapitel 14

„Als du sagtest, dass wir uns mal treffen sollten, hatte ich an eine nette Gourmet-Kneipe gedacht. Oder eine Yogasitzung", murmelt Aiden, der Magier mit enganliegenden Jeans, Spitzbart und Haarknoten. Seine Hand dreht sich und ein Laternenpfahl verbiegt sich, erwischt eine fliegende Affenkreatur in der Luft und zerschmettert sie. Gleichzeitig schwenkt seine andere Hand einen Zauberstab und zeichnet Leuchtrunen in die Luft, die davonschweben und sich vor ihm aufstapeln.

„Das hier macht viel mehr Spaß", sage ich und spieße einen weiteren gefallenen Affen auf.

In den letzten Wochen habe ich immer wieder offene Siedlungen und Dungeons besucht, zwischen Unterhaltungen mit in Panik geratenen Menschen und arroganten Galaktikern. Ich habe die Verhandlungen mit Siedlungsbesitzern etwas ausgesetzt, während ich auf weitere Informationen warte und lasse Lana und Katherine die Führung übernehmen. Wir sind unter anderem so oft hier draußen, weil es bei vielen der Verträge darum ging, die Dungeonbevölkerung zu kontrollieren, Monsterschwärme zu bekämpfen und Gebiete für neue Ansiedlungen zu säubern. Daher hat das Töten von Monstern sogar unsere Verhandlungsposition gestärkt, da wir zeigen, dass wir nicht nur reden, sondern aktiv werden. Ich spüre manchmal ein Déjà-vu-Gefühl, wenn ich mit einem anderen Kampf-Team zu einer anderen fremden Stadt teleportiere und dann zum nächsten verdammten Ort springe, um das Gleiche zu tun. Wenigstens habe ich diesmal Zugang zu viel schnelleren Transportmitteln.

All das Kämpfen hat mir eine nette Menge an Erfahrung gebracht, so dass ich einen weiteren Level aufgestiegen bin. In mancher Hinsicht ist das Tempo meines Levelaufstiegs lächerlich, aber ich hatte eben vier Jahre lang ständig überlegene Monster bekämpft, und daher besaß ich eine beträchtliche Menge an aufgesparter Erfahrung. Irgendwann wird die angesammelte Erfahrung aufgebraucht sein, aber momentan will ich mich nicht beschweren.

„Du musst noch an deiner Definition von Spaß arbeiten", ruft Lana, die eine Schrotflinte in der Hand hält. Sie hat die Waffe noch nicht abgefeuert, vor allem da die sie umgebende Aura der Roten Königin genügt, um die Monster zu verscheuchen. Zudem eliminieren ihre Tiere auf hervorragende Weise alles, was sie auch nur annähernd bedroht. Ihr Greif ist besonders angsterregend, wobei er aber jetzt gerade zwei Kreaturen bekämpft, die wie fliegende Schlangen aussehen.

„Komm schon, das ist doch ein reiner Spaziergang", sage ich.

„Ich habe einen Feuerball", sagt Aiden und hebt seine Hand.

„Was meint er?", knurrte Capstan zwischen Schüssen auf die fliegenden Affen. Diese prallen meistens von den tragbaren Kraftfeldern ab, welche die Yerrick um unser Portal herum aufgestellt haben, und nur wenige schaffen es durch die Lücken, die sie absichtlich gelassen haben.

Jede Sekunde strömen weitere Abenteurer aus Vancouver durchs Portal. Gruppen sammeln sich und erhalten ihre Marschbefehle von Capstans Leuten, währen Carlos kleine Beutel mit seinen neuesten Produkten verteilt.

„Wir spazieren durch El Chaten im Los Glaciares National Park. Das war nur ein Wortspiel von John, von wegen spazieren", sagt Aiden, dessen linke Hand sich immer noch bewegt. „Beinahe ..."

„Welchen Zauber wirkst du?", sagt Lana und neigt ihren Kopf zur Seite.

„Einen lokalisierten Teleport-Zauber, der hier verankert und durch eine sekundäre Heil- und Regenerationskomponente mit meinen Lebenszeichen verknüpft ist", sagt Aiden, als er den Zauberstand nach vorn stößt.

Die letzte Rune schwebt durch die Luft und sammelt sich zu einer riesigen Kugel aus wirbelndem Licht, bevor sie sich in zwei Teile spaltet. Der kleinere Teil trifft Aidens Brust, während der größere in den Boden sinkt und sich auflöst, dabei aber runische Markierungen hinterlässt, die langsam verblassen.

„Mensch …", sage ich und blicke Aiden voller Bewunderung an. „Wir können so etwas?"

„Ich kann das", sagt Aiden und schüttelt den Kopf. „Es ist ein Ritualzauber mit einer Wirkzeit von einer Woche. Was du jetzt gesehen hast, war nur die Bindung."

Ich blinzle und streiche den Zauber von der Liste von Dingen, die ich für normale Dungeons benötige. Aber dennoch ist es beeindruckend.

„Ist Mikito nicht hier?", fragt Aiden

„Nein. Sie ist in einem anderen Dungeon."

„Mit den Champions?"

„Nein. Mit den Amerikanern", meint Lana mürrisch. „Howard sagt, die Grenzen seien sicher. In den nächsten paar Blocks gibt es nichts Größeres, aber er hat etwas Gefährliches auf der anderen Seite der Stadt erschnüffelt. Howard besteht darauf, dass es von jemand anderem getötet wird, da er nicht hineinbeißen will."

Ihre Worte rufen bei Capstan ein Lachen hervor, bevor er einige Befehle kläfft. Eine Gruppe von Yerrick rennt herbei, und die Krieger werden losgeschickt, sich mit dem widerwilligen Hund in Ponygröße zu treffen. Dabei hilft Ali allen, indem er die Koordinaten liefert. Der Geist steht neben dem Portal, markiert alle Neuankömmlinge und verteilt aktualisierte Informationskarten. Ich staune noch immer, wie intelligent Lanas Tiere inzwischen sind. Es ist fast angsteinflößend, welche Macht sie einsetzen kann. Jedes ihrer Tiere ist fast so stark wie eine Person mit entsprechendem Level, so dass Lana eine ganze Gruppe in den Kampf schickt. Das macht ihre Klasse in mancher Hinsicht übermächtig, aber auch unausgeglichen. Ein einziger halbwegs fähiger Assassine könnte sie eliminieren.

Während alle anderen beschäftigt sind, halte ich nur das Portal offen und sehe mich einen Moment lang um. Die Erde und unsere ganze Umgebung sind im argentinischen Sommer staubig, braun und trocken. Auf den Bergen, die diese kleine Siedlung umgeben, sind nur noch geringe Schneereste zu sehen, ganz im Gegensatz zu den ständig schneebedeckten Gipfeln im Yukon zu dieser Jahreszeit. Die meisten der wenigen Gebäude um uns herum sind in schlechtem Zustand. Fenster fehlen, manchmal Wände, und innen sieht man seltsame Einschusslöcher und halb aufgelöste Backsteine. Selbst der Asphalt ist beschädigt, zerrissen und geschmolzen, was weitere Hinweise auf die Ursache der Zerstörung bietet. Monster. Sehr viele Monster.

Auch wenn die Siedlung selbst kein Dungeon geworden ist, stellt sie doch eine Zone mit mehr als Level 80 dar, die noch höher wird, je weiter man hineingeht. Nach der Apokalypse florierte die Stadt, aber dann machte man den entscheidenden Fehler, die Alphas und Dungeons in der Nähe nicht ständig zu beseitigen. Dadurch entstand ein Monsterschwarm, der alle umbrachte. Seitdem hat niemand mehr die Stadt beansprucht, und sie ist herrenlos. Wahrscheinlich half es nicht, dass es in Hunderten von Kilometern Umkreis nichts gibt, das mit ihr verbunden ist. Natürlich ist diese abgelegene Position ein Grund dafür, warum wir diese Siedlung unbedingt wieder in unseren Besitz bringen sollten.

„Bist du dir sicher, Capstan?", wiederhole ich und starre den enormen Minotauren an.

Er lacht und klopft mir auf die Schulter. „Whitehorse ist einfach nicht groß genug für die drei Clans, die nun angekommen sind. Mit Unterstützung von dir und Lord Roxley sollten wir in der Lage sein, dieses Dorf schnell zu entwickeln. Und soweit ich weiß, wird der Speer die Champions nächste

Woche bei der Säuberung einiger Dungeons anführen. Wir schaffen das schon."

„Na schön", sage ich. Einen Moment später erhalte ich die Entwarnung vom letzten Teilnehmer unserer Monsterjagd. Ich lasse das Portal erscheinen und beobachte mein langsam regenerierendes Mana, während ich Aiden auf die Schulter klopfe. „Du kommst mit uns."

„Dungeon ausräumen?"

„Jawohl. Es gibt einen Dungeon mit Level 90, der gesäubert werden muss", sage ich und deute in die entsprechende Richtung.

Aiden grummelt, wohl mehr aus reiner Gewohnheit als aus echter Kritik, während er mir folgt. Capstan und Nelia folgen uns, nachdem Capstan sein Gespräch mit der anderen Faust beendet hat − eine nicht so große Minotaurin, die eine Peitsche und ein Gatlinggewehr einsetzt. Lana kommt nicht mit, da sie damit beschäftigt ist, ihre Hunde zu trainieren und sich mit Besitzern neuer Siedlungen abzusprechen.

Unsere kleine Gruppe ist etwa hundert Meter von der Stadt weg, als Ingrid neben uns erscheint und sich ankündigt.

„Ms. Starling", ruft Aiden. „Was für eine Überraschung. Lana sagte, du würdest nicht kommen."

Ingrid schnaubt. „Lana ist arrogant und überheblich. Ich will einfach unauffällig mitkommen. Es ist schon ewig her, dass ich auf einer echten Dungeonmission war."

„Du kannst gerne mitkommen", sage ich lachend, und auch der Yerrick wiederholt meine Einladung.

Sobald Ingrid dabei ist, gehen wir schneller in Richtung Dungeon. Mit dieser Gruppe dürfte es ein Kinderspiel sein.

***

Was Abenteurer über Dungeons lernen, ist dass sie nicht den normalen Gesetzen der Physik folgen. Wenn es genug Mana gibt, verzerren Dungeons oft den Raum um sie herum, wie eine schwere Metallkugel, die ein Mulltuch durch sein Gewicht und seine Dichte streckt. Der Dungeon, den wir betreten, sieht von außen wie eine einfache Höhle aus. Aber drinnen verwandelt er sich in etwas, das größenmäßig mit dem System der Mammoth Caves vergleichbar ist. Die ersten Räume, die wir betreten, sind voller Giftpilze, bizarrer Insekten und mutierter Fledermäuse. Einfache Beute. Kinderleicht. Danach wird es ekelhaft.

„Säureschleime", kündige ich an und wische den tropfenden Schleim von meinem Seelenschild.

Nach der Zerstörung seines Manakerns löst sich der Kern des Schleims auf.

„Hier gibt es brennbare Ölschleime", meldet Aiden, der schwebt und aus seinem Arm einen Kälteangriff auf seine Gegner schießt. Unter ihm drehen und wenden sich die Schleime und versuchen, den Magier zu erreichen.

„Säure", ruft Nelia. Ihre Hände bewegen sich und Wurzeln schießen aus dem Boden hervor, durchstechen die Schleime, so dass sie ihre Flüssigkeit verlieren und nur Kristallrelikte und Manasteine zurückbleiben.

„Weitere Feuerschleime", knurrt Capstan. Den großen Yerrick scheint das sehr zu stören, da seine übliche Bewaffnung gegen diese gelatineartigen Gegner weniger nützlich ist. Dennoch greift er mit voller Kraft an und schlägt mit seiner Axt auf den Schleim ein, so dass die Wucht seines Hiebs den Körper des Schleims zerschmettert.

„Igitt. Ich komme mir wie in einem schlechten japanischen Porno vor." Ich schüttle den Kopf und wirke Klingenhieb, um drei Schleime zu zerfetzen, die direkt über mir von der Decke fallen. Weil ich mich vor den anderen befinde, werde ich massenweise von Feinden angegriffen, weil die Schleime eher Quantität als Qualität nutzen. Da mein Seelenschild abläuft, egal wie viele dieser verdammten Dinger ich töte, ist es ein Zeichen, dass es klappen könnte, wenn wir ihnen genug Zeit geben.

„Ich glaube, du wiederholst dich da", kichert Ingrid, bevor sie verblasst, um eine neue Position einzunehmen.

„Wiederholen?" Capstan schwingt seine Axt und lässt brennende Energie aus ihr hervorschießen.

„Das Mädchen meint, dass es keine guten japanischen Pornos gibt. Er wiederholt also schlecht und japanisch, siehst du?", erklärt Ali eifrig.

„Das habe ich nicht gemeint!"

„Aiden", rufe ich dem Magier zu und ignoriere das Wortgeplänkel.

Der Magier rollt mit den Augen, dreht sich aber zu mir hin und wirkt Polarzone um meinen Körper herum. Ich beobachte ihn dabei mit meiner Manasicht und untersuche, wie der Zauber das Mana vor mir verdreht und formt, um die Temperatur in meiner Umgebung zu ändern. Aiden kürzt die normale Wirkmethode etwas ab, überspringt Abschnitte und ersetzt sie in anderen Bereichen mit Verknotungen, so dass sich die endgültige Form des Zaubers von dem unterscheidet, was ich erworben habe. Anders und viel stärker.

Die Temperatur sinkt in Sekundenschnelle um zig Grade, als der Zauber über uns hinwegfegt. Säureschleime frieren von außen nach innen ein, wobei ihre Abwehrbewegungen ihre gelatineartigen Körper zerbrechen lassen und nicht gefrorene Teile der Kälte aussetzen, was ihren Tod sogar beschleunigt. Innerhalb einer halben Minute sind die Monster tot und Aiden bricht den Zauber ab. Nicht einen Moment zu früh – mein Seelenschild ist deaktiviert und ich erleide dadurch die vollen Auswirkungen des Zaubers. Allerdings kann ich diesen Schaden verkraften.

„Verdammt ...“, sagt Ali und blickt die zahlreichen Manasteine am Boden an. „Jemand hat echt trainiert.“

„Danke, Aiden“, sage ich und grinse den Magier an. Es war die richtige Entscheidung, ihn zum Mitkommen zu überreden. Seine umfangreichen Flächenzauber werden gegen die vielfältigen Schleime nützlich sein, die in diesem Dungeon gemeldet wurden.

Sobald Nelia eine Drohne einsetzt, um die Manasteine abzuholen, gehen wir tiefer in den Dungeon hinein, um den Rest der Monster zu jagen. Und natürlich den Dungeonboss.

***

„Das ist kein Schleim“, sage ich und starre den Dungeonboss an.

„Technisch gesehen schon“, murmelt Aiden und kneift die Augen zusammen. „Die Kristalle in seinem Körper sind Schleimkerne. Wir werden jeden dieser Kerne zerschmettern oder aufteilen müssen. Ich nehme auch an, dass ein größerer Teil, der vom Hauptkörper getrennt wird, noch funktionsfähig wäre.“

„Echt seltsam“, murmle ich.

Kristalliner Kollektivschleim (Dungeonboss Level 94)
HP: 18318/18318
MP: 7337/7868
Zustand: Kollektivbewusstsein, Ablative Panzerung, Dezentraler Kern

„Haha. Besser als ein Titanenschleim“, schnaubt der Yerrick und hebt seine Axt. „Mein Vater hat so einen auf Regis III bekämpft. Das Ding hat sein Fell verbrannt und ihm eine Hand und ein Horn genommen, bevor er es schließlich zersprengen konnte."

Ich zucke zusammen, als ich das höre und stelle mir vor, wie ein über zehn Meter hoher Schleim wohl aussehen würde. Die Wartungskosten nach dem Kampf gegen einer dieser Kreaturen müssen enorm sein. Vor allem, wenn es einen verschluckt.

„Vorschläge?", frage ich, während die Gruppe sich aufteilt.

Nelia bleibt nahe bei Aiden und ihre Hände bewegen sich, als sie neue Wurzeln und Erdwälle aufhäuft, um die beiden zu beschützen, während Capstan und ich die Kreatur von den Flanken her angreifen. Ich nehme an, dass sich Ingrid irgendwo verbirgt und auf ihre Chance wartet, echten Schaden zu wirken.

„Schlagt hart zu und zerschmettert das Ding. Dann setzen wir Flächenzauber ein, um die Splitter zu erledigen", sagt Capstan nach einem Moment der Überlegung.

Die Kreatur steht nur da, und kleine Schleimtümpel wirbeln um ihren Körper herum.

Sobald Capstan seine Worte ausgesprochen hat, erscheint Ingrid aus der Schattenebene und greift mit ihren Klingen an. Jeder Stich bohrt sich in den Körper, zerschmettert einen Kern, dringt aber nicht tief ein. Als sie ihre ersten Angriffe beendet, steigt der Schleim vom Boden auf und wickelt Fäden um ihren Körper. Ingrid wirft sich nach hinten und befreit sich kurzzeitig, wobei aber die verbleibenden Schleimspuren immer noch auf ihren Beinen brennen. Ich sehe mir die Gesundheit des Monsters an und zucke zusammen, da Ingrid kaum mehr als einige hundert Schadenspunkte verursacht hat. Das könnte eine Weile dauern.

Capstan greift an und nutzt die Ablenkung, die meine Klingenhiebe erzeugen, um die Entfernung zu überwinden und dem Wesen seine Axt in die Seite zu schlagen. Diese dringt weniger als einen halben Meter tief in dessen Körper ein, bevor sie feststeckt. Als Capstan versucht, seine Waffe herauszureißen, verschieben sich die Manasteine und halten den Axtkopf fest.

„Meine!", knurrt Capstan und sein Körper leuchtet rot auf. Aber die durch seinen Skill erzeugte zusätzliche Stärke genügt nicht, und der Schleim greift ihn bereits so an, wie er das bei Ingrid getan hatte. Rauch steigt von seinen Füßen auf.

„Keiner kümmert sich um mich", murmle ich und bilde per Gedankenbefehl mehr Klingen.

Ich will gerade einen massiven Klingenhieb einsetzen, als ich mich instinktiv ducke. Aus allen Richtungen der Höhle spritzen Schleimtropfen aus der Wand und treffen Schilde, Körper und den Boden.

„Auuu!", faucht Aiden, und das Wirken seines Zaubers wird unterbrochen, als ein Tropfen irgendwie den Manaschild des Magiers durchdringt.

Er hebt die Hand und verstärkt seinen Schild, während Nelia ihre Magie dazu einsetzt, die Löcher in ihrer gemeinsamen Abwehr zu stopfen. Dieser umfassende, wahllose Angriff trifft auch die getarnte Ingrid, deren Körper rauchend und blutend aus dem Schatten gezwungen wird.

„Jemand muss das Ding erledigen!", ruft Ingrid, als sie einem weiteren Schuss ausweicht.

Ich mache mir Sorgen, dass einige der Manasteine, die durch Ingrids Angriff und meinen abgetrennt wurden, neue Schleime bilden, die uns nun angreifen.

„Ich arbeite schon daran", knurre ich und lasse den verbesserten Angriff aus, um den ultimativen zu wählen – Einzelkämpfer-Armee. Die geformten Klingen verschieben sich automatisch und nehmen mehr Abstand voneinander, während Energiestrahlen nach außen schießen. Dreizehn Schüsse, jeder doppelt so mächtig wie ein normaler, hämmern auf den Körper des enormen Kristallinen Kollektivschleims ein und brechen Teile ab. Ich muss grinsen, als ich bemerke, wie viel mehr Schaden ich mit meinen Angriffen durch meinen Durchdringen-Skill der Meisterklasse erzeuge.

„Jetzt bin ich dran", sagt Aiden. Statt einen einzigen starken Zauber einzusetzen, dreht und wirbelt der Magier seinen Zauberstab immer wieder. Kleine Feuerkugeln fliegen heraus, etwa halb so groß wie die, die ich einsetze. Nach einigen Sekunden schweben Dutzende davon vor dem Elementarmagier.

„Nein!"

Ingrids panischer Schrei ertönt, aber keiner hat Zeit, der Assassine zu antworten. Wir alle heben unsere Schilde oder aktivieren Defensiv-Skills, um uns auf die Explosion vorzubereiten.

Als die Feuerbälle landen, schütteln uns die Explosion und die Flammen beim erstmaligen Auftreffen und dann erneut, als die Wände des Dungeons die Druckwelle nach innen schleudern. Und dann fegt die Welle wieder nach außen, da die Schockwirkung in dieser engen Höhle kaum einen Ausgang findet. Mein neu aktivierter Seelenschild versagt, und meine Rüstung ist fast nutzlos, da mein Fleisch kocht und meine Haare versengt werden. Trotz meiner Widerstände sehe ich, wie ich Hunderte von Gesundheitspunkten verliere und mein Körper scheinbar eine Ewigkeit brennt.

Anschließend herrscht Schweigen.

„Sind alle noch am Leben?" Ich huste im Rauch, da meine Kehle knochentrocken ist.

Das tiefe Knurren der beiden Yerricks zeigt, dass es ihnen gut geht. Ali erscheint aus der Halbdimension, an die er gewöhnt ist, und ich erkenne, dass mich diesmal meine Instinkte verlassen haben. Da ich den Quanten-

Status-Manipulator so lange nicht mehr verwendet habe, hatte ich ihn ganz vergessen. Ich verziehe das Gesicht, als ich merke, dass weder Aiden noch Ingrid etwas sagen, was etwas beunruhigend ist. Weniger bei Aiden, da es ja sein Zauber war. Aber ...

„Hoppla", krächzt Aiden, als er sich mit rauchender Kleidung aus der Erde-und-Asche-Festung herauswühlt. „Ich hatte vergessen, dass wir uns in einer Höhle ...“

„*Baka!*" Ingrid erscheint hinter Aiden und schlägt ihm auf den Hinterkopf.

Der Magier stolpert, reibt seinen Kopf und blinzelt. „Wie hast du das geschafft?"

„Berührung des Schnitters. Ein Skill, der es mir ermöglicht, Schilde zu ignorieren.“

„Neu?", frage ich und Ingrid nickt.

„Eine exklusive Klassen-Fertigkeit, aber sie lohnt sich.“ Die Augen der Assassine verdunkeln sich, als ich mich an das Attentat auf Ikael erinnere.

Seine Schichten aus mehreren Schilden hatten ihre ersten Angriffe blockiert und sie dadurch in größere Gefahr gebracht. Mit diesem Skill könnte sie einige dieser Probleme umgehen. Ich weiß allerdings nicht, in welchem Umfang das möglich ist. Da es eine exklusive Fertigkeit ist, sind die Details nicht im System veröffentlicht. Ich müsste sie also kaufen, wenn ich wirklich neugierig wäre.

Ali grinst über die beiden und sagt: „Hey! Ich habe keine Benachrichtigung erhalten, dass der Boss besiegt ist.“

„Was?“

Wir wirbeln herum und starren die rauchende Mitte der Höhle an – ja, die Manasteine rauchen und zischen, sind aber intakt. Während wir zusehen, rollen einige Steine zusammen und bilden kleine Klumpen. Alle richten ihre

Waffen und Zaubersprüche auf den Boden, aber ich bemerke etwas Bedenkliches auf der Minikarte.

„Feindlicher Angriff!", warne ich sie. Dutzende sich schnell bewegender Punkte näherten sich uns auf meiner Karte. Per Gedankenbefehl vergrößere ich die Minikarte, so dass ich eine bessere Sicht meiner Umgebung erhalte. Aber das nützt wenig, da die verdammten Schleime anscheinend durch die Wände kommen, was die Karte aufzeigt. „Zahlreiche Angreifer. Weg von den Wänden."

Alle tun das, und Nelia verwendet eine Erdversion von Schlammwall, um Schleimkerne aus dem Weg zu räumen, während wir vorwärts rennen. Gleichzeitig erscheinen die ersten Schleim-Verstärkungen, von denen viele zerplatzen, als wir ihre Körper beschießen, zerschneiden und einfrieren. Überraschenderweise rasen die überlebenden Kerne zur größten Konzentration von Schleimkernfragmenten und verbinden sich mit ihnen.

„Das Ding regeneriert sich", sagt Ali verwundert. „Ich muss es aufzeichnen."

„Das kannst du später aufzeichnen. Gib mir zuerst Elektrizität!", fauche ich und hebe die Hand.

Ali ignoriert mich, was ärgerlich ist, aber ich kann mich jetzt nicht auf ihn konzentrieren. Stattdessen nutze ich mein Mana, wobei die Zauberformeln und die Manaformen sich in meinem Bewusstsein und um meine ausgestreckte Hand herum drehen, als ich Blitzschlag wirke. Das ist meine eigene Modifizierung des Zaubers, eine verbesserte Version, mit der ich gleichzeitig nach außen und nach innen greife, um meine Elementar-Affinität zu nutzen.

Die elektromagnetische Kraft, eine der vier Grundkräfte, die unser Universum bilden. Auch wenn das System vielleicht die Regeln bricht, auch wenn Mana die fünfte Kraft zu sein scheint, die über allem liegt, existieren die gebrochenen Gesetze immer noch. Meine Affinität, die ich durch meine Verbindung mit Ali habe, ermöglicht es mir, dies wahrzunehmen, zu fühlen und auch zu manipulieren. In den vier Jahren meines Exils habe ich die Nutzung dieser Affinität noch weiter erkundet, aber momentan genügt schon der Verbesserte Blitzschlag. Ich lasse diesen etwas länger als üblich wüten und erweitere seinen Bewegungsbereich, indem ich die Pfade lockere, die ich normalerweise kontrolliere. Zudem erhöhe ich die Spannungsunterschiede zu den Schleimkernen.

Ich lasse den Blitz über den Boden zucken und spüre, wie die Elektrizität herumsprang und sich dann erdet. Dabei verbrennt und verkohlt sie alles, während mein Mana immer mehr sinkt. Aber es klappt – der Schleimboss erleidet schnelleren Schaden, als er heilen kann. Es funktioniert. Bis der Boden unter uns nachgibt, meinen Zauber unterbricht und uns in einen klebrigen Teich fallen lässt.

„Igitt!", sagt Ali, der sicher in der Luft schwebt. Er starrt, während der Rest von uns in dem Schleim herumzappelt, der sich plötzlich gebildet hat. Uns brennt die Haut, da der Schleim nach unseren Körpern greift und uns tiefer hineinzerren will.

Als es Nelia dann gelingt, ihre Zauber einzusetzen, um den Schleim ablaufen zu lassen und die Wände des neu gebildeten Kraters zu verstärken, damit wir nicht überrascht werden können, ist der Boss wieder in einem Körper.

„Dieser Dungeon geht mir langsam auf die Nerven", sagt Ingrid und gießt sich eine Flasche mit Größerem Heiltrank übers Gesicht. Der Zaubertrank heilt die rote, aufgescheuerte Haut und neutralisiert den Schleim.

„Mir auch", knurrt Capstan.

Ich sehe den fast nackten Yerrick an, dessen Fell an mehreren Stellen verbrannt und verschmort ist. Aber während ich noch zusehe, wirkt seine Regeneration und lässt es an jenen Stellen nachwachsen.

„Ich glaube nicht, dass wir diesen Kampf schnell gewinnen können. Ich werde mein Mana für ein langes Gefecht aufsparen." Neila wird entsprechend tätig und wirkt Gruppen-Heilpuls auf uns alle, einen langfristigen Heilzauber.

„Ebenfalls." Aiden bewegt die Hand und eine kleine blaue Kugel bildet sich und schwebt über seinem Kopf. Wenn sich uns ein Schleimkern annähert, feuert sie einen Manapfeil darauf ab. Einige Sekunden später hat der Magier eine zweite Kugel erzeugt und beginnt damit, unsere neue Abwehrstellung mit diesen Kugeln zu umringen.

„Und ich werde ...", sage ich achselzuckend und springe aus der Grube, da mir kein flotter Spruch einfällt. „Es töten."

∗∗∗

Später am Abend sitzen wir zusammen mit Carlos, Lana und dem Rest des Siedlungsteams um den wieder aufgebauten Stadtkern herum. Capstan erzählt allen, die daran interessiert sind, die Geschichte unseres Kampfs. Dabei scheint es ihm besonderes Vergnügen zu machen, die ekelhafteren Aspekte zu betonen. Ich selbst sitze in meiner eigenen Ecke und beiße in das Stück Auerochsen-Rippe, das mir die Yerrick freundlicherweise gegeben haben, zusammen mit einer Schüssel Kartoffelpüree mit Bratensoße.

„Darf ich mich zu dir setzen?", sagt Lana und deutet auf einen Sitz gegenüber von mir.

Ingrid, die neben mir sitzt, blickt Lana an und nickt ihr kameradschaftlich zu, wenn auch etwas kalt. Die Rothaarige erwidert den Gruß, aber ich merke, dass zwischen den beiden eine Kluft besteht. Aber auf meine Zustimmung hin setzt sich Lana, ohne allzu verärgert zu wirken.

„Die Yerrick dürften in etwa einer Woche hier angesiedelt sein und die Anforderungen für eine Stadt erfüllen", sagt Lana. „Ich glaube, dass wir damit etwa 22 Prozent der Stimmen besitzen. Wir arbeiten noch mit einigen anderen Siedlungsbesitzern in Afrika zusammen, aber unsere Fähigkeit, eine konzentrierte und effektive Kampfgruppe einzusetzen, sowie unsere Verbindungen zu den Hakarta, Erethranern und Yerrick haben viele überzeugt, dass wir für ihre Sicherheit sorgen können.

„Aber wir haben noch nichts von Roxley gehört. Oder Wynn. Und Rob und Bipasha streiten sich über die Kandidatur. Wenn die Lage so bleibt, brauchen wir vielleicht sowohl Roxley als auch Wynn, um eine Chance zu haben."

„Wynn hat um mehr Zeit gebeten. Und Roxley ..." Ich runzle die Stirn und zucke mit den Achseln. „Bisher hat er geschwiegen, aber immerhin hat er uns die zwei Stimmen von den Okres besorgt."

Lana verzieht das Gesicht, da sie offensichtlich nicht besonders beeindruckt ist. Das bin ich auch nicht, da die Okres im Grunde eine Gruppe von Ogern mit etwas höherem Zivilisationsgrad sind. Aber wenigstens fressen sie ihre Feinde nicht, und momentan benötigen wir jede Stimme, die wir kriegen können. Das ist ein ärgerlicher Kompromiss, aber ich kann damit leben. Wenigstens haben wir sie dazu gebracht, ihre menschlichen Verbrecher zu uns zu schicken, statt sie in die Wildnis zu verbannen. Das ist keine ideale Lösung, da gut zwei Drittel der Kriminellen echte Arschlöcher sind, aber das Drittel mit den Leuten, die ihren Teller nicht leer gegessen oder nicht jedem Tag auf dem Marktplatz exerziert haben, machte es profitabel. Das sage ich mir zumindest.

„Nichts, was mit den Stimmen der Movana vergleichbar wäre", sagt Lana und atmet aus. „Wir schaffen es nicht, alle Siedlungen der Menschen auf unsere Seite zu ziehen. Wir müssen unsere Besprechungen mit den Galaktikern beschleunigen."

„Ich nehme an, dass du in dieser Hinsicht eine Empfehlung hast?", sage ich.

Lana nickt. Mit einer Handbewegung schickt sie mir eine Liste. „Ich habe mit Kim und Ali gesprochen, sowie mit Ayuri. Auf der Grundlage ihrer Informationen und Analyse würde ich Folgendes vorschlagen."

Ich sehe mir die Liste an und merke dann, dass Ingrid uns ansieht, statt vor sich hin zu starren. Per Gedankenbefehl teile ich die Informationen mit der Assassine, die mir ein Lächeln zuwirft. Lana kneift die Augen zusammen, protestiert aber nicht. Daher bringe ich es gar nicht zur Sprache. Ich habe keine Zeit, mich jetzt um die beiden zu kümmern.

„Kümmerst du dich um die Handwerker?", sage ich und blicke das in zwei Tagen eingeplante Treffen an. „Sollte ich dabei sein?"

„Nein. Katherine und ich sind die besseren Optionen", sagt Lana. „Ich werde auch Carlos mitnehmen. Sie werden wahrscheinlich eher auf unsere Leute hören, die nicht auf dem Schlachtfeld aktiv sind."

„Gleich und Gleich gesellt sich gern?", sage ich grinsend, akzeptiere aber ihre Analyse mit einem Achselzucken. Dadurch stehen auf meinem Kalender eine Menge an Einzeltreffen, die meisten per Telekom-Tower, obwohl ich auch einige Meetings als persönlich markiert habe. „Ich nehme an, dass mir Kim vorher eine Übersicht schicken wird?"

„Ja", seufzt Lana. „Du weißt schon, dass alles viel einfacher wäre, wenn du dich zwischen Rob und Bipasha entscheiden könntest."

„Ich weiß." Ich gehe die Liste durch und runzle die Stirn, als mir etwas auffällt. „Das sind nicht alle."

„Nein. Einige sind gruppiert aufgelistet, aber grau angezeigte Namen ganz unten sind Leute, mit denen wir nicht zusammenarbeiten wollen. Oder die nichts mit uns zu tun haben wollen", sagt Lana.

Ingrid summt, tippt einige der Namen an und schickt sie zu uns. „Ich kenne diese Arschlöcher. Wollt ihr, dass ich sie töte?"

„Du redest von Mord", erwidert Lana kalt.

„Wenn ein Staat das tut, nennt man es Staatsräson." Ingrid grinst mich an. „Stimmt's, Boss?"

Ich möchte am liebsten schreien, dass ich mich da nicht reinziehen lassen will, aber ... „Kannst du das tun?"

„Ansonsten hätte ich es nicht angeboten. Aber ich brauche Hilfe dafür", sagt Ingrid.

Lana wirkt verärgert und verschränkt die Arme vor ihrem üppigen Busen.

„Abgemacht. Sprich mit Kim", sage ich und verfasse eine Notiz, die ich Kim senden werde, sobald wir wieder in Reichweite sind.

Ingrid nickt, während Lana uns beide nur anstarrt und dann ohne ein Wort geht.

Ich sehe, wie die Rothaarige verschwindet und schürze die Lippen. „Vielleicht sollten wir uns ein anderes Mal darüber unterhalten."

„Sie wird sich damit abfinden. Lana versteht das, aber im Grunde ist sie immer noch ein weißes Mädchen aus der Mittelschicht", sagt Ingrid mit einem ironischen Grinsen. „Irgendwie glaubt sie immer noch, dass man sich an die Spielregeln halten kann. Wir haben dafür gesorgt, dass sie sich nicht die Hände schmutzig machen musste, aber das bedeutet nicht, dass sie nicht wissen müsste, was passiert."

Ich wende mich wieder meinem Essen zu, das plötzlich nicht mehr so attraktiv erscheint. Irgendwie frage ich mich, was aus dem, unschuldigen, stillen Programmierer geworden ist, der ich einst war. Aber ein anderer, ehrlicherer Teil von mir weiß, dass ich nie so mitfühlend war. Das ist vielleicht meine größte Stärke und auch Schwäche in dieser Welt. Ich habe Mitgefühl, aber im abstrakten Sinn.

Kapitel 15

„Wir wollen eine weitere Siedlung", sagt das einer Gottesanbeterin ähnelnde Wesen auf der anderen Seite der Projektion zum wiederholten Mal.

„Und wir können Ihnen helfen, eine offene Siedlung zu erobern. Aber Sie können die Stellung nicht halten", sage ich und lege eine Hand auf die andere.

„Sie werden uns helfen."

„Das ist ausgeschlossen."

„Dann nehmen wir nicht an der Wahl teil."

„Okay", sage ich und schließe die Verbindung per Gedankenbefehl.

„Ich hätte gedacht, das wäre der Moment, wo du mit einem Gegenangebot kommst", meint Ali hilfreich und sarkastisch.

„Nein", sage ich kopfschüttelnd. „Sie werden sich wieder melden. So übt man Druck aus."

„Und wenn sie sich nicht wieder melden?"

„Das werden sie."

„Und wenn nicht?", wiederholt Ali.

„Dann finde ich andere, vielleicht ihre Nachbarn, die zwei neue Siedlungen wollen. Und dann reißen wir ihnen gemeinsam den Arsch auf", fauche ich.

„Pause! Blechkopf, verzögere alle Anrufe", sagt Ali. „Der Junge braucht eine Blutzucker-Transfusion."

„Ach komm schon ...", knurre ich, aber dann höre ich auf, als Ali die Augenbrauen hebt.

Ich seufze und holte mir Schokolade heraus, während Ali weitere Snacks bestellt. Nur weil ich wütend bin, heißt das nicht, dass mein Blutzuckerspiegel niedrig ist. Ich habe vor langer Zeit gelernt, dank meiner verbesserten Konstitution meinen Blutzuckerspiegel und ähnliche Dinge zu kontrollieren. Das war auch gut so, denn nach zwei Monaten auf dem Exilplaneten ging mir die Schokolade aus.

„Willst du darüber reden?“, sagt Ali.

„Nein.“

„Gut. Ich wollte auch gar nicht zuhören.“

Wir sitzen eine Weile schweigend da, bevor ich schließlich etwas sagen muss. „Ich kann das alles nicht ausstehen. Der Kuhhandel, das Feilschen, früher war das viel einfacher. Als es nur um unsere Schwerter, unsere Zaubersprüche und Skills ging. Und ich sehe es in ihnen, die Gier, der Wunsch, so viel wie möglich an sich zu reißen, nur weil wir es brauchen, weil ich es brauche.“

„So ist die Welt eben, mein Junge“, sagt Ali.

„Vielleicht. Aber das muss mir nicht gefallen“, sage ich leise. „Und es gefällt mir nicht, wie weit ich zu gehen bereit bin.“

„Aber du wirst dich nicht ändern.“

„Nein.“ Ich blicke in die Augen des Geistes. Dort sehe ich ein gemeinsames Verständnis – etwas, über das wir nicht sprechen können. Nicht hier, wo andere davon erfahren könnten. Wir beide sahen, was in der Verbotenen Zone passieren würde und könnte. Welche Folgen es hat, wenn wir unser Wissen und unsere Ziele zu freigiebig mitteilen. Wie der Preis des Versagens aussieht. Und welche katastrophale Zukunft jede Rasse und jeden Planeten erwartet. Eine von Mana gequälte Welt, wo selbst die gefühllose Güte des Systems fehlt.

„Iss“, sagt Ali leise. „Danach müssen wir noch vier weitere Anrufe hinter uns bringen. Und am Abend nehmen wir uns einen Dungeon vor, bis du den letzten Level erreicht hast.“

Ich nicke und starre meine Erfahrungsleiste an. Nur noch ein bisschen mehr bis Level 20. Nur ein bisschen. Aber zuerst einen Snack.

***

„Ich kann Ihre Siedlungen auf unsere Handelsliste setzen und zu den Koordinaten des Teleporters hinzufügen. Wir werden auch mindestens zwei Tonnen des Gebräus für Ihre Siedlungen reservieren", sage ich und tippe langsam meine Finger gegeneinander. „Aber Sie müssen die Lieferung von mindestens sechs Tonnen ihrer Limehouse-Gerste garantieren."

„Fünf", zwitschert die vogelartige Kreatur.

Ich habe es inzwischen aufgegeben, mir Namen zu merken und blicke nur manchmal auf die angezeigten Informationen, wenn ich ein Wesen tatsächlich ansprechen muss. Es hilft nicht gerade, dass das Zwitscherding einen Namen besitzt, den ich nicht aussprechen kann.

„Abgemacht. Der Vertrag ist unterwegs."

***

„Nein. Wir werden die Hakarta nicht aus dieser Welt verbannen."

„Sie sind unzuverlässig und hinterlistig." Nun spricht ein Meermann, der in tiefer Dunkelheit schwebt, die nur vom Licht des Kommunikationsbildschirms erleuchtet wird. Was einem nie über den Ozean gesagt wird, ist, dass es dort rabenschwarz ist, wenn man tief genug taucht.

„Das läuft aufs Gleiche hinaus. Aber sie haben bereits ein Abkommen mit uns", sage ich. „Und drei Siedlungen."

„Nutzlos. Ich wusste, dass Sie unsere Feinde sind, genau wie diese Kreaturen. Wir werden die Siedlungen der Menschen verbrennen!"

„Sie können mich gerne angreifen. Oder meine Siedlungen", sage ich und lehne mich vorwärts, während ich mit eisiger Stimme spreche. „Aber wenn Sie Unschuldigen ein Härchen krümmen, werde ich mich an Ihnen rächen."

„Glauben Sie etwa, dass ich jemanden wie Sie fürchte, der gerade erst seine Meisterklasse erhalten hat? Wir sind die Herrscher des Ozeans!"

„Vielleicht nicht heute. Oder morgen. Aber in einem Jahr? Zwei? Sie haben gesehen, wie schnell ich im Level aufsteige. Wie lange wird es wohl dauern, bis ich zu einer wirklichen Bedrohung werde?"

Meine Drohung bringt den Meermann zum Schweigen. Die Kiemen an seinem Hals öffnen und schließen sich, während er Wasser ausstößt. Statt nur zu sprechen – und eigentlich ist es mehr einen Gedankenbefehl an einen integrierten Kommunikator in seinem Kopf – wird die Benachrichtigung abgebrochen.

Ich lehne mich zurück und atme tief aus, während ich den Kopf schüttle. Idioten. „Wir sollten eine der Siedlungen auf die Abschussliste setzen, nicht wahr?"

„SCHON GEMACHT."

„Befehl rückgängig machen, Blechkopf", sagt Ali, verschränkt die Arme und starrt mich an. „Du wirst keinen Krieg gegen die Meerleute vom Zaun brechen. Nicht wegen eines Telefonanrufs."

„Sie haben nur sechs Siedlungen", knurre ich.

„Momentan. Solange die Waz oder Loom nicht in größerer Zahl erscheinen, werden diese Kreaturen deine Küsten angreifen. Und wenn du nicht ständig schwimmen willst, kannst du kaum etwas tun, um sie zu verlangsamen", erklärt Ali.

Ich zittere unwillkürlich. Monate lang unter Wasser? Igitt ... „Na schön. Wir müssen eine andere Methode finden, mit ihnen umzugehen."

„Gut. Und das war die letzte Gruppe", sagt Ali. „Insgesamt hast du das gut gemacht."

„Kein Kommentar darüber, wie ich mich heute benommen habe?" Ich muss blinzeln und finde die plötzliche Kehrtwende überraschend.

„Nicht von mir", sagt Katherine von der Tür her.

Ich blinzle und merke, dass ich erschöpfter sein muss, als ich dachte, wenn ich sie einfach übersehen habe. Oder ich habe sie unbewusst als nicht bedrohlich ausgeblendet.

„Da bin ich aber überrascht", sage ich und kratze mich an der Seite des Kopfes. „Ich habe gedacht, ich wäre zu grob gewesen."

„Glaubst du, dass man mit jeder Gruppe gleich umgehen soll?" Katherine lächelt, während sie näher kommt. „Verhandlungen sind vielschichtig, und die eingesetzte Taktik hängt von der jeweiligen Gruppe ab. Bei manchen ist eine höflichere Methode angebracht. Bei anderen eine langsame und indirekte Route" – dabei legt Katherine eine Hand auf ihre Brust, als wolle sie anzeigen, dass das ihre Spezialität ist – „während bei wieder anderen eine entschlossene, oder sogar aggressive Verhandlungsführung die besten Ergebnisse bringt."

„Du hast mir die Liste der Leute gegeben, auf die ich einhämmern konnte", sage ich und grinse leicht.

„Grob gesagt, ja. Aber ich würde etwas Mäßigung empfehlen. Wir suchen nach Verbündeten, nicht nach Feinden."

„Na gut." Ich stehe auf und strecke mich. „Brauchst du etwas, oder ...?"

„Nur das Wirk-Portal an deinem Schreibtisch. Kim hat mir gesagt, dass du jetzt trainieren willst?"

Ich nicke und trete beiseite. Katherine wirkt Kühlen auf meinen Stuhl, bevor sie sich hinsetzt und ihn so verstellt, dass sie im Video genau richtig erscheinen wird. Ich lächle über ihre Eitelkeit, erkenne dann aber, dass es vielleicht gar nicht so eitel ist. Schließlich kann es wichtig sein, gut auszusehen. Oder vielleicht den richtigen Eindruck zu erwecken, statt nur gut auszusehen.

Während ich über den Unterschied zwischen Eitelkeit und Zweckmäßigkeit in der Diplomatie nachdenke, wandere ich nach draußen und gehe zu einem anderen Dungeon und gewalttätigeren Sachen. Zeit zu Grinden.

***

Ich spucke einen Zahn aus und bin dankbar dafür, dass das Nachwachsen von Zähnen einer der Vorteile einer übermenschlichen Konstitution ist. Ansonsten würde ich mit einem Gebiss herumlaufen und damit auf der Straße klappern, um kleine Kinder zu erschrecken, so dass ich kichernd zusehen könnte, wie sie schreiend wegliefen. Das hört sich gar nicht so schlecht an ...

„Du kannst aufhören, es zu treten", sage ich zu Ali, da der Geist knurrend den toten Eisdrachling angreift.

Wir befinden und am Rand meines Territoriums, im Norden von British Columbia, bei den Rockies, um die Anzahl der Monster dort zu reduzieren. Leider war der Dungeon, den ich erwartet habe, bereits von einer unternehmenslustigen Gruppe Abenteurer gesäubert worden. Trotzdem bietet die Level-90-Zone genug normale Monster, so dass ich ausreichend trainieren kann.

„Du übergroßer Stinkstiefel. Du solltest doch den Menschen fressen!", knurrt Ali und kickt den Drachling ein letztes Mal, bevor er ihn in meinen Veränderten Raum verschwinden lässt.

Eine Sekunde später erhalte ich eine neue Meldung, und ich lache, als ich Alis Kommentar lese.

Möchtegern-Drachenhaut (Drachlingshaut)

*4 * hochwertige Stücke*

*11 * beschädigte Stücke*

Perfekt geeignet, um ein paar gute Stiefel herzustellen

Möchtegern-Drachenzähne (Drachlings-Zähne)

*2 * hochwertige Stücke*

Nur verrückte Alchemisten und geschmacklose Sammler interessieren sich dafür.

„Das dürfte es dann wohl sein, oder?", sage ich und blicke Ali von der Seite an.

Der Geist winkt mir mürrisch zu, und meine Benachrichtigung taucht verspätet auf.

Herzlichen Glückwunsch! Du hast Level 20 als Paladin von Erethra erreicht

Zusätzliche Attribute werden automatisch zugewiesen. Du hast 67 Gratis-Attributpunkte und 6 Klassen-Fertigkeitspunkte.

Perfekt. Diesmal sehe ich mir die Optionen für meine Klassen-Fertigkeiten zuerst an. Bei Level 20 erhalte ich endlich Zugang zur zweiten Stufe, was alles ist, bis ich dann bei Level 40 die dritte und letzte Stufe nutzen kann. In mancher Hinsicht ist es besser, weniger Skillstufen zu haben, da ich die Punkte für meine Klassen-Fertigkeiten konzentrieren kann, statt sie wie in meiner früheren Klasse zu verteilen. Das ist eine gute Kombination –

Vielseitigkeit in meiner Fortgeschrittenen Klasse und mehr Konzentration in meiner Meisterklasse.

Dennoch investiere ich einen Punkt in jeden Skill, der in der neu freigeschalteten Stufe verfügbar ist. Nur weil ich mich konzentrieren will, heißt das nicht, dass ich nicht erst einmal alle ausprobiere.

Leuchtfeuer der Engel (Level 1)

Der Benutzer zieht einen Atmosphärenangriff aus dem Himmel und fügt über einen großen Bereich hinweg allen Feinden im Leuchtfeuer Schaden zu. Es dauert eine Weile, bis sich der Angriff formt, aber nach der Aktivierung muss man sich nicht mehr darauf konzentrieren.

Wirkung: 1000 Manaschaden an allen Feinden, Strukturen und Fahrzeugen innerhalb der 20-Meter-Angriffssäule

Manakosten: 500 Mana

Ich spüre die Versuchung, einen weiteren Punkt in den Skill zu investieren, aber ich fürchte, dass der Angriff auf bestimmte Umgebungen beschränkt sein könnte. Natürlich befinden wir uns im System – wenn der Skill also beschreibt, dass der Angriff vom Himmel kommt, könnte er genauso in die Mitte eines Dungeons reichen, ohne die Umgebung durchdringen zu müssen. Das muss ich herausfinden, aber wenigstens habe ich nun meinen ersten Skill mit Flächenwirkung. Das ist perfekt gegen große Gruppen von Feinden. Vor allem, da es sich um direkten Manaschaden handelt, der die meisten Widerstände umgeht.

Auge des Sturms (Level 1)

Der Paladin steht mitten auf dem Schlachtfeld, sucht nach Gerechtigkeit und straft alle Feinde. Die Winde des Krieges werden versuchen, sowohl Feinde als auch

Verbündete zu dir zu ziehen, und ihre grausamen Böen werden Feinde der Lebenskraft berauben und die Gesundheit und das Mana von Alliierten stärken.

Wirkung: Auge des Sturms ist ein auf der Fläche wirkender Stärkungs- und Spottzauber. Geistige Winde fordern Feinde heraus und erzwingen eine Prüfung des geistigen Widerstands, um Angriffe auf den Benutzer zu vermeiden. Feinde erleiden auch unter dem Einfluss dieses Skills 5 Punkte Schaden pro Sekunde, wobei die Schadenswirkung vom Epizentrum des Skills aus abnimmt. Verbündete erhalten eine um 5 % gesteigerte Mana- und Gesundheitsregeneration, was weiter vom Skill-Zentrum entfernt abnimmt. Das Auge des Sturms wirkt in 50 Metern Umkreis um den Benutzer.

Preis: 500 Mana + 20 Mana pro Sekunde

Die Aura der Ritterlichkeit zieht die Augen aller auf sich. Das Auge des Sturms lässt alle angreifen. Das ist ein aggressiver, laufender Spott, obwohl es nicht so wirksam ist wie eine direkte Verspottung. Aber da es ständig wirkt und Schaden erzeugt und einen großen Bereich abdeckt, will ich mich nicht beklagen. Es hat auch den zusätzlichen Vorteil, die Gesundheit und Mana-Regeneration zu verbessern, obwohl ich nicht sehe, ob es stapelbar ist. Das bedeutet meistens, dass es nicht stapelbar ist oder der Nutzen danach deutlich geringer wird. Besser als gar nichts.

Vorhut der Apokalypse (Level 1)

Wo andere fliehen, marschiert der Paladin vorwärts. Wo die Tapferen sich nicht weiter wagen, greift der Paladin an. Während die Welt brennt, kämpft der Paladin weiter. Mit diesem Skill bildet der Paladin in jedem Kampf die Vorhut und führt den Angriff gegen alle Feinde von Erethra.

Wirkung: +30 für alle körperlichen Attribute, erhöhte Geschwindigkeit um 50 % und Erholungsraten um 30 %. Dieser Skill ist auf andere Attribute und tempoerhöhende Skills oder Zauber stapelbar.
Preis: 500 Mana + 10 Ausdauer pro Sekunde

Mein erster wichtiger Skill, der Ausdauer nutzt. Die meisten gekauften Skills verwenden keine Ausdauer, da ich nicht während eines Kampfes atemlos und zu müde werden will, um meine Arme zu bewegen. Es ist erstaunlich, wie viele Monster und Individuen schnell Schaden wirken, aber nach einigen Minuten erschöpft sind und merken, dass sie ihren Gegner nicht erledigen können. Vorhut ist ein brutaler Impuls-Skill, der mir eine Menge Vorteile bietet, die mit anderen Skills und Zaubersprüchen stapelbar sind. Aber aufgrund der Ausdauerreduzierung würde ich ihn nur kurzzeitig einsetzen. Er ist perfekt, um eine Frontlinie zu durchbrechen, hinter die Feinde zu geraten und dann loszulegen.

Netz der Gesellschaft (Level 1)

Während die Augen der Einsicht dem Paladin die ausgesprochenen Lügen und Unwahrheiten zeigen, visualisiert das Netz der Gesellschaft die komplexen Verbindungen zischen Individuen. Keine Allianz, kein Verrat, kein Lügengespinst bleibt verborgen, während jede Interaktion einen näher verbindet. Auch wenn dieser Skill keine detaillierten Informationen liefert, kann ein fähiger Paladin aus dem Netz wichtige Schlussfolgerungen ziehen.

Wirkung: Nach der Aktivierung sieht der Paladin alle Fäden, die Personen miteinander verbinden und versteht die spezifische Verbindung genauer, wenn er sich darauf konzentriert.
Preis: 400 Mana + 200 Mana pro Minute

Noch eine dieser Fertigkeiten, die ich mir erst eine Weile ansehen muss. Zum Glück kann ich außerhalb eines Dungeons herausfinden, wozu das gut sein könnte. Ich bin aber gespannt, zu was es in einem Dungeon zu gebrauchen wäre. Ich meine, haben Dungeon-Monster ein Netz an gesellschaftlichen Beziehungen? Und wie würde es wohl aussehen? Aber ich habe den Skill gewählt, weil ich so eine Ahnung habe, dass er mir bei Verhandlungen helfen könnte, statt dem Levelaufstieg zu dienen.

Ehrlich gesagt finde ich, dass es bei den wichtigeren Aspekten meines Lebens um politische und gesellschaftliche Konflikte geht, statt um die nächste Siedlung oder den nächsten Dungeon, den ich abschließen muss. Natürlich ist das wichtig, denn meine Fähigkeit, Gegner zu besiegen und Land zu erobern, stellt die Grundlage meiner Verhandlungen mit politischen Gruppierungen dar. Aber sie selbst sind nicht mehr der Mittelpunkt meines Lebens. In mancher Hinsicht bin ich dankbar, dass die Gewalt keine so große Rolle mehr spielt. Auch wenn ich unglaublich gut Schaden austeilen und den Schlachtverlauf bewerten kann, habe ich zu viele Jahre damit verbracht, nichts als eine Tötungsmaschine zu sein. Meine Zukunft, unsere Zukunft, darf nicht blutgetränkt sein.

Nachdem ich die Skillpunkte zugewiesen habe, lasse ich die Skillbeschreibungen verschwinden. Ich muss immer noch herausfinden, was ich mit den zusätzlichen Punkten anfangen soll, aber ich will erst sehen, was diese Skills bewirken. Danach ist es ziemlich einfach, die Attribute zuzuweisen. Ich habe so viele Attributspunkte, dass ich damit einige der Schwachstellen ausgleichen kann.

Ich investiere zuerst einige Punkte in Glück, Wahrnehmung, Intelligenz und Stärke. Glück, weil sich die allmähliche Auswirkung auf die Beute meistens rentiert. Ich habe den Unterschied bezüglich der Menge und Qualität der Beute zwischen mir und Ingrid oder Mikito bemerkt, die sich auf andere Werte konzentriert haben. Das ist nicht übertrieben viel, aber ein hochwertiges Materialstück oder zwei bei allen paar Loot-Drops summieren sich schließlich.

Leider ist das Glück, so wie die Willenskraft, eines der Attribute der Manipulation die ich noch nicht verstehe. Das ist eindeutig ein Mangel an Wissen und Verständnis. Während ich beispielsweise meine Wahrnehmung dazu nutzen kann, um meine Sinne zu verbessern oder dämpfen, weiß ich nicht ganz, was ich mit Glück oder Willenskraft anfangen soll. Und ich muss zugeben, dass mir bei diesem Gedanken, die beiden Attribute zu testen, nicht ganz geheuer ist.

Die Wahrnehmung ist leicht verständlich. In der Hitze des Gefechts habe ich selten Zeit, die Betonung meiner Attribute zu verändern, wodurch ein höherer Grundwert wichtig ist. Dadurch kann ich mit tempoorientierten Builds wie dem von Mikito mithalten und, verdammt noch mal, mit meinem eigenen Körper. Was die Stärke betrifft … na ja, wenn der Kampf mit dem verdammten Nilpferd mir etwas gezeigt hat, ist es, dass ich noch härter zuschlagen muss.

Sobald ich über zehn Punkte in jedes dieser Attribute gesteckt habe, investiere ich die restlichen vier Punkte in Willenskraft, da ich dringend mehr Mana-Regeneration benötige. Alle meine kürzlich eingekauften Skills haben diesen Wert reduziert. Manchmal frage ich mich sogar, ob ich nicht lieber mehr für meine Willenskraft tun sollte.

Sobald ich fertig bin, rufe ich meine Charakterdaten auf und bewundere mich einen Moment lang.

Statusmonitor			
Name	John Lee	Klasse	Erethra-Paladin
Volk	Mensch (M)	Level	20
Titel			
Monsterschreck, Erlöser der Toten, Duellant. Entdecker			
Gesundheit	3320	Ausdauer	3320
Mana	3100	Mana-Regeneration	229 (+5) / Minute
Attribute			
Stärke	215	Beweglichkeit	295
Konstitution	332	Wahrnehmung	160
Intelligenz	310	Willenskraft	334
Charisma	98	Glück	65
Klassen-Fertigkeiten			
Mana-Erfüllung	3*	Klingenhieb*	3
Tausend Schritte	1	Veränderter Raum	2
Zwei sind Eins	1	Entschlossenheit des Körpers	3
Größere Entdeckung	1	Tausend Klingen*	3
Seelenschild	2	Versetzungsschritt	2
Portal*	5	Einzelkämpfer-Armee	2
Sanktum	2	Sofort-Inventar*	1
Spalten*	2	Raserei*	1
Elementarhieb*	1 (Eis)	Geschrumpfte Fußspuren*	1

Tech-Verbindung*	2	Durchdringung	2
Aura der Ritterlichkeit	1	Augen der Einsicht	1
Analysieren*	2	Abhärten*	2
Quanten-Sperre*	3	Elastische Haut*	3
Leuchtfeuer der Engel	1	Auge des Sturms	1
Vorhut der Apokalypse	1	Netz der Gesellschaft	1
Kampfzauber			
Verbesserter schwacher Heilzauber (IV)		Größere Regeneration (II)	
Größere Heilung (II)		Manatropfen (II)	
Verbesserte Manarakete (IV)		Verbesserter Blitzschlag (III)	
Feuersturm		Polarzone	
Frostklinge		Verbesserter Infernostrahl (II)	
Schlammwall		Frostschlag	
Froststurm		Verbesserte Unsichtbarkeit	
Verbesserter Manakäfig		Verbesserter Flug	
Hast			

„Und jetzt, Junge?"

„Finde mir noch ein oder zwei Drachlinge", sage ich grinsend und wippe auf den Fußballen auf und ab. Ich sollte meine neuen Attribute ausprobieren und mich gleich an sie gewöhnen.

Ein Blick auf den Nachthimmel, der immer noch die Berge verhüllt, zeigt mir, dass ich noch einige Stunden bis zur Morgendämmerung habe. Genügend Zeit, um die Monsterpopulation etwas zu reduzieren.

***

„Ich habe gesagt ein oder zwei", sende ich telepathisch zu Ali, während wir uns ducken und die Familie von fünf Drachlingen beobachten, die in der Höhle schlafen. Der verdammte Geist hat die meisten ihrer Signaturen verborgen, bis ich mich in die Höhle geschlichen hatte und er dann die anderen drei enthüllte.

„Immer diese Nörgelei."

Ich antworte dem Geist nicht, sondern reibe mir nachdenklich das Kinn. Das sind keine Schattendrachlinge, sondern Astraldrachlinge. Soweit ich mich erinnere, haben sie weniger Hitpoints, sind aber noch verschlagener und können Dimensionen wechseln und sogar angreifen, wenn sie nur halb körperlich präsent sind. Dadurch ist es extrem schwer, sie während ihrer Aktivitäten zu sehen, und sie können ihren Opfern hervorragend auflauern. Sie besitzen sogar eine Art Fernangriff, der Störenergie aus der astralen Ebene in diese Welt sendet. Der Angriff ignoriert die meisten Abwehrfunktionen und ist dadurch noch gefährlicher. Ein einziger Astraldrachling wäre ein ernstzunehmender Gegner für ein Team mit Fortgeschrittener Klasse.

Leider bin ich nicht mehr auf der Fortgeschrittenen Klasse. Und sie schlafen.

Erster Schritt, Leuchtfeuer der Engel testen. Da die Drachlinge in einer relativ hohen und steilen Höhle schlafen, ist die Dicke der Erdschicht minimal, die dieser Skill durchdringen muss – falls er direkt aus dem Himmel kommt.

Statt die Monster durch die Verwendung von Mana vielleicht zu wecken, überspringe ich meine üblichen Stärkungszauber. Stattdessen konzentriere ich mich nach innen und ergreife die neuen Informationen in meinem Bewusstsein, die ich einen Moment liebkose, bevor ich sie aktiviere.

Mana strömt durch meinen Körper und wird so heftig aus meinen Poren gezogen, dass es die Luft um mich herum aufwirbelt und meinen Standort verrät. Die Drachlinge wachen auf, während mein Bewusstsein Tausende von Metern hoch in den Nachthimmel projiziert wird. Ich schwebe und sehe die Bildung des Lichtstrahls. Plötzlich verstehe ich das irgendwie. Ich kann ihn wie den Zorn eines griechischen Gottes nach unten schießen lassen, eine Säule aus Feuer und Flammen, aus der unerklärlichen Kraft Mana und dabei alles zerstören. Ich kann auffällig sein und ein Zeichen setzen, wie ein Paladin das im Kampf tun sollte.

Oder ich kann den Skill anpassen, so dass der Angriff vom Himmel kommt, aber sich erst in der Nähe des Bodens manifestiert. Dadurch umgeht die Attacke Stein und Bäume und durchdringt das Terrain, ohne etwas dazwischen zu beschädigen, wobei die Effektivität nur leicht reduziert wird. Das ist subtil und bei einem Kampf in einem geschlossenen Raum nützlicher.

Selbstverständlich wähle ich die zweite Option. Das zu verstehen und die Entscheidung zu treffen dauert weniger als einen Sekundenbruchteil. Der Skill manifestiert sich als Zylinder aus reiner Energie, als eine Säule der Zerstörung, die alles verbrennt und zerreißt, was sie trifft. Die Drachlinge schreien und schlagen um sich, während das Mana wütet und ich einen Feuersturm kanalisiere.

Als das Leuchtfeuer vorbei ist, erholen sich die Drachlinge gerade vom Überraschungsangriff, als der Feuersturm landet und sie wieder mit höllischen Flammen überzieht. So schnell ich auch bin, gelingt es zwei Drachlingen dennoch, in die Astralebene zu verschwinden.

Ich fauche und springe per Versetzungsschritt in die Mitte der Höhle, wobei ich auf dem zerfetzten Flügel eines elenden, halb bewusstlosen Drachlings erscheine. Ich fühle den Raum um mich herum und sperre ihn dann mit meinem Skill Quanten-Sperre. Das ist eine enorme geistige Belastung für mich. Die Notwendigkeit, jeden einzelnen Aspekt der Realität zu verstehen und zusammenzuhalten, zwingt mich fast in die Knie. Fast.

Die beiden entkommenen Drachlinge werden durch meinen Skill wieder hierher gezwungen und erscheinen auf halbem Weg zu meinem früheren Versteck wieder im Normalraum. Aber ich habe zu tun und hacke auf den Nacken des nächsten Drachlings ein. Ich schneide in sein verbranntes und vertrocknetes Fleisch, so dass Blut aus den Wunden tropft und in der vulkanischen Hitze der Höhle zischt. Ich wirble herum, greife weiterhin seinen Nacken an und bewege mich innerhalb der Peripherie seines Körpers, so dass der verwundete Drachling die Angriffe der anderen blockiert. Ich knurre und starre meine schrumpfende Manaleiste an.

Es wird Zeit, das zu beenden. Schnell. Mit einem Grinsen rufe ich Vorhut der Apokalypse auf. Sofort spüre ich, wie meine Attribute ansteigen. Meine Stärke und Geschwindigkeit nimmt zu, während ich die Bewegungen meiner Angreifer noch deutlicher sehe. Ich kann fühlen, wohin sich die Angriffe bewegen und fast jede Bewegung verfolgen, während mein Schwert in einer Hand und eine Strahlenpistole in der anderen erscheint.

Die verwundeten und wütenden Drachlinge sind zu zornig, um zu fliehen und müssen in der beengten Höhle kämpfen. Dort aber haben sie gegen mich keine Chance. Ich springe, renne und drehe mich, wobei ich mit einer

Hand schneide und steche und mit der anderen schieße. Es ist ein Tanz durch die Dunkelheit, da die Höhle nur gelegentlich durch die verbleibenden Flammen meiner vorherigen Angriffe beleuchtet wird. Die Wände und der Boden sind die Leinwand für mein Gemälde aus Blut und Gewalt.

Als das alles vorbei ist, knie ich keuchend hin, da meine Ausdauer aufgebraucht ist und von meinem Mana nur noch eine winzige Menge übrig ist. Aber ich grinse. Denn trotz all der Schmerzen und Sorgen, die mir diese Welt gebracht hat, hat sie mir auch eine Einsicht geboten, die ich in der vorherigen Welt nie erhalten hätte. In den Stürmen der Apokalypse habe ich meinen Platz gefunden.

***

Ich teste mich eine ganze Stunde lang und belaste meinen Körper und meine neuen Skills bis an ihre Grenzen. Obwohl ich Ali immer anmeckere, hat er ja recht. Ich kann mich nur verbessern, indem ich bis an meine Grenzen gehe und prüfe, was möglich ist. Nicht mit einem Drachling oder zwei, sondern mit einem ganzen Schwarm. Immer weiter dängen, bis es nur noch Blut und Schmerz gibt, da man sich an diesen Grenzen selbst findet.

Aber so sehr ich auch trainieren und meine Gewaltbereitschaft ausleben will, kommt dann schließlich doch die Morgendämmerung. Die Zeit und die Verantwortung mahlen unermüdlich weiter und ignorieren die Bedürfnisse und Wünsche armseliger Sterblicher. Nachdem ich die Leiche des Bergriesen weggesteckt habe, blicke ich mich noch einmal im schneebedeckten Land um, bevor ich ein Portal zurück in die Zivilisation mit ihren Pflichten öffne. Ich muss gehen.

Kapitel 16

Das Portal führt nicht in mein Büro, sondern zur Granville Street in der Innenstadt von Vancouver. Die einst so populäre Hauptstraße ist nun wieder sehr beliebt geworden, wobei aber ihre Mischung aus Hipster-Bars und Sex-Boutiquen einem eklektischem Sortiment von Läden gewichen ist. In den oberen Stockwerken gibt es Trainings-Clubs, wo man seine Skills wieder aufs Maximum bringen kann. Dort wird alles unterrichtet, von Kampfsportarten der Menschen zu neueren Kampfmethoden der Galaktiker, die sich auf die Entwicklung und Integration von Skills konzentrieren. Weiter unten bieten Läden systemintegrierte Waren an, alles, von Rüstungen aus Monsterhaut bis hin zu Kampf- und Nutzdrohnen. Ich sehe, wie ein Tränkeverkäufer seinen Mantel öffnet, um Passanten seine Waren zu zeigen, während ein Straßenmusikant für ein dankbares Publikum spielt, das ihm Geld zuwirft und wartet, bis die Stärkungszauber wirksam werden.

Die Straße wimmelt nur so von Galaktikern und Menschen. Eine kleine Metallkugel rollt neben einem großgewachsenen Yerrick, dessen grünhäutige Hakarta-Begleiterin sich lächelnd an seinen Arm lehnt und ein beeindruckendes Dekolleté zur Schau stellt. In einem Textilgeschäft schlägt eine Mutter ihrem Kind auf die Hand und entwaffnete es mühelos, indem sie sein neugekauftes Kampfmesser wegnimmt. Überall eilen Abenteurer herum und bereiten sich auf ihre nächste große Expedition vor, während andere banaleren Aktivitäten nachgehen, Lebensmittel und Kleidung kaufen und Fähigkeiten und System-Skills anbieten.

„Ganz schön ungewohnt, was?", sagt Ali, der lächelnd neben mir läuft.

Ich neige den Kopf zur Seite und bemerke seinen Ton. Zu meiner Überraschung klingt er stolz. Hmm. Wer hätte das gedacht?

„WIR HABEN LETZTEN MONAT EIN AUFS JAHR UMGERECHNETES WACHSTUM DES BRUTTOSOZIAL-PRODUKTS VON 14,3 % GEMESSEN"

„Schön …“ Ich habe zu Kims Ankündigung nichts zu sagen. Schließlich verstehe ich nicht wirklich, was das bedeutet, abgesehen von den offensichtlichen Anzeichen vor mir.

„Warum sind wir mit dem Portal hierher gesprungen, Junge? Ich komme ja gern mal aus dem Büro heraus, aber …“

„Skill-Training“, sage ich. Nach kurzer Konzentration wird Netz der Gesellschaft aktiviert. Um mich herum erscheinen Leuchtfäden, die mich einen Moment lang blenden. Es gibt so viele, in einer breiten Palette von Farben und Größen, dass es wie ein Garngeschäft aussieht, in dem ein Rudel von Kätzchen und ein Tornado losgelassen wurden.

„Hey! Hier laufe ich!“, brüllt Ali, als er fast von einem landenden Flugtaxi erdrückt wird.

Mein kleiner braunhäutiger Begleiter streitet sich mit dem Fahrer, während ich still dastehe und meine neue Umgebung beobachte. Ich muss zugeben, es fällt mir nicht leicht, diesen komplexen neuen Skill vollständig zu verstehen. Der Skill ist seltsam. Aus einigen Individuen kommen zahlreiche Fäden, manche so dünn wie eine Spinnwebe, andere so breit wie eine Tür. Das kleine Mädchen hat wenige Fäden, wobei der dickste sich zu seiner Mutter erstreckt und einige andere große in die Ferne verschwinden. Mit Ausnahme von einem – einem dünnen, hellgrauen Faden, der von dem Mädchen zu mir verläuft.

Ich blicke nach unten und erkenne, dass Zehntausende dieser grauen Fäden zu meinem Körper führen. Sie überlappen sich mit anderen, helleren Fäden, die zu mir führen. Aber wenn ich mich konzentriere, werden die grauen Fäden zum Glück besser sichtbar und die bunten Fäden verblassen. Einige der grauen Fäden sind so dünn wie der des Mädchens, andere so dick wie mein Handgelenk. Mit einem Wechsel meiner Wahrnehmung lasse ich die grauen Fäden verschwinden und sehe mir die anderen an. Ich runzle die

Stirn und konzentriere mich auf einen dunkelroten und grünen Lichtstrahl, der etwa acht Zentimeter dick ist und nach Nordosten führt.

Lana Pearson

Liebe, Lust, Verpflichtung, Dankbarkeit, Eifersucht, Schuldgefühle, Freude, Zuversicht, Schmerz …

Ich sehe und spüre die Worte und Emotionen, dich ich für sie empfinde, und sie für mich. Ich fühle die lange Reihe von Verbindlichkeiten und die Hilfe, die sie mir im Lauf der Jahre geleistet hat, den unausgesprochenen Gesellschaftsvertrag zwischen uns. Liebe, Lust, Schuld und Schmerz. Gegenseitige Gefallen und Zeitaufwand. Küsse und Tränen. Das Gewicht und die Tiefe unserer Verbindung verblüffen mich und ich erkenne etwas.

Bei allen tausend Teufeln.

Ich bin ein Arsch.

Der Gedanke reicht, um mich von ihrem Lichtstrahl abzuwenden und meinen Körper anzusehen. Ich neige den Kopf zur Seite und bemerke einen besonders glänzenden schwarzen Faden. Diese Dunkelheit zieht mich an und zwingt mich, mich darauf zu konzentrieren.

Un Bair

Vertrag. Verpflichtung. Tod.

Ich zittere und spüre die Kälte, die dieser Faden ausstrahlt. Dann blicke ich zur Seite. Ich reiße die Augen auf, als der Faden einen halben Meter vor mir ins Nichts verschwindet.

Dann bohren sich zwei Messer in meine Brust und nehmen mir den Atem.

Du bist vergiftet!
47 Gesundheit pro Sekunde
Dauer: 8 Minuten und 9 Sekunden

Du bist vergiftet!
Mana- und Gesundheitsregeneration um 18 % reduziert.
Dauer: 11 Minuten 12 Sekunden

Dimensionssperre
Alle Bewegungsfertigkeiten, welche eine Teleportation erfordern, werden blockiert

Manasperre
Der Manastrom in deinem Körper wurde unterbrochen. Du bist 3,8 Sekunden lang betäubt (abgewehrt)

Ich taumle rückwärts, während die Dolche erneut erscheinen und nach mir stechen. Die zweite Attacke hämmert in den größeren Schild, den ich per Gedankenbefehl aus dem verzauberten Ring aktiviere, was ich immer noch tun kann. Dadurch gewinne ich eine Sekunde, da die Klingen am Schild entlangschrammen und es dann brechen, bevor sie wieder in meine Brust stechen. In meinem Interface blinkt ein Vergiftungssymbol auf, und der Timer verändert sich, da mehr Gift in meinen Körper strömt. Schmerz durchzuckt meinen Körper, als meine Nerven schließlich reagieren. In diesem Moment werden die Dolche herausgezogen und nun in einem Überhandschlag in meine Schultergelenke gebohrt. Ich schreie so laut ich kann, aber meine Muskeln sind erstarrt, da der Skill mich einfriert.

Schwer angeschlagen!

Du hast einen schweren Schlag erlitten. Du kannst deine Arme erst wieder bewegen, wenn du geheilt bis.

Drei Sekunden klingen vielleicht sehr kurz, aber in einem Gefecht ist das eine Ewigkeit. Als die Klingen sich wieder heben und die Hände sich überkreuzen, da mein Angreifer mich köpfen will, fühle ich, wie mich eine Hand nach hinten reißt. Zu langsam, um dem Angriff ganz zu entgehen. Die Klingen schneiden in meinen Hals und ich gurgle Blut.

Bluten!

Du hast eine Bluten-Schwächung erhalten. Du wirst Gesundheit verlieren, bis deine Wunden behandelt werden.

-3 Gesundheit pro Sekunde

Warnung! Gesundheit unter 15 %

„Hey!", schreit Ali, während er mich mit einer Hand zurückzieht und die andere nach vorn stößt.

Der Attentäter zögert nicht und ein mit Blitzen umhüllter Dolch sticht nach Alis rot leuchtender Hand. Der Angriff trifft und zwingt den Geist, die Kontrolle über den Zauber zu verlieren. Die darauffolgende Explosion des rohen Plasmas schleudert uns alle auseinander.

Mein Körper fällt und prallt gegen zwei Passanten. Ich versuche, mich hochzustemmen, aber meine Arme reagieren nicht und ich falle hilflos zur Seite, während ich versuche aufzustehen. Eine Hand packt meine Schulter und zieht mich hoch, während grünes Licht um meinen Körper scheint und meine Wunden heilt. Ich blinzle und neige den Kopf zur Seite. Dort sehe ich die Mutter, mit dem kleinen Mädchen hinter ihr. Sie blutet aus einer Kopfwunde, konzentriert sich aber darauf, mich zu heilen.

„Komm schon, du kannst bei der Arbeit nicht schlafen." Die rauen Hände, die mich packen, gehören einem älteren Abenteurer. Sein Gesicht ist von Falten durchzogen und seine Weste ist mit Heil- und Ausdauertränken bestückt.

Ich frage mich irgendwie, warum diese Leute ihr Leben riskieren, um mir zu helfen, wo es doch leichter wäre, sich zu verstecken. Die andere Person sieht sich um und sucht nach Spuren des Attentäters. Ich sehe nichts, aber das hatte ich auch vorher nicht getan.

„Ali?"

„Dieser Gremlinarsch! Autsch!"

„Meisterklasse?"

„Definitiv."

Ich fauche, blicke mich um und warte. Aber egal wohin ich blicke, wie ich blicke, kann ich ihn nicht sehen. Offensichtlich ist seine Verstohlenheit viel stärker als mein Skill. Dann wirke ich Seelenschild auf mich.

Quanten-Sperre aufgehoben.

Ich atme stoßweise aus und springe dann mit Versetzungsschritt nach oben. Einen Moment später habe ich sichergestellt, dass sein Faden in die Ferne führt und zum Horizont hin verblasst. Ich überlege kurz, ob ich ihn verfolgen soll, während ich nach unten falle und dann meinen Zauber Fliegen aktiviere, um sanft zu landen. Ich bemerke dabei, dass das heilende Licht verschwunden ist, wahrscheinlich aufgrund meiner abrupten Bewegungen. Es wäre besser, ihm nicht zu folgen. Wenn er so gut ist, wie ich glaube, würde ich in eine Falle stolpern.

„Wurde jemand verletzt?", sage ich und blicke mich um.

Der alte Mann starrt mich an, da Blut aus meinen zahlreichen Wunden tropft. Ich unterdrücke den Schmerz, so dass er Teil von mir ist, aber meine Bewegungen nicht behindert. Die Mutter ignoriert meine albernen Worte und wirkt einen Heilzauber nach dem anderen auf mich. Ich neige dankbar den Kopf und wirke auch einen Erheblichen Heilzauber auf mich, was meine Gesundheit auf einen Viertel bringt und es mir ermöglicht, meine Arme etwas zu bewegen.

„Mit Ausnahme von mir", erkläre ich.

Aber ich sehe, dass die Antwort ein Nein wäre. Die abrupte und explosive Gewalt wurde von vielen wortlos akzeptiert. Das Loch im Boden wird bereits vom System repariert. Viele andere bürsten ihre Kleidung ab, wirken Heil- oder Reinigungszauber, oder warten darauf, bis die systemimmanente Regeneration sie heilt. Es ist erschreckend, dass selbst die „Zivilbevölkerung" meiner Stadt gegenüber der Gewalt so abgebrüht ist. Ein paar Leute blicken mich neugierig an, und ich weiß nicht einmal, ob sie das tun, weil ich der nominelle Anführer ihrer Siedlung bin oder weil ich angegriffen wurde.

„Danke. Alle beide", sage ich.

Sie reagieren mit einem Achselzucken und Gemurmel auf meine Worte und gehen dann. Ich versuche, ihnen Credits und Geschenke aufzudrängen, aber die beiden lehnen es ab. Als die Mutter ihre Tochter wegführt, blickt sich das Kind zu mir um und wirft mir ein tröstendes Lächeln zu. Das Lächeln trifft mich wie ein Blitz und zerstört die von mir erzeugten Illusionen.

Der einsame Held, hoch über der Masse der Menschen, ihr Wächter und Retter. Der allsehende Beschützer – ein Klischee, das ich für die Wahrheit gehalten hatte. Ich hatte mich an diesem Bild ausgerichtet und die Idee verfolgt, als ob das eine Wahrheit wäre, die ich verstehen müsste. Ich hatte mich von den Mitgliedern der Gesellschaft ferngehalten, die ich eigentlich beschützen wollte. Und erst jetzt erkenne ich, was für eine Lüge das war. Denn man kann nicht etwas schützen, das man nicht versteht, und um etwas zu verstehen, muss man sich dafür Zeit nehmen. Und wenn man über allem schwebt, hat man keine bessere Perspektive, sondern übersieht die Details. Und letztlich sind die Details immer wichtig.

Das Kind, das nach einem Moment schrecklicher Gewalt lächeln kann. Eine Mutter, die andere schützt, während ihr Kind neben ihr steht. Das Paar, das sich streitet und sich dann wieder verträgt. Seine Leidenschaft brennt so hell, dass andere sich schweigend darüber lustig machen, obwohl sie eigentlich neidisch sind. Die Tochter, die über den Verlust ihrer Eltern weint. Der Politiker, der ein Schmiergeld ablehnt. Das Gute und das Böse, das in uns allen steckt.

Irgendwie habe ich das vergessen, es aus dem Blick verloren, da ich zu beschäftigt war, den coolen, distanzierten Helden zu spielen. Und erst jetzt verstehe ich es. Sie brauchen keinen unnahbaren Helden, keinen Lord, der sie alle überwacht und ihnen nur kalte Zusicherungen bietet. Diese Leute benötigen jemanden, der sich um sie sorgt, Tag für Tag.

***

„Du hast mich gerufen?", sagt Lana, die mich eine Minute später im am besten bewachten Ort der Stadt aufsucht.

„Ja. Gib mir deine Hand."

Lana runzelt die Stirn, läuft auf mich zu und neigt den Kopf zur Seite. Ich ergreife ihre Hand und lege sie auf den Stadtkern, wobei ich das automatische Zurückzucken der Tierherrin unterbinde.

„Was machst du da?“

„Was ich schon am Anfang hätte tun sollen“, sage ich und lasse ihre Hand los, sobald die Benachrichtigung erscheint. Zum Glück habe ich die Option für die globale Benachrichtigung deaktiviert. Andernfalls würden alle in den Siedlungen diese Warnung erhalten.

„John ...“

„Du bist die richtige Person dafür. Das warst du schon immer“, sage ich leise. „Ich war gierig und selbstsüchtig. Und vielleicht hatte ich auch etwas Angst.“

„Ich kann die ersten beiden Gründe verstehen, aber der letzte?“, sagt Lana mit gespielt heiterer Stimme. Aber ich bemerke, dass sie ihre Hand nicht vom Stadtkern nimmt.

„Ich hatte Angst, dass ich dir nicht vertrauen könnte. Oder sonst jemandem.“ Ich seufze. „Angst, dass es außer mir niemand tun könnte. Dass ich die Kontrolle einer anderen Person übergeben müsste, die dann einen Fehler begehen würde. Aber das ist dumm, nicht wahr? Denn du hast das die ganze Zeit verwaltet. Also ... tut mir leid.“

Lana nickt, öffnet den Mund und sagt dann langsam: „John, dieses Geschenk ...“

„Das hat nichts mit uns zu tun. Dem uns, das ... na ja, du weißt schon. Und es ist kein Geschenk. Eher eine Fessel“, sage ich mit einem ironischen Lächeln. „Du hast es auf jeden Fall verdient.“

„Oh. Wie nett.“

Du hast deine Siedlung Vancouver freiwillig aufgegeben. Möchtest du alle deine Siedlungen an Lana Pearson übertragen?

(J/N)

Natürlich. Wer A sagt, muss auch B sagen! Während ich bestätige, erneut bestätige und dann nochmals bestätige, dass ich das wirklich, wirklich tun will, sieht sich Lana ihre eigenen Benachrichtigungen an.

„Warum erhalte ich erst jetzt einen Bericht über einen Attentatsversuch in Granville Street?" Lanas Stimme klingt streng, und ich zucke etwas zusammen.

„Würdest du mir glauben, dass ich einfach vergessen habe, das zu erwähnen?", sage ich mit meiner besten Unschuldsmiene.

„Werde ich als Köder verwendet?"

„Was? Nein!" Ich werfe der Frau einen empörten Blick zu und lege die Hände auf die Hüften.

Als sie mein Gesicht sieht, fängt die Rothaarige an zu kichern. „Tut mir leid. Das hätte ich nicht fragen sollen. Aber ich konnte der Versuchung nicht widerstehen."

„Ehrlich gesagt glaube ich, dass sie auf den Jungen gewartet haben." Als wir den Geist ansehen, fährt er fort. „Kim und ich sind die Aufnahmen der verschiedenen Überwachungskameras durchgegangen und haben seinen Angreifer gesucht. Ich würde sagen, dass er maximal vier Tage hier war. Aber da unser Junge entweder zu der Stelle springt, die er erreichen will, oder direkt zur schwer bewachten Teleporter-Station ..."

„Keine Gelegenheit", sage ich stirnrunzelnd. Das hört sich richtig an. Mein Büro ist sehr gut gegen Attentäter geschützt, mit mehreren Schilden, Sensoren und sogar einem dreifach verstärkten Teleportationskreis. Das ganze Verwaltungsgebäude besitzt ein Alarmsystem. Selbst wenn der Attentäter mich dort umbringen könnte, wäre eine anschließende Flucht deutlich schwieriger. „Warum ist er geflüchtet?"

„Wahrscheinlich hat er nicht erwartet, dass ich oder andere Leute dir helfen. Er hat wohl angenommen, dass er dich mit dem ersten Angriff erledigt", sagt Ali. „Attentäter richten ihre Fertigkeiten auf einen schnellen Angriff aus und wollen genug Schaden wirken, um sofort zu töten. Sobald du seine ersten Stiche überlebt hast, nahm er an, dass es Zeit zur Flucht war. Es war ihm wohl nicht klar, dass du neben deiner Gesundheit auch noch eine Reihe von Skills zur Schadensreduzierung hattest."

Ich nicke langsam und beschließe, diese Erklärung vorläufig zu akzeptieren. Sie klingt etwas oberflächlich, aber da ich keine anderen Vorschläge oder gegenteilige Beweise habe, kann ich sie nicht widerlegen.

„Muss ich mir über so etwas Sorgen machen?", fragt Lana mit nervöser Stimme. Natürlich war sie schon früher das Ziel von Angriffen, aber es gibt einen Unterschied zwischen einem Attentäter der Fortgeschrittenen Klasse und einem der Meisterklasse.

„Möglicherweise", sage ich. „Deine Tiere sollten einen guten Schutz darstellen, aber du solltest mit deinen Leibwächtern darüber sprechen. Und deine defensiven Verzauberungen verbessern."

„Weißt du, wer den Attentäter angeheuert hat?"

Ich zucke mit den Achseln. Ich habe da einige Vermutungen, und die Movana stehen ganz oben auf meiner Liste. Schließlich ist ihnen am meisten daran gelegen, dass ich scheitere. Der Name, den ich bemerkt hatte, war im System nicht verzeichnet. Wahrscheinlich war er durch einen Skill verändert worden. Selbst Ali konnte im System keine weiteren Informationen finden. Die Angriffsbezeichnungen, die wir erhielten, hatten nur eine Reihe von Fragezeichen anstelle personenbezogener Daten. Letztlich heuert man einen verdammten Attentäter an, um all das zu verbergen.

Bevor wir die Diskussion fortsetzen können, marschiert Katherine herein, stützt die Hände auf die Hüften und starrt mich an. „Es wäre wirklich nützlich, wenn du uns im Voraus informieren könntest, bevor du so etwas tust." Ich öffne den Mund, um mich zu entschuldigen, aber Katherine sieht bereits Lana an und neigt ihren Kopf leicht. „Herzlichen Glückwunsch, Ms. Pearson. Es war auch höchste Zeit. Ich freue mich darauf, dass diese Siedlungen wieder auf ordentliche und effiziente Weise entwickelt werden."

„Hey, ich bin hier!" protestiere ich.

„Ja", schnüffelt Katherine, gibt aber dann nach und neigt den Kopf, während sie etwas lächelt. „Du hast das mit den zur Verfügung stehenden Ressourcen ganz gut gemacht."

„Frechheit. Musst du viel verdrängen?", frage ich und lächle.

„Anscheinend haben wir in der nächsten Zeit eine Menge zu tun. Aber diese Änderung wird einen Einfluss darauf haben, wie wir den Ratssitz erwerben wollen", unterbricht uns Lana, bevor wir in Streit geraten.

Ich bemerke das amüsierte Glitzern in Katherines Augen, bevor sie wieder ganz sachlich wird.

Ich reibe mir übers Kinn und antworte Lana dann. „Nicht wirklich. Wir haben nie bestimmt, für wen die Stimmen abgegeben würden. Manche nehmen vielleicht an, dass ich gewählt werden wollte, egal wie oft ich dem widersprochen habe. Vielleicht würden sie daher sogar auf unsere Seite kommen. Wer weiß, möglicherweise macht das alles einfacher. Ich könnte allen, die sich uns widersetzen, einen kleinen Besuch abstatten ..." Als die beiden mich anstarren und Ali übertrieben dramatisch seufzt, winke ich ab. „War nur ein Witz. Größtenteils."

„Na schön, dann kann ich dich als den rebellischen Neandertaler verwenden", sagt Lana. „Aber Rob und Bipasha benötigen Zusicherungen."

„Da hast du recht. Ich werde sie besuchen."

Die Damen nicken und dann zucken beide zusammen, während sie vor sich hin starren. Nach einer eiligen Verabschiedung gehen die beiden und lassen mich im Raum des Stadtkerns allein.

„MILORD. DARF ICH NACH MEINEM JETZIGEN STATUS FRAGEN?"

„Was … ach so. Klar. „Was willst du tun?", sage ich und erkenne, in welcher schwierigen Lage Kim ist.

Schließlich ist er eine Siedlungs-KI – mit Politik-Upgrades, aber dennoch immer noch eine Siedlungs-KI. Aber während er die Siedlungen verwaltet hat, habe ich ihn ja direkt gekauft, um mehr Kontrolle über ihn zu haben.

„ICH BIN DARAUF PROGRAMMIERT, DIENSTE FÜR DIE SIEDLUNGEN ZU LEISTEN. WENN ICH EINE WAHL HÄTTE, WÜRDE ICH GERN WEITERHIN MIT MS. PEARSON ARBEITEN."

„Abgemacht", sage ich und übertrage die Eigentumsrechte in wenigen Sekunden. „Wenn du mir weiterhin Updates über die Politik und Tipps lieferst, geht das in Ordnung."

„SELBSTVERSTÄNDLICH. MS. PEARSON HAT ANGEZEIGT, DASS DAS ZULÄSSIG IST."

Ich muss leise kichern und lasse die Benachrichtigung verschwinden, so dass ich mit Ali allein bin. Auch wenn ich beschlossen habe, kein Arschloch mehr zu sein, das glaubt, all das allein zu tun, gibt es bestimmte Dinge, die wirklich nur ich erledigen kann.

Kapitel 17

„Mr. Lee", begrüßt mich Bipasha und steht lächelnd auf.

Ich bemerke beiläufig, dass sie nun einige schweigende Leibwächter hat, Typen in Anzügen, die Sonnenbrillen tragen. Am liebsten würde ich ihnen einen Klaps auf den Hinterkopf versetzen, da wir ja drinnen sind. Andererseits sind die Sonnenbrillen vermutlich High-Tech-Geräte mit Sachen wie Blitzunterdrückung und automatischer Zielfunktion. Das hoffe ich zumindest, der Weberin wegen.

„Danke. Und ja, Tee wäre sehr nett", sage ich und nicke der Assistentin zu, die hereinkommt und den Tee serviert. Nachdem ich meine Siedlungen aufgegeben hatte, verbrachte ich einen ganzen Tag damit, allen zu versichern, dass ich noch am Leben war, jetzt mehr Vorsichtsmaßnahmen treffen würde, und dass Lana nicht gegen mich geputscht hat. Oder in manchen Fällen, dass die Rothaarige nicht übergeschnappt war. „Ich wollte nur vorbeischauen, um über die Ereignisse in letzter Zeit zu reden."

„Ich bin dafür sehr dankbar. Aber ich wusste gar nicht, dass wir einander so nahe stehen." In Bipashas Augen glitzert der Humor, aber auch eine gewisse Schärfe.

„Das sind wir nicht, aber ich hätte schon früher kommen sollen", sage ich und lehne mich in dem Plüschsessel zurück. „Die Lage war ziemlich hektisch."

„Das Sammeln der Stimmen für die planetare Wahl."

„Ich habe auch überlegt, wer vielleicht Attentäter anheuern würde, um die Konkurrenz auszuschalten. Und dabei wurde mir klar, dass, na ja, du und Rob ein Motiv dafür hättet." Ich starre die Frau an, um zu sehen, wie sie reagiert.

„Ich hatte nichts mit dem Attentatsversuch zu tun", sagt Bipasha.

Augen der Einsicht reagieren überhaupt nicht, daher verwendet sie keinen Skill, um ihre Worte zu verschleiern. Zumindest nichts, was über ihre üblichen, auf Charme basierenden Passivfähigkeiten hinausgeht. Andererseits sind Augen der Einsicht nicht mit Nelias Fertigkeit vergleichbar, mit der sie die absolute Wahrheit einer Aussage feststellen kann. Ich besitze daher nur meinen Skill und meine Intuition.

„Ich warte immer noch auf eine Antwort."

„Wen ich unterstützen werde?", sage ich leise. Statt ihr zu antworten nehme ich die Tasse Tee und blase darauf, während ich das Netz der Gesellschaft aktiviere. Hunderte von Fäden gehen von ihr aus. Ich habe erkannt, dass viele der dünneren mit ihrem Besitz der Siedlung zu tun haben. Lana hat durch die Übertragung der Siedlungen so viele weitere gewonnen, dass diese zusätzliche Verantwortung die bereits zahlreichen Fäden vervielfacht hat. Aber langsam beherrsche ich diesen Skill und kann die Fäden mit einem Teil meines Bewusstseins sortieren, während ich mit dem anderen die Unterhaltung fortsetze. Ich lese die einzelnen Informationen nicht mehr, sondern „fühle" die Fäden. „Ich habe mich noch nicht entschieden."

„Willst du bis zum letzten Tag warten?"

„Vielleicht. Oder vielleicht warte ich, bis ich weiß, dass wir eine Chance haben. Ich habe immer noch nichts von den Truinnar und den Movana gehört." Meine Hände öffnen sich etwas, wie ein Achselzucken. „Bis wir eine der Gruppen oder beide hinter uns haben, sind wir chancenlos."

„Das stimmt. Ich hatte gehofft, dass deine Beziehung zu Lord Roxley in dieser Hinsicht nützlich wäre", sagt Bipasha.

„Ich auch."

„Vorausgesetzt, dass das klappt, müssen wir noch darüber sprechen, was du für deine Hilfe erhalten möchtest", sagt Bipasha. „Oder tust du das nur für das Gemeinwohl?"

Ich höre etwas Spott in ihrem Ton, als sie das sagt, ein Hinweis darauf, was sie von so einer Idee hält. Und vielleicht von Personen, die sich für andere einsetzen? Schwer zu sagen. Dennoch bemerke ich etwas bei den von ihr ausgehenden Fäden. Die größten und stärksten führen zu zahlreichen Personen, die ich kenne, und mit einigen von ihnen habe ich sogar bereits gesprochen. Das sind alles mächtige und einflussreiche Personen in dieser neuen Welt. Die meisten dieser Fäden fühlen sich kalt und analytisch an. Ein Abwägen von Schulden und Verpflichtungen, von getauschten Ressourcen und erhaltenen Gefallen. Ich finde wenige – sehr wenige – Fäden, die vor Emotion aufleuchten, aber die Intensität dieser Emotionen überwältigt mich beinahe. Wenn sie für jemanden Gefühle hat, sind diese voller Leidenschaft.

Zum Glück gehöre ich nicht dazu. Als ich schließlich den zu mir führenden Faden finde, ist er dünn, kaum dicker als viele der Verbindungen zu ihrem Personal. Sie hat keine starken Emotionen mir gegenüber, keine verborgenen Sehnsüchte. Was sie betrifft, stelle ich nur eine geschäftliche Transaktion dar.

„Nein, ich will schon etwas. Aber wie eine Bekannte von mir einmal sagte, sollten wir das momentan ruhen lassen. Ich würde das als einen Gefallen für später bezeichnen."

„Ein Gefallen."

„Nichts, was deinen Siedlungen schaden würde. Du kannst es gewähren, und es wäre nicht zu schwer", versichere ich ihr.

Hmm. Sie hat eine Verbindung zu Lana. Nicht sehr stark, aber es gibt eine Spur von Eifersucht. Neid. Aber auch Respekt. Und eine weitere Verbindung zu Mikito, die ähnliche Gefühle wie die Fäden zu anderen Champions aufweist. Diese Fäden sind dick und durch ihre wiederholten Interaktionen und die zahlreichen Fälle gestärkt, in denen sie einander das Leben gerettet haben. Also nichts Verdächtiges. Noch eine zu Roxley. Das ist auch eine geschäftliche Beziehung, allerdings mit einem Unterton der Lust. Ich spüre etwas Eifersucht, was ich dadurch unterdrücke, dass ich einen weiteren Faden identifiziere – den für Ingrid. Er ist nicht dick, aber es gibt zahlreiche Verträge und Verpflichtungen. Interessant.

„Dann muss ich wohl deinem Wort vertrauen." Bipasha lächelt und lehnt sich vorwärts, so dass sich ihr gepanzerter Jumpsuit über dem Brustkorb strafft und ihren Körper hervorhebt. „Bin ich wirklich so schön?"

„Häh?"

„Na ja, du hast mich während der ganzen Unterhaltung angestarrt. Wenn du gerne mit mir allein wärst …", sagt Bipasha und berührt leicht ihre Lippen. „Du bist auch nicht gerade unattraktiv."

In meinem Kopf höre ich Alis Gelächter. Der verdammte Geist ist unsichtbar, schwebt herum und untersucht die Umgebung. Manchmal streckt er den Leibwächtern, die ihn nicht sehen können, die Zunge heraus.

„Nein, nichts dergleichen", sage ich kopfschüttelnd.

„Oh? Schade."

Ich halte inne und merke, dass meine automatische Ablehnung vielleicht eine Dummheit war. Und dann erkenne ich, dass ich erwäge, mit einer Frau zu schlafen, die vielleicht meine Ermordung angeordnet hat. Die Unstimmigkeit des Ganzen bricht meine Konzentration und ich beende meinen Skill und lasse mein Mana wieder ansteigen, während ich aus einem Fenster starre und sehe, wie sich Dhaka verändert hat.

„Ihr habt hier ausgezeichnete Arbeit geleistet. Ich bin überrascht, dass viele der Galaktiker ihren Baustil an euren angepasst haben."

„Ich habe keinen Baustil vorgeschrieben", sagt Bipasha und deutet nach außen auf die vielen galaktischen Gebäude, die eine Vielzahl von Kuppeln, detaillierten Schnitzereien und hohen Türmen angebracht haben. „Den

Galaktikern gefielen einige lokale Designs, und sie haben sie kopiert. Das ist immerhin besser als diese Slum-Architektur."

Ich hebe eine Augenbraue und Bipasha lässt mit einer Geste eine Reihe von Bildern erscheinen. Vier- und fünfstöckige Gebäude mit extremen Überhängen, Balkonen und einer Reihe imitierter Klimaanlagen sind besonders häufig. All die Designelemente stehen in Kontrast zu dem silbergrauen Glanz der durch das System verstärkten Werkstoffe und den für die Aliens erforderlichen Modifikationen wie zu breite oder hohe Türöffnungen, Filter-Jalousien und so weiter. Gebäude, die mit der galaktischen Architektur graziös und elegant aussahen, wirken nun hässlich und verzerrt, eine Parodie ihrer früheren Form.

„Oh ..." Ich verziehe das Gesicht, während Ali kichert und etwas über die verdammten Neureichen sagt.

„Ich habe versucht, den Rat zu überzeugen, diese Gegenden landwirtschaftlich zu nutzen, aber leider sagen die Galaktiker nun, dass wir sie aus historischen und kulturellen Gründen so belassen müssen", raunzt Bipasha. „Als ob jemand in den Vierteln noch wohnen oder arbeiten wollte. Sie sind jetzt alle ins Zentrum umgezogen."

„Alle?"

„Alle außer einige Narren", sagt Bipasha und winkt abschätzig. „Sentimentale Narren."

Ich schweige. Es ist interessant, Bipasha bei der Arbeit zu sehen, wenn sie ihre Meinungen ausdrückt. Das gewährt mir einen Einblick in die Frau, aber ich kann nicht kommentieren. Schließlich habe ich derartige Probleme in meinen eigenen Siedlungen ignoriert und sie von anderen lösen lassen.

„Aber deshalb bist du ja nicht hierher gekommen", sagt Bipasha lächelnd. „Und auch wenn das ein interessantes Gespräch war, muss ich jetzt wieder an die Arbeit. Oder gibt es noch etwas ...?"

„Nur eine Sache. Was würdest du dafür verlangen, Rob zu unterstützen? Rein hypothetisch.“

„Rein hypothetisch könnte ich zustimmen, wenn eine Rotation des Ratssitzes festgelegt würde“, sagt Bipasha. „Und ich würde einen Vertrag benötigen, der bestimmt, was er tun kann, müsste laufende Berichte über seine Aktionen und Treffen erhalten, und natürlich politische, wirtschaftliche und militärische Unterstützung für meine Expansion.“

Ich schweige und überdenke ihre Worte, während ich eine Karte dieses Landes aufrufe. Bipasha hat zusammen mit ihren Verbündeten zahlreiche Siedlungen in Bangladesch und benachbarten Staaten erobert. Es gibt einige auffällige Punkte, wo die Galaktiker durch eine Mischung aus militärischen und diplomatischen Manövern ihre Stellung behauptet haben. Aber irgendwie habe ich das Gefühl, dass Bipasha die blockfreien Siedlungen der Menschen will, um ihre Herrschaft über diese Gegend zu stärken. Nach dem, was ich erfahren hatte, wurde ihre Führungsposition durch die einfache Tatsache geschwächt, dass sie eine Frau war. Das war eine frauenfeindliche Einstellung, die zudem die Realität des Systems ignoriert, aber alte Angewohnheiten sterben nur langsam.

Und gerüchteweise starben einige ihrer ehemaligen Feinde besonders langsam. Das ist vielleicht der Hauptgrund, dass ich einer langfristigen Allianz mit dieser Frau skeptisch gegenüberstehe. Selbst wenn mich die Gerüchte früher erreicht hätten, bestätigten die Einblicke durch mein Netz der Gesellschaft das nur. Aber vielleicht bräuchten wir jetzt eine kalte, gnadenlose und brutale Anführerin. Ist Rob, der nur durch Zufall diese Machtposition erreicht hat, überhaupt besser?

„Schön, das zu hören“, sage ich. „Ich bin auch froh, dass wir über einige Dinge verhandeln können.“

„Ein bisschen. Ich gehe zumindest davon aus, dass du eine bessere Zukunft für uns alle erreichen willst. Aber gehe nicht zu weit", sagt Bipasha.

Mit dieser Warnung endet unser Treffen. Trotz allem, was ich über die Frau erfahren habe, muss ich zugeben, dass sie bisher sehr offen und ehrlich war. Zumindest an der Oberfläche. Das ist ganz nett, im Vergleich zu den seltsamen politischen Manövern, mit denen ich es schon zu tun hatte.

Verdammte Truinnar.

***

Nächste Station, China. Ich erscheine wieder oben auf dem Gebäude der Bank of China und blicke auf die Hochhäuser von Hongkong hinab. Ich würde ja gern in die Teestube teleportieren, aber leider ist der Skill blockiert. Das ist ärgerlich, aber wenigstens ist es nicht weit von hier. Nach einer Fahrt im Aufzug und einem kurzen Lauf bin ich für mein Treffen mit Großmeister Chang bereit.

„Mr. Lee", begrüßt mich Großmeister Chang.

„Großmeister." Ich setze mich, nehme die Teekanne und fülle seine Tasse wieder auf, bevor ich mir selbst Tee einschenke. Dann nehme ich mir die Zeit ihn mit dem Netz der Gesellschaft zu betrachten. Ich teile mein Bewusstsein auf und beobachte die verschiedenen Fäden, während ich gleichzeitig mit ihm plaudere. „Vielen Dank für dieses Treffen."

„Keine Ursache. Etwas zu essen?", fragt Großmeister Chang und deutet auf die Kellnerin.

Trotz meiner Proteste bestellt er eine Reihe von Snacks. Ich lehne mich zurück und wende meinen Blick gelegentlich von ihm ab, damit meine Nutzung des Skills nicht ganz so offensichtlich ist.

„Danke. Eigentlich kam ich vorbei, um über die Chinesen zu sprechen“, sage ich.

„Von uns gibt es eine Menge.“

„Ja. Das stimmt“, stimme ich zu. Interessant. Verpflichtungen, Verträge, eine Kette der Verantwortung fließt von ihm weiter nach Westen, nach China. Es gibt einige dieser Fäden, aber einer ist deutlich größer und wichtiger. „Und deshalb überrascht es mich, dass Bipasha keine Unterstützung erhält.“

„Ich mische mich nicht in die Politik ein“, sagt Jing Yi entschlossen.

Als ich an Cheng Shaos ähnliche Aussage denke, drücke ich die Lippen zusammen. „Das verlange ich auch gar nicht. Ich möchte nur die Lage verstehen. Und Sie sind der Situation viel näher als ich.“

„Wie gesagt mische ich mich nicht in die Politik ein“, sagt Jing Yi erneut.

Ich kneife die Augen etwas zusammen und frage mich, worüber ein Mann mit so viel Macht besorgt sein könnte. Allerdings spüre ich keine Sorgen, eher Vorsicht. Ich frage mich, ob das aus der Zeit vor dem System stammt, dieser Wunsch, nicht aufzufallen. Schließlich ist der Fluch „Mögest du von der Obrigkeit bemerkt werden“ vielleicht unecht, aber er spiegelt die chinesische Sicht der Regierung gut wieder. Das letzte, was der Mann auf der Straße will, ist, etwas mit der Regierung zu tun zu haben.

„Ich verstehe“, sage ich und überlege schweigend, wie ich ihn überreden kann. Der alte Mann ist schlau und stur, daher bezweifle ich, dass eine direkte Methode funktionieren würde. Allerdings muss ich zugeben, dass ich meine Pläne für dieses Treffen nicht zu Ende gedacht habe.

„Ah, gut. Das Essen ist da. Guten Appetit!“, ruft Jing Yi und schiebt mir den Teller zu.

Ich reagiere gern auf seine Aufforderung und lasse mir verschiedene Versionen der Frage durch den Kopf gehen. Meine Konzentration wird erst gebrochen, als ein wirklich unbekanntes Gericht auf meinen Teller kommt.

„Geröstetes und gewürztes Junaar-Biest", sagt Jing Yi und deutet auf die kleine, einem Ameisenbär ähnelnde Kreatur auf dem Tisch. Allerdings ist die Haut knusprig, wie bei einer gebratenen Ente, und die sechs Beine sind eher ungewöhnlich. Der Koch hat sogar den Kopf und dessen übergroße Augenhöhlen für Dips verwendet. „Ein echter Leckerbissen. Sie erschienen ein Jahr nach der Apokalypse und haben sich über ganz China verbreitet."

„Oh?" Ich serviere ihm ein Stück gehacktes Fleisch, bevor ich selbst eines nehme und das herzhafte und überraschenderweise knochenfreie Gericht genieße. Das Fleisch schmeckt wie eine Mischung aus schmackhaftem Lamm und knusprigem, fetten Schweinefleisch. Also echt lecker. „Sehr gut!"

„Genau. Schade, dass es so schwer ist, diese Wesen zu fangen." Als ich ein höfliches Geräusch mache, fährt der Großmeister fort. „Das Biest ist sehr interessant. Es zieht kleine Kreaturen auf – Junaar-Mäuse – und schickt sie voraus. Diese Mäuse dienen als Köder und lenken vom Biest selbst ab. Eine sehr pragmatische Lebenseinstellung. Meinen Sie nicht auch?"

Ich überlege, während ich am letzten Stück Fleisch kaue und starre den lächelnden alten Mann an. Nachdem ich die außerirdische Kreatur und dann den Mann angesehen habe, kichere ich leise. „Ja. Sehr praktisch. Hier, noch ein Stück!"

Erst als ich die Teestube verlasse, nachdem ich mich mit gutem Essen vollgeschlagen und weitere Kriegsgeschichten gehört habe, erscheint Ali wieder. Der Geist schnüffelt und schwebt neben mir, als wir zur Teleporter-Station traben.

„Nicht gerade eine subtile Analogie", sagt Ali.

„Aber sie hat funktioniert."

Also. Bipasha ist die Maus, und die Chinesen betrachten sich als die Eigentümer. Damit kann ich leben, solange sie ihre Stimme abgeben. Und nachdem ich das Ziel eines Angriffs wurde, ist ihre Strategie vielleicht nicht die Schlechteste, die ich gesehen habe. Man verbirgt seinen Namen, senkte den Kopf und lässt andere die Aufmerksamkeit auf sich ziehen. Bis man dann zuschlagen muss. Keine schlechte Strategie, aber nichts für mich.

***

„Mr. Lee." Rob lächelt und reicht mir die Hand, nachdem er aufgestanden ist.

Wir treffen uns erneut in seiner Imitation des Oval Office, obwohl diesmal ein halbes Dutzend Geheimagenten hier herumstehen. Die erhöhten Sicherheitsmaßnahmen amüsieren mich etwas.

„Ich hätte nicht gedacht, dass es so wichtig ist, dass ich fast umgebracht wurde."

„Na, du bist vielleicht eingebildet. Du erinnerst dich doch daran, dass Ikael während eines Gesprächs mit dir ermordet wurde, oder?"

„Du meinst, dass sie ihn gegen mich schützen wollen?", antworte ich Ali telepathisch und bin fast empört. Als ich bemerke, dass ein halbes Dutzend Leibwächter mit Fortgeschrittener Klasse einen beträchtlichen Teil der Streitmacht einer Siedlung darstellen, beschließe ich, dass das vielleicht ein ganz nettes Kompliment ist. In gewisser Hinsicht.

„Präsident Markey", begrüße ich den Mann und setzte mich. Ich finde es lustig, dass der Sessel zwar plüschig, aber nicht so bequem wie die galaktischen Nanogewebe-Sessel in meinem Büro ist. Aber die Tradition verlangt, dass diese Sessel so aussehen müssen, und deshalb ist es so. Sobald ich mich gesetzt habe, aktiviere ich das Netz der Gesellschaft und beginne mit dem Sortieren.

„Deine Entscheidung hat viele von uns überrascht", sagt Rob. „Ich bin froh, dass sie freiwillig zustande kam."

„Das ist sie, und sie ist auch genau so sinnvoll", sage ich mit einem unterdrückten Lächeln. „Lana hat diese Aufgabe sowieso schon übernommen. Und dadurch habe ich mehr Zeit, mit Leuten über die Abstimmung zu sprechen."

„Ich dachte mir, dass du deswegen hier bist." Rob breitete die Hände aus. „Tut mir leid, aber wenn du unsere Unterstützung möchtest, wirst du nur einen Teil davon erhalten. Unsere Abgeordneten können nach eigenem Gewissen abstimmen."

„Aha. Die freien Medien übertreffen sogar die Informationen im Shop. Anscheinend hatten sie eine Abstimmung im Repräsentantenhaus – oder Senat – und zwangen Rob, dem zuzustimmen. Die gute Nachricht ist, dass sie dadurch den Großteil von Süd-Texas auf ihre Seite gebracht haben."

„Ah ...", sage ich und lehne mich zurück- „Wie sieht das zahlenmäßig aus?"

„Wenn sie für Ms. Chowdury stimmen sollen? Vielleicht die Hälfte", sagt Rob.

Das bedeutet, dass wir zwei Prozent der Stimmen verlieren würden. Das ist nicht enorm viel, aber doch relevant, da es zehn Prozent dessen darstellt, was wir verlieren können. Es hilft auch nicht, dass so viel von Nordamerika im Besitz der Truinnar und ihrer Verbündeten ist, so dass Robs provisorische Regierung um sie herum arbeiten muss.

„Was willst du dafür, sie dennoch zu unterstützen?", sage ich leise und rechne das im Kopf durch. Es reicht immer noch nicht, nicht einmal annähernd. Nicht ohne die Truinnar und weitere Unabhängige. Das bestimmt, wohin meine nächste Reise gehen wird.

„Nichts Besonderes. Wir haben bereits darüber geredet. Aber ich kann weitere meiner Leute dazu bringen, für sie zu stimmen, wenn sie eine Expedition unterstützen würde."

„Einen Krieg also", sage ich und komme zur Sache. „Wo?"

Rob sagt nichts, sondern schiebt mir mit einer Geste eine Landkarte zu, auf welcher der Staat Oklahoma hervorgehoben ist. Ich frage gar nicht, warum es um diesen Staat geht – ich bin mir sicher, dass es gute Gründe gibt. Was mich mehr beunruhigt sind die Besitzer der Siedlungen dort. Und leider habe ich erneut recht. Er will die Truinnar aus Oklahoma vertreiben, was uns auf einen Konfrontationskurs mit den Leuten bringen würde, deren Stimmen wir wahrscheinlich brauchen.

„Das wird nicht funktionieren", sage ich und kneife die Augen zusammen. „Zumindest glaube ich das."

„Ich verstehe."

Ich seufze, stehe auf und gebe Rob die Hand. Er scheint ein netter Kerl zu sein, aber angesichts des Zustands des Landes und der Kriege, die er austragen muss, weiß ich gar nicht, warum ich hierher gekommen bin. Vielleicht habe ich noch alte Vorurteile und betrachte die Amerikaner als Großmacht, aber in dieser neuen Welt sind sie zu dezentralisiert. Als Rob aufsteht, sehe ich in seinen Augen, dass er das ebenfalls teilweise versteht. Ich entdecke eine Müdigkeit und Resignation in seinen Augen, die ich vorher nie bemerkt habe.

„Danke. Und viel Glück."

„Ebenfalls, Mr. Lee."

***

Osten. Das Portal nach Whitehorse bringt mich in die Lobby des Verwaltungsgebäudes, was einige Abenteurer erschreckt. Irgendwie frage ich mich, was es bedeutet, dass ich per Portal an jede Stelle in Roxleys Siedlungen springen kann. Nicht nur Whitehorse, sondern sogar bis hinauf nach Alaska. Zumindest theoretisch, da ich noch keine Wegpunkte in Alaska besitze. Ein ängstlicherer Teil meines Bewusstseins beschließt, wie immer, dass derartige Fragen über meine Beziehung zu dem Truinnar auf einen passenderen Zeitpunkt verschoben werden sollten. Also bis zum St. Nimmerleinstag.

„John", begrüßt mich Roxley lächelnd, als ich aus dem Aufzug trete. „Ich habe mich schon gefragt, wann du kommen würdest."

„Ich hatte gedacht, dass du mir sagen würdest, wenn du bereit bist, aber Ticktack, Mann."

„Ticktack?"

„Das Geräusch einer Uhr ..." Ich schüttle den Kopf. „Keine Ablenkungen. Ich brauche eine Antwort. Haben wir diesmal genug Stimmen, oder muss ich weitere sechs Monate des politischen Schacherns einplanen?"

„Und der Eroberung von Siedlungen?", fragt Roxley mit einem mysteriösen Lächeln.

„Nötigenfalls."

„Na gut", sagt Roxley. „Ich bin froh, dass ich dich richtig interpretiert habe. Die Herzogin hat sich bereit erklärt, deine Bemühungen zu unterstützen – unter bestimmten Vorbehalten. Erstens möchten wir, dass die Erde sich dann offiziell–"

„Nein."

„Du hast mich nicht ausreden lassen."

„Das brauche ich gar nicht." Ich stütze die Hände auf die Hüften. „Du hast nicht die ganze Zeit aufgewendet, nur um mir ein Angebot zu machen, das ich sofort ablehnen würde."

„Das habe ich nicht. Aber ich musste es versuchen", sagt Roxley und wirft mir ein Lächeln zu, bei dem mein Inneres Saltos zu schlagen scheint.

Verdammt. Ich überprüfe meine Benachrichtigungen, sehe aber nichts, daher hat entweder sein Charisma zusammen mit anderen Skills funktioniert, oder es liegt an mir.

„*Es liegt an dir*", sagt Ali telepathisch zu mir, da er wohl bemerkt hat, dass ich meine Benachrichtigungen durchgesehen habe.

„*Verpiss dich*", antworte ich Ali und sehe dann Roxley an, wobei ich meine anderen Gedanken und Gefühle unterdrücke. „Und?"

„Wir werden verlangen, dass du bei bestimmten Gesetzesvorlagen mit uns abstimmst. Wir werden eure Stimmen zehn Mal einfordern – und darüber gibt es keine Verhandlungen", sagt Roxley. „Darüber hinaus wollen wir, dass ihr auf die Movana und ihre Verbündeten zusätzliche Steuern und Zölle erhebt. Die Truinnar werden von allen Zugangsgebühren befreit, während–"

„Ihr wollt, dass wir die Gebühren für die Movana und ihre Verbündeten verdoppeln oder verdreifachen." Ich winke ihm zu. „Wenn das die Knackpunkte sind, klingt es nicht allzu schlimm, euch an Bord zu holen. Wir werden sie etwas anpassen, indem wir sicherstellen, dass diese Gesetzesvorlagen uns nicht zu sehr beeinträchtigen. Außerdem werden wir vielleicht die Zölle und Steuern zeitlich begrenzen, aber darum können sich Lana und Katherine kümmern." Nach kurzem Zögern füge ich hinzu: „Und Bipasha."

„Du hast deine Entscheidung also getroffen?"

„Ich bin eigentlich mehr daran interessiert, warum du so lange gebraucht hast", sage ich und tappe mit dem Fuß. „Du hast offensichtlich schon eine Weile darüber nachgedacht."

„Die Verzögerung hat dir sogar geholfen. Unsere Treffen waren für unsere Feinde von besonderem Interesse. Wenn wir dieses Abkommen vorher bestätigt hätten, würde es dich und deine Bemühungen in große Gefahr bringen."

„Aber jetzt haben wir weniger als zwei Wochen, um den Rest deiner Leute zu überzeugen, und dann werden sie darüber streiten, was sie entschieden haben."

„Das Abkommen mit mir wird voll ausreichen", sagt Roxley zuversichtlich.

„Wie ...?"

„Wie ich so optimistisch sein kann? Weil wir uns bereits darüber geeinigt haben."

„Du hast schon mit ihnen gesprochen? Aber werden dann nicht unsere Feinde das auch erfahren?"

Roxley sieht etwas pikiert aus. „Also bitte, John. Meine Landsleute und ich haben unser Leben lang im Rahmen des Systems politisch gehandelt. Das ist eine Lappalie."

Ich halte inne und schließe dann den Mund. Na schön. Sie wissen, wie man mit dem System und ihren Gegnern umgeht. Und ich bin der Tölpel, den man zu seinem eigenen Besten im Dunkeln gelassen hat. Ich knirsche mit den Zähnen, atme tief ein und langsam wieder aus, da ich mich beruhigen muss. Als Roxley eine Hand auf meinen Arm legt und meinen Bizeps zur Beruhigung drückt, knurre ich nur und schüttle ihn ab. Dann stapfe ich davon und starre einen Bildschirm an, der als Fenster fungiert.

„John ...?"

„Einen Moment", sage ich und hebe einen Finger.

Ich zwinge mich, zu atmen, meine Emotionen durchzugehen und ganz langsam die Wut zu unterdrücken. Denn letztlich haben sie ja recht. Ich mag es aber nicht, wenn man so mit mir umgeht.

Als ich meine Emotionen wieder beherrsche, sage ich: „Warum reden wir jetzt darüber?"

„Das versuchte Attentat auf dich hat die Lage eskalieren lassen. Es ist offensichtlich, dass unsere Verzögerungstaktik durchschaut wurde."

„Von den Movana", sage ich tonlos und will hören, was Roxley denkt. Ich wende mich dem Truinnar zu und aktiviere meinen Skill. Fäden erscheinen, Dutzende, Hunderte. Ich vermeide die offensichtliche Option, den zu mir führenden Faden, und konzentriere mich auf die anderen.

„Höchstwahrscheinlich", meint Roxley. „Nur ihre Gruppierung würde von der Erde bedroht werden. Deine direkte Konfrontation der Faust, mit der du deren Respekt gewonnen hast, hat die Gefahr durch diese Fraktion reduziert. Solange du ihnen Zugang zur Erde und ihrer Dungeons bietest, werden sie dich wohl nicht angreifen. Sie werden vielleicht auch das Wachstum der Menschheit unterstützen. Schließlich wären du und Ms. Sato hervorragende Kandidaten für die Rekrutierung."

„Was? Eine Berserkerin und ein Schummler?"

„Ja. Aber um zum Thema zurückzukehren, die Handwerker sind nicht wirklich motiviert, etwas gegen dich zu unternehmen. Und wir, na ja du hast ein Abkommen mit uns."

„Dann bleiben nur noch die Movana", sage ich. „Oder andere Menschen, die mir nicht glauben, dass ich den Ratssitz nicht für mich selbst will. Oder irgendeine unabhängige galaktische Gruppe, die genug Credits ausgeben würde, um einen Attentäter der Meisterklasse anzuheuern."

„Von denen es wenige gibt."

Ich sage es ja nur ungern, aber die Logik ist fehlerfrei. Mit Ausnahme von Bipasha und vielleicht Rob, kann ich sonst an keine Gruppe denken, die mich unbedingt töten will. Denn, obwohl ich für diese Bewegung wichtig bin, stelle ich nicht die einzige entscheidende Person dar. Nach allen unseren Bemühungen würde es eine Menge Attentate und Credits erfordern, uns aufzuhalten.

„Ich werde mit Ms. Pearson im Detail darüber sprechen, was wir benötigen und wie viele Sitze ich garantieren kann. Natürlich sind das nicht alle", sagt Roxley.

Ich nicke, um seine Warnung zu akzeptieren. Da ist nicht besonders überraschend. So einflussreich die Herzogin auch ist, und so charmant Roxley ist, und so sehr die Gattung insgesamt für ihren Fortschritt stimmen würde, gibt es dennoch Individuen, die sich weigern würden. Aber generell läuft alles gut. Die meisten ist besser als gar keine.

„Danke", sagte ich und lächle ihm zu.

Mit den Stimmen der Truinnar und der Faust, dürften wir ziemlich nahe sein. Irgendwann muss ich Cheng Shao erneut drängen, nur um sicherzustellen, dass alles stimmt, was ich von Bipasha gehört habe. Aber in dem Fall haben wir es geschafft. Oder sind nahe genug. Dennoch sehe ich die Meldung in meinen Benachrichtigungen – die Bitte von Wynn, dass wir uns treffen sollten. Und ich will ihm die Chance geben.

„Gern geschehen, John." Roxley zögert eindeutig und wirkt etwas unsicher.

Ich warte, da ich weiß, dass er etwas sagen will. Ich frage mich, welche Bombe er jetzt platzen lassen wird.

„Wie wäre es mit einem gemeinsamen Abendessen?"

„Nein, ich esse einfach was in Kamloops–"

„John." Roxleys Stimme klingt etwas angespannt. „Möchtest du mit mir zu Abend essen?"

„Du hast …", stottere ich, als ich höre, wie er das sagt, das Zögern, die Ungewissheit und, ja, sehe, wie er rot wird. Oh. Oh … „Äh … ach ja. Ich muss gehen …"

Du befindest dich in einer Quanten-Sperre

„Was?"

„Du kannst nicht fliehen", sagt Roxley, kommt zu mir und starrt mich wütend an. „Ich will eine Antwort haben. Eine wirkliche."

„Und wenn ich das nicht tue, hältst du mich gefangen?", knurre ich. „Das erinnert sehr an den Film *Misery*."

„Was …? Nein. Du kannst mich nicht davon ablenken. Ich kenne deine Pläne. Wenn du es schaffst, wirst du die Erde verlassen. Ich habe Verpflichtungen und kann daher nicht gehen. Wir sind seit Jahren um den heißen Brei herumgeschlichen. Ich will – nein – ich brauche eine Lösung."

„Roxley", sage ich und schüttle den Kopf. „Ich werde gehen. Weit weg. Zu anderen Sternen. Und ich habe das Gefühl, dass das Kommende schlimmer wäre, als einen Drachen zu reizen. Es bringt absolut nichts. Für uns."

„Es bringt nichts?", sagt Roxley leise, fast zärtlich. „Die Freude bringt nichts? Das Glück? Bist du so auf die Zukunft fixiert, dass du die Gegenwart vermeidest? Wo ist denn dein Taoismus, wo ist deine Verfolgung und Akzeptanz des Jetzigen?

„Das ist nicht fair", murmle ich. „Du sollst nicht unsere eigenen Gespräche gegen mich einsetzen. Und Freude ist nicht das Ziel …"

„Nein? Na ja, dann kannst du mir das vielleicht erklären. Beim Abendessen."

Roxley ist nun direkt neben mir, so nah, dass ich ihn mit der leichtesten Bewegung berühren könnte. Aber er durchquert die letzten Zentimeter nicht, und ich auch nicht. Nach Roxleys letztem Satz herrscht Schweigen, so dass ich Zeit zum Nachdenken habe.

Ich kann es nicht ausstehen. Ich will nicht über dieses Gewühl an Emotionen nachdenken, die Angst, die Sorge, die Begierde. Die unmittelbare chemische Reaktion auf den Mann – den Außerirdischen – vor mir. Aber .... was ist, das ist. Habe ich diesem Motto nicht immer folgen wollen? Manchmal ist die richtige Wahl nicht das, was ich denke oder glaube. Manchmal muss man aus den Grenzen der eigenen Ansichten hinaustreten, um den Gesamtüberblick zu erhalten.

Und verdammt noch mal, ich habe seit vier Jahren keine Nummer mehr geschoben.

***

Ich verlasse Whitehorse erst am nächsten Morgen. Fast vormittags. Aber als ich gehe, geschieht es mit einem Lächeln und einem Geheimnis von Roxley. Denn trotz all der Logik, all der klaren und unwiderlegbaren Hinweise auf die Schuld des Movana, kann ich es nicht glauben. Der Teleporter nach Paris zerreißt mich und lässt mich dann in der Lichterstadt erscheinen, auf dem Platz vor Notre Dame de Paris. So hatte ich mir meinen nächsten Besuch nicht ganz vorgestellt, aber wenigstens bin ich zurückgekommen.

Paris ist wunderschön. Die Stadt hat etwas an sich, das ihr ein gewisses Flair gibt – die grauen Häuserblöcke, die pittoreske, Jahrhunderte alte Architektur, die riesigen Bestien, die als Reittiere verwendet werden. Es ist eine Stadt, die Aufmerksamkeit auf sich zieht, selbst nach den Verwüstungen, die das System angerichtet hat.

„Wynn." Ich begrüße den Gildenanführer mit einem Lächeln.

Aus dem Augenwinkel bemerke ich mehrere Quanten-Sperrsymbole, was auf existierende Teleportations-Barrieren hinweist. Ein Siedlungsschild erstreckt sich über die ganze Stadt und flackert manchmal auf, wenn ein niedrigstufiges Monster dagegen fliegt. Zahlreiche Flugtiere gleiten und flattern über mir, während sich fliegende Autos zwischen den schwebenden Markierungen befinden und ihre Passagiere durch den Stadtbereich bringen. Hunderte von Galaktikern und Menschen laufen um mich herum, ducken sich zwischen gigantischen Lasttieren und den Füßen größerer Humanoiden hindurch und eilen zu Jobs, Schulen oder Quests. Der Wohlstand überrascht mich, obwohl ich weiß, dass es auch vorgetäuscht ist. Paris stellt das Zentrum der Offensive der Movana dar. Die Siedlungen weiter draußen sind viel weniger dicht bevölkert.

„Erlöser", sagt Wynn lächelnd und streckt mir die Hand hin. „Danke, dass du meine Einladung angenommen hast."

„Das hat mich fasziniert. Ich hatte nicht gerade eine Einladung nach Paris erwartet." Schließlich hat seine Gilde ihren Sitz in Vancouver.

„Das wurde als die bessere Option betrachtet", antwortet Wynn und winkt mich zu einem schwebenden Flugauto. „Bitte, wir haben nur wenig Zeit."

Wir fliegen los und ich sehe die ausufernde Stadt. Ich bemerke, dass, wie in Dhaka, auch hier viele Stadtviertel die alte Menschenarchitektur beibehalten haben. Natürlich besteht weder ganz Paris aus klassischer Architektur, noch kümmert das alle Galaktiker. Und daher gibt es gelegentliche unpassend platzierte Bauwerke, wie das schwebende Oval, das hexadezimal strukturierte Gebäude und eines, bei dem ich schwören könnte, dass Dali es gebaut hat. Seltsamerweise passt es zur Stadt.

„Eine wunderbare Stadt", sagt Wynn und deutet nach unten. „Nach der ersten Phase konnten wir viel davon wieder aufbauen. Das schien vielen Einheimischen zu gefallen, neben der Tatsache, dass wir ihre Sprache übernommen haben. Man sagt, dass sie linguistisch unserer eigenen Sprache ähnelt, aber mit weniger Geschlechtern."

Ich öffne den Mund, schließe ihn dann aber wieder, um einen Kommentar zu vermeiden. Obwohl ich wie ein guter Kanadier in der Schule Französisch gelernt habe, sind meine Kenntnisse der Sprache überaus rostig. Und wenn man dann noch bedenkt, dass das kanadische Französisch von den Franzosen selbst nicht als „richtiges" Französisch betrachtet wird, sollte ich lieber den Mund halten. Generell halte ich immer öfter den Mund. Ich frage mich, ob das ein Zeichen der Reife oder der Feigheit ist.

„Wie viele?",

„Wie bitte?",

„Wie viele Menschen gibt es noch?", frage ich und blicke nach unten. „Ich weiß, dass die Morvana die Siedlungen kurz nach der Apokalypse gekauft haben. Sie haben sogar einige Siedlungskerne gewaltsam unter ihre Kontrolle gebracht. Also. Wie viele?"

„Für die ganze Region? Knapp eine Million. Aber es gibt eine starke Einwanderung aus der Umgebung", sagt Wynn, ohne die Wahrheit zu beschönigen.

Ich schließe kurz die Augen und unterdrücke die Welle meiner Emotionen. Sie sind zu komplex, zu stark, als dass ich sie jetzt analysieren könnte. Aber der tiefe Schmerz über all die Verluste existiert immer noch. Trotzdem ... Eine Million. Das sind viele.

„Die Diskussionen auf den örtlichen Internet-Foren zeigen, dass sie ziemlich glücklich sind. Und Wynn erzählt nicht die ganze Geschichte – es gab auch eine ständige Einwanderung aus der Stadt selbst. Sie verwenden die Einheimischen zunehmend als Verbindungsleute zu anderen Städten, um die örtliche Bevölkerung zu besänftigen. "

„Und wie läuft das?" Ich versuche, mir die Unterhaltung zwischen einem Franzosen und einem Deutschen vorzustellen, aber dann denke ich, dass das wohl zu sehr auf schlechten Hollywood-Filmen basiert. Schließlich sind sie Nachbarn und waren lange gemeinsam in der EU. Das wäre sicher nicht die Farce, die Hollywood darstellen würde.

„Nicht genügend Daten für eine statistisch relevante Schlussfolgerung, wie Blechkopf sagen würde. In den örtlichen Foren wird so etwas nicht gerade ausführlich behandelt."

Ich sende Ali telepathisch meine Zustimmung. Da ich sowieso hier bin, aktiviere ich meinen Lieblings-Skill und beobachte die zahlreichen Fäden, welche die Stadt durchkreuzen. Statt Kopfschmerzen zu kriegen, während ich versuche, die Informationen vor mir zu verstehen, beobachte ich nur die Verschiebungen und Verdrehungen und lasse alles in mich einsinken. Hoffentlich wird mein Unterbewusstsein das nutzen können. Oder auch nicht.

„Ich bin etwas überrascht, dass du gekommen bist", sagt Wynn und bricht das Schweigen.

Ich wende mich dem Gildenmeister zu, starre den Halo an Fäden um ihn herum an und überprüfe kurz den Faden, der zu mir führt. Er ist nicht besonders dick. Die Verpflichtungen, die wir anfangs als Siedlungsbesitzer und Gildenanführer geteilt haben, sind nun verschwunden, so dass nur unsere normalen Interaktionen verbleiben. Auch wenn es Spuren freundlicher und sogar respektvoller Kontakte gibt, handelt es sich primär um eine geschäftliche Beziehung.

„Warum? Weil die Movana, Gerüchten zufolge, einen Attentäter auf mich losgelassen haben?", sage ich direkt.

„Ja"

„Ich dachte, wenn du mich wirklich töten willst, würde ich es dir erleichtern. Ich will lieber in die Brust als in den Rücken gestochen werden."

Wynn fängt zu lachen an. „Oh, du bist eindeutig ein Erethra-Paladin."

„Hast du schon je einen getroffen?"

„Einmal. Vor langer Zeit, als ich noch ein Kind war", sagt Wynn.

Verdammt. Unsere Legenden stimmen – diese Elfen leben mindestens Jahrhunderte, wenn man bedenkt, was ich über die Paladine weiß.

„Das war auf einer Raumstation über Linx 4. Er hatte eine Crew von Raumpiraten gejagt und fand schließlich ihr an die Station angedocktes Schiff. Die Piraten hatten den Transpondersender an ihrem Schiff deaktiviert und waren ins Gebiet der Movana geflohen. Aber der Paladin gab einfach nicht auf. Er griff allein die Sicherheitskräfte der Station und die Piraten an."

Meine Mentorin hatte über einige meiner Vorgänger gesprochen, Geschichten erzählt und diskutiert, was von mir erwartet wurde. Aber sie hatte nie etwas wie das hier erwähnt – nur größere Schlachten und einige Ereignisse als Illustration. War ein Kampf mit dem Sicherheits-Team einer Raumstation und einer Piratenbande ein ganz normaler Tag für einen Paladin?

„Hat er gewonnen?", frage ich.

„Hängt davon ab, wie man das definiert. Er hat die Raumstation verwüstet, alle Piraten getötet und ihr Schiff zerstört", sagt Wynn. „Aber er hat auch die Beziehungen zwischen Linx und den Erethranern ein Jahrhundert lang belastet und das Reich gezwungen, Reparationen für die Schäden zu zahlen, die höher waren als das, was die Piraten in einem Jahrzehnt an Kaperfahrten erbeuten könnten."

„Ein stumpfes Instrument", sage ich, deaktiviere den Skill und lasse mein Mana regenerieren.

Dennoch entdecke ich eine Spur der Bewunderung in Wynns Stimme. Eine positive Erinnerung an den namenlosen Paladin. Während wir weiterfliegen, denke ich an den Kontrast zwischen Pragmatismus und Emotion, zwischen den Anforderungen der Gegenwart und der Zukunft.

***

Als wir schließlich ankommen, erwarten mich keine hochaufragenden hohlen Bäume. Stattdessen entspricht das Gebäude dem, was ich als die galaktische Norm bezeichnen würde – ein stilisiertes graues Rechteck, das ohne Rücksicht auf Physik oder Eleganz in den Himmel ragt. Ich bemerke dabei, dass weitere Quanten-Sperren aktiv sind, als ich das Bauwerk betrete. Es verhindert, dass ich in dieses Gebiet hinein oder aus ihm heraus springe. Das überrascht mich nicht.

Du hast das Stadtzentrum von Paris betreten

Verfügbare Einrichtungen:

- *Stadtkern*

- *Shop*

- *Konferenzräume (+18 % Erfahrungszuwachs bei Verwaltungs-Skills)*

- *Trainingsräume (+8 % Erfahrungszuwachs bei trainierten Skills)*

Wir werden zu einem dieser Konferenzräume geführt, einem großen Raum mit vier Movana. Drei Männer, eine Frau. Wie Wynn sehen der Anführer und die Frau wie Statisten aus *Herr der Ringe* aus – schlank und perfekt frisiert. Einer der Männer ist erstaunlicherweise korpulent und ungepflegt, mit einem Irokesenschnitt und Nasen-Piercings, die im diffusen Licht glitzern. Was den letzten Mann betrifft, sieht er wie ein Muskel-Elf aus, der ein ärmelloses Oberteil trägt, um seine Arme vorzuzeigen.

„Erlöser. Freut mich, Sie zu treffen", sagt der Anführer Bhale a Bhode und streckt seine Hand aus.

Ich schüttle ihm die Hand, aktiviere Netz der Gesellschaft und beobachte, wie der Faden zwischen uns wächst. Sekunden später werde ich den anderen vorgestellt, deren Namen ich fast sofort vergesse – aber ich erhalte dafür interessante Einblicke in die Beziehungen innerhalb der Gruppe. Beispielsweise ist Mr. Irokesenschnitt auf alle anderen eifersüchtig, da er als einziger keiner Kampfklasse besitzt und nicht zur Meisterklasse gehört. Er hat auch etwas Angst vor Muskelmann, der wiederum eine extrem dicke, verdrehte Verbindung zur Elfin aufweist. Diese ist mit zahlreichen Kontakten über Jahre hinaus gefüllt, wobei Familienbeziehungen und persönliche Gefühle mit ihr vermischt sind. Ich sehe das schnell an und sammle möglichst rasch Informationen, während wir plaudern.

„Nochmals vielen Dank, dass Sie bereit waren, uns persönlich zu treffen", sagt Bhale und deutet auf alle im Konferenzraum. „Das zeigt eine Aufgeschlossenheit, die wir erfrischend finden."

„Sie sind zu freundlich", sage ich.

Wynn hüstelt und verbirgt das, indem er an dem blauen Saft nippt, den wir trinken. Der schmeckt echt gut.

„Aber wir sollten darüber reden, weshalb ich hier bin", sage ich.

„Die planetare Wahl", sagt Bhale. „Wir sind bereit, die nötigen Stimmen zu liefern. Alle unsere Stimmen."

Offensichtlich sieht man die Überraschung auf meinem Gesicht, denn Bhale lächelt und fährt fort. „Wir verstehen, in welcher Lage Sie sich befinden. Und wir. Daher verlangen wir nicht viel."

Ich lehne mich vor und höre Bhale zu, während er ihre Forderungen auflistet. Letztlich geht es um eine Reihe kleiner Zugeständnisse, nicht mehr als das was wir bisher anderen unabhängigen Gruppen und kleineren Königreichen angeboten haben. Wenigstens sind sie einzeln gesehen nicht mehr, aber insgesamt ist das ein beträchtliches Paket an Forderungen. Und dennoch tragbar, da sie fast neun Prozent der Stimmen anbieten. Noch interessanter ist, was sie verlangen. Die meisten Gruppen, mit denen wir gesprochen haben, wollen sofort nützliche Dinge – wirtschaftliche und militärische Zugeständnisse, die sofort wirksam werden, Credits und Materialien. Aber die Movana bauen ihre Zugeständnisse auf eine Zukunft auf, in der wir die Wahl gewinnen. Ein Zeichen der Zuversicht, vielleicht, des guten Glaubens.

„Das klingt relativ vernünftig", sage ich, sobald er fertig ist. Alle lächeln, aber ich halte die Hand hoch. „Unsere Untergebenen können die Details aushandeln. Aber das Problem ist, dass diese Stimmen nicht ausreichen."

„Das ist alles, was wir haben", meint Bhale. Meine Worte scheinen ihn gar nicht zu überraschen.

„Ja, und die Truinnar wollen Sie vertreiben", sage ich und öffne meine Hände. „Sehen Sie, in welcher Lage ich mich befinde?"

„Das tun wir. Deshalb sind wir ja zu Kompromissen bereit. Und ich bin mir sicher, dass die Truinnar deutlich mehr verlangt haben", sagt Bhale. „Ich kann nicht mehr anbieten."

„Nichts ...?", sage ich.

Bhale erwidert meinen Blick ruhig und weigert sich, nachzugeben. Ich stoße einen frustrierten Seufzer aus.

„Ihr habbet genuch. Was wollte ihr noch – unsra Babys?", sagt der Muskelmann, verschränkt seine Arme und lässt den Bizeps spielen, während er sich vorwärts lehnt. „Hab's doch gesacht, dass wir nich mit den verdammerten Äffe sprechen soll."

„Hat er einen Sprachfehler oder so etwas?"

„Ich glaube, das ist ein Akzent. Ein affektierter. " Ali blickt Muskelmann etwas verblüfft an, und ich muss zugeben, dass ich mich für die Movana schäme.

Ich schließe den Mund und gehe die Zahlen durch, wobei ich die Neuralverbindung dazu verwende, bei den Berechnungen der Stimmverhältnisse zu helfen. Mit den Truinnar, und vorausgesetzt dass Bipasha die Wahrheit sagt, haben wir ungefähr 75 Prozent der Sitze. Mit den Movana sinkt die Zahl um fast 8 Prozent, so dass wir 66 Prozent hätten. Wir könnten mit etwas Mühe noch ein Prozent gewinnen, indem wir einige der nicht beanspruchten Gebiete übernehmen. Ich könnte noch ein oder zwei Prozent von den Unabhängigen kriegen, aber in beiden Fällen wäre das nicht genug. Mit den Movana hätte ich nur etwas weniger.

„Danke für das Angebot", sage ich leise. „Aber es ist nicht meine alleinige Entscheidung. Ich werde es weiterleiten."

Der Muskelmann verzieht das Gesicht, aber Bhale hebt eine Hand und bringt ihn zum Schweigen, bevor er etwas sagen kann. Allerdings lehnt er sich dann vor und blickt mich aus seinen türkisfarbenen Augen an. „Erlöser, wir sind nicht Ihre Feinde. Ganz gleich, was Ihnen die Truinnar gesagt haben, waren unsere Aktionen nicht persönlich gemeint."

„Ich erwarte jetzt ein großes *aber*", sage ich.

„Aber wenn Sie weiterhin unsere Freundschaftsangebote ablehnen, müssen wir aktiv werden."

„Und jetzt kommen die Klingen raus", sage ich und lächle das Quartett vor mir an. Wynn rutscht nervös auf seinem Stuhl herum, da seine Anwesenheit jetzt nur noch eine Fußnote darstellt. Bhale gibt nicht nach, was ich auch nicht erwartet hatte. „Wir sagen Ihnen Bescheid."

Mit diesen düsteren Worten werde ich weggeschickt. Wynn schweigt, während er mich aus dem Gebäude und zum Teleporter begleitet. Sobald ich aber in der nicht gesperrten Zone bin, verwende ich nicht ihren Teleporter, sondern öffne mein eigenes Portal. Als ich dem nervös wirkenden Gildenmeister zum Abschied zunicke, bemerke ich meine Zufriedenheit darüber, etwas Nützliches erfahren zu haben.

Solange die Movana keine Meister der Täuschung sind, haben sie nicht den Attentäter auf mich gehetzt.

Kapitel 18

„Das musst du uns aber nochmal erklären“, sagt Lana und reicht mir den Korb mit den Fladenbroten.

Ich nehme mir zwei Stück und greife nach einem dritten, aber dann schlägt mir Carlos auf die Hand und klaut den Korb.

„Was machst du hier?“, knurre ich den Mann an. „Du bist gar nicht eingeladen worden.“

„Fladenbrot“, antwortet Carlos und legt ein Stück auf seinen Teller, bevor sich Mikito das leckere Brot schnappt.

„Du glaubst nicht, dass die Movana es auf dich abgesehen haben. Weil du nichts gesehen hast, dass sie auf eine aggressive Weise mit dir verband?“, sagt Ingrid langsam und wedelt mit zwei langen hölzernen Essstäbchen herum, während sie vor dem Topf mit Öl steht. „Habe ich recht?“

„Gewissermaßen“, sage ich. „Außerdem sind sie ja bereit, mit uns zusammenzuarbeiten. Selbst wenn sie wissen, dass sie nicht genug Stimmen liefern können.“

„Das könnte ein Trick sein“, meint Lana und winkt mit einem Hühnerschlegel herum, um ihr Argument zu betonen. „Weißt du, damit du sie als Freunde betrachtest, während sie Attentäter auf dich loslassen.“

„Siehst du, das ist die andere Sache. Wenn sie mich töten, wird das die Abstimmung nicht verhindern. Wir haben genug vorbereitet, damit ihr den Rest erledigen könnt“, sage ich. „Ich bin gar nicht so wichtig.“

„Wer hat dann den Attentäter geschickt?“

Ich zucke mit den Achseln, da ich keine Antwort habe. Ich könnte eine Million Verschwörungstheorien entwickeln, aber letztlich weiß ich es einfach nicht.

„Ich glaube nicht, dass das wichtig ist“, sagt Ingrid, während wir alle sitzen und nachdenken. „Es hat noch keinen zweiten Attentatsversuch gegeben. Und niemand hat sonstige Attentate gemeldet.“

„Gut. Aber es gibt ein Problem", sage ich. „Wenn wir einen Vertrag mit den Truinnar abschließen, haben die Movana praktisch garantiert, dass sie versuchen werden, uns aufzuhalten."

„Haben sie angedeutet, wie sie das tun werden?", fragt Mikito, die besorgt klingt. „Wenn sie die örtlichen Siedlungen der Menschen angreifen wollen, muss ich Hugo und die anderen Champions informieren."

„Nein." Ich zucke mit den Achseln. „Aber vielleicht solltest du das trotzdem tun."

Mikito nickt und wir essen eine Weile lang schweigend.

Dann meldet sich Carlos zu Wort. „Werden wir die Wahl überhaupt gewinnen?"

„Noch nicht", sage ich. „Es fehlen uns noch Stimmen."

„Dann ..." Carlos runzelt die Stirn, als er sieht, dass manche im Team lächeln. „Kapiere ich hier was nicht?"

„Bei John gib es immer ein aber", erklärt Lana grinsend.

„Aber mit den Truinnar sind wir nahe genug an der Mehrheit, damit wir vielleicht die noch zögernden Unabhängigen überzeugen können."

„Wenn wir Bipasha und die Truinnar wählen", betont Lana und hebt einen Finger. „Das höre ich doch, John, oder?"

Ich nicke widerwillig. Ich traue Bipasha nicht. Etwas stört mich an der äußerlich so freundlichen aber innerlich eiskalten Frau. Vielleicht erinnert sie mich etwas an meinen eigenen Vater – ein Mann, der vortäuschte, extrovertiert zu sein, während er in Wirklichkeit extrem zurückhaltend war. Ich verstand, warum er das tat, und es half ihm, die Karriereleiter aufzusteigen, aber dennoch sorgte dieser Widerspruch für eine unangenehme Kindheit.

„Verdammt. Und ich hatte gehofft, weitere Aufträge zu bekommen", sagt Ingrid und setzt sich neben mich. „Aber sobald wir uns entschieden haben, wird es ziemlich chaotisch werden, weißt du? Die Movana werden sich wie jede Gruppe benehmen, die fürchtet, ausgegrenzt zu werden."

Das bedeutet alle Movana und ihre Verbündeten, sowie einige unabhängige Gattungen, die wir verärgert haben – oder deren Praktiken wir öffentlich kritisiert haben. Die ganze Sache mit der Leibeigenschaft widerstrebt den Moralvorstellungen der meisten Menschen, und eine Gattung, die das auch noch praktisch zur Sklaverei macht, weiß, dass sie auf unserer Abschussliste steht. Und dann gibt es Gattungen, die kaum besser als die Monster da draußen sind und sich durchs Leben morden, fressen und schlagen. Selbst in der „normalen" galaktischen Gesellschaft werden sie an die Peripherie verbannt. Wie zum Beispiel auf Dungeonwelten.

„Was meint ihr denn, werden sie tun?", frage ich die gesamte Gruppe.

„Siedlungen angreifen", meint Mikito.

„Attentate auf verwundbare Siedlungsbesitzer. Oder wo die Stellvertreter schwach sind", fügt Ingrid hinzu.

„Politischer und wirtschaftlicher Druck." Lana hebt den Finger. „Vergesst nicht, dass viele der Galaktiker auch außerhalb der Erde Interessen haben."

„Schmiergelder?", sagt Carlos achselzuckend. „Sie könnten ja versuchen, die anderen abzuwerben."

Alle haben noch weitere Vorstellungen, was passieren könnte, aber letztlich sind es nur Varianten der ursprünglichen Ideen. Sobald das Brainstorming vorbei ist, sprechen wir darüber, was wir tun können. Am Ende sind unsere Möglichkeiten durch die Anzahl der vertrauenswürdigen Personen, die wir haben beschränkt, aber auch durch unseren Zeitplan.

Als wir schließlich die Teller und Töpfe mit Essen wegräumen, fasse ich unser Gespräch zusammen. „Also. Wir müssen größtenteils in der Defensive bleiben. Wir greifen Siedlungen feindlicher Unabhängiger militärisch an.

Diese Aufgabe fällt Mikito, den Champions und mir zu. Wir setzen Ingrid und ihre Freunde – ich nehme an, dass du Freunde in der Branche hast – zu Angriffen auf andere Gruppen ein, wenn wir das als erfolgversprechend betrachten. Zumindest beschäftigt das diese Gruppen, und sie müssen sich vor uns hüten. Kim und Lana können euch die notwendige Liste liefern, und das Budget."

Ingrid grinst, als sie das Angebot hört.

„Und was den Rest betrifft, werden Lana, Bipasha und Katherine an der Verbesserung unserer Verträge arbeiten und sich um die Unabhängigen kümmern, die wir vielleicht auf unsere Seite ziehen können", sage ich.

„Was soll ich machen?", fragt Carlos, nachdem ich fertig bin.

Wir alle blicken ihn an und rufen im Chor: „Den Abwasch!"

***

Selbstverständlich hat Carlos nicht nur Küchendienst. Carlos ist unsere Kontaktperson für die Handwerkergruppe und einiger weiterer blockfreien Handwerker-Siedlungsbesitzer. Auch wenn es nicht gerade nett ist, den Mann als Nicht-Kämpfer einzustufen, hat er wahrscheinlich mehr Erfolg als wir, wenn er mit den Handwerkern spricht. Zumindest könnte so eine Beziehung in Zukunft nützlich sein.

Sobald wir das beschlossen haben, machen wir uns an die Arbeit. Und wir haben bestimmt eine Menge Arbeit vor uns. Ich eile von einer Stadt zur anderen, von Siedlung zu Siedlung. Ich rede – manchmal kämpfe ich – während meine Freunde sich bemühen, ihre eigenen Aufgaben zu erledigen.

Tage später kehre ich per Portal von einer weiteren erfolgreichen Diskussion in Kisangani zurück. Die afrikanische Stadt ähnelt Whitehorse in mancher Hinsicht – es gibt einen galaktischen Eigentümer, sie befindet sich in einer hochstufigen Zone, und ein großer Fluss fließt an ihr vorbei. Natürlich befindet es sich in einem Wald, hat mehr als das Fünfzigfache unserer Bevölkerung vor der Apokalypse und besitzt ein mildes Klima. Aber ansonsten, na ja, ansonsten ähnelt es meiner alten Heimat.

Interessanterweise ist der galaktische Eigentümer ein weiterer Kudaya, obwohl dieser eher wie ein riesiges storchähnliches Reptil als wie ein Nilpferd aussieht. Die Kreatur verwendet eine Reihe dünner Beine zur Fortbewegung und ist überhaupt kein Kämpfer. Aber für einen Administrator der mittleren Ebene hat das Wesen eine sehr klare Einsicht in die Realität des Kampfes, und in unseren Verhandlungen geht es auch um einen Termin, vor dem wir jedes Quartal ein halbes Dutzend ihrer Dungeons säubern müssen. Zum Glück müssen wir dabei unsere eigenen Truppen nicht direkt einsetzen. Als wir daher aus dem Portal kommen, sende ich Kim eine Reihe von Quests, die er auf der Questliste für Abenteurer veröffentlichen soll. Ich biete sogar ein kostenloses Portal, das zum Ort führt.

Als ich fertig bin, grinse ich die drei verärgerten Personen in meinem Büro an. Sie sitzen alle und sehen sich die Systembildschirme an, die vor ihnen schweben.

„Tut mir leid. Hatte vergessen, dass ich dieses Büro aufgegeben habe", sage ich und nicke Lana zu, die theatralisch seufzt.

Katherine schnieft leise, um ihren Ärger ganz deutlich zu machen. Was die letzte Person betriff, bin ich echt überrascht, ihn hier zu sehen.

Peter Steele (Level 38 Planetarer Diplomat)

HP: 980/980

MP: 1780/1780

Zustand: Aura der Mäßigung, Zünglein an der Waage, Schild des Diplomaten

„Peter", begrüße ich den Diplomaten grinsend und schüttle dem schlanken Afroamerikaner die Hand. Der Mann hat ein wunderbares Lächeln, das seine perlweißen Zähne zeigt und einen mit einer tröstenden Wärme umgibt. Aus dem Augenwinkel sehe ich die Benachrichtigung *Geistiger Einfluss abgewehrt*, da sein Charisma an meinen geistigen Widerständen scheitert. „Es ist schon ewig her."

„Ich weiß", sagt Peter lächelnd. „Ich dachte, du würdest mir aus dem Weg gehen."

„Ich bin einfach nur beschäftigt", sage ich kopfschüttelnd. Wir sind zwar keine dicken Freunde, aber wir haben uns getroffen und miteinander gesprochen, als ich ein Siedlungsbesitzer war und wir die Verträge in San Francisco ausgehandelt haben.

„Selbstverständlich", sagt Peter und blickt nach hinten zu den Damen, die bereits Gespräche mit widerspenstigen Siedlungsbesitzern führen.

Einer der Vorteile des Büros ist, dass es während eines Videogesprächs externe visuelle und hörbare Ablenkungen unterdrückt, so dass wir ungestört sprechen können. Während wir sprechen, beobachtet Peter auch die kleineren Benachrichtigungsbildschirme der beiden Damen.

„Ich will euch nicht länger stören. Ihr scheint viel zu tun zu haben", sage ich höflich.

„Nein, ich habe ein paar Minuten Zeit. Mein letzter Anruf war schneller erledigt, als ich erwartet hatte", sagt Peter.

„Hoffentlich gut gelaufen", sage ich.

„Nein", mein Ali, der an den Snacks nascht, die das Trio in der Ecke auf einem Tisch haben. „Ich habe ihre Namen jetzt auf Ingrids List gesetzt."

Peter nickt freundlich, als Ali das sagt, und sein Gesicht ist völlig gelassen. „Sie waren vor allem wütend, dass wir nach unseren letzten Aktionen in

Brasilien überhaupt mit ihnen reden würden. Anscheinend haben wir die Tatsache übersehen, dass die Iwik Corporation, der Lucas do Rio Verde gehört, sich im Besitz der zweiten Brutpartnerin des Dritten Anführers befindet. Die Übernahme der Siedlung wurde als Friedensbruch betrachtet."

„Ich frage mich, wie wir das übersehen konnten." Meine Stimme trieft nur so vor Sarkasmus.

„Bei der Diplomatie geht es um Wissen und Verständnis. Eine gute diplomatische Mission muss viele Faktoren berücksichtigen. Deine – unsere - Aktionen waren extrem überhastet", sagt Peter und schneidet eine Grimasse.

„Ihr habt vier Jahre Zeit gehabt."

„Und mussten Hunderte galaktischer Gruppierungen untersuchen", erwidert Peter. „Es ist ein Wunder, dass wir bisher so erfolgreich waren. Glücklicherweise sind Gier und Arroganz immer noch weit verbreitet."

Ich muss lachen, und diese Reaktion gefällt ihm offenbar.

„Es hilft, wenn du und die Mädchen totale Charisma-Junkies sind", sagt Ali mit einem verschmitzten Grinsen. „Und dein Skill Gemeinwohl hat Wunder gewirkt. Ich wusste nie, dass das Upgrade dieses Skills so beeindruckend ist."

„Das ist es", sagt Peter mit einem Grinsen.

Ich schüttle den Kopf und bin beeindruckt, dass der Mann so viele seiner Klassen-Fertigkeitspunkte in einen Skill investiert hat. Ich weiß zwar theoretisch, dass Skills ein Upgrade erhalten, wenn man zehn Punkte für sie ausgibt, aber ich hatte noch nie die Gelegenheit dazu. Man muss wirklich fanatisch sein, um wie Peter einen Pfad zu wählen und daran festzuhalten.

„Hallo, John. Und tschüss. Peter, sag mir, was du von diesen Typen ...", unterbricht mich Lana, bevor wir weiter plaudern können.

Ich lache und werfe allen Schokoladetafeln zu, bevor ich den Raum verlasse und ein Schnüffeln – und das Knistern von Plastikverpackung – von Katherine höre.

***

Ich finde die Assassine in einem Raum unweit meines Büros. Sie sitzt auf einem bequemen Sofa, wobei die engen Hosen ihre Beine hervorheben, während sie an einem Eiscreme-Sandwich knabbert. Als ich hereinkomme, zuckt sie kurz zusammen. Aber dann entspannt sie sich und isst ihr Eis weiter.

Nachdem sie damit fertig ist, sagt sie: „Willst du eins?"

„Hab schon was", sage ich, hole eine Schokotafel hervor und suche mir einen Sessel. „Du hast mich gerufen?"

„Jawohl. Ich habe die Liste", sagt Ingrid und winkt.

Einen Moment später erhalte ich die Benachrichtigung mit einer Liste der Namen der Ziele und, was noch wichtiger ist, der Kosten. Ich mache große Augen, als ich die Gesamtsumme sehe. „Ist das dein Ernst?"

„Ich weiß. Echtes Schnäppchen", sagt Ingrid.

„Das ist ein Schnäppchen?", flüstere ich mit schrecklicher Faszination, als ich die Namen und Preise durchgehe. Die Eliminierung des billigsten Arschlochs kostet schon über zwei Million Credits. Dafür könnte ich ein kleines Raumschiff kaufen! Natürlich wäre es ein Einmann-Raumschiff, mit dem ich kaum im Sonnensystem herumschleichen kann, aber immerhin ein Raumschiff.

„Ja. Was? Glaubst du, dass es einfach ist, einen Siedlungsbesitzer zu erledigen? Die meisten Galaktiker haben ihre Positionen genutzt, um zahlreiche verzauberte Objekte und Skills auf Kredit zu kaufen. Einiger der am tiefsten verschuldeten Kerle haben sogar von der Bank gestellte Leibwächter", sagt Ingrid. „Wenn es einfach wäre, Siedlungsbesitzer zu töten, würde man dafür nicht einen schicken Titel bekommen."

„Du hast einen Titel?"

„Ach ja! Ich habe meinen verborgen", sagt Ingrid lächelnd und macht dann eine Geste.

Siedlungs-Killer

Mörder, Killer, Attentäter! Wo auch immer der Inhaber des Titels erscheint, zittern die anderen Besitzer. Siedlungs-Killer sind der Schrecken der guten Ordnung in wohlorganisierten Siedlungen und die Hoffnung der Unterdrückten in despotischen Ortschaften. Letztlich sind Killer und Retter nur die Kehrseite der Medaille.

Wirkung: Titelinhaber erhält eine Steigerung von 5 % beim Schaden an Siedlungsbesitzern.

„Wieso habe ich den Titel nie gekriegt?" Ich runzle die Stirn. Ich habe selbst einige getötet.

„Kriege und Gefechte zählen nicht. Irgendwie." Ingrid zuckt mit den Schultern. „Ich habe meinen nach fünf Kills bekommen. Die Zahl ist höher, wenn die Kills auf unterschiedliche Weise erzielt werden. Das hängt auch von der Bedeutung der Siedlungen und dem Level des Besitzers ab, soweit ich weiß.

„Ich könnte das nachsehen, Junge. Ich bin mir sicher, ob es irgendwo eine Abschlussquote gibt."

„Schon gut. So wichtig ist es auch wieder nicht."

Ich wende mich wieder der Liste zu, schüttle den Kopf und schließe sie. „Ich kann das etwas unterstützen, aber ich habe keinen Zugriff auf Siedlungsgelder mehr. Bipasha wäre vielleicht die bessere Option ..."

„Oh, ich habe die Mädchen und Roxley dazu gebracht, die Kosten für 80 Prozent von denen zu übernehmen", sagt Ingrid grinsend. „Wir wollten nur dein Feedback zur Liste selbst."

Ich nicke langsam und sehe mir das genauer an. Wenn wir einige von der Liste streichen wollen, sollten wir jene identifizieren, die ausreichend eingeschüchtert werden können. Es wäre auch nützlich, wenn sich die Siedlungen in der Nähe von anderen befinden, die noch zögern. Möglicherweise könnten wir eine Siedlung an eine andere verkaufen ...

Während mir diese Gedanken durch den Kopf gehen, vergleiche ich Zahlen, Namen und politische Gruppierungen mit der geographischen Entfernung und den Kosten. Als fast eine halbe Stunde vergangen ist und ich eine Reihe von Namen auf der Liste ausgestrichen habe, merke ich, dass Ingrid immer noch mit halbgeschlossenen Augen auf dem Sofa sitzt.

„Hast du nichts Besseres zu tun?", sage ich.

„Wieso glaubst du, tue ich nichts?", antwortet Ingrid und grinst. „Neunzig Prozent eines Attentats stecken in der Planung."

Ich akzeptiere ihre Kritik, da ich vergessen habe, dass sie ja Benachrichtigungen durchlesen könnte. Das tut sie nun vermutlich. Ich überlege, ob ich weiter nachbohren soll, lasse es dann aber. Stattdessen stelle ich eine persönliche Frage. „Macht dir das nichts aus?"

„Was denn?"

„All das Töten", sage ich. „Ich weiß, dass du das schon eine Weile machst, aber ..."

„Aber du hast nie danach gefragt?"

„Ja"

„Das ist etwas, zu dem ich fähig bin", sagt Ingrid leise. „Das ist alles, was ich noch habe. Sie haben mir sonst alles weggenommen." Ich zucke leicht zusammen und unterdrücke die Bewegung fast in dem Moment, in dem sie beginnt. Aber Ingrid bemerkt das. „Empfindest du Mitleid für mich?"

„Nein!"

„Gut", sagt Ingrid und starrt weiter vor sich hin.

Schließlich wende ich den Blick ab, da mein Unbehagen mit dem Gefühlsausbruch meiner Kontrolle entgleitet. Oder vielleicht lasse ich dieses Unbehagen stärker werden. Denn unter Freunden kann man offen sein.

„Ich möchte nämlich kein Mitleid von jemandem, der sich so einfach hinters Licht führen lässt."

„So einfach ..." Ich kneife die Augen zusammen und die Frau aus den First Nations grinst mich etwas an. Ich frage mich, ob sie die Wahrheit sagt, ob ihre Aussage stimmt, oder gelogen war, um einen Moment der Ehrlichkeit zu verbergen. „Sehr komisch."

„Jetzt verzieh dich. Du bist etwas zu groß und lenkst mich ab", sagt Ingrid und scheucht mich aus dem Raum.

Ich gehe und schüttle den Kopf. Ich schwöre, es fühlt sich an, als ob mich jeder aus Räumen, Städten und Ländern rauswirft.

✳✳✳

Die anderen kümmern sich primär um die Siedlungsbesitzer, auch wenn sie mich um Rat gefragt haben. Meine Aufgaben beschränken sich wie üblich darauf, Portale für Individuen zu öffnen, sowie mit Mikito Raids zu planen und auszuführen. Da es nun bis zu diesem Punkt gekommen ist, tun wir beide unser Bestes, den Siedlungsbesitzern gegenüber Macht zu projizieren und alle Verpflichtungen zu erfüllen, die wir können. Auch wenn das ganz einfach klingt, läuft nicht alles nach unseren Vorstellungen.

„Was soll das heißen, die Champions werden uns nicht helfen?", frage ich Mikito, als wir durch die zerstörte Stadt schlendern.

Wir sind in letzter Zeit durch so viele Portale gesprungen, dass ich gar nicht mehr genau weiß, wo wir uns befinden – irgendein Land im Baltikum mit rollenden Hügeln und gepflasterten Straßen. Die Ruinen der kleinen steinernen Gebäude und die leeren Straßen bieten wenige Hinweise, vor allem, da ich die örtliche Sprache nicht verstehe. Tragischer ist, dass es sich um eine ehemalige Siedlung handelt, deren Schlüssel irgendwann in den letzten Jahren verkauft wurde. Jetzt ist es nur noch eine Geisterstadt, die an bessere Tage erinnert.

„Als Organisation. Einige Individuen werden uns unterstützen. Rae, Jessica und Jamal sind in der Karibik tätig. Aber Jessica muss vorsichtig sein", meint Mikito kopfschüttelnd. „Die örtliche Politik. Cheng Shao sagt, dass sie selbst trainieren muss, und sie weigert sich, an nicht offiziellen Aktionen teilzunehmen. Hugo ist damit beschäftigt, die Siedlungen in Europa auf die Movana vorzubereiten. Und er hasst dich jetzt noch mehr."

„Weil ich es so eingerichtet habe, dass seine Leute den Großteil der Vergeltung der Movana absorbieren?" Da Hugo und sein Volk sich direkt neben den Movana befinden, werden ihre Siedlungen höchstwahrscheinlich angegriffen.

Mikito nickt und ich stoße einen Seufzer aus. Wir schweigen einen Moment, bis eine Gruppe von Eulen-Reh-Kreaturen aus einer Querstraße rennen und wir uns auf sie konzentrieren müssen. Danach öffne ich ein Portal für die begeisterten Metzger, die nur darauf warten, die Körper einzusammeln.

Die kleine Stadt in der Savanne am anderen Ende des Portals stellt wohl eine der erbärmlichsten Siedlungen dar, die ich je gesehen habe. Irgendwie hat sie es geschafft, von zahlreichen ungenießbaren Monstern umgeben zu sein, was echt beeindruckend ist, wenn man bedenkt, dass das System das meiste Fleisch essbar macht. Sie hatten dank eines Dungeons überlebt, der mutierte Wildschweine enthielt, bis dann vor einem Jahr ein vorbeikommendes Team galaktischer Abenteurer so „hilfreich" war, den Dungeon auszuräumen. Seitdem hatten sie die Nahrung direkt im Shop gekauft. Katherine hatte sie kontaktiert, um ihre Unterstützung bei der Wahl zu erhalten. Sie hatte sich bereit erklärt, bald einen Langstrecken-Teleporter zu finanzieren und sie kurzfristig mit Nahrung zu versorgen.

Daher bin ich hier mit Mikito und schlage zwei Fliegen mit einer Klappe. Ich töte Monster, um unsere Seite eines Sicherheitsabkommens mit einer benachbarten Siedlung zu erfüllen, und ich liefere einer anderen Fleisch. Es überrascht mich manchmal, dass es immer noch Menschengruppen, Siedlungen gibt, die noch nicht mit Monstern über Level 50 fertig werden. Selbst mit dem Zuwachs an Erfahrung im ersten Jahr hatten viele Probleme mit dem Fortschritt, nicht weil sie es nicht konnten, sondern aus Mangel an Tatkraft.

Die Furcht hält sie zurück, hindert sie daran, ihre ganze Leistung zu bringen. Und in diesen Gegenden erscheinen die Galaktiker dann mit ihren Levels und Skills – Abenteurer, die sich entschlossen haben, stark zu werden. Leider sind ihre Anwesenheit und ihr überwältigender Mut ein Schock, den einige Menschen nicht aushalten. Wenn jeder Galaktiker, den man trifft, stark, mächtig und zuversichtlich ist ... wenn er bereit ist, Leib und Leben zu riskieren und du Mühe hast, noch einen Tag zu überstehen ... dann ist es nicht leicht, das zu akzeptieren. Selbst wenn du logischerweise verstehst, dass du nur einer kleinen, ausgewählten Gruppe begegnest.

Und daher stagnieren manche Siedlungen. Die Leute werden müde und konzentrieren sich darauf, zu ihrem „normalen" Leben zurückzukehren. Sie vergeben Quests an andere, damit diese Aufgaben erledigen. Dadurch geben sie Erfahrung und Beute für Sicherheit auf und opfern die zukünftige Stärke für die momentane Bequemlichkeit. Da wären wir also. Leute wie Mikito und ich gehen durch die Hügel, während andere Abenteurer und die Ausrüstung, die wir gebracht haben, eine kilometerweit reichende Herausforderung darstellen. Es ist etwas effektiver, als herumzuziehen und zu hoffen, dass wir etwas finden und töten können.

„Die Sensoren melden eine weitere Horde, die von Süden her kommt", sagt Ali und schickt uns die aktualisierten Karten.

Ohne ein Wort zu sagen, wechseln wir die Richtung und traben auf die Angriffszone zu. Es ist schön, mit Mikito rumzuhängen, auch wenn das momentan nicht die beste Nutzung unserer Ressourcen darstellt. Aber da die Wahl in wenigen Tagen stattfindet, ist es wohl eine schlechte Idee, sich in zu komplizierte Projekte zu stürzen.

Die Monsterhorde besteht erneut aus seltsamen gemischten Eulenkreaturen. Unter anderem müssen wir gegen einen Eulenbären, einen Eulenhirsch und selbst ein Eulenstinktier kämpfen. Es sieht aus, als ob Dr. Moreau an seiner Eulenfixierung gearbeitet und versehentlich die Labortür offengelassen hat.

Ich ducke mich, schleudere mehrere Manapfeile in ein schnabelbewehrtes Gesicht und beobachte, wie die blauen Projektile die Kreatur blenden. Ich trete näher und schlage mehrmals zu, so dass das Monster rückwärts fällt. Dann beschwöre ich mein Schwert und schneide ein Loch durch seinen Körper und den seines Kameraden dahinter.

Ein Kreischen ertönt und verwirrt kurz meinen Gleichgewichtssinn, bevor meine Widerstände und die Abwehrfunktion des Helms aktiv werden und den Lärm unterdrücken. Neben mir taumelt Mikito und schwingt ihre Stangenwaffe. Im Gegensatz zu mir, scheint sie diese Situation auszunutzen. Sie verwendet das erzeugte Schwindelgefühl und die große Reichweite ihrer

Waffe, um einen unvorhersehbaren Wirbel der Zerstörung zu erzeugen. Alles, was die Klinge ihrer Naginata trifft, wird abgehackt und zuckt nutzlos am Boden.

Ein Eulenstinktier beugt sich vor und sprüht los, so dass sich eine sichtbare Gaswolke schnell zu uns herüber bewegt. Ich hüpfe rückwärts und wirke einen Feuerball-Zauber. Ich lasse ihn direkt vor meiner Hand explodieren, so dass der Überdruck des Zaubers gegen den Gestank ankämpft. Natürlich erwischt mich die Schockwelle meines eigenen Zauberspruchs, aber das ist es wert. Normale Stinktiere sind schon schlimm genug – ein vom System verstärktes gehört zu meinen nördlichen Albträumen.

Der ganze Kampf dauert von Anfang bis Schluss weniger als fünf Minuten. Das ist ein beängstigender Gedanke – die Kämpfe sind so zur Routine geworden, so einfach, selbst wenn wir den Monstern levelmäßig nicht überlegen sind, dass das ganze verdammt langweilig wird. Es kommt jetzt nur selten vor, dass ich mich in Kämpfen wirklich konzentrieren muss. Ich weiß aus Gesprächen mit einigen „echten" Soldaten aus der Zeit vor dem System, dass diese Arroganz tödlich sein kann. Aber ich frage mich, ob diese Warnung immer noch zutrifft.

Damals bedeutete ein falscher Schritt, dass eine Bombe vor dir explodierte oder du in die Brust geschossen wurdest. Ein Fehler, und selbst wenn du diesen überlebt hast, warteten nun Tage, Jahre ständiger Schmerzen und Operationen auf dich. Jetzt bist du zehn Minuten später wieder einsatzbereit. Und aufgrund der Art und Weise, wie HP funktionieren, ist etwas, das für einen Level 10 tödlich wäre, für mich nur ein Kratzer. Wo verläuft daher die Grenze zwischen der Weisheit der Vergangenheit und der Realität der Gegenwart? Ich bin mir nicht ganz sicher, und das macht mir Sorgen.

„John, gehe nach Osten. Mikito, nach Südwesten. Wir haben andere Teams, die sich um die kleineren Vorstöße kümmern.“

Alis Befehlston unterbricht meine Gedanken und bringt mich wieder in die Gegenwart zurück. Was auch immer ich gedacht habe, ist für meine jetzige Mission nicht relevant.

Stunden später begegnen Mikito und ich uns wieder in der Mitte der Stadt. Teams von Plünderern hatten die zahlreichen Leichen in das Stadtzentrum geschleppt, wo wir sie looten und dann durch mein gelegentlich geöffnetes Portal entsorgen. Inzwischen zeigt mir Mikito einige neue Trainingsroutinen. Als die Benachrichtigung schließlich erscheint, verschwindet die leichte Anspannung aus meinen Schultern.

„Und es geht los. Mikito, Peschawar. John, Kuala Lumpur“, befiehlt Ali, sobald er die empfangenen Informationen ausgewertet hat.

„Verdammt.“ Ich habe keinen Zugang zu Kuala Lumpur. Das war nicht gerade auf meiner Liste zu besuchender Orte. Deshalb haben die Movana es wohl angegriffen. Auf jeden Fall werden sie mich nicht aufhalten. Ich kann in eine der benachbarten Städte springen, die einen Langstrecken-Teleporter besitzen und mich in wenigen Sekunden in die Stadt schicken lassen. Es wird nur etwas länger dauern. Ich erstelle bereits ein Portal für Mikito.

„Viel Glück“, sagt Mikito zu mir, als sie sich in das dunkle Oval duckt.

Ich hoffe, dass ich sie an einen sicheren Ort sende, wo auch immer das sein mag. Nicht zu wissen, was sich auf der anderen Seite befindet, hat den Erethranern schon manchmal Probleme bereitet. Und obwohl ich möglichst viele Orte besucht habe, um Wegpunkte zu erstellen, musste ich mehr tun, als dort nur aufzutauchen. Indem ich mich durch eine Stadt und ihr Umland bewege und genügend Wegpunkte generiere, wird es viel schwerer, einen Hinterhalt zu legen.

Erst als die Samurai-Kriegerin verschwunden ist, merke ich, dass ich ihr nicht ebenfalls viel Glück gewünscht habe.

Schade.

Aber sie schafft das schon.

Kapitel 19

Manchmal reagiert die Welt, wenn man sich nur laut genug beschwert. Ich werde wieder einmal an diese Tatsache erinnert, als ich amüsanterweise oben auf dem berühmten Wolkenkratzerpaar von Malaysia kauere und der Nachthimmel unter mir funkelt. Heute hängt kein Dunst über der Stadt – was seit dem Rückgang von Fahrzeugen mit Verbrennungsmotor die Norm geworden ist. Ich sitze genau zwischen den beiden Türmen auf der Fußgängerbrücke. Ich habe diesen Ort aus mehreren Gründen gewählt. Es dürfte wohl niemand erwarten, dass ich über hundert Meter hoch in der Luft auf einer leicht schwankenden Plattform erscheinen würde, wenn es bequemere Zielpunkte im Inneren gibt.

Die gute Nachricht ist, dass niemand im Hinterhalt auf mich lauerte. Die schlechte Nachricht – die von den Movana zur Eroberung der Stadt eingesetzten Streitkräfte umfassen sechs sehr gute Mitglieder der Fortgeschrittenen Klasse, zwölf mittelmäßige Fortgeschrittene und einen brutalen Kämpfer der Meisterklasse. Das größte Problem besteht darin, dass ein Mitglied der Fortgeschrittenen Klasse ein Söldnerkommandeur ist, dessen Skills die Werte der ganzen Söldnerkompanie verbessern. Dadurch habe ich die Aufgabe, beide dieser Prioritätsziele zu lokalisieren und zu töten. Und zu entscheiden, wen ich zuerst angreifen soll. Ich kann nicht zulassen, dass sie die Stadt erobern, da wir sonst unsere Abstimmung verlieren, aber da es Söldner sind, möchte ich die Verlustzahlen niedrig halten.

„Ali. Irgendetwas?", rufe ich und hoffe, dass seine Antwort mir einen Hinweis gibt, wohin das Schicksal mich senden will.

„Daten werden noch aktualisiert. Starke Interferenzen, aber die Daten kommen rein", sagt Ali, der über dem Abgrund schwebt. Als ich ihn ansehe, dreht sich mir fast der Magen um, aber sein Körper bewegt sich nicht einmal in den Winden, die hier oben heulen.

Sollte ich den Mann erledigen, der allen anderen einen Bonus bietet, oder die Klinge, die direkt auf das Herz der Siedlung zielt? Normalerweise wäre das eine klare Wahl – greife den Kommandeur an, da sein Einfluss weitreichend ist. Aber ich wette, dass einige Kämpfer der Fortgeschritten Klassen den Kommandeur bewachen. Daher wären diese Leute gebunden und nutzlos, wenn ich den Kommandeur nicht angreife.

Während ich nachdenke, blinken Daten und Details über den Gegner der Meisterklasse auf. Er ist in Richtung des Stadtkerns unterwegs. Wenn er diesen unter Kontrolle bringt, kann er die zahlreichen Verteidigungssysteme der Stadt den Angreifern übergeben, was die Schlacht viel schwieriger machen würde. Selbst wenn wir den Kern zurückgewinnen, geht es bei diesem Kampf nicht nur ums Gewinnen, sondern auch um die Kampfmoral und den Beweis, dass wir unsere Freunde schützen können. Wir müssen nicht nur siegen, sondern mit Stil gewinnen.

„In Ordnung, diese Punkte sind wahrscheinlich die Leitungsgruppe. Viele Daten strömen zu ihnen und von ihnen weg. Die Analysten empfangen eine Menge dort ankommenden verschlüsselten Datenverkehr. Sie versuchen, das zu unterbrechen, aber sie sind zu niedrig im Level", sagt Ali.

Ich schätze Entfernungen und Winkel ab, manipuliere meine Karte einen Moment lang und sehe die Updates an, während ich plane, wohin ich gehen will und wie ich das mache. Ohne wichtige Wegpunkte in der Stadt muss ich welche markieren, während ich durch den Bereich gehe. So wie der Feind der Meisterklasse sich bewegt, dürfte er den Stadtkern in acht bis zehn Minuten erreichen. Vielleicht mehr, falls er auf größeren Widerstand trifft.

„Kannst du mir den schnellsten Weg zur Leitungsgruppe berechnen?", frage ich ihn telepathisch, während ich einige Sekunden damit verbringe, die Details der malaysischen Verteidigungssysteme aufzurufen und der Karte hinzuzufügen. Zwei Köpfe sind besser als einer.

Interessanterweise hat der Siedlungsbesitzer von Kuala Lumpur in Gegensatz zu uns enorm viel in statische Verteidigungssysteme investiert. Es gibt nicht nur die übliche Menge an Strahlen-Geschütztürmen, mobilen Wachrobotern und Siedlungsschilden, sondern auch Sprengwachen, Blitz-, Feuer- und Eiskugeln, die sich in isolierten und selbst verwalteten Modulen befinden. Die gesamte Stadt scheint umstrukturiert worden zu sein, um einen langsam schrumpfenden Verkehrsring um den Stadtkern herum zu erzeugen. Mehrere Schildebenen und Mauern sind seit dem Angriff erschienen, was die Angreifer zwingt, entweder der Route zu folgen, oder sich durch einen Siedlungsschild zu sprengen. Es dauert einen Moment, bis ich merke, an was mich das erinnert – ein Tower-Defense-Spiel im echten Leben.

Natürlich kann ein Angreifer sich den Weg freibrechen – und der Feind der Meisterklasse tut das – aber die Schilde regenerieren sich so schnell, dass das eine Menge an Mana und Feuerkraft erfordert. Statt ihr Mana auf starre, sich regenerierende Barrieren zu verschwenden, haben die meisten Söldner beschlossen, der Ringstraße zu folgen.

„Fertig. Aber ich glaube nicht, dass sie gegen diesen Koloss durchhalten werden."

„Dann müssen wir uns beeilen." Ich teile meinen Plan mit dem Geist und er tut das seinerseits. Innerhalb von Sekunden haben wir das angepasst und einigen uns darauf, wohin wir gehen und wie wir das tun sollen.

„Ich bin bereit, sobald du es bist."

Ich antworte Ali nicht, sondern gehe in die Hocke und werfe mich dann vorwärts, so dass ich durch die Luft fliege. Am Scheitelpunkt meines Sprungs aktiviere ich Versetzungsschritt. Ich treffe das Dach mit einem Sprungschritt, hüpfe über die Kiesoberfläche und stoße mich fürs nächste Dach ab, während Ali hinter mir entlangflitzt. Zwei weitere

Versetzungsschritte, einer direkt über einem Feuergefecht in einer engen Hintergasse, und dann habe ich sie fast erreicht und mein Tempo ist voll da.

Der Schwung und ein letzter Versetzungsschritt bringen mich in die Mitte der Leitungsgruppe. Ich bin wie eine in Schilde und Klingen gehüllte Lawine und schleudere den äußeren Ring der Söldner weg. Selbst mit meiner Geschwindigkeit habe ich genug Zeit, die Gruppe auf ihre Klassen zu untersuchen. Mitten im Gefecht hat Ali sie alle vereinfacht, so dass sie Wächter, Krieger, Paladin, Soldat, Magier oder Söldner-Kommandeur anzeigen – ein Hinweis darauf, was ich zu erwarten habe, statt einer ungewöhnlichen Klasse und einem Titel, auf deren Verständnis ich kostbare Sekunden verschwenden muss.

„Jetzt!"

Der Söldner-Kommandeur brüllt den Befehl, während der Wächter und der Soldat neben ihm sich auf meinen Angriff vorbereiten und meinen Impuls mit ihrer Masse und ihren Skills abfangen. Während ich anhalte, reagieren die Söldner. Manche rappeln sich auf, während andere Waffen und Skills auf mich richten.

Du befindest dich in einer Quanten-Sperre. Teleportation und Dimensionsübergang sind eingeschränkt.

Es ist eine Falle. Natürlich ist es eine Falle. Ich ducke mich, als Zaubersprüche auftreffen und lasse die Granate aus meiner Hand fallen. Die Verwirrungsgranate schleudert gleichzeitig Rauch, Metallpartikel und Chaos-Mana, um die Sinne zu stören. Einen Moment später detonieren die Chaosgranaten, die ich auf dem Weg hierher abgeworfen habe.

Glück. Diesmal ist es auf meiner Seite. Ein Heulen ertönt auf dem Gefechtsfeld, als ein Tornado aus Schall und Wind dort erscheint, wo eine

Granate gefallen ist. Das macht den nächsten Söldner kampfunfähig und wirft uns alle zu Boden. Selbst mit meinen Widerständen reicht der Schmerz, um mich einige Sekunden lang zu erschüttern. Das ist extrem gefährlich, da die zweite Chaosgranate eine Kugel aus Chaosenergie gebildet hat. Diese spuckt ständig einen Strom beliebiger Energie und Material aus. Ich sehe, wie ein einziger Schuss den Arm eines Kämpfers wie feuchtes Papier zerfetzt, während eine zweite Explosion einen anderen Magier vollständig heilt. Ein weiterer Söldner wird mit einem Strom von etwas getroffen, das wie Sprudelwasser aussieht, während der Boden sich um eine weitere Detonation herum in Wackelpudding verwandelt.

Zum Glück werde ich nicht getroffen. In den wenigen friedlichen Sekunden, die ich habe, beginne ich die nächsten Schritte. Ich rufe Leuchtfeuer der Engel herab, während meine andere Hand mein Schwert erscheinen lässt, hinter dem weitere Waffen folgen. Ich trete vor und stürze mich auf die Schutzschilde, die von den Leibwächtern des Söldner-Kommandeurs aufgestellt worden sind.

„Du steckst in der Falle, Erlöser. Gib auf, oder wir werden diese Stadt Stein um Stein zerlegen", sagt der Söldner-Kommandeur, der sich fast so gut erholt hat wie ich. Ich weiß nicht einmal, welches Geschlecht dieses Wesen hat – falls es eines hat – da es einen Sprachsynthesizer verwendet und, wie jede auch nur halbwegs intelligente Gattung, einen Helm mit Sichtscheibe verwendet. Das Wesen sieht ungefähr wie ein Mensch aus, auch wenn sich unter den Armen Flughäute befinden.

„Ich habe noch gar nicht angefangen", sage ich und beobachte, wie die Söldner sich erholen und auf mich zielen. Meine Schwerter haben den tragbaren Schild durchstochen, den der Soldat eingesetzt hat, aber der Wächter erscheint nun mit einem seltsamen Wechsel-Skill an seiner Stelle.

Das ist keine Teleportation, läuft aber so reibungslos ab, dass es fast so aussieht. Das geht in Ordnung, da der Angriff primär zur Ablenkung dient.

„Sag dem Regen Hallo, Baby!", kräht Ali und macht sich sichtbar, während er seine Worte mit einem Trommelwirbel begleitet.

Diejenigen, die nach oben blicken, können den herabschießenden Strahl sehen, aber die anderen werden einfach getroffen. Energie strömt auf uns herab, wobei mein Seelenschild den Schaden absorbieren und umlenken kann, bis er schlussendlich zerbricht. Meine Skills Abhärten und Elastische Haut nützen mir jetzt wenig, da es sich um direkten Manaschaden handelt. Dadurch schützen sie mich nur vor Sekundäreffekten. Aber Schilde und Fertigkeiten reichen nicht, vor allem, weil ich sofort ein zweites Leuchtfeuer aufrufe. Mit einem Teil meines Bewusstseins aktiviere ich einen Seelenschild, während ich mir einen schwachen Heiltrank in den Oberschenkel injiziere, um meine Gesundheit zurückzuerhalten.

Das Leuchtfeuer besteht aus reinem Mana, einem Riss in der Ebene der Existenz selbst. Dies überlastet in Sekundenschnelle die Fähigkeit der Umgebung, Mana zu absorbieren, setzt die Luft in Brand und verkohlt die Erde. Der Asphalt schmilzt unter unseren Füßen und die Erde selbst raucht. Gebäude, welche die Apokalypse und die Schlachten um die Siedlungen überstanden haben, sind nun nur noch Ruinen, da Ziegel und Beton unter der Wucht der Winde verdampfen oder zerbrechen.

Sobald das Leuchtfeuer fällt – und auch mein Schild versagt – aktiviere ich einen weiteren Zauber, Feuersturm. Die Flammen des Angriffs schießen um mich hoch, beißen in Fleisch und Knochen, rösten die Haut und verbrennen Haare. Unterdrückte Schreie ertönen um mich herum, als Kehlen versengt werden und den Lungen die Luft ausgeht.

Als ich fertig bin, sind nur noch die Kämpfer der Fortgeschrittenen Klasse da. Von den meisten Feinden der Basisklasse sind nur noch verkohlte

Leichen übrig, weil ihre Gesundheit mit dem von mir ausgeteilten Schaden nicht fertig geworden ist. Aber ein auffälliger Angriff wie dieser hier hat seinen Preis – die Skills, meine Versetzungsschritte und meine Stärkungszauber haben mein Mana auf die Hälfte reduziert. Wenigstens verfüge ich noch über den Großteil meiner Gesundheit, und der geringe Schaden durch meinen eigenen Zauber wird wieder aufgefüllt.

„Sie waren gute Männer ...", faucht der Söldner-Kommandeur, als er sich hochstemmt. Der Helm ist zerschmettert, die Rüstung verdampft und die Hautflügel unter seinen Armen sind verschwunden. Obwohl er redet, sehe ich, dass sich die Hände des Kommandeurs an seinem Gürtel bewegen, wo er wahrscheinlich Befehle erteilt und Skills aktiviert. Eine Sekunde später fällt sein Helm ganz herunter, teilt sich und enthüllt ein doppelschnäuziges Gesicht mit winzigen, stechenden Augen. Der Kommandeur schluckt gerade ein seltsames rote Kügelchen. Das ist sicher eine Art Gesundheitstrank, da die Haut des Kommandeurs vor meinen Augen heilt.

„Ihr hättet euch nicht mit den Besten anlegen sollen", kräht Ali von oben.

Der Geist dreht sich zur Seite, als ein überlebender Soldat ein Strahlengewehr feuert, das direkt in seinen Arm integriert ist. Elektrische Pfeile fliegen herum, während der Geist auf mein Inventar zugreift. Innerhalb von Sekunden werden weitere Täuschgranaten geworfen und der Geist flitzt herum und duelliert sich mit dem Soldaten. Ich habe keine Zeit mich auf ihn zu konzentrieren, während ich mein Schwerter wieder aufrufe und damit auf die noch stehenden zwei Leibwächter einschlage.

Wir tanzen zu dritt, und meine überlegenen Skills beschädigen ihre Rüstung und ihre Waffen. Leider haben die beiden mehr Erfahrung – Jahrzehnte davon – im Kampf mit Humanoiden, im Vergleich zu meinem halben Jahrzehnt, alles zu erschrecken, das sich bewegt. Es gelingt den zwei

Leibwächtern, einem Großteil meiner Angriffe auszuweichen, während sie meine Gesundheit langsam reduzieren.

Der Kommandeur entspannt sich etwas, da meine Gegner nach der ersten Attacke nun auf der Siegerstraße zu sein scheinen. In diesem Moment beschließe ich, ihnen den Boden unter den Füßen wegzuziehen, da ich während des Duells mit dem Paar meine Mana-Armschiene geleert habe.

Ich aktiviere Vorhut der Apokalypye per Gedankenbefehl, während ich einen durch Spalten verstärkten weiten Schlag einsetze. Die Explosion von Attribut und Tempo überrascht den Wächter, so dass seine hastige Blockierhaltung weggeschoben wird und meine Klinge ihn aufschlitzt. Ein weiterer Einsatz von Wille und geistiger Energie lässt Schlammwälle hinter den beiden erscheinen, die sie zu mir schieben. Der Soldat weicht keinen Zentimeter, da sein Skill „Stellung halten" meinem Zauber widerstrebt. Der Wächter hingegen hat weniger Glück und wird nach vorn gedrückt, direkt in die noch wirbelnden Tausend Klingen.

„Unterstützungsfeuer", faucht der Soldat und löst einen neuen Skill aus.

Ich springe zur Seite, spüre aber wie Strahlen meine Wade und meine Knöchel verbrennen, da ich mich etwas zu langsam bewege. Ehrlich gesagt machen mir die zusätzlichen Wunden nichts aus — unser Fleisch wurde vom geschmolzenen Asphalt bereits gekocht. Ich bin nur dankbar, dass es der Soldat für nötig hält, die Nutzung seiner Skills herauszubrüllen.

Während ich mich abrolle, wobei meine Disziplin und meine Widerstände den Schmerz in Grenzen halten, ziehe ich meine Strahlenpistole. Ich habe den Skill Vorhut bereits beendet, da der momentane Bonus seinen Zweck erfüllt hat. Stattdessen verlasse ich mich auf die Strahlenpistole, als ich mich durch dicken Rauch und Staub bewege. Ich feuere auf den Soldaten und den Söldner-Kommandeur, der sein eigenes massives Sturmgewehr herausgeholt hat. Als mein letztes Schwert die Leiche des Wächters durchdringt, schicke ich die Schwerter weg, statt weiter Mana zu verschwenden. Dann aktiviere ich meinen Seelenschild. Das wird eine lange Schicht werden, und diese Typen sind erst die Vorspeise.

Der Angriff kommt aus dem Nichts. Ich spüre die Bewegung einen Sekundenbruchteil bevor die Klingen in mich stechen wollen. Nicht genug Zeit, um auszuweichen oder zu blocken. Ich versuche es dennoch.

Statt stechenden Schmerz und wiederholte Benachrichtigungen über Vergiftungen melden meine Sinne das deutliche Klirren von Klingen. Ich drehe mich zur Seite, während ich mich rückwärts bewege. Dabei sehe ich den Attentäter der Meisterklasse in einem verzweifelten Kampf gegen Ingrid, aber dann verschwindet der Köder wieder im dunklen Rauch.

„Wird auch Zeit", keuche ich erleichtert und ducke mich hinter eine am Boden liegende Leiche.

Ich wollte den verdammten Attentäter erschießen, aber die beiden kämpften so nahe beieinander und so schnell, dass ich meine Freundin hätte treffen können. Ich muss allerdings grinsen, da unsere Falle schließlich funktioniert hat. Noch mehr freut es mich, dass der Feind blutet und nur noch einen Arm hat, mit dem er kämpfen kann. Ein Grund dafür, dass wir meine Route so sorgfältig geplant haben und ich einige Umwege einlegte, war, damit unsere Assassine rechtzeitig in Stellung gehen konnte.

„*Angriff*", faucht Ali und ich starre die Minikarte an. Sie ist verschwommen und wackelig, wird aber langsam besser, da sich die Interferenzen der enormen Manamenge und der Chaosenergie verflüchtigen. Da es unsere Granaten sind, haben wir zum Glück ihre Manasignaturen gespeichert, was uns einen leichten Vorteil dabei bietet, unsere Bildschirme zu säubern.

Ich wirke den Zauber Verbesserte Unsichtbarkeit und rapple mich auf, wobei ich die Strahlenpistole wegstecke. Ich schleiche mich an den Soldaten heran, der Ingrid und den Attentäter sieht und, wie ich, offenbar mit dem Schießen zögert. Dieses Zögern kommt ihm teuer zu stehen, da ich erst seinen Arm und dann seinen Kopf mit meinen Schwertern abhacke.

Brauchst du Hilfe?", rufe ich Ali telepathisch zu.

Er bestätigt und schickt mir gleich eine aktualisierte Minikarte. Ich brumme, als ich merke, dass der Söldner-Kommandeur geflohen ist. Ich rechne es durch und merke, dass ich ihn nicht erwischen kann, bevor er seine Verstärkungen erreicht.

„Ingrid, bald kommt Verstärkung", knurre ich und wende mich wieder den Duellanten zu. Oder wenigstens der Stelle, an der sie sich vorher befanden. Ich runzle die Stirn und merke, dass sie verschwunden sind. „Verdammt!"

Da ich kein weiteres Ziel habe, renne ich zu Ali und denke über meine nächsten Schritte nach. Ich müsste die Quanten-Sperre deaktivieren, aber da der Kommandeur noch hier und in Freiheit ist, würde das wohl nicht klappen. Ihn und seine Unterstützer zu töten, dürfte möglich sein – solange er nicht wieder flieht. Das Problem ist allerdings, dass dies mehr Mana und Zeit aufbrauchen würde, als ich vorgesehen habe.

Als ich Ali erreiche, sieht der Geist ziemlich ramponiert aus. Er wird von einem schwebenden elektrischen Schild umgeben, der die wiederholten Schüssen des angreifenden Soldaten absorbiert, aber überall sind schon Sprünge sichtbar. Dennoch komme ich nahe genug heran, um meine vier Schwerter in den Rücken des Soldaten zu bohren und sie wieder herauszuziehen, so dass er zu Boden fällt.

„Ich fühle mich wie ein Attentäter", knurre ich.

„Das solltest du auch." Da er nicht seine volle Größe benötigt, ist der Geist wieder einen halben Meter groß. Leider verhindert diese Art von Quanten-Sperre, dass der Geist wieder in die Dimension verschwindet, in der er sich normalerweise aufhält, um mit mir zu interagieren. Zumindest für den Moment ist er also so echt wie ich.

Während wir uns unterhalten, strömen neue Truppen heran und feuern blind in den Nebel. Statt zu riskieren, getroffen zu werden, laufen wir auf den nächsten Siedlungsschild zu. Dieser wird lange genug deaktiviert, dass wir hineinrennen können, auch wenn wir von Strahlenwaffen verfolgt werden. Hindert uns ertönt Jubel, der dann aber endet, als ein neuer Siedlungsschild aufflackert.

„Das können wir nicht zu oft tun, John. Der ursprüngliche Schild wird jetzt wieder aufgeladen, so dass jeder Abschnitt, den wir herunterfahren, geschwächt wird."

„Ich weiß. Wir müssen einfach der Sperre entkommen", sage ich dem Geist, als wir vorwärts sprinten. Hoffentlich werden sie die Quanten-Sperre aufheben, sobald sie erkennen, dass ich so tief in der Spirale bin, dass sie mich nicht mehr einholen können. Oder vielleicht komme ich weit genug weg, um sie mit meiner Klassen-Fertigkeit zu zerschmettern.

Aus reiner Gewohnheit renne ich im Zickzack und versuche, den nächsten Schild möglichst schnell zu erreichen. Das rettet mich, als drei Zaubersprüche dort landen, wo ich ohne Zickzackkurs gewesen wäre. Eis schießt aus dem Boden und erzeugt kristallartige Türme, während die Temperatur sinkt und Blitze nutzlos herumzucken.

„Vom Regen in die Traufe …" knurre ich und ducke mich in ein Gebäude in der Nähe. Ich will mehr Zeit gewinnen, da ich einen Fehler in meinem neuesten Fluchtplan erkannt habe. Ich befinde mich mitten in der Vorhut der Söldnerkompanie.

„Mr. Lee! Wo sind Sie? Der Feind der Meisterklasse hat unseren Stadtkern fast erreicht." Die schrille, panische Stimme des austronesischen Mannes ertönt in meinem Helm, da seine Eilnachricht durchkommt. Ein kleines Videobild

erscheint am Rand meines Sichtfelds und überdeckt für einen Moment die wichtigeren Gesundheits- und Manaleisten.

„Ich befinde mich in einer Quanten-Sperre. Der Söldner-Kommandeur konnte fliehen", antworte ich und beiße die Zähne zusammen. *„Er hatte viel mehr lebensrettende Skills und Ausrüstungsteile als erwartet. Wir haben aber vier der besten Kämpfer der Fortgeschrittenen Klasse eliminiert."*

„Es geht um den Feind der Meisterklasse! Wann werden Sie hier sein?", faucht der fast vor Verzweiflung keuchende Siedlungsbesitzer. Ich sehe die Angst in seinen Augen und frage mich kurz, wie jemand, der so leicht in Panik gerät, die Siedlung erobern und halten konnte. Aber …

„Ich komme, sobald ich es aus dem Feld schaffe", sage ich und unterbreche dann die Verbindung. Bei allen tausend Teufeln. *„Wir müssen rennen."*

„Juhu. Noch mehr rennen", bemerkt Ali trocken. Ein kurzes Flackern und seine Kleidung hat sich in einen bekannt aussehenden roten und goldenen Anzug mit Blitzen an der Seite verwandelt.

***

„Geschafft", sage ich, während ich Alis Blickpunkt verwende, um per Versetzungsschritt in eine friedliche Szene zu springen. Der zum Stadtkern führende Wachraum ist noch intakt, was gut ist – vor allem, weil ich fast vier Minuten gebraucht habe, um die Quanten-Sperre zu brechen und hierher zu kommen. Ich musste einen Teil des wiedergewonnenen Mana für einen Sprung zum nächsten Dach verwenden, und dann kostbare Zeit abwarten, bis Ali in Position war. Daher wird das alles sehr knapp werden. Momentan hat meine Regeneration mich auf nur 60 Prozent meiner Gesundheit und 40 Prozent meines Manas gebracht.

„Endlich", raunzt der Malaie von einem Monitor hoch an der Wand herab.

Er kauert im Raum hinter uns, in der allerletzten Abwehrlinie und hat eine riesige Strahlenkanone auf die Tür gerichtet. Selbst von hier aus kann ich sehen, dass die Waffe mehr für die Bekämpfung von Fahrzeugen als von Personen gedacht ist. Dadurch dürfte sie stark genug sein, um den Koloss zu verärgern.

„Ali?", rufe ich. Ich bemerke, dass die Wachen hinter mir ihre Köpfe drehen und sich wahrscheinlich ansehen, aber ich erkläre nicht, warum ich mit der Luft spreche. Wir haben keine Zeit dafür. „Öffnet die Türen und lasst mich raus."

Die Wachen gehorchen und die Türen gleiten nach oben. Sobald sich die Türen öffnen, ertönt der Schlachtenlärm. Schreie, das Knirschen brechender Mauern und das Zischen von Strahlen hallen durch den Korridor vor mir. Ich laufe geduckt hinaus, während der Siedlungsbesitzer schreiend befiehlt, die Türen zu schließen.

Bei den Göttern, ich hasse die Politik.

Aber dann muss ich an andere Dinge denken, da die Wand vor mir explodiert und eine Faust sichtbar wird. Als sich der Dunst verzieht, frage ich mich: „Warum habe ich es in letzter Zeit immer mit Riesenkreaturen zu tun?"

Ich starre den Riesen an, der hereinkommt. Das Wesen lässt sich am ehesten als eine Mischung eines Affen mit einem Krokodil beschreiben, aber mit zwei rosa glitzernden Hörnern. Diese schuppenbedeckte galaktische Kreatur kauert auf allen Vieren, und ihre Schultern streifen bei jeder Bewegung gegen die Decke, während die Hörner Rillen erzeugen.

Ooi Eea, Verpflichteter Sohn, Der Große Sünder (Koloss Level 29)

_HP: 16894/17210_

_MP: 279/750_

Zustand: Verpflichtet , Gesundheitstropfen, Größere Mana-Regeneration, Raumsperre

„Bevor du fragst. Es ist eine Art Beschwörungs-Skill, allerdings schiebt dies das Beschworene in seinen Körper. Das ist ein Grund dafür, dass er so extrem hohe Gesundheit hat. Die gute Nachricht ist, dass das nur so lange funktioniert, wie er sich die Manakosten leisten kann. Die schlechte Nachricht ist, dass er das weiß", meint Ali. _„Du kämpfst direkt gegen ihn. Ich werde die Verbindung so gut wie möglich stören und die Kosten erhöhen."_

Ich stöhne unwillkürlich, als der Geist das sagt – aber Ooi hat sich nun anscheinend genug umgesehen. Auch wenn es nackt ist, greift das Wesen mich dennoch an und rast durch den langen Korridor. Meine Hände bewegen sich und schleudern tragbare Schildgeneratoren hinaus, die nach der Landung sofort aktiviert werden. Sekunden später habe ich vier Generatoren direkt vor mir. Trotzdem wirke ich einen Seelenschild auf mich selbst, da der lebendige Rammbock schneller wird und lila aufleuchtet, als Flammen aus seinem Körper schießen.

„Zum Teufel", fauche ich, als die ersten drei Schilde brechen, ohne den Koloss merklich zu verlangsamen.

Als das Wesen den dritten Schild durchbricht, wird es sogar noch schneller, als es seinen Koloss-Skill einsetzt. Die Zeit verlangsamt sich, während ich meine Optionen durchgehe und wie üblich die dümmste wähle. Ich lasse meine schwebenden Schwerter vor mir erscheinen und gehe in die Hocke, wobei ich die ursprüngliche Waffe gegen meinen Körper und den Boden stütze und Abhärten auf mich selbst wirke.

Dann habe ich keine Zeit mehr. Der Aufprall schleudert mich zurück, da meine Stärke nicht reicht, ihn aufzufangen, selbst mit meinem neuen Skill, sie zu manipulieren. Ich werde gegen die dicken explosionsgeschützten Türen geworfen, und mein Seelenschild zerbricht. Ich spüre, wie etwas Gesundheit zurückkehrt, als sich Elastische Haut aktiviert, während der Koloss seinen Körper von mir zurückzieht und vor Schmerz grunzt. Als Ooi sich entfernt, sehe ich den aufgerissenen Boden zwischen meiner ursprünglichen Position und hier.

Bevor Ooi sich erholen kann, hebe ich meine Beine, stütze mich an den Türen ab und kicke vorwärts, so dass der überraschte Koloss nach hinten taumelt. Im nächsten Moment stoße ich mich von den Türen ab und lande sanft auf dem Boden. Schließlich holt mich der Schmerz ein, und die gebrochenen Knochen in meinen Beinen verweigern die Zusammenarbeit.

„Verdammte Scheiße!"

„Meisterklasse. Schwach", sagt Ooi und spuckt dann zur Seite hin. Der Strom des grünlichen Bluts schockiert mich, ebenso wie die zahlreichen abgebrochenen Klingen, die aus dem Körper des Galaktikers herausragen. Per Gedankenbefehl lasse ich sie alle verschwinden, so dass die Wunden mehr bluten. Was auch immer mir etwas Vorteil bietet. „Tricks sind dumm."

„Ja, ja. Sei froh, dass ich dich nicht vom Himmel fallen gelassen habe", fauche ich ihn an.

„Versuch's doch", sagt Ooi lachend.

„Kommt nicht in Frage, Junge. Die Raumsperre? Das ist er, der sich selbst sperrt. Viel billiger als einen ganzen Bereich zu sperren, wie du es tust."

„Na schön. Er hat meinen Bluff durchschaut." Ich stehe auf, sobald ich die Kontrolle über meinen Körper zurückgewinne. Jede Sekunde steigt meine Gesundheit durch meinen Skill und Größere Regeneration, daher schalte ich auf Verzögerungstaktik. „Aber sag mir bitte, wieviel kriegt ihr Typen denn fürs Verlieren?“

„Nicht wichtig. Kämpfen.“ Ooi springt vorwärts und überwindet die Strecke mit einem Schritt, worauf er einen gut gezielten und schnellen Schlag einsetzt. Oois Körper ist von Blitzen umhüllt, die aus seinen Hörnern strömen, und er strotzt nur vor Energie und Wildheit.

Wenn du je einer Faust von der Größe eines Mikrowellenherds ausweichen musstest, weißt du, wie schwer das ist. Ich weiche ihm größtenteils aus, bevor der Schlag gegen den Rand meiner Schulter hämmert. Der Schlag ist zudem elektrisch geladen, was mein Fleisch brät und die Muskeln zucken lässt. Aber ich stehe nicht nur herum. Mein Schwert schlägt nach oben, um die Gelenke am Ellbogen zu treffen. Das haben mir die vier Jahre auf einem Höllenplaneten gezeigt – wen etwas Gelenke hat, gibt es Sehnen. Wenn man die durchschneidet, gewinnt man Zeit.

Sein Arm sinkt etwas, aber er zieht ihn bereits zurück, während sein anderer Arm auf mich einschlägt. Und anhält, als die Vernunft den Instinkt stoppt. Meine schwebenden Klingen folgen der Bewegung meines ursprünglichen Angriffs und blockieren seinen Gegenangriff. Er könnte weitermachen und die Schwerter wegschlagen, aber dann würde er riskieren, in Stücke geschnitten zu werden. Trotzdem wird sein zurückgezogener Arm verletzt, als er von der ersten angreifenden Klinge erwischt wird.

Ich höre nicht auf, er aber auch nicht. Er antwortet mit einem niedrigen Tritt, der stark genug ist, um Knochen zu brechen. Ich bewege mich seitlich in den Angriff und spüre, wie seine Fußkante gegen meinen Oberschenkel streift und wahrscheinlich eine enorme Prellung hinterlässt. Während ich noch ausweiche schwingt mein Arm nach unten und die beschworene Klinge fällt in meine Hand, worauf ich den ungeschützten Fuß treffe. Sie klappert an seinen Schuppen entlang, beißt in die darunter liegenden Muskeln und

Knochen und schneidet einige Schuppen ab. Ich ignoriere den nutzlosen Schnitt und fange eine der fallenden Klingen mit der anderen Hand und schwinge sie, um ihn aufzuschlitzen. Mein Hieb wird von einem Ellbogen weggeschlagen, worauf ein Haken nach oben folgt.

Wir tanzen im engen Korridor, der Koloss und ich. Der Koloss blockt, kickt und schlägt, wobei er seine zähe Schuppenhaut und gelegentliche Blitze aus seinen Hörnern einsetzt, um abzulenken und Schaden zu wirken. Ich schwinge, schlage und stoße meine Klingen und verwende meine seelengebundene und beschworene Waffe, um das Monster auszubluten. Die Klingen fließen, stoßen und drehen sich um uns herum in vorbestimmten Mustern, um Angriffe und Bewegungen zu blockieren.

Ooi ist stärker als ich, schneller und besitzt deutlich mehr Gesundheit. Aber der Kampfstil, den ich verwende, die sich ständig bewegenden Klingen, die auf meinen Befehl Angriffswege einschränken oder öffnen, ist ihm ganz neu. Der Koloss musste schon mehrmals instinktive Kombinationen abbrechen. Und ich sehe wiederholt, dass er zögert, als er berechnet, wie sehr er zerstückelt würde.

In einem extremen Nahkampf wie diesem, mit der von uns eingesetzten Geschwindigkeit und Stärke, hat jedes Zögern seinen Preis. Ein Schlag weniger, ein Tritt, ein Schnitt. Aber das summiert sich. Hiebe landen auf Sehnen und Bändern, brechen Schuppen und zerreißen Muskeln. Jeder Angriff, jede Bewegung reduziert die massive Gesundheit des Kolosses und macht den Galaktiker allmählich schwächer.

Aber das trifft nicht nur auf eine Seite zu. Trotz meiner Konzentration und meiner Widerstände steigt der Schmerz, den meine zunehmenden Verletzungen erzeugen. Die Kreatur ist zu groß, als dass man ihr ganz ausweichen könnte. Nicht nur der Koloss wird in seinen Bewegungen eingeschränkt – ich muss auch oft eine vielversprechende Angriffs- oder

Abwehrmethode aufgeben, meine Schwerter verschwinden lassen und aus dem Weg wirbeln. Aber Fäuste, Ellbogen und Füße fegen an mir vorbei, reduzieren allmählich meine Gesundheit, erzeugen Prellungen und versetzen mir bei jedem Angriff leichte elektrische Schläge. Jeder Angriff ersetzt etwas Mana und wird durch meine Klassen-Fertigkeiten reduziert. Aber nur teilweise.

Ein Haken saust durch die Luft und hinterlässt eine zischende Ozonspur, während ich rückwärts springen muss. Der Strom entlädt sich, sobald er meinen Magen berührt und wirft mich weiter zurück, so dass ich erneut gegen die Türen pralle. Diese knirschen und knarren als ich von ihnen abpralle und auf die Knie falle. Blut tropft aus meinem Mund und ich muss heftig husten, so dass der süße Geruch des Bluts und der beißende Gestank des rohen Ozons meine Lungen füllen.

„Nicht schwach", sagt der Koloss, der von den immer noch wirbelnden Klingen zurückgehalten wird. Der Galaktiker blutet aus zahlreichen Wunden und stützt sich auf ein Knie, wobei die Hand auf der anderen Seite nutzlos herunterhängt. In winzigen Augen leuchtet Energie auf und Blitze umhüllen den einzigen Arm, als das Wesen nach vorn boxt, um meine Klingen wegzuschlagen.

Wir starren einander aus wenigen Metern Entfernung an, und nichts steht zwischen uns.

„Nein, das bin ich nicht." Ich huste.

Jetzt ist es eine Frage der Regeneration. Sobald sein Bein geheilt ist, wird der Koloss sich auf mich stürzen. Falls mein Mana sich erholt, kann ich meine Klingen zurückholen, einen Zauber wirken. Mit Versetzungsschritt fliehen. Aber das warnende Dröhnen in meinen Nerven beweist, dass ich leer bin, und meine Kopfschmerzen entstehen aus einer Mischung von

Manaverlust und einem gequälten Körper. Ein Blick nach oben zeigt mir, dass ich noch wenige hundert Manapunkte habe, genug für einen Zauber.

„Es ist vorbei." Ali schwebt herab und lässt seinen Körper erscheinen. In seinen Händen befindet sich eine leuchtende Plasmakugel, die der Geist mit seiner Affinität immer weiter verdichtet, als er den Koloss anblickt. „Du hast fast kein Mana mehr."

Ich muss blinzeln und starre den Koloss und dann dessen Manawerte an. 43. 42. Der Koloss schnaubt und starrt mich wütend an, während er sich zum Aufstehen zwingt, so dass frisches Blut aus seinen Wunden spritzt. Ali hebt die Hand, und die leuchtende Plasmakugel stell eindeutig eine Bedrohung dar.

„Wenn du dich bewegst, werfe ich dir das vor die Füße. Wenn du es nicht mit einem Skill blockierst, kriegst du es voll ab. Wenn du den Skill verwendest, sind deine Raumsperre und dein Vertrag vorbei. Und der Junge hier lässt dich im Pazifik schwimmen", blufft Ali, während mein eigenes Mana langsam ansteigt, fast genug, um seine Worte wahr werden zu lassen. Fast.

„Das ist geschummelt", sagt der Koloss und taumelt leicht, aber Ali grinst nur.

„Sag deinem Söldner-Kommandeur, dass er entweder seinen Kämpfer der Meisterklasse verlieren oder sich zurückziehen kann", sage ich leise und stehe auf. Meine Verletzungen – gebrochene Rippen, ausgerenkte Schulter, geprellte und blutende innere Organe – sind zahlreich, machen mich aber nicht kampfunfähig. Noch nicht. Es tut weh, aber ich bin so an den Schmerz gewöhnt, dass es nur ein weiterer Tag in der Apokalypse ist. Ich aktiviere meine Aura, und der Rhythmus der Macht erfüllt den Raum. Ich hatte sie deaktiviert, da ich allein kämpfte, aber jetzt will ich damit etwas demonstrieren.

Der Koloss knurrt mich an, bewegt sich aber nicht. Und mit jeder Sekunde, die er wartet, sinkt sein Mana, während meines ansteigt. „Fertig."

„Warte noch ... jawohl. Bestätigt. Wir sehen einen langsamen Rückzug."

„Gut", sage ich. „Deaktiviere die Raumsperre und den Vertrag. Sobald wir bestätigt haben, dass sie sich zurückgezogen haben, lassen wir dich gehen."

„Nein", brüllt eine Stimme über versteckte Lautsprecher – die des wütenden Siedlungsbesitzers. „Er bleibt hier. Wir werden ihn vor Gericht stellen, ihm alles wegnehmen und ihn dann köpfen!"

„Ali, bring ihn zum Schweigen", sage ich, hebe eine Hand und gebe dem Koloss damit zu verstehen, dass das nicht meine Absichten sind. Ich sehe, dass der Koloss nervös ist, sich aber nicht bewegt.

„Was denkst du denn, was ich bin, ein hirnloser Blechkopf? Ich habe nichts hier", sagt Ali.

„Na schön", sage ich. „Deaktiviere die Raumsperre."

„Warum ...?" kann der Koloss gerade noch sagen.

„Oder willst du, dass dieser Idiot dich erwischt?"

Hinter mir höre ich, wie die explosionsgeschützten Türen knirschen und quietschen und versuchen, sich zu öffnen. Aber der Schaden, der durch den wiederholten Aufprall meines Körpers verursacht wurde, hat wohl einen Kurzschluss oder so etwas erzeugt.

„Ich befehle Ihnen, damit aufzuhören!", schreit der malaysischen Siedlungsbesitzer, wobei seine Stimme immer schriller wird.

Nach kurzem Überlegen deaktiviert der Koloss die Raumsperre und ich öffne ein Portal direkt unter unseren Füßen, durch das wir hindurchfallen.

Der laute Aufprall und das Knirschen der Laufstege gehen uns durch Mark und Bein. Der Koloss brummt und lässt sich auf das Glasdach plumpsen, das wieder knirscht, aber zum Glück vom System verstärkt ist.

Wir sehen gemeinsam den kleinen Park und die Bereiche vor uns an. Aufgrund des Gefechts, das eben zu Ende ging, raucht die Stadt noch.

„Schokolade?“ Ich biete sie dem Koloss an und strecke im Stehen die Hand aus. Verdammtes Rückgrat – ich bin mir sicher, dass ich etwas in meinem Steißbein gebrochen habe. Aber wenigstens muss niemand sonst sterben.

***

„Warum hast du ihn gehen lassen?“, fragt mich Ali dreißig Minuten später. Ich hätte den Koloss gerne länger behalten, da der Rückzug noch nicht abgeschlossen ist, aber die zunehmenden Hilferufe anderer Siedlungen, die angegriffen werden, zwangen mich dazu. Es war besser, diese heiße Kartoffel loszuwerden.

„Es war nicht garantiert, dass ich ihn hätte töten können. Es war besser, jetzt die Zustimmung zum Rückzug zu bekommen. Selbst wenn das Arschloch nicht mit dem Meckern aufhört“, sage ich und reibe mir über die Schläfe.

Zum Glück war die für die Verteidigung verantwortliche Person schlau genug, die Söldner ziehen zu lassen. Dennoch nörgelt der Besitzer, aber ich habe ihn stummgeschaltet und zeige ihm über meine Neuralverbindung einen virtuellen Avatar von mir. Das würde eine rational denkende Person nie täuschen, aber der Dummkopf ist jetzt jenseits jeder Vernunft.

„Das klingt fast logisch“, schnaubt Ali. „Geht's dir eigentlich gut, John?“

„Hast du von Ingrid gehört?“, sage ich leise.

Ich knirsche mit den Zähnen, als Ali den Kopf schüttelt. *Verdammt, Starling, ich hoffe, dass bei dir alles in Ordnung ist.*

„Isfahan fragt wieder, wann du endlich ankommst. Nach dem letzten Update zu schließen, stehen die schwer unter Druck."

Ich lasse per Gedankenbefehl die aktualisierte Karte erscheinen, füge meine Wegpunkte hinzu und stöhne. „Dann an die Arbeit."

Ich springe vom Gebäude und lasse mich beschleunigen, bevor ich das Portal direkt unter mir öffne. Zeit, denen die Hölle heiß zu machen.

***

Zu spät. Tage später weiß ich, dass ich zu spät komme, während die Ankunft in Prag meine Gesundheit schädigt, da meine Moleküle zerlegt werden, bevor sie wieder zusammenkommen. Mein Körper brennt, als ich voll erscheine und die Welt wieder sichtbar wird, ebenso wie ein Quantensperre-Symbol, das vor meinen Augen erscheint.

„Du zu spät." Die Stimme des Muskelmanns.

Ich drehe mich um und entdecke den Movana, der breitbeinig dasteht und zwei kurze Klingen in den Händen hält. Er grinst hämisch und fordert mich heraus. Um mich herum und auf meiner Minikarte erscheinen Feinde, als mein Skill und Ali sich stabilisieren und ihre Aufgabe erfüllen. Dutzende, dann Hunderte. Ich blicke zur Seite und sehe die Scharfschützen, die mich auf dem von mir gewähltem Platz ins Visier nehmen.

Sishin Narato (Level 6 Legionär)
HP: 1890/1890
MP: 1080/1080
Zustand: Stärkung, Anspornende Präsenz, Makelloser Geschmack

„Wie habt ihr mich hier erwischt?", frage ich, erneuere meinen Seelenschild und berechne Schussbahnen und einen möglichen Fluchtweg. Kein Versetzungsschritt. Ein Portal wäre kostspielig, und ich bin mir nicht ganz sicher, wie …

„Eine einfache Umleitung", sagt Sishin grinsend. „Der Skill ist wohlbekannt. Es war ein Kinderspiel, ein Gegenmittel zu finden."

„Bin schon dabei, Junge. Halte sie hin."

„Ich nehme an, dass ihr den Stadtkern erobert habt", sage ich.

Sieben Scharfschützen oben. Etwa zwei Dutzend Soldaten am Boden, die mich umzingeln und alle Ausgänge blockieren. Sie sind intelligent genug. um sich so auszubreiten, dass sie jede Route abschneiden können, die ich zu einer direkten Flucht wählen würde. Muskelmann ist bei weitem der Gefährlichste, da nur er eine Meisterklasse besitzt. Allerdings sind die meisten hier mindestens niedrige Fortgeschrittene Klassen. Gut genug, um mich zu verlangsamen. Gut genug, um mich zu töten, falls ich hierbleibe und kämpfe.

„Ja. Befehle deinen Männern, die Waffen zu strecken. Es gibt keinen Grund für weitere Verluste", sagt Sishin und schwenkt die Schwerter locker hin und her.

„Nicht meine Männer. Ich bin nur ein Helfer", sage ich.

„Blödsinn. Sie werden auf dich hören. Wenn du sie zurückrufst, lassen wir sie gehen."

„Okay, der Skill wird als Raumverdrehung bezeichnet. Ein Skill mit Flächenwirkung, aber er wird immer ausgelöst, wenn ein räumlicher oder dimensionaler Riss erscheint. Er lenkt den ‚Tunnel', wenn man das so bezeichnen will, an einen bestimmten Ort. Schlechte Nachricht – die Aufrechterhaltung erfordert nur wenig Mana. Gute Nachricht – die eigentliche Umlenkung ist enorm kostspielig.

„*Na und? Ich könnte mehrere Versetzungsschritte aktivieren und hoffen, dass ihnen das Mana ausgeht, bevor ich meine ganze Gesundheit verliere?*"

„Warum wollt ihr sie gehen lassen?", sage ich laut. Unausgesprochen steckt dahinter: Warum erschießt er uns noch nicht?

„Befehle. Wir sind nicht eure Feinde, Mr. Lee", sagt Sishin, der immer noch leicht grinst.

„Ich bin mir ziemlich sicher, das Wort bedeutet nicht das, was du glaubst." Ich blicke mich demonstrativ um – die beschädigten Gebäude, die auf mich gerichteten Gewehre und die noch auf der Straße liegenden Leichen.

„Das ist eben notwendig", sagt Sishin. „Wenn eure Kämpfer gehen, reduziert das den Gesamtschaden. Ihr verliert weniger, wir verlieren weniger. Du weißt schon, dass du jetzt nicht mehr gewinnen kannst."

Ich knurre, aber er hat recht. Da sie den Stadtkern beherrschen, kann ich nicht herumspringen. Wir können nicht einmal Leute hierher verlegen, da sie sonst durch den Raumverdrehungs-Skill getötet würden. Ganz abgesehen davon, dass ein Rückzug momentan etwas schwierig ist. „Warum erledigt ihr mich nicht jetzt?"

„Du klingst, als ob du uns das so einfach machen würdest", antwortet Sishin und kneift die Augen etwas zusammen. „Auch wenn du einen übertrieben hohen Ruf genießt, gehörst du doch zur Meisterklasse. Und ein Kampf mit dir würde die Schlacht in dieser Stadt verlängern."

„Macht ihr euch keine Sorgen, dass ich woanders Leuten zu Hilfe komme?", sage ich.

Sishin zuckt mit den Schultern.

„*Wahrscheinlich gibt es unter den Movana selbst unterschiedliche Gruppierungen. Er hofft womöglich, dass du diese angreifst und dadurch seine Verbündeten schwächst.*"

„*Das ist idiotisch.*"

„Aber effektiv.“

Ich presse kurz die Lippen zusammen, bevor ich Ali den Befehl erteile. Sekunden später sind wir mit dem örtlichen Kommunikations-Netzwerk verbunden und bestätigen den Befehl zum Rückzug. Wie üblich, ist nicht jeder mit der Entscheidung einverstanden, aber als ich betone, dass ich gehe, bringt es viele der Heißsporne zum Schweigen. Dennoch muss ich gut fünfzehn Minuten mit meinen Leuten diskutieren, während die Waffen der Movana auf mich gerichtet sind, was alles andere als angenehm ist. Aber danach nickt mir Sishin kurz zu.

Ich kann den angeberischen Muskelmann immer noch nicht ausstehen, aber ich muss zugeben, dass sie es uns ermöglicht haben, unsere Verluste deutlich zu reduzieren. Das ist ehrenhaft und vielleicht sogar nett. Ich wünschte ... na ja, dass die Lage anders wäre. Ich glaube, ich könnte mit ihnen auskommen. Aber ich habe keine Zeit, darüber nachzudenken, da Ali mir einen weiteren dringenden Hilferuf übermittelt, während ich zum Stadtrand „eskortiert“ werde.

***

„Was machst du hier?“ Ich huste und trinke die Wasserflasche aus, bevor ich damit den Staub aus meinem Mund spucke.

„Alle Mann an Deck, weißt du noch?“, sagt Lana mit einem Lächeln.

Ich pruste laut und blicke mir die niedrigen Reihenhäuser an, die uns in Harlem umgeben, knapp südlich der 125. Straße in New York. „Ich hätte nicht erwartet, dass sie dich auch hinein zerren.“

„Niemand hat mich gezerrt. Ich bin freiwillig gekommen“, sagt Lana und grinst etwas. „Ich wollte schon immer mal New York besuchen. Und als die Meerleute angriffen, musste ich einfach kommen.“

Ich lache und frage mich, ob sie sich schlechte Comics aus den 60er Jahren vorstellt. Ihr Greif landet, lässt den Kadaver eines mutierten Narwals auf die Straße fallen und beißt mit dem Schnabel hinein. Roland schleicht sich aus dem Schatten und heult, um mit dem fauchenden Greif zu kommunizieren, da beide um den Kadaver konkurrieren.

„Die Hunde?“

„Ich habe Shadow bei Katherine gelassen“, sagt Lana. „Howard organisiert die Streuner, und sie kümmern sich um Nachzügler.“

„Wie bitte?“ Ich blinzle Lana an, die nun lacht.

„Howard besitzt nun die Fähigkeit, andere Hunde anzuführen“, erklärt Lana. „Das scheint eine Nebenwirkung seiner höheren Intelligenz zu sein.“

„Hm.“

Ich starre die blinkenden Punkte auf meiner Minikarte einen Moment an, sehe aber nichts, das allzu bedrohlich aussieht. Der Angriff kam überraschend, aber die Meerleute waren eher enthusiastisch und zahlreich als wirklich effektiv. Wir brauchten zwar viele Leute, um mit ihnen fertig zu werden, aber an Land hatte sich ihre Schwarmtaktik als nicht erfolgreich erwiesen.

„Also dann ...“, murmle ich verlegen, als ich merke, dass ich keine Ahnung habe, was ich zu meiner Ex-Freundin sagen soll.

„John, nein. Noch nicht.“ Lana legt eine Hand auf meinen Arm. Ich starre ihre Hand an und sie zieht sie mit einem schiefen Lächeln zurück. „Sorry.“

„Nein, schon gut. Wir sind immer noch Freunde“, sage ich automatisch und kratze mich dann am Kopf. „Tut mir leid. Es ist nur peinlich. Ich meine nur, es macht mir nichts aus, du und er ... Nun ... du weißt schon.“

„Wirklich? Es macht dir nichts aus, dass wir zusammen sind?“

Ich schneide eine Grimasse, da wir ausgerechnet jetzt darüber reden müssen. Aber wann denn sonst? Wenn die nächste Krise kommt? Wir haben einen Moment Zeit.

„Wirklich", sage ich ehrlich. „Wir hatten etwas Gutes. Vielleicht hätte es sehr gut werden können. Aber wir beide wussten wohl, dass ich schließlich gehen würde. Irgendwie. Irgendwann. Die Erethraner haben das nur beschleunigt."

Einen Moment lang blicken ihre violetten Augen in meine. Dann macht sie ein schnaubendes Geräusch. „Bist du dir sicher, dass du John Lee bist? Kein Doppelgänger aus der Verbotenen Zone?"

Ich lache und zucke mit den Achseln. „Ich habe einige Dinge über mich selbst erfahren. Leute ändern sich. Ich glaube, dass ist der einzige Faktor, der uns vor den Geistern der Vergangenheit rettet."

„Gut. Ich bin froh. Weißt du ..."

Bevor wir unsere Unterhaltung fortsetzen können, erscheint eine weitere Benachrichtigung, mit einem Bild.

„Soll das ein Witz sein? Bei allen tausend Teufeln!" Ich starre den gigantischen Kraken an, der aus dem Meer aufgetaucht ist und seine enorme Körpermasse in Richtung Ufer bewegt. Das Beste dabei – das verdammte Monster scheint Beine zu haben!

***

„Das. War. Ekelhaft", sage ich und kicke gegen die Leiche des Monsters. Es war dem Biest gelungen, ein Dutzend Häuserblocks nach Manhattan zu kriechen. In der Entfernung höre ich weitere Explosionen, da die Verteidiger die Offensive der Meerleute ins Wasser zurücktreiben.

„Du hättest mir noch eine Minute geben können!", beschwert sich Lana, als sie an der Leiche entlang geht und dagegen stupst.

„Was suchst du denn?"

„Eier."

Ich starre die Tierherrscherin an und zucke zusammen.

„Hab ich schon, Rotschopf!", zwitschert Ali, flitzt herunter und legt ihr die Beute in die Hände.

Ich schüttle den Kopf und frage mich, wie der Geist die Kriegsbeute-Option umgehen konnte. Aber vielleicht sollte ich das lieber nicht fragen. Manchmal ist es besser, Dinge nicht zu wissen.

Kraken-Ei

Kann von besonders verrückten Tierherrschern aufgezogen werden. Siehe Tierbändiger-Handbuch, was Level-, Skill- und Lebensraumanforderungen angeht.

Wirkung: Es schlüpft. Vielleicht.

Ach du Scheiße.

„Wir haben keine Zeit zu verlieren, Junge. Noch ein Anruf!"

Diesmal bin ich dankbar, dass ich einer anderen belagerten Siedlung helfen muss. Als ich gehe, sehe ich noch, wie die rothaarige Siedlungsbesitzerin dem schleimigen Ei in ihrer Hand liebevoll zuflüstert.

***

Mehrere Tage später sitzen wir alle im Konferenzraum der Bibliothek von Vancouver. Neben uns leuchtet eine Projektion der Welt, auf der die zahlreichen Siedlungen in den Farben der jeweiligen Allianz dargestellt werden. Ich starre den sich langsam drehenden Globus an und bin zu müde, um es richtig zu sehen. Selbst mit hohen Werten für Konstitution und Willenskraft haben mich die zahlreichen Kämpfe – und vor allem jene gegen hochstufige Feinde – total erschöpft. Ich habe seit Tagen nicht mehr geschlafen, und ich weiß, dass sich Mikito nur auf mein Drängen hin lediglich eine Stunde hingelegt hat. Aber ...

„Wie ist es gelaufen?", frage ich, während das langsame rote Blinken einiger Siedlungen zeigt, dass dort der Kampf noch nicht zu Ende ist. Natürlich haben sie um Hilfe gebeten, aber angesichts der gegen sie kämpfenden Truppen wollen wir uns nicht persönlich einmischen. Eine Gefahr besteht darin, dort festzusitzen – wir müssten kämpfen, bis wir eine Quanten-Sperre aufbrechen, während anderswo eine Siedlung angegriffen wird und wir nicht helfen können. Schließlich wäre das nicht das erste Mal.

„Momentan haben wir vier mehr", sagt Lana. „Wir haben ein halbes Dutzend Siedlungen an die Movana verloren, aber die Truinnar haben die Ablenkung dazu benutzt, selbst einige Orte zu erobern. Es gelang den Champions, weitere in ihren Besitz zu bringen. Die Chinesen waren sehr effektiv dabei, wieder in die Mongolei vorzustoßen."

Ich knurre und starre die Zahl der geschätzten Stimmen an, die wir haben. 82 Prozent. Wenn alles klappt, wenn jeder mitmacht und wir nicht auf magische Weise noch jemanden verlieren. Vier erfolgreiche Attentate und zehn gescheiterte Versuche. Genug Furcht, dass wir einige Stimmen verloren haben. Aber trotz dieser Probleme liegen wir vorn. Viele der Unabhängigen und Menschen, die unentschlossen waren, sind schließlich auf unsere Seite gekommen. Sie wollen so viel Nutzen wie möglich ziehen, statt gezwungen zu werden, an der Seite zu stehen, während andere am Ende alles gewinnen. Vielleicht werden noch einige zu uns übergehen. Das hoffen wir zumindest.

„Ausgezeichnet", gratuliere ich der Gruppe.

Dennoch hatte unser Erfolg seinen Preis. Wir haben noch nichts von Ingrid gehört. Wir haben eine Menge Credits ausgegeben, um zu bestätigen, dass sie noch lebt, aber ihre Skills machen es sehr, sehr kostspielig, mehr zu erfahren. Wir können lediglich hoffen.

Jetzt haben wir noch eine Aufgabe. Die eigentliche Wahl.

Kapitel 20

„Unglaublich", flüstert mir Lana zu, und ich muss ihr zustimmen.

Wir stehen auf der Aussichtsplattform der Internationalen Raumstation und sehen, wie sich die Erde in all ihrer blauweißen Schönheit unter uns dreht. Erstaunlicherweise hat die Station selbst die ganze Apokalypse überlebt und ist nun größer und besser als je zuvor.

„Ich kann mich auch nie sattsehen." Der Sprecher trägt einen einfachen blauen Jumpsuit, keine Panzerplatten oder Waffen, und er nähert sich von links. Der Astronaut mit dem graumelierten Schnurrbart lächelt uns an, als er bemerkt, dass er unsere Aufmerksamkeit hat. „Allerdings hat sich die Aussicht geändert, seit ich sie zum ersten Mal sah."

„Commander", sage ich atemlos und mache große Augen. Ich reiche ihm abrupt die Hand. „Danke. Dass Sie uns an Bord gelassen haben."

Phil Katz, Überwacher, Weltraum-Commander, Sternengeboren (Weltraum-Commander Level 8)
HP: 980/980
MP: 3780/3780
Zustand: Raumbewusstsein, Domäne, Schwerkraftschild

Lana und Mikito sehen mich von der Seite her an. Ich ignoriere ihre überraschten Blicke, während Commander Phil Katz meine Hand schüttelt. Nachdem ich seine Hand etwas zu heftig und zu lange schüttle, zieht er sie weg und bewegt sie diskret.

„Sie haben auf der Station Unglaubliches geleistet. Sie ist ein Fort, oder? Wie haben Sie die Credits gefunden, um sie umzubauen?", sage ich und schwenke die Hand.

Die Internationale Raumstation ist nicht mehr das modulare, zusammengeschusterte Labor und Habitat von früher. Jetzt ist es eine voll funktionsfähige, fünf Kilometer lange Raumstation mit mehreren Andockmodulen für Raumschiffe, ferngesteuerten Greifarmen, einem Gewächshaus und sogar künstlicher Schwerkraft.

„Das ist ja echt cool." Alis Gedanken unterbrechen meine Aufregung und ich erhalte eine Benachrichtigung.

Titel: Sternengeboren

Ein spezieller Titel nur für die, die zwischen den Sternen geboren wurden (oder anscheinend im All waren, als das System ankam – Ali). Der Inhaber erhält ein intuitives Verständnis des Weltraums. Natürlich haben die Sternengeborenen Nachteile, wenn sie sich auf einem Planeten befinden, da sie dort viel mehr Schwierigkeiten haben als die Einheimischen.

Effekte: +10 % Steigerung aller Attribute, Skills und Zauber, wenn man sich nicht auf einem planetaren Objekt befindet. Eine 10 % Senkung aller Attribute, Skills und Zauber, wenn man sich auf einem planetaren Objekt befindet.

Der Commander lächelt, da er es offensichtlich gewohnt ist, lästigen Besuchern Antworten zu geben, und er beschreibt bescheiden und knapp die Abenteuer, die er und seine Crew erlebt haben. Bald hat der Commander ein kleines Publikum, da andere Menschen hierher kommen, um seine Geschichte zu hören. Das ist nicht besonders überraschend. Der Mann hat nicht nur von Natur aus Charisma, sondern war schon vor der Apokalypse berühmt. Aber wie alle guten Dinge hat auch das bald ein Ende.

„Da wir jetzt mehr Leute hier haben", sagt Phil, dreht sich um und macht eine Handbewegung.

Eine Benachrichtigung über „Regeln auf der ISS" erscheint vor uns.

„Ich bin mir sicher, dass alle das bereits gesehen haben", sagt er. „Aber ich möchte alle daran erinnern, dass die Versammlung in meiner Station auf eure Bitte hin abgehalten wird. Während dieser Veranstaltung wird es keine Gewalt geben. Zudem sind bestimmte Bereiche gesperrt. Personen, die gegen die Regeln verstoßen, werden sofort aus der Station geworfen. Es gibt auch weitere Regeln für eine Notevakuierung, die sich alle genau durchlesen sollten."

Alle in der Gruppe nicken. Einer der wenigen Vorteile dieses Orts hier oben besteht darin, dass das Risiko des Erscheinens eines Attentäters extrem niedrig ist. Schließlich wurden die Ein- und Ausgänge der Station sehr streng überwacht. Dadurch ist die Raumstation der ideale Ort für die letzten paar Stunden vor der Abstimmung. Zudem wollten mehrere Siedlungsbesitzer, darunter Lana, mit Phil darüber sprechen, die Station zu erweitern, damit die Erde den besseren Handel mit dem Rest der Galaxis treiben konnte.

Als eine neue, sich noch entwickelnde Dungeonwelt, ziehen wir den Handel an, da wir seltene Beute und Materialien von den verschiedenen importierten Monstern bieten können. Wenn man die Mutationen unserer irdischen Gattungen hinzufügt, haben wir eine Menge Handelswaren. Allerdings können nicht alle Raumschiffe in die Atmosphäre einfliegen, weshalb es sinnvoll wäre, die Station auszubauen. Dann können Raumfrachter dort andocken und Waren können mit speziellen Raumfähren hin und her transportiert werden. Natürlich würde das verbesserte Fort eine stattliche Investition benötigen, um zu einer voll funktionsfähigen Handelsstation zu werden.

Nach seiner Ankündigung gehen die verschiedenen anderen Menschen wieder in ihre eigenen Grüppchen zurück.

„Schön, eine Gruppe von Kanadiern zu sehen, aber ich muss mich auch um andere Gäste kümmern", sagte der Commander und blickt zu den verstreuten Gruppen der Galaktiker auf der großen Aussichtsplattform hinüber.

„Selbstverständlich", sage ich mit einem breiten Lächeln.

Sobald er uns verlässt, drängen sich die anderen Siedlungsbesitzer um Phil. Ich bewundere den Mann, der immer lächelt, obwohl er unendlich viele Fragen beantworten muss.

Als ich seiner davongehenden Gestalt nachblicke, werden meine Gedankengänge durch ein Kichern unterbrochen. „Was?"

„Nichts. Commander." Lanas Lippen zucken, während Mikito sich bemüht, ausdruckslos zu bleiben.

„Ich habe dich noch nie so respektvoll erlebt", fügt Katherine hinzu.

„Das ist Phil Katz", zische ich und fuchtle mit den Händen herum. „Diese Typen sind alle Astronauten. Die Besten der Besten bei ... allem. Sie haben das alles aufgebaut. Natürlich habe ich Respekt vor ihm."

„Ich glaube, dass ist ein leichter Fall von Heldenverehrung", kräht Ali. „Wer hätte gedacht, dass der Junge ein Herz hat?"

„Ich nicht", sagt eine seidig glatte Stimme, worauf ich zusammenzucke und mich aufrichte.

Lana blickt erst den großgewachsenen Truinnar und dann mich an, und sie kneift die Augen zusammen, während sich ihr Verdacht wohl bestätigt. Ich ignoriere es und ärgere mich, dass ich so vergesslich sein konnte. Warum sollte der verdammte Mann nicht hier sein?

„Roxley", sage ich und neige den Kopf.

Roxley hebt eine Augenbraue, während Vir mit seiner üblichen stoischen Miene auf die fragenden Blicke von Lana und Mikito reagiert.

„Erlöser", sagt Roxley mit einem leichten Lächeln. Aber ich kann sehen, dass er ziemlich sauer auf mich ist.

Ich atme tief ein und lasse mir Ausreden durch den Kopf gehen. Ich hatte zu viel zu tun. Ich habe vergessen, ihn anzurufen. Ich hatte nicht gedacht, dass wir so eine Beziehung hatten. Dann unterdrücke ich diese Gedankengänge und atme aus. Später. Momentan haben wir wichtigere Dinge zu erledigen.

„Sind wir bereit?", sage ich und blicke mich auffordernd um.

Es ist seltsam. Obwohl theoretisch gesehen die große Mehrheit der Leute hier auf unserer Seite steht, habe ich immer noch das Gefühl, belagert zu werden. Vielleicht will ich nur, dass die morgige Abstimmung wirklich, wirklich klappt. Obwohl wir in sechs Monaten eine weitere Chance hätten, könnten sich bis dahin die von uns gebildeten brüchigen Allianzen aufgelöst haben.

„Ich habe die Stimmen und Abmachungen besorgt", sagt Roxley. „Auf meiner Seite wird es keine Überraschungen geben."

„Gut." Ich entspanne mich etwas, obwohl ich mich einen Moment später dafür kritisiere. Natürlich hat Roxley seine Seite unter Kontrolle. Seit ich ihn kenne, hat er seine Aufgaben immer hervorragend erfüllt. Mit Ausnahme der Herzogin, aber da waren wir beide etwas unterlegen. Ohne meine Bereitschaft, die ganze Stadt zu zerstören, um mich durchzusetzen, hätten wir wahrscheinlich nicht gewonnen.

Manchmal habe ich noch Albträume von dem Tag. Gelegentlich frage ich mich, wie weit ich wirklich gegangen wäre. Und manchmal weiß ich es. Ich bin mir nicht ganz sicher, was schlimmer ist.

Wir versuchen noch, mit einigen höflichen Sätzen eine Unterhaltung fortzusetzen, aber die Spannung zwischen Roxley und mir ist so hoch, dass sich die Gruppe bald auflöst. Lana spricht mit Katherine, um zu sehen, wer ein Wackelkandidat ist und um Hände zu schütteln. Mikito geht zu den

Mitgliedern der Kampfklassen, um es auf eine direktere Weise zu tun. Ich selbst schlendere zu Bipasha, um zu bestätigen, dass wir bereit sind.

Als ich mich der Frau aus Bangladesch nähere, sehe ich, dass sie in ein Gespräch mit den chinesischen Repräsentanten verwickelt ist. Ich presse die Lippen etwas zusammen als ich merke, dass das Lippenablesen mir hier nicht viel helfen wird. Offensichtlich verwenden sie Teochew statt Mandarin, damit Leute wie ich das nicht tun können. Das ist besonders ärgerlich, da ich sogar das Sprachpaket im Shop gekauft habe.

„Mr. Lee.“

„Erlöser.“

„Sir.“

Bipasha, die Siedlungsbesitzer und ihre Assistenten rufen mir weitere Begrüßungen zu. Ich antworte höflich genug, lächle und nicke, aber bald merke ich, dass ein junger Mann mit langem Haar und einem leichten Lächeln mir besondere Aufmerksamkeit schenkt. Als ich mir kurz seinen Status ansehe, entdecke ich nichts Verdächtiges.

Fang Lei, Brücke der Zwei Flüsse (Auserwählter Level 38)
HP: 1280/1280
MP: 980/980
Zustand: Abgeschirmt, Gift-Widerstand, Kuss des Schicksals

„Interessante Klasse“, sage ich zu Fang Lei.

Der Mann lächelt noch breiter, wenn man es als Lächeln bezeichnen kann. Grinsen wäre eine bessere Beschreibung. „Es ist eine Prestigeklasse. Ähnlich wie Ihre. Paladin. Was für eine ... westliche Klasse.“

„Eigentlich galaktisch", sage ich mit einem Lächeln, das meine Augen nicht erreicht. „Und ich bin mir nicht sicher, dass ich den Begriff Prestigeklasse je gehört habe."

„Das habe ich auch nicht erwartet. Dieser Begriff wurde erst kürzlich geprägt, um Klassen zu beschreiben, die seltener sind und strengere Anforderungen haben. Also prestigeträchtig sind."

„Fang Lei ist die einzige Person in China, die diese Klasse erhalten hat", sagt ein älterer Herr mit einem Lächeln und tätschelt dem jungen Mann fast väterlich die Schulter. „Wir sind sehr froh, ihn bei uns zu haben."

„Und Cheng Shao", füge ich hinzu, um ihre Reaktion zu sehen. Genau was ich erwartet hatte – ein Zusammenzucken hier, ein nervöser Blick da. Offensichtlich ist die Champion-Kämpferin zwar international beliebt, aber weniger so zuhause. Ohne ihren Skill, glaube ich, würde man sie noch mehr ins Abseits drängen.

Bipasha, diese begabte Politikerin, mischt sich ein. „Sie ist ein Geschenk an uns alle, genau wie Mr. Fang."

Natürlich widerspricht ihr niemand – das wäre unhöflich, ganz gleich, was man denkt. Ich frage mich immer noch, was der junge Kerl auf der Station zu suchen hat. Schließlich ist er ja kein Siedlungsbesitzer. Das würde ich wissen, da ich mir die Gesichter aller Besitzer eingeprägt habe.

„Weißt du, was der junge Kerl hier macht?"

„Du weißt schon, dass er nicht viel jünger ist als du, oder?", erwidert Ali. *„Ich weiß gar nichts. Vielleicht wollte er einen Ausflug machen."*

„Es ist hier oben wirklich sehr schön." Ali hat irgendwie schon recht, aber es überzeugt mich nicht. Die Anwesenheit des Jungen kann nicht so unschuldig sein.

Nach den förmlichen Vorstellungen wechseln wir das Thema und sprechen über die kürzlich erfolgten Angriffe. Interessanterweise musste

China – oder was wir nun China nennen, da sich dessen Grenzen seit der Apokalypse drastisch verschoben haben – in den letzten Tagen nur einen Angriff abwehren. Dennoch sind die zahlreichen Angriffe und die verzweifelten Schlachten nach Jahren relativer Ruhe für alle von Interesse.

Erst bei der nächsten Gesprächsflaute erwähne ich, warum ich zu ihnen gekommen bin.

„Ich wollte nur nachsehen, ob alles für die kommende Abstimmung in Ordnung ist", sage ich zu Bipasha. Ich wünschte, ich hätte eine weniger direkte Überleitung, aber ... na ja, die habe ich nicht.

Bipasha zuckt leicht zusammen, eher ein Blinzeln, aber ich ignoriere das. Lei grinst, aber die verschiedenen Siedlungsbesitzer beeilen sich, mir ihre Unterstützung zu versichern. Irgendwie bin ich nervös, was sie betrifft. Im Gegensatz zu vielen anderen haben wir keinen Vertrag oder eine offizielle Abmachung mit den Chinesen. Nur eine Garantie von Bipasha. Es ist etwas spät, sich jetzt darüber Sorgen zu machen, aber alles lief in letzter Zeit etwas hektisch. Ich tröste mich damit, dass ihre Abmachung jener von Roxley ähnelt.

„Unsere Stimmen folgen Ms. Chowdury", versichern mir die chinesischen Siedlungsbesitzer.

Selbst Bipasha wird etwas freundlicher und versichert mir, dass sie Zusicherungen von ihrer Seite des Tischs erhalten hat. Ich bitte sie nicht, alle aufzuzählen, da das unhöflich und zweckwidrig wäre.

Schließlich gehe ich und finde eine Ecke neben dem Buffettisch. Eigentlich würde ich lieber dort unten kämpfen, als all das hier zu tun. Aber meine neuen Skills sind nicht nur dekorativ. Und daher öffne ich die Augen und lasse das Netz der Gesellschaft erscheinen.

Die meisten Fäden, wenn auch nicht alle, entsprechen meinen Erwartungen. Inzwischen habe ich durch mehr Übung gelernt, die winzigen

Fäden auszufiltern, welche die unwichtigsten Beziehungen zwischen Individuen markieren. Ansonsten könnte ich in einem Raum voller Siedlungsbesitzer gar nichts erkennen. Selbst jetzt noch ist das ein erstaunliches Labyrinth aus Fäden, die sich um die Siedlungsbesitzer sammeln und zu Ebenbürtigen oder Untergebenen führen. Das ist ein Grund dafür, dass ich diesen Skill hier wenig eingesetzt habe und ihn erst jetzt aktiviere, wo ich einen Moment Ruhe habe.

Also.

Wie ich es mir gedacht hatte – Fang Lei ist mehr als ein geschätzter Student oder jemand, der Urlaub macht. Die Fäden zwischen ihm und den anderen chinesischen Siedlungsbesitzern sind massiv und verlaufen fast alle in eine Richtung. Es gibt einen noch dickeren Faden von Fang Lei nach unten, was auf einen verborgenen Gönner auf der Erde verweist. Wer auch immer das ist, ist weder ein Siedlungsbesitzer noch hier anwesend. Offenbar eine Person, die nicht gern ins Rampenlicht gerät.

Es gibt einen anderen dicken Faden, der dem Fang Leis ähnelt, der von Bipasha aus in die gleiche Richtung geht. Er ist deutlich dicker als die Fäden zwischen Bipasha und den anderen Siedlungsbesitzern, wobei die Verbindung zwischen Bipasha und Fang Lei sehr interessant ist. Ich berühre eine Weile lang diese Fäden und finde zahlreiche Verpflichtungen, Aufträge und Abmachungen, sowie eine relevante Menge an Verachtung. Meistens von Fang Lei allen anderen gegenüber.

Ich presse nachdenklich die Lippen zusammen, drehe mich um und starre Roxley an. Ich ignoriere erneut die massive Verbindung zwischen uns und konzentriere mich stattdessen auf die Fäden um den Truinnar herum. Nichts Verdächtiges hier. Die meisten Fäden verweisen auf wichtige Verträge und Verpflichtungen zwischen dem Truinnar und anderen. Es gibt einen besonders dicken Faden, der in den Weltraum führt. Ich „schmecke" die

Emotionen und die Tiefe und bemerke Respekt, Wachsamkeit, Nachdenklichkeit und Besorgnis darin.

Ich lasse den Faden los und untersuche andere Individuen, „schmecke" ihre Fäden und die Netze, die sich zwischen ihnen und anderen erstrecken. Dabei behindert mich der Mangel an detaillierten Informationen, aber was ist, das ist.

„Mr. Lee." Bhale erscheint mit seinem Gefolge vor mir.

Ich sehe keine Spur der Freundlichkeit und Offenheit, die der Movana bei unserer ersten Begegnung an den Tag gelegt hatte. Stattdessen ist sie nun durch Kälte und Professionalität ersetzt worden. Im Vergleich zu ihm ist Sishin viel direkter und starrt mich wütend an. Nach dem Kampf in Prag sind wir noch einmal aufeinander getroffen, wobei Sishin dann den Kürzeren zog. Ich habe ihn und sein Team geschlagen – mit Hilfe einer örtlichen Fortgeschrittenen Kampfgruppe – bevor die Movana sich zurückzogen. Die Tatsache, dass Sishin ein halbes Dutzend Leichen zurückließ, war eine der Launen des Krieges. Irgendwie glaube ich aber, dass das den Elf nicht gerade tröstet.

Ich werte schnell die Fäden aus, die von ihnen zu mir verlaufen und entdecke, dass sie weder größer noch heller sind als zuvor. Außer einer feindseligen Schicht in den meisten gibt es kaum Änderungen – mit Ausnahme von Shishins, was mich nicht überrascht. Schließlich hatten wir kaum direkten Kontakt.

„Meine Herren", sage ich und neige den Kopf.

„Ihre Männer haben das sehr gut gemacht. Ich muss zugeben, dass wir von der Wirksamkeit der Verteidigung und ihren Kampffähigkeiten überrascht waren", sagt Bhale.

„Das passiert eben, wenn man Leute nach einer Apokalypse aus ihren Häusern vertreiben will", sage ich leise. „Jetzt haben Sie es mit den Überlebenden zu tun."

„Ja. Dennoch sollten Sie wissen, dass wir unser Territorium erweitert haben", sagt Bhale.

Ich pruste laut. Ja. Vor allem dadurch, dass sie unsere Städte und eine verbündete unabhängige Stadt erobert haben. Das erinnert mich an etwas… „Warum haben Sie nicht einfach die Truinnar angegriffen? Wenn es Ihnen gelungen wäre, ihre Stimmenanzahl zu reduzieren und Ihre zu erhöhen, wäre der Abstand geringer geworden."

Sishin schnaubt und ich blicke den Movana mit der ärmellosen Jacke an. Da Bhale mit der Antwort zögert, ergreift Sishin das Wort. „Und einen galaktischen Krieg auslösen? Auch wenn das eine Dungeonwelt ist, wäre ein Angriff auf die Eidbrüchigen als direkte Provokation betrachtet worden. Selbst wenn wir den Krieg nicht beginnen, müssten wir erhebliche Reparationen zahlen."

Ich knurre nur und verschränke die Arme. Super. Die Truinnar und die Movana sind wie die USA und Russland, und wir armen Menschen und nicht verbündete Siedlungen sind das Territorium, auf dem sie gerne Stellvertreterkriege ausfechten. Aber das erinnert mich auch daran, dass Roxley vielleicht zwar freundlich ist, aber die Galaktiker insgesamt weder gut noch böse sind – lediglich Nationen, die ihre Interessen verfolgen.

„Wir sind hier, um Sie erneut zu bitten, Ihre Entscheidung zu überdenken", sagt Bhale. „Sie verbünden Ihre Erde mit Kräften, die Sie nicht verstehen. Sie mischen sich gedankenlos in Dinge ein, vor denen selbst Legenden zurückschrecken würden. Sie sind wie Kinder, die bei einem Tanz zwischen den Erwachsenen herumrennen. Sie bilden sich ein, dass Sie tanzen, aber in Wirklichkeit stolpern Sie herum und blamieren sich.

„Wow! Das ist vielleicht subtil", schnaubt Ali.

„Die subtile Methode hat nicht funktioniert", raunzt Bhale. „Sie übereilen die Dinge. In einigen Jahren erreichen Sie vielleicht das, was Sie wollen, ohne sich mit jemandem zu verbünden, von dem Sie die Finger lassen sollten.

„Wirklich?", sage ich und trete näher. Die anderen werden nervös, aber ich ignoriere sie und spreche leiser. „Denn meinen Berechnungen zufolge sinken unsere Chancen, je länger wir warten. Leute wie Sie und die Galaktiker, die Konzerne und die Faust werden ständig unser Territorium verkleinern. Es aufteilen. Und je länger wir warten, desto höher die Wahrscheinlichkeit, dass weitere Mitglieder Ihrer Meisterklassen ankommen."

„Das ist möglich. Aber es ist besser, Ihre Chance zu verlieren, als Ihre Welt in politische Intrigen zu verstricken, die Sie nicht verstehen. Der Pegasus, der zu hoch fliegt, verbrennt seine Flügel", sagt Bhale.

„Das ist nicht ...", sage ich und schüttle den Kopf. Aber vielleicht lautet die Legende bei ihnen so. „Das ist egal. Es ist für uns etwas zu spät, um unsere Pläne zu ändern."

Bhale presst die Lippen zusammen, neigt aber dann den Kopf und geht weg. Sishin starrt mich noch eine Sekunde an, bevor er abmarschiert. Ich atme langsam aus und schüttle den Kopf, während meine Anspannung nachlässt. In mancher Hinsicht scheinen die Movana ganz nett zu sein. Schade, dass wir uns auf entgegengesetzten Seiten befinden müssen. Aber ...

Aber wie bei Roxley, sehe ich nur eine Facette, eine Gruppe von Individuen. Was sie sind und wer sie sind bedeutet im Hinblick auf ihre Imperien, Strategien und Wünsche gar nichts. Letztlich wird die Menschheit unter den Rädern der Politik zermahlt, solange wir uns nicht etablieren können.

Und darum geht es heute schließlich.

***

Es ist schwieriger als erwartet, Zeit zu finden, um mit Bipasha unter vier Augen zu sprechen. Ich warte fast die ganze Nacht darauf, bis sie endlich zur Damentoilette geht. Zum Glück verfügt die modifizierte ISS über künstliche Schwerkraft, denn obwohl ich Astronauten bewundere, will ich manche Dinge nicht unbedingt in der Schwerelosigkeit erleben.

„Mr. Lee", sagt Bipasha zu mir, als ich sie im Korridor einhole.

„Ist wirklich alles in Ordnung?", sage ich und komme gleich zur Sache.

Die Frau lächelt und ihr enger, taillierter, gepanzerter Jumpsuit verschiebt sich, als sie näher heran tritt. „Vertraust du meinen Versprechungen nicht?"

Ihre Hand landet auf meinem Brustkorb. Sie ist so nahe, dass ich sehen kann, wie makellos die schokoladenbraune Haut ihres Gesichts ist. Ich rieche den exotischen Duft, der sie umgibt, spüre die Ausbuchtung ihres Körpers. Aus dem Augenwinkel sehe ich, wie meine geistigen Widerstände aktiviert wurden, während meine Hormone leicht ansteigen, aber nicht ungehörig. Nur genug, um mich zu erinnern, dass ich auch Frauen mag.

„Schluss damit", sage ich und starre sie an. „Das ist jetzt nicht der richtige Zeitpunkt."

„Oh, Mr. Lee, Ich bin mir sicher, dass es das nicht ist. Aber dadurch macht es nur noch mehr Spaß." Humor funkelt in ihren Augen, als sie einen Schritt zurück macht und aufhört, ein Hohlkreuz zu machen. „Soweit ich weiß, dürfte nicht einmal mein Charme ausreichen, um dich von der Seite deiner neusten Eroberung zu locken."

„Roxley hat damit nichts zu tun", sage ich und deute auf sie. „Zum einen haben wir nicht so eine Beziehung. Und zum anderen weiß ich, dass du nicht wirklich interessiert bist."

„Wirklich?", schnaubt Bipasha. „Danke, dass du mir gesagt hast, was ich denke, Mr. Lee." Nach einer kurzen Pause zuckt Bipasha mit den Achseln. „Und vielleicht möchte ich das genießen, was ich kann, wenn sich die Gelegenheit ergibt. Übermorgen werden sich viele Dinge ändern."

„Ist dann also alles in Ordnung zwischen uns?", wiederhole ich stur, um die Unterhaltung wieder zum Thema zurückzubringen.

„Alles in Ordnung", sagt die Weberin seufzend. „Alle meine Kontaktpersonen haben ihre Verträge unterzeichnet und bestätigt. Wenn es Probleme geben sollte, kommen sie nicht von meinen Leuten."

„Wunderbar." Ich starre die Frau einen Moment lang an, weil ich etwas in ihr spüre. Ich möchte herausfinden, was meine Intuition mir sagen will, aber vergeblich.

„Wenn du dann fertig bist ... schließlich war ich auf dem Weg ...", sagt Bipasha bissig.

Ich brumme, winke sie weiter und denke nicht mehr an sie. Es ist alles egal. Ich muss ihrem Wort vertrauen. Schließlich stimmen wir für sie.

Kapitel 21

Der Ärger kommt elf Stunden vor der Wahl. Ich ruhe mich in meinem Zimmer aus, da das politische Schachern, die Gespräche und das ständige Händchenhalten mich erschöpft haben. Statt einen weiteren Siedlungsbesitzer anzufauchen, ziehe ich mich lieber in mein Zimmer zurück. Nachdem ich herumtigerte, mir Sorgen machte und zu lesen versuchte, gab ich schließlich auf, ließ mich aufs Bett fallen und reiste ins gesegnete Land der Träume.

„Wach auf, Erlöser. Die Flaggen des Verrats wurden gehisst!"

Ich wache abrupt auf und ein Schwert erscheint in meiner Hand, während ich mich aus dem Bett rolle und nach Bedrohungen suche. Als die bekannte Stimme gleich zu kichern aufhört, entspanne ich mich, obwohl ich danach die erschöpft wirkende Lady aus den First Nations wütend anstarre. Sie sitzt auf dem einzigen Stuhl im Raum, stützt den Kopf auf die Hände und lächelt.

„Ingrid", sage ich frostig. Ich überlege kurz, wieso sie hier sein kann, aber dann erkenne ich, dass die Antwort ganz einfach ist – wir haben sie nie aus der Liste von Lanas Gefolge gestrichen.

„Kein Scherz. Wach auf, John. Wir haben Probleme."

Ich mache große Augen, als ich aufstehe und mein Schwert verschwinden lasse. Ich rufe es beinahe zurück, als die Tür aufgleitet, aber dann lasse ich es, da Lana, Mikito und Roxley hereinkommen.

„Ich möchte wirklich wissen, was hier los ist. Ich habe Katherine zurückgelassen, damit sie die Stellung hält, aber es ist keine gute Idee, dass alle von uns verschwinden", sagt Lana.

„Verrat!", sagt Ingrid mit etwas dramatischerer Stimme. Da das keine Reaktion erzeugt, zieht sie eine Schnute und fährt dann fort. „Erst mal die gute Nachricht. Es ist mir gelungen, den Attentäter zu töten. Die schlechte Nachricht ist, dass ich viele Aufträge fand, als ich mir die Söldner-Foren ansah. Nicht viele Aufträge, die das zahlen, was ich wert bin, aber so war es ja schon immer, oder? Man bemüht sich, arbeitet hart, aber bedankt sich Rockman je dafür? Nein, niemals. Die Frage ist immer: Was hast du heute getötet?"

Ich starre Ingrid einen Moment lang an und lasse dann eine Kanne Kaffee erscheinen. Als mich einige Leute demonstrativ ansehen, verteile ich Tassen des Kaffees, darunter eine an eine sehr dankbare Assassine.

Als sie damit fertig ist, kehrt sie zum Thema zurück. „Daher sah ich mir die Aufträge an. Manche der Jobs gibt es schon seit einer Weile, klar? Und dann gibt es die schlecht bezahlten Aufträge, die praktisch jeden mit seinem Hund umfassen. Im wahrsten Sinne des Wortes. Ich meine nur, wer hasst denn Hunde so sehr? Aber dann gab es eine neue Reihe von Jobs, sehr ernst und mit Terminen, die zehn Stunden in der Zukunft liegen. Die Ziele sind alle gruppiert, aber es handelt sich um keine Typen mit hohem Profil. Bestimmt nicht wert, was für sie angeboten wird", sagt Ingrid. „Ich habe mich etwas umgesehen, und es sieht aus, als ob die Faust mit gezinkten Karten spielt. Das hat eine Menge gekostet, aber das Kopfgeld auf dich ist nicht ihr einziger Auftrag."

Ich blinzle und starre Ingrid an, während ich das alles durchdenke. Ein wichtiger Aspekt des Shops ist, dass man die richtigen Fragen kennen muss. Aber wenn man sie kennt, erhält man erstaunliche Antworten – wenn man bereit ist, dafür zu zahlen. Offensichtlich hatte Ingrid genug Informationen, um eine Frage zu riskieren und für die Antwort zu zahlen.

„Warum?", sagt Mikito und runzelt die Stirn, während ihre kleinen Hände sich zu Fäusten ballen.

„Politik", sagt Roxley und tappt kurz mit einem Fuß auf den Boden. Für den normalerweise so kühlen Truinnar ist das ein überraschender Gefühlsausbruch. Andererseits irrt er sich selten. „Die Faust betrachtet die

Dungeonwelten als ihr Eigentum. Ihre Furcht vor dem, was du vorhast, sobald du einen Ratssitz hast – oder wie die anderen Dungeonwelten auf dein Vorbild reagieren könnten – war wohl wichtiger, als ihr Vertrag mit dir.

„Es ist möglich, dass der Angriff auf dich und ihr Verrat seine Quelle außerhalb der Erde hat."

„Ich dachte, die würden uns einfach von vorn erstechen ...", murmelte ich. Aber echt, nur weil sie kampfbesessen sind, heißt das nicht, dass sie nicht auch hinterhältig sein könnten.

„Was machen wir jetzt? Wir können nicht zulassen, dass sie unsere Leute angreifen", sagt Lana und verzieht das Gesicht. „Und weshalb würde die Faust mehrere Attentate riskieren? Es gibt keine Garantie, dass die Siedlungen so fallen werden, wie sie das wollen. Falls sie erfolgreich sind."

„Ablenkung und Störung", antwortet Roxley sofort. „Ich wette, sie haben Truppen bereit, die einen wirklichen Angriff starten können, um einen Attentatsversuch auszunutzen."

Ich nicke langsam. Ich verstehe, dass es eine Ablenkung darstellt, wenn man weiß, dass jemand einen töten will. Je nach den gewählten Zielen kann es einen großen Unterschied machen. Da alle Siedlungsbesitzer – oder zumindest deren Abgesandte – hier oben sind, wäre es sehr effektiv, den jeweiligen Stellvertreter oder den Kommandeur der Truppen zu eliminieren. Vor allem, da die meisten Siedlungsbesitzer die hochstufigsten Bewohner der jeweiligen Stadt sind. Ich muss zugeben, dass das ein brauchbarer Plan ist, besonders, wenn sie uns verraten wollen. Aber ...

„Warum jetzt? Warum haben sie nicht bis zur eigentlichen Abstimmung gewartet?"

„Eine Frage der Zahlen", sagt Ali. „Das war vermutlich ihr ursprünglicher Plan, aber unsere Abwehr war wohl stärker, als sie erwartet hatten. Wir schaffen das schon, auch wenn sie uns verlassen, solange Ares das nicht tut."

„Ares dürfte kaum einen Systemvertrag brechen. Für ein Unternehmen ist ein Vertragsbruch eine viel ernstere Angelegenheit", fügt Roxley hinzu. „Die Auswirkung auf ihre Einstufung und ihren Ruf würde weit größere geschäftliche Auswirkungen haben. Niemand will etwas von einem Waffenhersteller kaufen, der sich weigert, Verträge zu erfüllen. Daher glaube ich, dass sie erst kürzlich ihre Absichten geändert haben."

Alle in der Gruppe nicken, sehen aber auch etwas nervöser aus. Was ein komfortabler Vorsprung gewesen wäre, falls Leute abspringen oder uns verraten würden, ist nun viel enger geworden. Es ist sogar so knapp, dass der Verlust einiger weiterer Siedlungen nun gefährlich werden könnte.

„Mikito, wir brauchen dich auf der Erde. Dich und die Champions", sagt Lana, da die Rothaarige offensichtlich schnelle Schlussfolgerungen gezogen hat. „Ingrid, kannst du mit Mikito und den betroffenen Siedlungsbesitzern zusammenarbeiten?"

„Was das betrifft ...", meint Ingrid zögernd.

„Was?"

„Ich glaube, Ms. Starling möchte nicht, dass die Quelle dieser Informationen bekannt wird. Ich nehme an, dass der Zugriff auf derartige Daten oft eingeschränkt ist und verfolgt wird", sagt Roxley.

Ingrid bestätigt schnell Roxleys Vermutung und sitzt dann nachdenklich schweigend da, während Lana hektisch ihre Pläne ändern muss.

„Gut, die diplomatische Gruppe hier oben konzentriert sich darauf, alle unsere Stimmen erneut zu überprüfen." Ich hoffe, dass es keine weiteren Überraschungen gibt, aber wir müssen uns sicher sein." Lana dreht sich zu mir hin. „John ..."

„Ja?", sage ich.

„Ich mach es." Ingrid blickt Lana an und nickt entschlossen, wobei sie die Lippen fest zusammenpresst. „Wenn möglich, sollten wir die Quelle der Informationen verbergen, aber im schlimmsten Fall verliere ich den Zugang. Ich werde aber sicherstellen, dass jeder es erfährt."

Lana lächelt Ingrid dankbar und erleichtert an. In ihrem Gesichtsausdruck sehe ich, dass sie sich an all die Kämpfe erinnert, die wir gemeinsam durchgestanden haben. Oder vielleicht bilde ich mir das nur ein.

Ich beobachte die beiden noch eine Sekunde lang, bevor ich das Wort ergreife. „Was soll ich tun? Soll ich mit Mikito gehen?"

„Ali, wie viele Kämpfer der Meisterklassen sind beteiligt?", fragt Lana.

„Momentan? Da habe ich keine Daten. Sie haben eine Menge, aber die hocken alle in ihren Siedlungen. Das soll uns wohl abschrecken, unsere Streitkräfte loszuschicken", antwortet Ali.

„Bis sie ihre Kämpfer einsetzen, wäre es eine schlechte Idee, dich nach unten zu schicken", sagt Lana. „Sobald du im Kampf bist, wird es schwer sein, dich zurückzuziehen. Es ist unwahrscheinlich, dass du einen Kampf schnell beenden könntest."

Ich verziehe das Gesicht, nicke dann aber. Das stimmt schon. Manchmal stellt die Zurückhaltung eine ebenso gute Abschreckung dar wie mein Kampfeinsatz. Da es ja auch noch die anderen Champions gibt, haben wir unsere eigenen kampfstarken Krieger. Aber keiner von ihnen verfügt über meine mühelose Mobilität. Auch wenn ich nur ein Mitglied der Meisterklasse bin und nicht überall erscheinen kann, kann die Drohung eines zweiten Kämpfers der Meisterklasse eine extrem wirksame Abschreckung bieten. „Was mache ich jetzt?"

Lana und Roxley sehen einander an, bevor Lana den Truinnar fragt: „Machen wir's auf die harte Tour?"

„Noch nicht. Wir sollten erst ihre Entschlossenheit prüfen", meint Roxley.

„Und wenn die schwach ist?"

„Dann setzen wir John ein", sagt Roxley und Lana nickt.

„Hey! Ich bin hier", sage ich und verschränke die Arme.

„Das wissen wir. Wir schicken dir eine Liste der Leute, mit denen du reden solltest", sagt Lana. „Wenn wir den Eindruck erzeugen können ..."

„Machbar. Aber vielleicht ist ein praktisches Beispiel erforderlich."

„Das wird mir nicht besonders gefallen, oder?", sage ich.

Das Lächeln der beiden macht mir wenig Hoffnung.

***

Die Stunden kriechen vorbei, während ich mich bemühe, alle mir zugewiesenen Gespräche abzuschließen. Aufgrund der hohen Konstitution der Leute hier oben, welche den Schlafbedarf reduziert oder eliminiert haben, den Siedlungsbesitzern aus der ganzen Welt und den zahlreichen unterschiedlichen Schlafgewohnheiten der Galaktiker, gibt es immer jemanden, mit dem ich sprechen kann. Oder den ich bedrohen kann. Oder beschwatzen. Stunden, in denen ich laufe, rede, nippe und trinke. In denen ich von einem Gesprächspartner zum anderen schwirre.

Schließlich merken alle, dass etwas los ist, auch wenn die Details nicht bekannt sind. Als Lana während einer Pause endlich zu mir kommt, bin ich sehr dankbar dafür.

„Gibt es Neuigkeiten?", murmle ich leise.

„Drei Attentatsversuche. Bisher haben wir eine Siedlung verloren und kämpfen um zwei weitere. Die Movana haben ihre Offensive fortgesetzt und ihre Angriffe sogar verstärkt, wodurch die Champions beschäftigt sind", sagt Lana. „Wir müssen mit der Faust reden."

„Darüber?", frage ich stirnrunzelnd.

„Fünf Minuten. Im Observatorium", sagt Lana.

„Und was genau soll ich da tun?"

„Benimm dich wie immer. Überzeuge sie, falls möglich, ihr Wort zu halten."

Ich muss dabei das Gesicht verziehen, aber Lana wirft mir ein mysteriöses Lächeln zu, bevor sie geht.

Als ich zum Observatorium laufe, bin ich von der Menschenmenge überrascht. Andererseits sollte ich das gar nicht – da die Wahl in wenigen Stunden stattfindet, würden die meisten Leute wach sein. Ich atme tief ein und langsam wieder aus, um meine Nerven zu beruhigen. Dann gehe ich zur Faust. Es ist interessant – oder vielleicht vielsagend – dass nur Asgauver und Emven heute hier oben sind.

„Asgauver. Emven", sage ich und versuche dabei, höflich zu bleiben. Inzwischen haben die Angriffe es ziemlich deutlich gemacht, dass sie uns verraten haben, aber wir befinden uns eben in guter Gesellschaft. Momentan wird ein höfliches Gespräch einen besseren Eindruck erwecken, als wenn ich mich wie ein brüllender, kreischender Hinterwäldler benehme.

„Duellant", sagte Asgauver und stellt sich etwas breitbeinig hin. „Bist du hier, um sicherzustellen, dass wir dich unterstützen?"

„Nein, das wäre Zeitverschwendung", sage ich, denn die ruhige, fast beleidigend gelangweilte Reaktion der beiden lässt mich sofort von Lanas Anweisungen abweichen. „Ich war überrascht, dass ihr euer Wort und den Vertrag direkt gebrochen habt, statt uns einfach abzuweisen. Das ist nicht das Bild der kühnen und ehrenvollen Faust, von der ich gehört habe."

„Was weißt du schon über die Faust, Duellant?" In Asgauvers Stimme wallt die Wut über meine Beleidigung auf. „Du hast vielleicht mit einigen Boni Glück gehabt und einige Kriege ausgefochten aber wir bei der Faust sind wahre Krieger. Und im Krieg gibt es keine Regeln, außer der wichtigsten – eine Klinge muss immer scharf sein. Du und deine Träume für die Erde würden unser Volk daran hindern, sich auf eurem Planeten zu bewähren, weil du der Illusion folgst, die Lage aller zu verbessern."

„Und ihr meint, dass wir das nicht tun sollten?", sage ich leise und kneife die Augen zusammen.

„Man kann nicht diejenigen zum Levelaufstieg bringen, die nicht kämpfen wollen. Schau dir doch nur die durchschnittlichen Levels an, dann siehst du, dass die Idee der Handwerker, über die Produktion aufzusteigen, nichts als eine Lüge ist", sagt Asgauver. „Die Handwerker blöken, wie wichtig sie doch wären, aber letzten Endes verlassen sie sich auf uns und verstecken sich hinter unserem Rücken. Ohne die Faust, ohne unsere Reisen in die Verbotene Zone, ohne die Dungeons, die wir für sie säubern, würden ihre ach so kostbaren Städte überrannt. Nur die Faust hält den Galaktischen Rat zusammen!"

„Und daher können wir auf der Erde verrecken, zusammen mit unserer Hoffnung, nicht in euren Zyklus aus Krieg und Tod gezerrt zu werden", sage ich. „Um die Türen offen zu halten, euch alles zu geben, was ihr wollt und dafür zu stimmen noch weitere Welten in diese Hölle zu werfen."

„Ja", sagt Asgauver. „Ansonsten sterben wir alle."

„Ach ja, natürlich", antworte ich. „Selbst wenn es euch möglich gewesen wäre, einen anderen Planeten, wie Mars oder Neptun zur neuen Dungeonwelt zu machen. Aber es ist eben doch viel zu schwer, eine nicht bevölkerte Welt aufzubauen, nicht wahr? Stattdessen opfert ihr Milliarden für eine Zukunft, wie ihr sie euch vorstellt. Die Tyrannei der Zukunft rechtfertigt in euren Augen das Opfer der Gegenwart. Ihr müsst schon entschuldigen, dass ich das nicht wehrlos akzeptiere."

Asgauver prustet und schüttelte den Kopf. „Ich wusste, du bist nutzlos. Ihr Paladine, ihr Champions und Wächter glaubt alle, dass ihr besser seid als wir. Ganz egal, zu welcher Gattung ihr gehört. Ihr weigert euch, euren Platz in unserem System zu akzeptieren."

„Unserem System?", raunze ich ihn an. „Dieses System zwingt uns in eine Welt, in der wenige auf Kosten vieler wachsen. Die Meisterklassen beherrschen die Fortgeschrittenen Klassen, die wiederum die Basisklassen unterdrücken, und diese dann die Handwerker. Die Siedlungsbesitzer gewinnen Erfahrung und Credits und Macht über ihre Untergebenen, legen deren Steuern fest und kontrollieren deren Leben, ohne dass diese sich wehren könnten. Das System ist von Grund auf defekt und hilft nur denen ganz oben. Glaubt ihr, dass die Tatsache, dass ihr es nach oben geschafft habt, alles rechtfertigt? Dass das System funktioniert, nur weil einige bis an die Spitze aufsteigen können? Blödsinn. Auf dem Weg nach oben habt ihr Hunderte und Tausende vernichtet und getötet, eliminiert und weggeworfen. Wir sind all Opfer dieses verdammten Systems. Aber ihr wollt euch lieber daran anpassen, statt ihm euren Willen aufzuzwingen."

Ich balle meine Hände zu Fäusten und starre den enormen Kudaya an. Ich sehe, dass die Nüstern des Nilpferdwesens angesichts meiner Herausforderung zittern.

„Du tust, als ob das etwas Neues wäre. Als ob die Angebote des Systems irgendwie falsch wären. Aber es ist, was es ist."

Einen Moment lang zögere ich, da meine eigenen Worte, meine eigenen Gedanken mir an den Kopf geworfen werden. Aber diese Worte enthalten auch eine Lüge.

„Was ist, das ist. Es gibt keine dieser Welt innewohnende Gerechtigkeit, keine Gnade. Die Entropie nimmt sich alles. Ohne, dass wir gefragt werden oder wir uns wehren könnten, verschlingt sie unsere Hoffnung und ignoriert unsere Verzweiflung. All das stimmt, all das ist korrekt" sage ich und blicke dann den Kudaya an. „Aber was ist, ist nicht das, was sein könnte. Wir sind in der Lage, die von uns gewünschte Welt zu erbauen, und die Sandburgen unserer Überzeugungen vor den Fluten der Notwendigkeit zu schützen. Ja, hier stehe ich und sage der Faust, dass ihr wieder zu uns kommen und euer Wort halten sollt. Denn wenn wir sonst diese Wahl verlieren, wird meine erste verdammte Aktion darin bestehen, ein Portal zu öffnen und alle eure Siedlungen zu erobern."

„Drohungen nützen nichts, wenn man sie nicht mit Gewalt unterstützen kann. Und ich würde dich zerschmettern", raunzt Asgauver und lehnt sich vorwärts, so dass seine riesige Schnauze nur Zentimeter von meinem Gesicht entfernt ist.

„Ich bin mir ziemlich sicher, dass der Spielstand 1:0 lautet, du Arsch mit Ohren."

Asgauver faucht, schubst und hämmert mit einem enormen fleischigen Arm auf meinen Körper ein. Ich muss zurückweichen, da ich die volle Kraft nicht absorbieren kann. Ich spüre einen starken Druck im Brustkorb und meine Rippen knirschen. Bevor ich einatmen kann, ist Phil schon zwischen uns.

„*Das reicht!*", sagt Phil Katz, und seine Stimme erfüllt den ganzen Raum. „Ihr kennt die Regeln. Hier wird nicht gekämpft!"

„Natürlich stellst du dich auf die Seite deiner Menschen", fauchte Asgauver.

Phil kneift die Augen zusammen, als er den Kudaya ansieht und spricht dann mit ruhiger Stimme. „Ich stehe auf keiner Seite. Sie wurden bei Ihrer Ankunft über die Regeln informiert, genau wie Mr. Lee."

Ich überlege, ob ich erwähnen soll, dass Asgauver mich geschlagen hat. Aber dann sage ich das lieber nicht. Die Körperhaltung von Phil zeigt mir, dass er nicht sehr glücklich wäre, wenn ich mich da einmische.

„Ich habe zugestimmt, dass auf der Station solche Ereignisse stattfinden, weil alle Parteien versichert haben, dass es keine gewalttätigen Auseinandersetzungen geben wird. Wenn sich das geändert hat, ist Ihre Anwesenheit auf dieser Station nicht mehr erwünscht", sagt Phil.

„Bitte, Commander Katz. Es ist nur ein kleiner Streit. Wir werden uns alle an die Abmachung halten." Katherine gleitet lächelnd zwischen und deutet auf die anderen. „Niemand sonst hat etwas getan, und selbst Mr. Heindra hat seine Aktionen eingestellt."

„Dann werde ich das zulassen. Schließlich hat ja Mr. Lee den Zwischenfall provoziert", sagt Phil und hebt einen Finger. „Aber Schluss damit. Sie lassen ihre Streitereien dort unten."

Ich brumme zustimmend, und alle anderen stimmen ebenfalls zu. Da Phil mich mit einer energischen Geste wegschickt, gehe ich zu Roxley und Lana, die leise miteinander sprechen.

„Hast du das gewollt?", knurre ich.

„So ungefähr", sagt Roxley und lächelt. „Es hätte noch besser gewirkt, wenn du einen Kampf ausgelöst hättest, aber deine überraschende Redegabe reicht auch. Ich nehme an, dass du darüber nachgedacht hast?"

„Ich hatte vier Jahre, um darüber nachzudenken", sage ich.

„Interessant. Darüber müssen wir uns wirklich einmal unterhalten, aber momentan sollten wir deine kleine Vorstellung ausnutzen." Lana geht schnell weg und verschwindet in der Menge. Dadurch sind Roxley und ich allein.

Eine Weile herrscht peinliches Schweigen und wir stehen nur herum, bevor ich mir ein Herz fasse. „Hör mal, Roxley. Was uns betrifft. Das war kein Fehler, aber es war auch nicht sehr schlau. Es gibt ...“, sage ich und zögere einen Moment. „Es gibt etwas. Es könnte mehr werden, aber nach dem hier .... wenn das klappt ...“

„Du willst gehen. Und meine Pflichten erfordern, dass ich hier bleibe.“ Er seufzt und verzieht etwas die Lippen. „Oh, John. Hast du dir je die Mühe gegeben, dich über die Beziehungsnormen der Truinnar zu informieren?“

„Nein ...“

„*Ooob ... ich glaube der große, dunkle Elf spricht über Paarbeziehungen.*“

„Dann solltest du wissen, dass ich den Kontext verstehe. Für uns gibt es einen deutlichen Unterschied zwischen denen, die aus Pflicht und jenen, die aus Lust gewählt werden. Keine der beiden Optionen ist wertvoller, aber es gibt große Unterschiede bezüglich dessen, was man voneinander erwartet.“

„Lust?“, sage ich und huste.

Roxley prustet. „Manchmal bist du echt niedlich. Aber darüber können wir später sprechen. Abendessen, nach der Wahl?“

„Äh ...“, zögere ich, da ich merke, dass sich zahlreiche Augen auf uns richten. Ich starre die anderen wütend an, bevor ich beschließe, sie zu ignorieren. Auch wenn ich unsere Beziehung aufgrund all der politischen, gesellschaftlichen und persönlichen Implikationen schwierig finde, geht es die anderen einfach nichts an. „Klar, falls ich kein Portal öffnen und einige Städte erobern muss.“

Roxley lacht leise und geht, um mit einer anderen Person zu verhandeln, während ich einige Sekunden lang allein dastehe. Ich drehe mich um, als ich spüre, dass jemand hinter mir mich anstarrt und lächle dann Asgauver an, während das Wer-Nilpferd mir einen bösen Blick zuwirft.

Noch drei Stunden bis zu Abstimmung.

***

Rob findet mich bald danach und lächelt mich an. Der ehemalige Minister sieht entspannt aus, da er hier in seinem Element ist. Auch wenn er so tut, als ob er kein erfahrener Politiker wäre, weiß der Mann, wie man sich durch eine Menge bewegt. Das ist etwas, was ich lernen musste – meist indem ich Leute beobachtete, die das besser können. Aber dennoch tue ich das nur ungern. Ich frage mich manchmal, ob ich mich selbst zurückhalte und deshalb nicht so weit – oder schnell – aufsteige, wie ich eigentlich sollte.

„Abend", grüße ich den Mann.

„Das ist es, oder?", sagt Rob und blickt in den tiefschwarzen Weltraum hinaus.

„Ich bin mir sicher, dass es irgendwo Abend ist", sage ich.

Rob lacht und nickt dem Roboterkellner zu, der zu uns kommt und zwei Gläser bringt. Er nimmt sie und reicht mir eines. „Na, wenn das der Fall ist. Zum Wohl!"

Ich lache, aber ich trinke das Glas leer. Das Getränk fühlt sich in der Kehle etwas bitter und ziemlich stark an, und im Magen brennt es noch heißer. Ich blicke erstaunt, als ich die Nachricht erhalte, dass ich einen Vergiftungseffekt abgewehrt hatte. *Bah!* Meine inhärenten Widerstände bringen alles durcheinander und blockieren auch den Effekt des Alkohols auf mich.

„Nett. Das muss ich mir merken", sage ich und sehe mich nach Ali um.

Ich entdecke den verdammten Geist in der Nähe, wo er mit einem Glas in der Hand steht und einer Gruppe von Galaktikern eine Geschichte erzählt. Ich beschließe, nicht von den Lippen abzulesen oder zu lauschen. Es ist immer peinlich, dem nervigen Geist zuzuhören, wenn er über unsere Abenteuer spricht, vor allem, da er anscheinend glaubt, dass unsere „normalen" Abenteuer nicht aufregend genug sind und daher die Wahrheit sorgfältig manipuliert.

„Wir haben danach nie darüber gesprochen. Aber bist du damit einverstanden?", sage ich und deute auf Bipasha.

„Ich könnte eigentlich nicht mehr verlangen. Wir sind nicht das, was wir einst waren", sagt Rob. „Der Posten des stellvertretenden Vorsitzenden ist mehr als ausreichend. Eigentlich bin ich überrascht, dass die Chinesen den aufgegeben haben."

„Ich auch", sage ich. „Aber Bipasha meint, dass die Chinesen ihre Krallen lieber direkt in sie schlagen wollen."

Rob kann nur mit den Achseln zucken, bevor er dorthin deutet, wo Asgauver steht. „Ich habe gehört, was du gesagt hast. Ich muss zugeben, dass mich das beeindruckt hat. Erinnert mich etwas an ein Stück Papier, das mir ans Herz gewachsen ist. Das besagt, dass alle Menschen gleich sind, und so."

Ich nicke und verkneife mir einen Kommentar. Man kann die Ideale, auf denen sein Land aufgebaut ist, und die bewusst gewählt wurden, kaum kritisieren. Aber in der Praxis ist es leicht, diese Ideale und Überzeugungen zu verraten – wie so viele andere Dinge.

„Wir tun, was wir können", sage ich.

Rob lächelt mir noch kurz zu, hebt zum Gruß sein Glas und geht weiter. Ich bedauere erneut, dass der Mann nicht genug Stimmen hat, um diese Wahl zu gewinnen. Aber so ist es eben.

Kapitel 22

Trotz all des Dramas vorher und der nervenzerreißenden Spannung und den Diskussionen über die politischen Realitäten in letzter Minute, ist die Wahl selbst völlig banal. Zum entsprechenden Zeitpunkt können selbst jene, die nicht auf die Raumstation gekommen sind, von der Sicherheit ihrer Städte aus abstimmen. Unsere Anwesenheit auf der Raumstation ist eigentlich aus Bequemlichkeit, da wir andere treffen und uns unterhalten wollen – absolut notwendig ist sie nicht. Selbst die Stellvertreter hier sind meistens der gesellschaftlichen Kontakte wegen hier, nicht wegen der Wahl.

Während der Abstimmung starren Lanas Augen vor sich hin, als sie die Benachrichtigung durchliest. Dann kneift sie die Augen etwas zusammen und trifft einen Entschluss. Das geht sehr schnell. Als ich Roxley und die Truinnar ansehe, sind die meisten von ihnen schon fertig. Aber vor allem die Menschen nehmen sich Zeit und lesen die Benachrichtigung genau durch. Vielleicht liegt das an unseren Sorgen über Dinge wie unlautere Verträge oder Nutzungsbedingungen, oder weil wir dem System generell nicht trauen. Auf jeden Fall erscheinen die Ergebnisse in den einfachen Balkendiagrammen und auf dem Globus, die Phil eingerichtet hat.

„Sieht aus, als ob die Faust uns wirklich verraten hat", sage ich leise. Verdammt. Sie haben in der Zwischenzeit einige weitere Siedlungen in ihrer Nähe erobert.

„Sie ziehen sich auch nicht zurück, Junge. Ich werde mich umhören, aber anscheinend geben sie nicht nach. Du wirst dein Abendessen wohl versäumen."

Es amüsiert mich, dass Asgauver einen Moment lang die höchste Anzahl an Stimmen hat – bevor die Stimmen für Bipasha eintreffen. Sofort danach lässt ihre Anzeige die von Asgauver und des Movanas hinter sich.

„Haben wir genug?", frage ich und sehe mir den Globus an, wo Lichter erscheinen und sich verschieben. „Und gibt es Abweichungen?"

„Noch nicht", sagt Lana und neigt beim Sprechen den Kopf. Das überrascht mich nicht, da sie wahrscheinlich ein Update von ihrer KI erhält.

Als weitere Wähler hinzukommen, steigen die Zahlen und Bipasha hat nun mehr als 50 Prozent.

„Komm schon ..."

Ich trete von einem Bein aufs andere, während die Anzeigen langsam steigen. Ich bin nur dankbar, dass die Stimmen vom System gezählt werden. Aber dennoch kommen mir beim Warten die Sekunden wie Stunden vor. Um uns herum unterhalten sich Galaktiker und Menschen im Flüsterton, während das leise Zischen der Lüftung jedes Wort betont. Bipasha steht in einer Ecke. Ihre Lippen sind leicht geöffnet, und jeder Zentimeter ihres Körpers strahlt Erwartung aus. Neben ihr sehe ich die chinesischen Siedlungsbesitzer. Auf Fang Leis Gesicht ist ein boshafter, herrischer Ausdruck zu erkennen. Ich blinzle und bemerke, dass der tiefe Schatten in einer Ecke des Raums eine mit mir befreundete Assassine enthält.

Ich atme tief ein, und als ich wieder ausatme, werden die Zahlen aktualisiert.

„Das war alles?", sagt Katherine neben mir,

Ich verstehe schon, was sie meint. Wo ist die tosende Musik des Orchesters, der Trommelwirbel? Das Donnergrollen oder der Jubel? Stattdessen gibt es nur ein schwebendes Balkendiagramm und eine einzige Benachrichtigung.

Herzlichen Glückwunsch an die Erde (Planet XVI.1928813) zur Wahl von Bipasha Chowdury als Vertreterin im Galaktischen Rat.

Sie (oder ein designierter Stellvertreter) hat 94 Standardtage, um dort anzukommen und ihren Sitz einzunehmen.

Weitere Details und Vorteile werden verfügbar, sobald diese obligatorische Quest abgeschlossen ist.

„Das war's", sage ich. 81 Prozent. Bei allen tausend Teufeln, der Ausgang der Wahl war knapp.

Ich blicke mich um und sehe die wenigen Leute, die gegen Bipasha gestimmt haben. Die Movana wirken unzufrieden und eilen zusammen zu Phil. Sie lassen die Schultern hängen und blicken die anderen Gruppen kurz an, während sie sich auf die Abreise vorbereiten. Die Mitglieder der Faust stehen in ihrer eigenen Ecke und konzentrieren sich darauf, ihre Benachrichtigungen durchzulesen. Wahrscheinlich über die auf der Erde ablaufenden Gefechte. Irgendwie will ich sofort dorthin. Nachdem sich die Lage hier geklärt hat, sendet mir Ali bereits Benachrichtigungen über die Situation auf der Erde. Dass die Movana ihre Streitkräfte zurückgezogen haben und um einen Waffenstillstand bitten, während die Truppen der Faust noch kämpfen. Da ich nicht das einzige Mitglied der Meisterklasse hier bin, müsste ich doch gehen können, oder?

„Warte noch etwas", sagt Ali, der offensichtlich meine Gedanken liest. „Ich bin ziemlich sicher, dass Bipasha verärgert wäre, wenn du während ihrer Ehrenrunde abhaust."

Ich brumme zustimmend. Die Frau aus Bangladesch strahlt, lächelt und scheint vor Triumph zu leuchten, während andere Siedlungsbesitzer zu ihr kommen, um ihr zu gratulieren und sich etwas einzuschleimen. Ich amüsiere mich darüber – bis Rob etwas erstaunt ausruft und zu ihnen stapft.

„Was zum Teufel ist das?" Rob schwingt eine Faust, als er sich der Menge nähert.

Fang Lei blockiert seinen Weg und grinst dabei noch mehr.

„Junge ..."

Eure planetare Gouverneurin: Bipasha Chowdury

Euer planetarer Vize-Gouverneur: Fang Lei

Euer stellvertretender planetarer Vize-Gouverneur: Rob Markey

…

„Das ist nicht …" Ich atme aus und verstehe, warum Rob wütend ist.

Das ist nicht das, worauf wir uns geeinigt hatten. Nicht das, wozu sie angeblich bereit war. Und nun verstehe ich, warum Fang Lei die ganze Zeit so zuversichtlich gegrinst hat. Die Fäden ergeben jetzt Sinn, die getroffenen Entscheidungen. Aus dem Augenwinkel sehe ich neue Benachrichtigungen – Bipashas Ruf nimmt Schaden. Zwischen uns abgeschlossene Verträge flackern warnend auf, während ihr Ruf rapide sinkt-

„Warum?", faucht Rob über Fang Leis Schulter.

„Weil ihr nur elende Hunde seid", sagt Fang Lei.

Ich kneife die Augen zusammen, als ich etwas in seiner Stimme höre … dann sehe ich zu Bipasha hin, aber ich bin zu langsam. Phil spürt, dass etwas nicht stimmt und dreht sich ebenfalls um, aber auch er kommt zu spät.

Der erste Angriff erfolgt durch eine Hand, die ihren Arm ganz leicht berührt. Das umgeht ihren deaktivierten Schutzschild – Bipasha hatte keinen Angriff erwartet. Die Drehung und der Riss verformen ihre Haut und den Knochen im Arm, bevor sich dieser löst und ihre schützende Ringe entfernt. Hinter ihr greifen die anderen chinesischen Siedlungsbesitzer an.

Dolche erscheinen in Händen und fliegen auf Bipashas Körper zu –von Flammen und Blitzen umhüllt, oder dem blauen Leuchten von Mana und den wirbelnden Winden von Druckluft. Sie prallen gegen ihre sekundäre Abwehr, die Verzauberungen, die nicht entfernt werden konnten, das härter werdende Gewebe ihres Jumpsuits. Das reicht nicht. Ihre

Verteidigungssysteme versagen nacheinander, während Zauber und Skills ausgelöst werden. Klingen stechen in ihren schlanken Körper, der zu fliehen versucht, und sie bohren Löcher in Kleidung und Fleisch. Aus den Dolchen fließt Energie, und eine grüne Dunkelheit breitet sich von ihren Wunden aus.

Ich sehe, wie sie keucht, als ein weiterer Angriff, diesmal von einem neu erzeugten Panzerhandschuh, ihr Gesicht trifft. Das zertrümmert ihren Backenknochen und schleudert reine Energie in ihren Schädel. Die Menge reagiert auf die zunehmende Zahl der Angriffe. Die Leibwächter, die sie schützen wollen, werden von den zahlenmäßig überlegenen Mitgliedern der chinesischen Gruppe daran gehindert, und Bipashas Männer fallen Überraschungsangriffen zum Opfer. Phil wählt eine direktere Methode, nutzt seine Kontrolle der Raumstation und verbannt Siedlungsbesitzer. Aber Individuen zu finden und zu entfernen erfordert Zeit, und jeder Moment bringt neue Angriffe. Der von mir aktivierte Seelenschild und mein Zwei sind Eins können den Schaden kaum verlangsamen, während eine Quanten-Sperre Phils Fähigkeit behindert, Angreifer rauszuwerfen.

Die Inderin fällt, während sich Gift, Chaosmagie, waffenfähige Naniten und mehr durch ihren Körper verbreiten. Als ich per Versetzungsschritt zu ihr springe und bereits einen Erheblichen Heilzauber forme, ist es zu spät. Der durch den geteilten Skill übertragene Schmerz endet und Zwei sind Eins wird deaktiviert, da das Ziel nicht mehr existiert. Auf ihren Körper gewirkte Heilmagie blitzt auf und verschwindet, da sie nichts beeinflussen kann. Ihr Gehirn ist durchgebrannt, ihre Nerven sind zerfetzt und ihr Körper ist vergiftet.

Zuerst herrscht Schweigen im Raum – keine Schreie – aber dann werden Flüche hörbar. Und Gelächter der Faust. Der Tod erscheint im Nu und schockiert uns Überlebende. Die chinesischen Leibwächter ziehen sich zurück, im Gegensatz zu Bipashas. Die Sperre verschwindet. Mit einem lauten Seufzer verbannt Phil den Rest der Wächter. Als er Fang Lei und seine beiden Leibwächter erreicht, verzieht er das Gesicht.

„Es ist erledigt", sagt Fang Lei mit lauter Stimme, die weit hörbar ist. Der dominierende Tonfall zwingt Leute dazu, ihm zuzuhören. „Tut mir leid, dass Sie das sehen mussten, aber wir wollten nicht, dass sie es sich anders überlegt."

„Du Bastard …", faucht Rob und ballt seine Fäuste.

„Na, na. Du hast das bekommen, was du wolltest. Stellvertretender Gouverneur", sagt Fang Lei mit einem irritierenden Grinsen.

„Du betrügerischer Dreckskerl", faucht Rob. „Wenn du glaubst …"

Ich trete näher heran und lege eine Hand auf Robs Schulter. Der Amerikaner hält inne, blickt mir in die Augen und sieht dort eine Warnung. Er knurrt erneut, aber ich ignoriere es und wende mich Fang Lei zu.

„Was genau habt ihr euch dabei gedacht?", sage ich leise. „In fünf Jahren steht die Wiederwahl an. Und ihr habt gerade zumindest die Stimmen des indischen Subkontinents verloren."

„Fünf Jahre, das ist eine sehr, sehr lange Zeit", sagt Fang Lei. „Da kann sich viel verändern. Viel kann verändert werden. Wer sich uns in den Weg stellt, wird etwas erleben."

Ich mache große Augen, als ich darüber nachdenke. Und wozu er anscheinend bereit ist. Zum ersten Mal fühlt sich mein Magen eiskalt an, als mir klar wird, mit wem ich mich da ungewollt eingelassen habe. Ich mache einen Schritt vorwärts und balle meine Hände zu Fäusten, aber ein warnender Blick Phils hält mich auf. Auch wenn ich Fang Lei nicht ausstehen kann, hat mich Phil bereits verwarnt. Ich bezweifle, dass er eine zweite Warnung aussprechen würde. Bevor ich etwas sagen kann, blitzt um Fang Lei herum ein grelles Licht auf. Meine Augen schließen sich zu spät, während es unsere Sehkraft absichtlich überlastet,

„Wage es nur nicht", schreit Fang Lei. Ich höre ein dumpfes Klappern und Klirren. Das Geräusch ist mir nur allzu gut bekannt, ebenso wie das leise Zischen des Rauchs aus einer Verwirrungsgranate. „Commander, erfüllen Sie Ihre Aufgabe!"

„Ich kann nichts sehen", knurrt Phil und seine Stimme wird etwas leise, da er sich anscheinend rückwärts bewegt. Manaströme schießen aus seinem Körper, als er Abwehrmaßnahmen aufeinanderstapelt.

Um mich herum reagieren Leute auf diesen Blendeffekt. Mein Manasinn blinkt wie verrückt auf, als sie mehr und mehr Schild-Skills auslösen, um sich vor einem potenziellen Angriff zu schützen. Aber nach dem, was ich hören und fühlen kann, konzentrieren sich alle Angriffe auf eine Stelle. Ich kann relativ bald wieder sehen, aber der Rauch verdeckt fast alles im Raum.

Fast. Ich sehe, wie Phil von Emven zurückgedrängt wird, der sich auf den Commander gestürzt hat. Ich versuche, Phil mit einem Versetzungsschritt zu Hilfe zu kommen und spüre, wie mein Körper nur einige Meter vorwärts springt, da ein Skill meinen schwächt. Ich zucke überrascht zusammen, und als ich mich umdrehe, sehe ich, wie eine Faust auf mein Gesicht zufliegt. Die Faust ist so groß wie mein Körper, und ihr Aufprall schleudert mich rückwärts. Ich stöhne und rapple mich hoch, während mir alles vor den Augen verschwimmt.

Du bist benommen!
Noch 6 Sekunden

„Warum ...?", frage ich, da ich nicht verstehe, warum die Kämpfer der Faust so reagieren würden. Das hat nicht mit ihnen zu tun ...

„Aus vielen Gründen", sagt Asgauver, und ich kann mich gerade noch unter seinem Haken ducken. Ich weiche noch einem und einem weiteren

Schlag aus, während das Nilpferd weiter spricht. „Der neue Gouverneur scheint Verhandlungen gegenüber sehr aufgeschlossen zu sein. Aber vor allem, weil du uns bedroht hast."

Zaubersprüche und Skills leuchten auf, als ich mein Schwert und die anderen Klingen beschwöre. Eine neue Benachrichtigung zeigt mir, dass Asgauver seine Lektion gelernt hat und mich mit einem Skill festhält. Als ich diese Meldung sehe, erreicht mein Frust die Grenzen meiner Selbstbeherrschung. Ich bin mir immer noch nicht sicher, wer gegen Fang Lei kämpft, wie es Phil geht, oder wo der Rest meines Teams ist. Ich habe keine Zeit für so etwas, und auch keine Wahl.

Klinge gegen Faust. Aber diesmal stecke ich mehr Schläge ein und kann mich nicht so wendig bewegen wie ich möchte, da das Nilpferd mich im Observatorium in die Enge treibt. Ich fauche und sehe, wie die Integrität meines Seelenschilds und des vom Ring generierten Schilds durch die Treffer des übermächtigen Schlägers reduziert werden. Seine Angriffe sind primitiv und konzentrieren sich darauf, den Schadenswert zu erhöhen. Aber es ist verdammt effektiv.

Ein weiterer Hieb zerbricht meine Schilde und wirft mich in einen Haufen schreiender Galaktiker. Ihre weichen Körper federn meine schmerzhafte Landung etwas ab, obwohl ich durch einige reflexartige Einsätze von Skills Stromschläge erhalte. Ich rolle mich zur Seite, bevor der von Asgauver geschleuderte enorme Tisch auftrifft. Dann nutze ich den Rauch, den Staub und die Verwirrung, um einige kostbare Sekunden zu erhalten.

Ich kann diesen Kampf nicht gewinnen. Nicht so. Aber die gute Nachricht ist, dass ich das gar nicht muss.

„Ein Punkt für Durchdringung. Noch einer für Vorhut", fauche ich.

Dann erinnere ich mich daran, wo ich bin, und aktiviere Auge des Sturms. Ich habe keine Ahnung, wo sich meine Freunde befinden oder gegen wen sie kämpfen – falls sie kämpfen – aber in dem Fall sollte ich versuchen, es ihnen zu erleichtern. Gleichzeitig löse ich meine Aura mit voller Intensität aus und mein Körper zittert etwas, als die Änderungen der Klassen-Fertigkeit wirksam werden.

„Da bist du!", faucht Asgauver und marschiert vorwärts. Seine Hände leuchten wieder, da die gesammelte Ladung diese fleischigen Hämmer füllt.

„Ja. Hier bin ich."

Der Dummkopf nimmt sich die Zeit, zu reden und mich sprechen zu lassen, daher nehme ich mir die Zeit, um Hast zu wirken und dann Vorhut auszulösen. Alles verlangsamt sich noch mehr, als der Zauber und der Skill meine Attribute und mein Tempo steigern. Dann setze ich mich in Bewegung.

Ich bin neben Asgauver, bevor er es bemerkt. Mein Schwert schneidet nach oben in die Lücke zwischen seinem Arm und dem Brustkorb, direkt in seine Achselhöhle. Die vier anderen Schwerter folgen, und das schwammige Fleisch, das durch Skills enorm gehärtet wurde, zerreißt unter dem Angriff. Aber ich bewege mich, statt anzuhalten, und verteile zahlreiche Stiche und Hiebe über seinen Körper. Das Nilpferd brüllt und schlägt die Hände zusammen, so dass eine Schockwelle mich, den Rauch und alle anderen zurückschleudert.

Ich rutsche rückwärts und keuche, als ich sehe, dass im ganzen Raum ein Gefecht ausgebrochen ist. Katherine und andere Zivilisten kauern in einer Ecke, wo sie von einer Reihe tragbarer Schilde geschützt werden. Ich bemerke, dass Peter – der Planetare Diplomat – vor ihnen steht und bereit ist, notfalls seinen ultimativen Skill zu aktivieren. Diplomatische Immunität wird ihn, und hoffentlich allen hinter ihm, zeitweilig vor allen Schäden schützen. Roxley, Vir und der Rest der Truinnar stehen im Kampf mit den Movana und deren Verbündeten, obwohl es mehr ein Rückzugsgefecht zu sein scheint. Phil nutzt die ihm gebotene Lücke und hat die Oberhand über Emven gewonnen, den er mit einer Rohrzange zu Boden prügelt. Und überraschenderweise nimmt es Ali mit Fang Leis beiden Leibwächtern auf, während Ingrid über Fang Leis liegender Gestalt steht und ihr Dolch sich langsam auf sein Gehirn zubewegt.

„Ingrid …?", rufe ich überrascht.

Die Frau aus den First Nations blutet, und eine Seite ihres Körpers ist filetiert, so dass Knochen und einige Organe sichtbar sind. Ihr Fuß ist halb abgeschnitten und sie schielt durch einen Nebel aus Blut, aber auf Ingrids Gesicht erscheint ein Ausdruck wilder Entschlossenheit. Während Fang Lei seine mit Mana begradigte und geschärfte Hand nutzt, um in ihren Körper zu stechen und zu schneiden, greift sie an.

Ich hebe eine Hand und will Zwei sind Eins aktivieren, während Hast endet, aber ich werde unterbrochen. Asgauver stellt sich mit seinem massiven Körper in den Weg und greift mit einem Roundhouse-Kick an, der ein Gebäude zum Einsturz bringen könnte. Ich tanze den Lambada und lasse mich unter den Tritt fallen. Dann springe ich wieder auf und bohre mein Schwert in den Körper des Nilpferds. Ich fauche und schiebe mich vor, während ich meine anderen Klingen beschwöre, sie drehe und schneide, damit ich um meinen Gegner herumkommen und meinen Skill auf Ingrid wirken kann. Aber, obwohl ich durch Vorhut gestärkt bin, ist das verdammte Nilpferd zu groß und breit, und die wenigen Blicke, die ich auf Ingrid werfen kann, reichen nicht, vor allem da der Rauch zurückkehrt.

„Ich halte nicht mehr lange durch, Junge."

„Verdammt", fauche ich und gebe den Versuch auf, da ich mich darauf konzentrieren muss, diesen Kampf zu beenden.

Die massiven Gesundheitswerte des Wer-Nilpferds und seine passive Regeneration stellen ein Problem dar, ebenso seine Fähigkeit, meine Portalfähigkeiten zu sperren. Ein Schlag kommt auf mich zu und ich springe hoch, so dass ich auf einer Klinge lande, die noch im Körper des Kudaya steckt. Ich schneide ihm mit einem Schwert in die Schulter, um noch mehr Schwung zu erhalten, bevor ich mit dem Schwert in meiner Hand zusteche. Die Waffe bohrt sich in sein Auge und blendet Asgauver. Als er rückwärts taumelt, schreit Asgauver erneut, und der Schallangriff schleudert mich gegen die Decke.

Die Decke gibt unter dem Aufprall meines Körpers nach, so dass sich Stahl und exotischere Metalle verbiegen. Phil wird einen Moment lang abgelenkt und steckt einen Schlag von Emven ein.

Als er sich wieder aufrappelt, ertönt eine Stimme: „Wir halten die Station, Commander. Machen Sie ihm die Hölle heiß!“

Verstärkung strömt herein, der Rest der ISS-Crew. Wie Phil haben sie die Levels und Skills, um das Blatt zu wenden, und sobald sie ankommen verbessert mein Skill ihre Attribute. Ein violettes Licht umhüllt Asgauver, und ich bemerke, dass seine Manaleiste dadurch deutlich schrumpft. Als die Filteranlagen mit einem lauten Heulen hochfahren und den Rauch entfernen, blickt mich das Wer-Nilpferd an.

„Du wirst nicht gewinnen!“, heult Asgauver.

Ich befreie mich aus dem zerknitterten Metall und stoße mich mit den Füßen ab. Dann springe ich am Kudaya vorbei auf die Stelle zu, wo ich Ingrid zuletzt gesehen habe. Irgendwie ärgere ich mich, dass ich sie nicht auf meiner Gruppenliste hatte. Aber ich hatte nie daran gedacht, da das ja ein friedliches, festliches Ereignis sein sollte.

„Ingrid!“ Ich pralle neben ihren liegenden Körpern auf den Boden.

Fang Lei hat einen Dolch im Auge und ist das Opfer einer tödlichen Dosis von Metallvergiftung. Und echtem Gift, wie ich Ingrid kenne. Aber ich mache mir Sorgen um die Frau aus den First Nations.

Ich berühre ihre reglose Gestalt. „Nein!"

Ich höre eine Bewegung hinter mir und mein Körper reagiert, indem ich nach hinten greife und mein Schwert beschwöre, um den Schlag zu blockieren. Er trifft mein abgewinkeltes Schwert und bewegt sich weiter, so, dass der Boden unter mir nachgibt und meine Hand bricht. Aber selbst als der Hieb auf meinem Körper landet, bleibe ich aufrecht neben der verkohlten, geschundenen und reglosen Leiche stehen.

„Dummkopf. Du hättest fliehen sollen ...", schreie ich die Leiche an, während Tränen meine Augen füllen.

Ein weiterer Schlag und der körperliche Schmerz erinnern mich daran, dass um mich herum ein Gefecht tobt. Aber das ist ein weit entfernter, geringer Schmerz verglichen mit dem Verlust eines weiteren Freundes. Ein dummer, sinnloser Verlust. Wenn sie geflüchtet wäre, hätte sie überlebt. Sie hätte es erneut versuchen können. Ich weiß nicht einmal, warum sie das tat, was sie dazu antrieb, Fang Lei zu töten. Wir hätten ...

Ein weiterer Schlag, diesmal so stark, dass er einige Rippen bricht. Mein Kopf dröhnt, meine Muskeln schmerzen, aber ich berühre ihren Körper und stecke ihn in meinen Veränderten Raum. Als ein weiterer Angriff kommt, weiche ich ihm mit einer Drehung aus und stehe auf. Meine Hand beschwört eine Spritze mit Manatrank, die in einen zerrissenen, offenen Teil meiner Rüstung gesteckt wird.

„Blick mich an, du Feigling. Ich werde dir zeigen, warum man die Faust nicht verärgern darf!" Asgauver schlägt erneut, wobei seine Hand vor Energie glüht.

„Ali, schicke alle weg."

Dann entfessele ich den Zorn, der in meiner Seele sitzt. Den Schmerz, den ich verberge. Er hat mir eine Freundin geraubt. Wenn er mich nicht aufgehalten hätte, hätte ich sie retten können. Er hat mich eine Freundin gekostet. Deshalb werde ich ihm das Leben nehmen. Und das Leben seines Freundes. Und seine Stadt.

Die Welt wird rot, als Asgauver erfährt, was es bedeutet, sich der Wut eines Paladins zu stellen.

***

Raserei. Das ist ein alter Skill, den ich selten benutze. Obwohl er den Schmerz reduziert, den ich fühle und meine Schadenswirkung und die Ausdauer-Regeneration steigert, sinkt meine Mana-Regeneration. Da die meisten meiner Skills viel Mana verbrauchen, ist Raserei für mich nicht so geeignet, wie das bei jemandem wie Asgauver der Fall wäre. Aber ich habe einen viel wichtigeren Grund, diesen verdammten Skill nicht einzusetzen — er lässt mich nicht zurückweichen oder fliehen, bis alle meine Feinde tot sind.

Interessanterweise merke ich bei der ersten Aktivierung von Raserei nach meinem Aufstieg in die Meisterklasse, dass ich nun sogar denken kann. Früher reduzierte der Skill meine bewusste Entscheidungsfindung beträchtlich. Zum Glück verfüge ich aus dem einen oder anderen Grund über einige Kampffähigkeiten und daher sind meine unbewussten Entscheidungen meist korrekt. Aber gegen einen Meister wie Asgauver könnte es tödlich sein, wenn man reagiert, statt zu denken.

All diese Gedanken wirbeln mir in meiner Wut durch den Kopf, während ich seinem Schlag ausweiche. Dann bin ich an seinen Fäusten vorbei, und mein Schwert schneidet zur Seite hin und bewegt sich weiter. Denn jetzt kämpfe ich nicht mehr gegen ihn allein. Es gibt hier ein halbes Dutzend andere, Individuen, die zur Faust gehören oder sich an ihrer Seite in den Kampf gestürzt haben. Die chinesischen Leibwächter sind mein erstes Ziel, und ein Klingenhieb trifft einen am Oberkörper, während ich zum nächsten springe.

Die Vorhut der Apokalypse vibriert in mir, während ich meine Aura der Ritterlichkeit auf alle wirke. Ich spüre, wie sich die Aufmerksamkeit auf mich richtet, die Wut und die Konzentration, und ich muss einfach grinsen. Bis über beide Ohren.

Ein Hieb, ein Stich und dann packe ich den anderen chinesischen Leibwächter und schleudere ihn auf Asgauver. Das enorme Nilpferd schlägt den Mann zur Seite, und die Leiche knallt gegen die Fenster und hinterlässt ein Spinnennetz an Sprüngen. Das Zischen und Summen der überlasteten Lüftung umgibt uns, ebenso wie der beißende Gestank von Urin und vergossenem Blut. Ich eröffne mit einer neu herbeigerufenen Strahlenpistole das Feuer auf andere Kämpfer, mehr um Formationen aufzubrechen als um viel Schaden zu bewirken. Ein Schuss trifft Emven in den Hinterkopf, was Phil die Gelegenheit bietet, seine Faust in den Brustkorb seines Gegners zu schlagen.

Ali lockt und provoziert Leute, und manchmal wirft er sie aus dem Raum. Lana führt Katherine und die anderen Zivilisten hinaus, und irgendwie sind auch Shadow und Roland hier oben. Ich frage mich, wie das möglich ist, aber nur auf eine abstrakte Weise. Ich bin zu sehr beschäftigt, Asgauver hinter mir her zu ziehen und alle anderen zu verärgern. Ich springe, sprinte und rutsche durch den enormen Raum, schlage mit Schwertern und feure Pistolen.

Blut fließt und Mana sinkt. Mein Körper spürt die Belastung meiner Aktionen, während ich mich verzweifelt bemühe, Asgauver hinter mir zu lassen. Das gelingt mir nicht immer, denn das Nilpferd ist größer als ich, schnell und schlau genug, um zu wissen, wann er seine Fernangriffe einsetzen kann. Und da ich zunehmend Aufmerksamkeit erwecke, kommen auch mehr Angriffe. Ich verliere Gesundheitspunkte und erleide Schaden. Aber die angebrochenen Rippen, die ausgekugelte Schulter und die gerissene Kniesehne sind gar nichts im Vergleich zur Wut in meiner Seele und dem Schmerz in meinem Herzen.

„Wir sind draußen! Phil schließt das Observatorium. Du hast Zeit, bis er hier draußen mit Emven fertig ist."

Also. Emven lebt noch. Überrascht mich. Aber die Zeit reicht voll aus.

Ich bleibe rutschend stehen und drehe mich um, wobei ich beide beschworenen Schwerter vor mir halte. Meine Muskeln schmerzen und meine Hände zittern, als ich die Waffen überkreuze, um neue Angriffe zu absorbieren. Meine Beine geben nach und reißen den Boden unter mir auf. Eine Pause, ein Sekundenbruchteil, in dem ich mich konzentrieren kann. Zeit genug, um einen Skill zu beschwören.

Licht explodiert aus dem Nichts, füllt den Raum bis über die Fenster, bevor das Leuchtfeuer durch die Decke fällt. Metall verdampft und umhüllt uns alle im tobenden Inferno des Leuchtfeuers. Die Mitglieder der Fortgeschrittenen Klassen im Raum sterben schmerzvoll, da der manabasierte Angriff ihre Abwehr ignoriert. Luft strömt heraus und wirft Trümmer in die endlose Leere, während ich durch die Fußsohlen das Zuknallen der Schotte spüre, als die Raumstation Schutzmaßnahmen einleitet.

Asgauver überwindet den Schmerz, packt mich und hebt mich hoch, um meinen Körper gegen den Boden zu schleudern. Ich bin dafür irgendwie dankbar, denn nun rufe ich ein weiteres Leuchtfeuer herbei. Der sich über mich lehnende Körper des Nilpferds schütz mich vor den direkten Auswirkungen meines Angriffs, und ich bin nahe genug, um zu sehen, wie sich seine Augen weiten, als seine Haut abgezogen und verbrannt wird und die entblößten Knochen erscheinen.

Nachdem das Leuchtfeuer erlischt, hält Asgauver eine Hand über mir und drückt mich mit der anderen auf den Boden. Er blutet, seine Haut ist weggebrannt, und unsere wiederholten Konfrontationen haben das Fleisch zerschnitten und die Muskeln zerfetzt. Der Kudaya leidet und ist nur noch durch reine Willenskraft bei Bewusstsein. Aber mir geht es nicht viel besser. Ich deaktiviere alle meine anderen manaintensiven Skills und starre meine Manaleiste an. Nicht genug. Aber das geht in Ordnung.

„Hast du noch letzte Worte, die ich deinen Freunden mitteilen kann, wenn ich deine Leiche rausbringe?", spottet Asgauver und hämmert mich wieder auf den Boden, als ich zucke.

Ich huste und spüre, wie etwas in meinem Rücken bricht. „Ja. Einzelkämpfer-Armee", flüstere ich und aktiviere den Skill. Ich sehe, wie meine Gesundheit absinkt, da der Skill sich das von meinem Körper nimmt, was er nicht vom Mana bekommt. Noch ein „Geschenk" aus meiner Exilzeit – zu verstehen, wie die Welt und das System funktionieren.

Klingen erscheinen um meinen liegenden Körper herum, während ich die Originalwaffe in meine Hand beschwöre und damit nach oben stoße. Vor ätherischer Energie glühende Klingen treffen Asgauvers Körper mit solcher Kraft, dass er von meinem Körper gerissen wird. Ich rapple mich mühsam auf und sehe, wie der riesige Kämpfer der Meisterklasse aus dem Wirkungsbereich der künstlichen Schwerkraft geschleudert wird, die uns an die Station fesselt.

Meine Kopfschmerzen würden mich vermutlich bewegungsunfähig machen, wenn ich mich nicht im Status Raserei befände. Ich starre den hilflosen Asgauver an, der im Weltraum schwebt. Das riesige Nilpferd zuckt, als sein Blut einfriert. Selbst die enorme Gesundheit der Meisterklasse und seine vielen schadenreduzierenden Skills reichen nicht aus.

„Du hättest auf sie hören sollen", flüstere ich und lasse dann mit einer Geste ein Strahlengewehr in meiner Hand erscheinen. Ich eröffne das Feuer, nur für den Fall.

Kapitel 23

Als ich endlich fertig bin, stehe ich im Schweigen des Weltraums. Ali flitzt von Asgauvers Leiche zurück, nachdem er dem riesigen Nilpferd die Ausrüstung abgenommen hat. Zuerst bin ich überrascht, dass der Geist das schon bei den anderen Leichen getan hat, aber dann schiebe ich diesen Gedanken weg, als meine Sinneswahrnehmung zurückkehrt und ich keine weiteren Bedrohungen bemerke.

Ich höre kein Zischen ausströmender Luft mehr, nur die Warnsirenen unter meinen Füßen. Zudem zeigen blinkende rote Leuchten an, dass der Raum Druck verloren hat. Meine Lungen schmerzen durch den Sauerstoffmangel, meine Augäpfel brennen und werden unter dem zerbrochenen Helm von Frost bedeckt. Mein Körper leidet, meine Lungen hungern nach dringend benötigter Luft, als mein Skill endet und der Schmerz zurückkehrt.

Ich blicke nach oben und sehe das klaffende Loch, das ich durch Leuchtfeuer der Engel erzeugt habe, was die Panzerung geschmolzen und die Galaktiker im Inneren beschädigt hat. Wenn der Boden nicht durch den Commander und einen unwillkürlichen Einsatz meines Skills verstärkt worden wäre, hätte der Zauber vielleicht auch den Boden durchbohrt. Einen Moment lang überwältigt mich die Stille des Vakuums, und der ungehinderte Blick auf die Sterne und die Erde unter mir bringen ihr eigenes Gefühl des Friedens.

„He, Junge. Ich kann weiter Heilzauber auf dich wirken, aber dir wird hier so oder so die Gesundheit ausgehen."

„Sorry." Ich tippe den Helm an und werfe ihn in mein Inventar, bevor ich einen anderen herausziehe und festschnalle. Er ist nicht so gut, erfüllt aber als Ersatz seine Aufgabe perfekt.

Eine Sekunde später bedeckt er mein Gesicht, und meine Körperwärme erhitzt den winzigen abgeschlossenen Raum. Sauerstoff wird aus einem kleinen Tank im Helm hereingepumpt und füllt die Leere in meinen Lungen. Das reicht kaum für eine Minute normaler Nutzung und mein Körper verbraucht ihn hungrig.

„Zu dumm, im Vakuum einen Helm aufzusetzen." In meinem benommenen Zustand finde ich Alis telepathisches Grummeln sogar beruhigend. Eine vertraute Einstellung.

Mit einem Kopfschütteln gehe ich zum Ausgang. An der Tür runzle ich die Stirn, da ich keine Ahnung habe, wie ich reinkomme, ohne einen Druckverlust im Rest der Station zu verursachen.

„Eine Sekunde." Der Geist flitzt per Phasenübergang durch die Tür und dann kann ich aus seiner Perspektive sehen.

Einen Moment später springe ich per Versetzungsschritt in den warmen, mit Luft gefüllten Korridor. Der plötzliche Temperaturwechsel ist zuerst angenehm, dann schmerzhaft, da sich tote Nerven regenerieren und kaltes Fleisch aufwärmt. Ich stöhne vor Schmerz, während Phil vor mir steht und den Weg zu meinen Freunden blockiert.

„Mr. Lee", sagt Phil. „Beruhigen Sie sich einen Moment. Verabschieden Sie sich von Ihren Freunden. Dann erwarte ich, dass Sie gehen."

„Sie verbannen ihn?", sagt Lana und reißt die Augen auf.

„Er hat weitergekämpft, nachdem er den Befehl erhielt, damit aufzuhören. Er hat erhebliche Schäden an der Raumstation verursacht. Seien Sie froh, dass ich ihn nur zeitweilig verbanne, und nicht permanent", sagt Phil.

Als Lana den Mund öffnet, um ihm zu widersprechen, schüttle ich den Kopf. Das ist mehr als fair. Und ich habe auf der Erde sowieso bessere Dinge zu tun.

„Wo ist Rob?", frage ich.

„Er ist wieder auf der Erde, schwer bewacht", sagt Lana. „Ich habe auch Roland und Shadow zu ihnen geschickt. Er dürfte wohl in Sicherheit sein."

Ich nicke. Ich kenne seine Leibwächter, und auch wenn sie noch nicht die Meisterklasse erreicht haben, sind sie nicht weit davon entfernt. Wenn sie nicht ständig ihre Bosse bewachen müssten, wären diese Männer – und Frauen – aufgrund ihres Talents und ihrer Entschlossenheit auf viel höheren Levels. „Roxley?"

Lana schüttelt den Kopf. „Er musste gehen. Die Truinnar sind damit beschäftigt, sich neu zu organisieren, die Auswirkungen zu analysieren und die Movana im Auge zu behalten. Auf der Erde wird jetzt heftig gekämpft. Die indischen und chinesischen Siedlungen mobilisieren, und die Galaktiker bereiten sich vor, die Überlebenden zu erobern."

Ich stöhne, schließe meine Augen und öffne sie dann wieder. Als meine Stimme ertönt ist sie kalt und distanziert, da ich die Emotionen vorläufig unterdrückt habe. „Ingrid ist tot."

„Ich weiß." In Lanas Stimme schwingt sorgfältig kontrollierter Schmerz mit.

„Katherine, kannst du mit Phil arbeiten? Mal sehen, was wir tun können, um ihm bei der Reparatur der Station zu helfen. Und sicherzustellen, dass das nie wieder passiert", sage ich und die ältere Frau nickt mir kurz zu. Ich wende mich Lana zu, und meine Stimme wird kälter, während ich nachdenke. „Bereite eine Besatzungstruppe vor."

„John ..."

„Keine Sorge. Ich werde keine Dummheit begehen. Aber sie haben einen Kämpfer der Meisterklasse weniger und sind überfordert. Ich werde diese Städte zurückerobern", sage ich entschlossen. „Und dann nehme ich ihnen eine ab."

Lana runzelt die Stirn, aber dann nickt sie, wie ich erwartet habe. Ich sehe Phil an und nicke ihm dankbar zu. Er musste mir diese Minuten nicht unbedingt geben.

Eine Sekunde später aktiviert Phil die Teleporter-Matrix der Station und ich bin zu einem weiteren blutgetränkten Schlachtfeld unterwegs. Der Krieg ist vielleicht die Fortsetzung der Politik mit anderen Mitteln, aber er zeigt auch, was passiert, wenn die Gier die Diplomatie überflügelt.

***

Tage später versammeln wir uns wieder, weit im Norden. Nicht im Whitehorse, da sie nicht aus dieser Stadt stammte. Nein, noch weiter. Es dauerte Stunden, bis wir unseren Weg freigekämpft hatten, wobei wir es mit Kreaturen zu tun bekamen, die einst eine tödliche Bedrohung darstellten, aber nun nur einen Vorwand bieten, Dampf abzulassen.

Wir sind in den Überresten des alten Friedhofs, einige Kilometer flussaufwärts der Siedlung. Dieser Friedhof ist Teil des Versammlungsorts der Tr'ondëk Hwëch'in's, ein kulturelles Zentrum, das jetzt öde und leer ist, da die wenigen Gebäude von der Vegetation überwachsene Ruinen sind. Der Friedhof selbst befindet sich auf dem Gipfel eines Hügels über dem gefrorenen Yukon River. Die älteren Grabsteine und der weiße Lattenzaun sind unter dem Schnee verborgen. Es dauert eine Weile, den Schnee wegzuräumen und das Grab auszuheben. Danach senken wir ihren Körper ins Grab.

Minuten später öffne ich ein Portal und Freunde strömen hierher. Leute, deren Leben diese stille, sarkastische und abgestumpfte Frau berührt hat. Jason und Rachel, Andrea und Mike, Vir und Capstan. Einige der Champions. General Miller. Und mehr. Leute, die ich nicht kenne, aber die darum gebeten haben, sich von ihr verabschieden zu dürfen. Und daher öffne ich Portale und Leute kommen. Manche davon, die nicht in der Lage waren, meine verfügbaren Wegpunkte zu erreichen, springen direkt hierher.

Mir fehlen die Worte, und ich kann nichts über den verdammten Verlust eines weiteren Freunds sagen. Aber zum Glück habe ich Freunde, und sie wissen, was sie sagen und tun sollen. Und nachdem das Grab geschlossen ist, sprechen die Leute.

Manche reden über gesellige Zeiten, an die sich gerne erinnern. Andere, so viele andere, erinnern sich daran, dass Ingrid ihnen in der Schlacht das Leben rettete. Und einige wenige sprechen über die Frau hinter der Maske. An die Zeiten, als Ingrid sich aus der Deckung wagte, als sie lachte und lächelte. Als sie den Verlust ihres Volkes, ihre Freunde und Verwandten vergaß. Und dann bin ich an der Reihe.

„Ich werde ihr Fladenbrot vermissen", sage ich und spüre, wie die Aufmerksamkeit der Menge auf mir lastet. Aber ich ignoriere sie und starre den kleinen Haufen Erde an, unter dem sich meine Freundin befindet. So wenig Platz für eine überlebensgroße Frau. „Ich werde ihre Witzeleien vermissen, ihre Versuche, mich auf den Boden der Tatsachen zurückzubringen. Ich werde ihre praktische Methode vermissen, mit der sie Probleme anging ...

Ich werde meine Freundin vermissen. Aber ich weiß, ich bin überzeugt, dass sie starb, weil sie das tat, was sie tun wollte. Ich glaube, dass sie starb, weil man manchmal gewisse Dinge nicht akzeptieren kann. Sie starb, um uns eine Chance zu geben, die Erde zu verbessern."

Es herrscht Schweigen, bevor eine andere Person das Wort ergreift. Ich höre halbherzig zu und starre das Grab an. Es ist seltsam. Ich bin mir nicht ganz sicher, warum mich ihr Tod so schwer getroffen hat. Vielleicht weil es mir nach meiner Rückkehr aus dem langen Exil wichtiger geworden ist, meine Freunde zu sehen, als ich gedacht hätte. Vielleicht weil ich so lange in der Hölle war und noch keine Zeit hatte, mich zu entspannen. Oder vielleicht, vielleicht vermisse ich das, was hätte sein können.

***

Die Zeit vergeht und allmählich verabschieden sich die Leute. Ich schicke fast alle per Portal weg, so dass nur noch einige von uns auf dem Friedhof stehen. Aus dem Augenwinkel sehe ich, wie sich Punkte nähern – Monster, die langsam mutiger werden, als sich die Versammlung auflöst. Aasfresser und opportunistische Räuber, die hoffen, schwache oder abgelenkte Gegner vorzufinden. Ich erwäge kurz, denen zu zeigen, dass sie sich gewaltig irren.

„Präsident Markey hat mich angerufen und gefragt, ob ich den Posten des Vize-Gouverneurs akzeptieren würde", sagt Roxley, und seine Stimme durchdringt den Aschenebel, der meine Gedanken erfüllt.

„Wie bitte?"

„Präsident Markey hat–"

„Das habe ich gehört", unterbreche ich Roxley und winke ab. „Warum?"

„Ich glaube, er sucht nach mehr Unterstützung. Da sich eure anderen menschlichen Gruppierungen aufgespalten haben, ist die Lage der Menschheit gefährlicher geworden. Wir sprachen darüber, gegen die Gruppen der Unabhängigen in Nordamerika vorzugehen, sowie ihm gewisse Territorien abzutreten, damit er wieder seine Vereinigten Staaten hat", sagt Roxley.

„Er hat mich auch um Hilfe gebeten", bestätigt Lana und verzieht leicht die Lippen. Ich frage mich, was das bedeuten soll, aber ich bin nicht motiviert genug, um das weiter zu verfolgen.

„Indien und China?", frage ich leise.

„Kämpfen bereits an den Grenzen." Mikito seufzt und reibt sich die Schläfen. „Die Champions haben alle Hände voll damit zu tun, die Dungeons und die Galaktiker unter Kontrolle zu halten. Cheng Shao bemüht sich, China zu zügeln, aber auf dem indischen Subkontinent hat sie kein Gegenstück. Sie wollen alle–"

„Kämpfen. Das große Tier werden. Ohne die internen Auseinandersetzungen wäre schon ein richtiger Krieg ausgebrochen", sagt Lana. Ich muss zugeben, dass ich für die menschliche Dummheit dankbar bin.

„Kann Rob die Stimmen bekommen?", frage ich und mehrere der Umstehenden werfen sich Blicke zu. In fünf Jahren müssen wir all das wiederholen. In der jetzigen Situation würden wir mit viel Glück weniger als 50 Prozent der Stimmen erhalten.

„Fünf Jahre sind eine lange Zeit ..." sagt Mikito und spricht die einzige Hoffnung aus, die uns bleibt.

Obwohl ich alle von der Faust geraubten Siedlungen zurückerobert habe, und eine ihrer Städte, reicht das nicht. Bei weitem nicht. Ich weiß, dass immer mehr ihrer Leute ankommen, und dass ihre aggressive Haltung noch nicht ganz zum Ausbruch eines Kriegs geführt hat. Noch nicht. Selbst die zusätzlichen Steuern und Zugangsgebühren, die Rob erhebt, haben die Faust kaum verlangsamt.

„Präsident Markey hat auch gefragt, ob ich eine Person als Gesandten vorschlagen könnte", sagt Roxley und ich zucke zusammen. „Es ist nur eine Rolle, kein offizieller Titel."

„Ha. Ich will nur keine Retourkutsche wegen des Gesandten, der damals auf die Erde kam", sage ich.

„Nein. Wir haben Regeln", sagt Roxley und lächelt dann grimmig. „Allerdings sieht es nicht gerade gut aus, dass Präsident Markey aus dem gleichen Land kommt wie der damalige Täter."

„Was du nicht sagst." Ich kratze mich am Kopf und denke über Roxleys Frage nach.

Ich sehe die beiden Damen an und Mikito zuckt mit den Achseln. Ja, das stimmt – sie wäre eine noch schlechtere Option als ich. Und die meisten ihrer Bekannten wären auch nicht gerade geeignet. Lana andererseits ...

„Schau mich bloß nicht so an", sagt Lana und kneift die Augen zusammen.

Ich zucke leicht mit den Schultern und wende meinen Blick ab. Na schön. Vielleicht will ich der Dame zu viele meiner Hoffnungen aufhalsen. Andererseits habe ich gemerkt, dass ich in den Monaten seit meiner Rückkehr ihren Liebhaber noch nie getroffen habe. Ich bin mir nicht ganz sicher, was das über ihre Einstellung zu mir aussagt, wenn sie ihn nicht einmal vorstellen will.

„Schließlich haben wir keine Liste von Leuten, die gehen sollten", meint Lana. „Eigentlich sollte es Rob sein ... aber ..."

„Aber er ist jetzt der Gouverneur." Ich schneide eine Grimasse. „Und es gab keine Garantie, dass er gehen würde. Hat er keine Leute unter seinem Personal, die geeignet wären?"

„Wahrscheinlich sind sie zu beschäftigt", sagt Lana achselzuckend. „Alle, die dafür geeignet wären, könnten auch eine Siedlung verwalten. Und in der Hinsicht mangelt es uns an Personal."

Ich muss ihr da zustimmen. Wir benötigen dringend gute, kompetente und zuverlässige Personen. In manchen Fällen mussten wir sogar einen Kompromiss schließen und uns mit zwei dieser drei Eigenschaften zufrieden geben. Und sobald sie den Posten übernommen haben, wollen wenige Siedlungsbesitzer ihn wieder aufgeben.

„Was ist mit Peter?", sage ich und erinnere mich an den Diplomaten. Schließlich handelt es sich ja im wahrsten Sinne des Wortes um eine diplomatische Mission. Und er hat gute Arbeit geleistet.

„Er ist ein Mitglied des Teams, aber Rob hat vorgeschlagen, dass wir eine andere Person finden sollten", sagt Roxley. „Ich stimme zu. Es wäre besser, einen Diplomaten zu finden, der nicht direkt mit dem Gouverneur verbunden ist. Das soll eine Mission für den gesamten Planeten sein."

Das stimmt, aber ich weiß nicht, ob es so viel besser wäre uns zu fragen, da wir ja aus Kanada kommen. Wenn vor der Apokalypse die Hälfte der Welt die beiden Länder nicht unterscheiden konnte, dürfte das jetzt kaum anders sein. Aber vielleicht könnten wir einen Siedlungsbesitzer mit einer kompetenten Assistentin finden, wie ich eine hatte. Natürlich, Leute wie Katherine …

„Oh. Ist doch klar."

„Ist dir jemand eingefallen, John?", sagt Roxley.

„Katherine."

Alle halten inne und ihre Gehirne laufen auf Hochtouren, bevor einige ausrufen, wie sie eine so einfache Antwort übersehen konnten.

„Ausgezeichneter Vorschlag. Ich werde Präsident Markey informieren und er kann dann die Einladung aussprechen", sagt Roxley.

„Und ich werde es Katherine vorher sagen, damit es nicht als völlige Überraschung kommt", fügt Lana hinzu.

Ich nicke. Nachdem wir dieses wichtige Problem gelöst haben, bittet Roxley um ein Portal nach Whitehorse zurück. Dann geht Lana, so dass ich mit Mikito und Ali allein bin, während sich die Monster nähern. Die Samurai-Kriegerin neigt ihren Kopf und blickt mich an.

„Also. Was jetzt?", fragt Mikito.

Ich denke über ihre Worte nach. Es gibt noch umkämpfte Siedlungen, fast überfließende Dungeons, den Commander einer Raumstation, der eine Zahlung erwartet. Leute, von denen man sich verabschieden muss, zu tätigende Arrangements. Aber als ich das Grab ansehe, erscheint ein sardonisches Lächeln auf meinem Gesicht und ich spüre eine Welle der Erschöpfung.

„Was hältst du von Fladenbrot?"

***

Einige Tage später, nachdem sich Katherine – höflich – beschwert hatte, da einfach so reingeworfen zu werden, finden mich die Erethraner, als ich allein einen Dungeon säubere. Da die Champions durch die verschiedenen Konflikte beschäftigt sind und ich den Ruf habe, Siedlungsbesitzer zu töten und Siedlungen zu erobern, hat man mich aus den politischen Verhandlungen ausgeschlossen. Es half auch nicht, dass mein Ruf dadurch geschädigt wurde, dass ich nicht alle Abmachungen erfüllen konnte, die ich getroffen hatte. Die Vereinbarungen mit Bipasha waren nach ihrem Tod null und nichtig, und obwohl Rob für unsere Hilfe dankbar war, war er nicht bereit, da mitzuspielen. Leider ist der Mann schlau genug, um zu erkennen, dass ich ihm nichts antun kann oder will, und daher hat er mich etwas beschissen, um das zu bekommen, was er will. Ich kann mich auch nicht gerade beklagen – schließlich habe ich ihn neulich auf dem Altar der Notwendigkeit geopfert.

Ich muss zugeben, dass ich überrascht bin, die Erethraner zu sehen. Die Champion-Kämpferin sieht sich hochnäsig im Level-80-Dungeon um und winkt dem Team von Erethranern zu, die auf ihren Befehl hin vorwärts stürmen. Innerhalb von Sekunden sind wir allein – mit Ausnahme ihrer üblichen Schatten.

„Champion", grüße ich Ayuri, bevor ich Unilo und Mayaya zunicke. „Schatten."

Ich erhalte ein leichtes Lächeln von Unilo, aber Mayaya starrt mich nur ausdruckslos an. Ich rolle theatralisch mit den Augen, bevor Ayuri hüstelt, um meine Aufmerksamkeit wieder auf sich zu ziehen.

„Ich wollte dich treffen, bevor du gehst", sagt Ayuri.

„Willst du jetzt deinen Gefallen einfordern?", sage ich.

„Es ist Unilos Gefallen. Und nein, ich wollte dich informieren, dass wir auch bald gehen", sagt Ayuri. „Daheim hat sich die Lage geändert. Es ist möglich, dass wir in naher Zukunft deine Anwesenheit auf Erethra benötigen. Pass auf, dass du nicht umkommst."

Ich will lachen, aber tue das nicht, als ich sehe, wie Ayuri dreinblickt. Sie ist überraschend ernst – für eine Frau, die sonst nicht viel ernst zu nehmen scheint.

„Du hast dich mit der Faust angelegt. Und obwohl Asgauver und seine Komplizen nicht besonders stark waren, hatte sie Verbindungen", sagt Ayuri. „Deine Aktionen haben deine Position auf Erethra noch prekärer gemacht. Technisch gesehen gehören wir zu ihrer Gruppe."

„Wirklich?", rufe ich.

„Selbstverständlich. Wir sind eine kriegerische Gesellschaft. Die Armee selbst hat fast 24 Prozent der Bevölkerung unter Waffen, und dabei sind unabhängige Abenteurer nicht einberechnet", sagt Ayuri. „Die einzige Methode, mit derartigen Zahlen umzugehen, ist die Nutzung von Dungeonwelten wie deiner."

Ich fühle mich jetzt wirklich hin- und hergerissen. Ich wusste immer, dass sich die Erethraner bei der Abwehr mehr auf Quantität statt auf Qualität konzentrierten, wobei natürlich die Ehrengarde das Beste vom Besten darstellt. Dennoch trifft mich das schwer. Die Erethraner, die Gruppe, der ich mich irgendwie angeschlossen habe, sind Teil der Faust, der Gruppierung, die unsere Apokalypse ausgelöst hat. Mit einem leichten Kopfschütteln beschließe ich, erst später darüber nachzudenken.

„Ihr glaubt also, dass ich gegen die Hardliner kämpfen muss, falls ich je nach Erethra komme", sage ich und verziehe meine Lippen. Verdammt!

„Wenn du kommst, dürfte das viele der Traditionalisten und Anhänger der Faust erzürnen", stimmt Ayuri zu. „Ich würde auch vorschlagen, dass du dich nach der Ankunft in Irvina von deinem Volk distanzierst. Sie werden höchstwahrscheinlich ein Angriffsziel sein."

„Mehr Attentate?", sage ich mit einem lauten Seufzen.

„Unter anderem. Sei vorsichtig. Irvina ist ein Sumpf der Politik, und du, Mr. Lee, bist so subtil wie ein Orbitalangriff."

Als Unilo das hört, kichert sie. Nach der Warnung werde ich weggescheucht, weil die Erethraner nun den Dungeon in Beschlag nehmen. Da ich keine Monster mehr töten kann, verlasse ich den Dungeon und öffne ein Portal, um den Shop zu besuchen. Ich muss ein paar Sachen einkaufen, bevor wir in wenigen Tagen abreisen, und mich um die ganze Beute kümmern, die ich von den Leichen von Fang Lei, Asgauver und ihren Komplizen habe. Bipashas Sachen habe ich ihrer Siedlung zurückgegeben. Es fühlt sich einfach falsch an, Verbündete zu looten, auch wenn einem das einen Vorteil gewähren würde. Aber trotz allem, was ich über Fang Lei und das Nilpferd sagte, hatten sie echt gute Sachen. Manches muss umgearbeitet werden, damit ich es besser benutzen kann, aber ich nehme an, dass es bei meiner Ankunft in Irvina fertig sein wird.

Als ich zum Shop laufe, rufe ich meinen Statusmonitor auf und sehe meinen Fortschritt seit der Rückkehr aus der Verbotenen Zone an. Was für ein verrücktes halbes Jahr.

Statusmonitor			
Name	John Lee	Klasse	Erethra-Paladin
Volk	Mensch (M)	Level	23
Titel			
Monsterschreck, Erlöser der Toten, Duellant. Entdecker			
Gesundheit	3470	Ausdauer	3470
Mana	3220	Mana-Regeneration	272 (+5) / Minute
Attribute			
Stärke	227	Beweglichkeit	307
Konstitution	347	Wahrnehmung	172
Intelligenz	322	Willenskraft	352
Charisma	110	Glück	68
Klassen-Fertigkeiten			
Mana-Erfüllung	3*	Klingenhieb*	3
Tausend Schritte	1	Veränderter Raum	2
Zwei sind Eins	1	Entschlossenheit des Körpers	3
Größere Entdeckung	1	Tausend Klingen*	3
Seelenschild	2	Versetzungsschritt	2

Portal*	5	Einzelkämpfer-Armee	2
Sanktum	2	Sofort-Inventar*	1
Spalten*	2	Raserei*	1
Elementarhieb*	1 (Eis)	Geschrumpfte Fußspuren*	1
Tech-Verbindung*	2	Durchdringung	3
Aura der Ritterlichkeit	1	Augen der Einsicht	1
Analysieren*	2	Abhärten*	2
Quanten-Sperre*	3	Elastische Haut*	3
Leuchtfeuer der Engel	1	Auge des Sturms	1
Vorhut der Apokalypse	2	Netz der Gesellschaft	1

Kampfzauber	
Verbesserter schwacher Heilzauber (IV)	Größere Regeneration (II)
Größere Heilung (II)	Manatropfen (II)
Verbesserte Manarakete (IV)	Verbesserter Blitzschlag (III)
Feuersturm	Polarzone
Frostklinge	Verbesserter Infernostrahl (II)
Schlammwall	Frostschlag
Froststurm	Verbesserte Unsichtbarkeit
Verbesserter Manakäfig	Verbesserter Flug
Hast	

Epilog

Die Welt rotiert langsam unter uns und zeigt eine endlos blaue Perspektive. Der Atlantik ist von sich drehenden weißen Wolken bedeckt, die den Beginn eines massiven Wirbelsturms anzeigen, und die Inseln der Karibik sind aus diesem Winkel nicht sichtbar. Ich frage mich, wie schlimm es für meine Freunde dort unten wohl wird. Seit der Apokalypse enthalten diese Stürme jede Menge Elementarwesen und Geister, unstete Kreaturen mit gewalttätiger Einstellung. Aber diese Gewalt existiert nur in meinen Gedanken. Was ich sehe, ist ein friedlicher blauer Globus.

„Ein letzter Blick?", fragt Katherine, die neben mir steht und eine Hand leicht auf die Reling des Observatoriums des Schiffs legt.

Ich kann es Phil gar nicht zum Vorwurf machen, dass er uns so bald wie möglich auf das Passagierschiff verfrachtet hat, statt uns auf der Raumstation bleiben zu lassen. Na ja, ein bisschen.

„Ja. Ich versuche, es mir einzuprägen." Angesichts meiner Intelligenz ist das auch nicht besonders schwer. Manche Dinge, wie ein fast photographisches Gedächtnis, fallen mir jetzt leicht. Noch so eine Änderung.

„Du klingst, als ob du nicht erwartest, die Erde je wieder zu sehen." Die Worte klingen wie eine Feststellung, als ob Katherine die Antwort schon wüsste.

Und daher schweige ich, statt ihr zu antworten. Wie üblich bohrt Katherine nicht nach, wofür ich ihr dankbar bin.

„Ach was, ich habe schon hübschere Planeten gesehen", sagt Ali, der neben uns steht und an einem Drink nippt.

„Nicht alle von uns leben auf der Elementarebene der Dummheit", antworte ich Ali.

„Hey!"

„Ich glaube, dass sowohl Ms. Pearson als auch Lord Roxley es bedauern würden, falls du nicht zurückkehrst", sagt Katherine.

Ich brumme und drehe mich zur Seite. Mikito sitzt in einem bequemen Sessel und sieht sich die Übertragung eines Arenakampfes an. Der Speer der Menschheit erschien heute früh beim Teleporter, als ob ihre Anwesenheit selbstverständlich wäre. Als ich fragte, was sie dort tat, sagte sie einfach „*Baka*" und lief weg.

„Vielleicht. Aber es sind viele Jahre ...", sage ich schließlich.

„Fünf. Nicht viel länger als deine Abwesenheit", sagt Katherine. „Habe ich dir je gedankt?"

„Wofür?"

„Das du mich angeheuert hast."

Ich pruste laut. „Das sollte eigentlich ich sagen."

„Nein. Ich wusste nicht weiter. In dieser Welt war ich ein Nichts. Ich habe nur überlebt, weil andere, die tapferer als ich waren, sich für mich geopfert haben. Ich hatte kein Ziel, und als du dann Probleme mit der Verwaltung hattest, nutzte ich die Chance. Ich hatte solche Angst, dass du mich ablehnen würdest", sagt Katherine und blickt mich an.

Ich weigere mich, ihr in die Augen zu sehen und konzentriere mich auf die Erde unter uns, die langsam kleiner wird. „Ich wäre ein Narr gewesen, wenn ich das getan hätte."

„Stimmt." Katherine lächelt beinahe. „Ich habe nie nach dem Grund gefragt."

Meine Lippen verziehen sich, leicht amüsiert über den plötzlichen Temperamentwandel. Andererseits verlassen wir die Erde – und in Katherines Fall zum ersten Mal. Da muss man eine gewisse Sentimentalität erwarten. „Du hast viel Arbeit vor dir. Viel zu lernen. Es ist völlig anders, und wir sind kleine Fische im großen, blauen Meer. Und, Katherine, wenn wir ankommen ...“

„Ja?“

„Dann werden Ali und ich uns von der Gruppe trennen. Wir brauchen dich zwar, um in die Hauptstadt zu kommen, aber du musst dich – und die Erde – möglichst bald von uns distanzieren.“

„Was hast du vor?“

Ich richte mich auf. Die Erde erscheint hinter dem Aussichtsfenster kaum größer als ein Yogaball. Es ist seltsam, dass wir die Beschleunigung überhaupt nicht spüren. Andererseits verfügen wir über künstliche Schwerkraft. Was bedeutet da schon etwas Trägheitskompensation?

Ich lächle Katherine aufmunternd zu, bevor ich mich umdrehe. „Vergiss das nicht. Distanziere dich.“

Wir haben fast zwei Monate, bis dieser Raumkreuzer dort ankommt. Zwei Monate, um zu trainieren, zu lernen und mich vorzubereiten. Und dann ... na ja. Dann werden wir endlich beginnen können, die Frage zu beantworten, die mich von Anfang an gequält hat.

Was zum Teufel ist das System?

###

Ende

Zumindest vorläufig.

John und sein Team kehren in Buch 7

auf einem neuen galaktischen Schauplatz zurück.

Hinweis des Autors

Das ist alles. Das ist der zweite Handlungsbogen der System-Apokalypse Der nächste Handlungsbogen bringt John und Ali in die galaktische Arena, wo die beiden es mit einer ganz neuen Welt zu tun haben. John hat viel dazugelernt, sowohl in seiner Klasse als auch als Person, aber die neuen Herausforderungen werden wahrhaft galaktisch sein.

Ich wollte auch darüber sprechen, warum Johns Meister-Quest nicht in diesem Buch behandelt wurde und wir stattdessen vier Jahre vorwärts gesprungen sind. Das war keine einfache Entscheidung, und ich habe mich am Ende von Buch 5 viel damit beschäftigt, als ich das nächste Buch plante.

Wie viele von Ihnen wohl bemerkt haben, ist John während seines Aufenthalts in der Verbotenen Zone überhaupt nicht im Level aufgestiegen. Seine ganze Meister-Quest kann als sehr lange Trainings-Sequenz betrachtet werden. Und obwohl ich gerne Kampfszenen schreibe, wäre ein ganzes Buch voller endloser Kämpfe ohne Levelaufstieg extrem langweilig und würde sicher nicht als LitRPG betrachtet. Statt meinen Lesern das anzutun, übersprang ich es einfach. Darüber hinaus ist die Auswirkung der Meister-Quest wichtig, aber das eigentliche Verfahren ist für die Geschichte nicht relevant.

Ich werde irgendwann Buch 5.5 – die Trainingssequenz – für alle schreiben, die darauf neugierig sind. Aber aufgrund der Struktur des Buchs, der Quest und der Welt wird das viel mehr „normaler" Fantasy ähneln. Keine Levelaufstiege, keine Statistiken usw. Auf diese Weise können Interessierte es lesen, während alle, die sich mehr auf die Gesamtgeschichte konzentrieren, mit der Serie fortfahren können.

Hoffentlich bietet das allen etwas Kontext.

Wenn Ihnen dieses Buch gefallen hat, dann bewerten Sie es bitte und schreiben Sie eine Rezension. Dadurch fühle ich mich nicht nur bestätigt, sondern es fördert den Umsatz und überzeugt mich, dass ich weitere Titel in dieser Serie schreiben sollte!

Folgen Sie Johns weiteren Abenteuern in:
- Die Sterne erwachen (Buch 7 der System-Apokalypse)
  https://www.mylifemytao.com/foreign-language-editions/german/die-system-apokalypse/

Sehen Sie sich bitte auch meine anderen Serien an, Adventures on Brad (traditionellere LitRPG-Fantasy), Hidden Wishes (eine GameLit-Serie im Bereich Urban Fantasy), und A Thousand Li (eine von chinesischen Wuxia- und Xianxia-Romanen inspirierte Kultivierungs-Serie).
- Das Geschenk eines Heilers (Abenteuer in Brad Buch 1)
  https://books2read.com/das-geschenk-eines-heilers
- Eines Gamers Wunsch (Verborgene Wünsche Buch 1)
  https://books2read.com/eines-gamers-wunsch
- Ein Tausend Li: Der Erste Schritt (Ein Tausend Li Buch 1)
  https://www.mylifemytao.com/foreign-language-editions/german/ein-tausend-li/

Sie können mich über mein Patreon-Konto direkt unterstützen:
- https://www.patreon.com/taowong

Interessante Informationen über LitRPG-Serien finden Sie in diesen Facebook-Gruppen:

- Deutschsprachige LitRPG

  https://www.facebook.com/groups/deutsche.litrpg/

- LitRPG Society

  https://www.facebook.com/groups/LitRPGsociety/

- LitRPG Books

  https://www.facebook.com/groups/LitRPG.books/

Über den Autor

Tao Wong ist ein begeisterter Leser von Fantasy und Science Fiction, der im Norden Kanadas wohnt und dort schreibt. Er hat viel zu viele Jahre damit verbracht, alle möglichen Kampfsportarten zu trainieren. Da sich dabei zu oft verletzt hat, verbringt er nun seine Zeit mit der Erschaffung von Fantasy-Welten.

Informationen über diese Serie und andere Bücher von Tao Wong (sowie besondere Kurzgeschichten) finden Sie auf der Website des Autors:

      http://www.mylifemytao.com

      https://www.mylifemytao.com/foreign-language-editions/german/

Abonnenten von Taos Mailingliste erhalten exklusiven Zugriff auf Kurzgeschichten in den fiktionalen Universen Thousand Li und System-Apokalypse: https://www.mylifemytao.com/newsletter-eintragen/

Oder besuchen Sie seine Facebook-Seite:

      https://www.facebook.com/taowongauthor/

Über den Verlag

Tao Wong ist der alleinige Eigentümer und Betreiber von Starlit Publishing. Dieser Verlag für Science Fiction und Fantasy konzentriert sich auf die Genres LitRPG & „Cultivation". Er will neue, vielversprechende Autoren in diesen Genres fördern, deren Texte die existierenden Stereotypen herausfordern, dabei aber dennoch ein fantastisches Lesevergnügen bieten.

Weitere Informationen über Starlit Publishing finden Sie auf unserer Website: https://www.starlitpublishing.com/

Sie können sich auch bei der Mailingliste von Starlit Publishing anmelden, um über neue, aufregende Autoren und Bücher informiert zu werden.

Bücher im System-Apokalypse-Universum

Haupthandlung

Das Leben im Norden

Erlöser der Toten

Der Preis des Überlebens

Städte in Ketten

Die brennende Küste

Die befreite Welt

Die Sterne erwachen

Stern der Rebellen

Die entzweiten Sterne

Der zersplitterte Rat

Die verbotene Zone

Das System-Finale

System Apocalypse: Relentless

A Fist Full of Credits

System Apocalypse - Australia

Town Under

Anthologien und Kurzgeschichten

System-Apokalypse Kurzgeschichten-Anthologie Band 1

Valentines in an Apocalypse

A New Script

Coffee Fairy Summoner

Questing for Titles

Adventures in Clothing

Blue Screens of Death

Comic-Serie

Die System-Apokalypse

***

Andere Serien von Tao Wong

Abenteuer in Brad

Verborgene Wünsche

Ein Tausend Li

Glossar

Fähigkeitenbaum Erethra-Ehrengarde

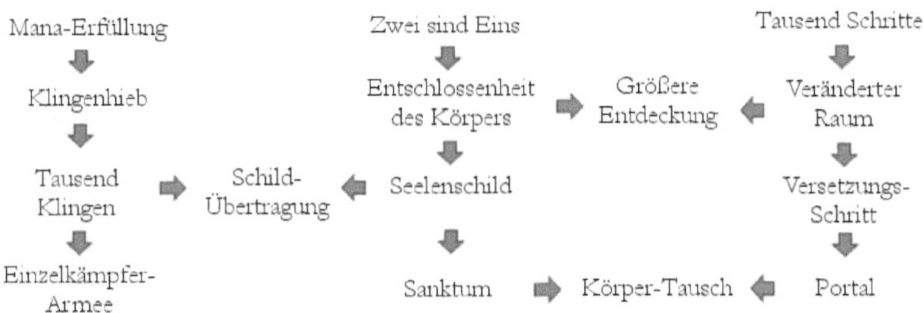

Johns Fähigkeiten der Erethra-Ehrengarde

Mana-Erfüllung (Level 3)

Die seelengebundene Waffe ist nun dauerhaft mit Mana erfüllt und wirkt bei jedem Schlag mehr Schaden: +20 Grundschaden (Mana). Ignoriert Rüstung und Widerstände. Manaregeneration permanent um 15 Mana pro Minute reduziert.

Klingenhieb (Level 3)

Indem sie zusätzlich Mana und Ausdauer in einen Schlag leitet, kann die seelengebundene Waffe des Erethra-Ehrengardisten bis zu 9 Meter entfernt treffen.

Preis: 30 Ausdauer + 30 Mana

Tausend Schritte (Level 1)

Solange dies aktiviert ist, erhöht sich das Bewegungstempo des Ehrengardisten und der Verbündeten um 5 %. Diese Fähigkeit kann mit anderen Bewegungs-Skills kombiniert werden.

Preis: 20 Ausdauer + 20 Mana pro Minute

Veränderter Raum (Level 2)

Der Ehrengardist hat nun Zugang zu einem außerdimensionalen Speicherort mit 30 Kubikfuß. Man muss dort gelagerte Objekte berühren, um sie herbeizuwünschen, und das darf keine Lebewesen oder Objekte umfassen, auf die momentan nicht dem Ehrengardisten gehörende Auren einwirken. Manaregeneration permanent um 10 Mana pro Minute reduziert.

Zwei sind Eins (Level 1)

Wirkung: 10 % des sämtlichen Schadens vom Ziel auf sich selbst übertragen

Preis: 5 Mana pro Sekunde

Entschlossenheit des Körpers (Level 3)

Wirkung: Steigert natürliche Gesundheitsregeneration um 35 %. Laufende Gesundheitsstatuseffekt um 33 % reduziert. Ehrengarde kann nun verlorene Gliedmaßen regenerieren. Manaregeneration permanent um 15 Mana pro Minute reduziert.

Größere Entdeckung (Level 1)

Wirkung: Benutzer kann jetzt System-Kreaturen aus bis zu 1 Kilometer Entfernung entdecken. Allgemeine Informationen über die Stärke werden nach der Entdeckung geliefert. Verstohlenheit, Klassen-Fertigkeiten und die Dichte des Mana in der Umgebung beeinflussen die Wirkung dieser Fertigkeit. Manaregeneration permanent um 5 Mana pro Minute reduziert.

Tausend Klingen (Level 3)

Erzeugt zwei Duplikate der gewählten Waffe des Benutzers. Die Duplikate wirken den Grundschaden des kopierten Objekts. Kann mit Mana-Erfüllung und Schild-Übertragung kombiniert werden. Manakosten: 3 Mana pro Sekunde

Seelenschild (Level 2)

Wirkung: Erzeugt veränderbaren Schutzschild, der den Körper des Zauberwirkenden oder des Ziels abdeckt. Schild besitzt 1.000 Trefferpunkte.
Preis: 250 Mana

Versetzungsschritt (Level 2)

Wirkung: Sofortige Teleportation über die Sichtlinie hinweg. Kann Sichtlinie des Geists einschließen. Maximalreichweite – 500 Meter.
Preis: 100 Mana

Portal (Level 5)

Wirkung: Erzeugt ein 5 mal 5 Meter großes Portal, das mit einem Ort verbindet, an dem der Benutzer früher war. Kann auch von anderen verwendet werden. Die Maximalreichweite von Portalen beträgt 10.000 Kilometer.
Preis: 250 Mana + 100 Mana pro Minute (Mindestpreis 350 Mana:)

Einzelkämpfer-Armee (Level 2)

Die gefürchtete vorletzte Kampf-Fertigkeit der Ehrengarde, Einzelkämpfer-Armee, baut auf vorherigen Skills auf und ermöglicht es dem Benutzer, einen beeindruckenden Angriff auf seine Feinde durchzuführen. Jetzt kann der Angriff um kleinere Hindernisse herumgelenkt werden.

Wirkung: Einzelkämpfer-Armee ermöglicht das Projizieren von (Anzahl der mit Tausend Klingen beschworenen Waffen * 3) Klingenhieb-Angriffen bis zu 300 Meter vom Anwender entfernt. Jeder Angriff wirkt 3 * Klingenhieb-Levelschaden (inklusive Mana-Erfüllung und Bonus für seelengebundene Waffe).

Preis: 750 Mana

Sanktum (Level 2)

Als ultimative Trumpfkarte eines Erethra-Ehrengardisten zur Sicherung des Ziels erzeugt Sanktum einen flexiblen Schild, der alle auf ihn gerichteten Angriffe, feindliche Teleportierungen und Skills blockiert. Auf diesem Skill-Level muss der Anwender die Abmessungen von Sanktum beim Einsatz des Skills festlegen. Wenn der Skill aktiviert ist, kann das Sanktum nicht bewegt werden.

Abmessungen: Maximal 15 Kubikmeter.

Preis: 1.000 Mana

Dauer: 2 Minuten und 7 Sekunden

Fähigkeitenbaum Erethra-Paladin

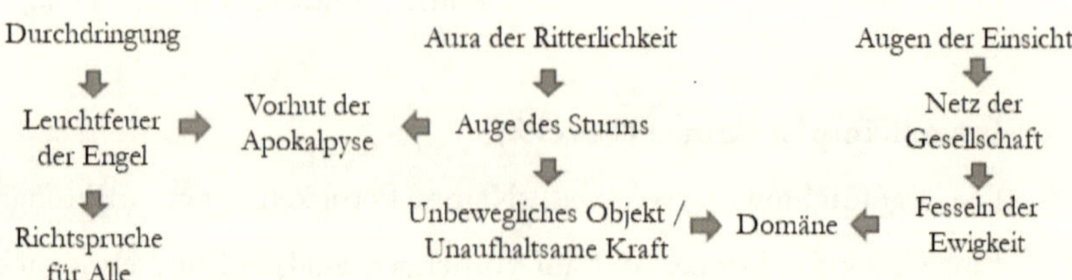

Johns Fähigkeitenbaum als Erethra-Paladin

Klassen-Fertigkeit: Durchdringung (Level 2)

Nur wenige können den Richtspruch eines Paladins im offenen Kampf aushalten, da deren Fähigkeit, selbst die stärkste Abwehr zu durchdringen, angsterregend ist. Reduziert Mana-Regeneration um 10.

Wirkung: Ignoriert 55 % aller Rüstung und Abwehrzauber. Erhöht Schaden an Schilden um 110 %.

Klassen-Fertigkeit: Aura der Ritterlichkeit (Level 1)

Allein die Anwesenheit eines Paladins kann ängstliche Feinde erschüttern und die Zuversicht von Verbündeten stärken, ob auf dem Gefechtsfeld oder im Gericht. Allerdings ist die Aura der Ritterlichkeit ein zweischneidiges Schwert, da sie die Aufmerksamkeit auf den Paladin richtet – möglicherweise zu dessen Nachteil. Erhöht die Erfolgsrate von Wahrnehmungsprüfungen gegen den Paladin und reduziert während der Aktivierung Tarnung und ähnliche Fertigkeiten. Reduziert Mana-Regeneration permanent um 5.

Wirkung: Alle Feinde müssen ihre Willenskraft gegen Einschüchterung durch das Charisma des Benutzers überprüfen. Wird dies nicht bestanden, werden Feinde eingeschüchtert. Alle Verbündeten erhalten 50 % mehr Moral für Prüfungen der Willenskraft und 10 % mehr Zuversicht und Erfolgschance bei relevanten Aktionen.

Hinweis: Die Aura kann nach Belieben aktiviert oder ausgeschaltet werden.

Leuchtfeuer der Engel

Der Benutzer zieht einen Atmosphärenangriff aus dem Himmel und fügt über einen großen Bereich hinweg allen Feinden im Leuchtfeuer Schaden zu. Es dauert eine Weile, bis sich der Angriff formt, aber nach der Aktivierung muss man sich nicht mehr darauf konzentrieren.

Wirkung: 1000 Manaschaden an allen Feinden, Strukturen und Fahrzeugen innerhalb der 20-Meter-Angriffssäule

Manakosten: 500 Mana

Augen der Einsicht (Level 1)

Vor den Augen des Paladins verschwinden alle Unwahrheiten und Täuschungen. Nur wenn der Paladin klar sehen kann, ist er in der Lage, effektiv zu richten. Reduziert Mana-Regeneration um 5.

Wirkung: Alle niedrigstufigeren Skills, Zauber und Fähigkeiten, die den Paladin verwirren, behindern oder täuschen werden in ihrer Wirksamkeit reduziert. Die Reduzierung ist dem Unterschied in Stufe und Skill-Level proportional.

Auge des Sturms (Level 1)

Der Paladin steht mitten auf dem Schlachtfeld, sucht nach Gerechtigkeit und straft alle Feinde. Die Winde des Krieges werden versuchen, sowohl Feinde als auch Verbündete zu dir zu ziehen, und ihre grausamen Böen werden Feinde der Lebenskraft berauben und die Gesundheit und das Mana von Alliierten stärken.

Wirkung: Auge des Sturms ist ein auf der Fläche wirkender Stärkungs- und Spottzauber. Geistige Winde fordern Feinde heraus und erzwingen eine Prüfung des geistigen Widerstands, um Angriffe auf den Benutzer zu vermeiden. Feinde erleiden auch unter dem Einfluss dieses Skills 5

Punkte Schaden pro Sekunde, wobei die Schadenswirkung von Epizentrum des Skills aus abnimmt. Verbündete erhalten eine um 5 % gesteigerte Mana- und Gesundheitsregeneration, was weiter vom Skill-Zentrum entfernt abnimmt. Das Auge des Sturms wirkt in 50 Meter Umkreis um den Benutzer.

Preis: 500 Mana + 20 Mana pro Sekunde

Vorhut der Apokalypse (Level 1)

Wo andere fliehen, marschiert der Paladin vorwärts. Wo die Tapferen sich nicht weiter wagen, greift der Paladin an. Während die Welt brennt, kämpft der Paladin weiter. Mit diesem Skill bildet der Paladin in jedem Kampf die Vorhut und führt den Angriff gegen alle Feinde von Erethra.

Wirkung: +30 für alle körperlichen Attribute, erhöhte Geschwindigkeit um 50 % und Erholungsraten um 30 %. Dieser Skill ist auf anderen Attributen und tempoerhöhende Skills oder Zauber stapelbar.

Preis: 500 Mana + 10 Ausdauer pro Sekunde

Netz der Gesellschaft (Level 1)

Während die Augen der Einsicht dem Paladin die ausgesprochenen Lügen und Unwahrheiten zeigen, visualisiert das Netz der Gesellschaft die komplexen Verbindungen zischen Individuen. Keine Allianz, kein Verrat, kein Lügengespinst bleibt verborgen, während jede Interaktion einen näher verbindet. Auch wenn dieser Skill keine detaillierten Informationen liefert, kann ein fähiger Paladin aus dem Netz wichtige Schlussfolgerungen ziehen.

Wirkung: Nach Aktivierung sieht der Paladin alle Fäden, die Personen miteinander verbinden und verstcht die spezifische Verbindung genauer, wenn er sich darauf konzentriert.

Preis: 400 Mana + 200 Mana pro Minute

Sonstige Klassen-Fertigkeiten

Raserei (Level 1)

Wirkung: Durch Aktivierung wird der Schmerz um 80 % reduziert, Schaden um 30 % gesteigert und die Ausdauer-Regenerationsrate um 20 % erhöht. Die Mana-Regeneration sinkt um 10 %

Die Raserei endet erst, wenn alle Feinde getötet wurden. Bei aktivierter Raserei können Benutzer nicht fliehen.

Spalten (Level 2)

Wirkung: Physische Angriffe wirken 60 % mehr Grundschaden. Effekt kann mit anderen Klassen-Fertigkeiten kombiniert werden.

Preis: 25 Mana

Elementarhieb* (Level 1 - Eis)

Wirkung: Erfüllt eine Waffe mit Frostschaden. Steigert den Grundschaden von Angreifen um +5 und bietet eine Chance von 10 %, die Geschwindigkeit nach Kontakt um 5 % zu senken. Hält 30 Sekunden an.

Preis: 50 Mana

Sofort-Inventar (Maximiert)

Ermöglicht es dem Benutzer, jedes vom System anerkannte Objekt ins Inventar zu legen oder herauszunehmen, falls genug Platz vorhanden ist. Inklusive automatischer Verschiebung des Inventarplatzes. Benutzer muss Objekt berühren.

Preis: 5 Mana pro Sekunde

Geschrumpfte Fußspuren (Level 1)

Reduziert die Systempräsenz des Benutzers und erhöht dadurch die Chance, der Entdeckung durch vom System unterstützten Skills und Geräten zu entgehen. Erhöht auch den Preis von Informationen über den Benutzer. Reduziert Mana-Regeneration permanent um 5.

Tech-Verbindung (Level 2)

Wirkung: Die Tech-Verbindung ermöglicht es dem Benutzer, seine Fähigkeit bei der Verwendung eines technologischen Geräts zu steigern und den Nutzen und die Vielfältigkeit dieser Geräte zu verbessern. Die Effekte unterschieden sich je nach Gerät. Generell liegt die Effizienzsteigerung bei 10 %. Die Mana-Regeneration sinkt um 10 % Vorgesehene technologische Geräte: Neuralverbindung, Sabre

Zaubersprüche

Verbesserter schwacher Heilzauber (IV)

Wirkung: Verleiht 40 Gesundheit pro Einsatz. Ziel muss während der Heilung in Kontakt bleiben. Abklingzeit 60 Sekunden.
Preis: 20 Mana

Verbesserte Manarakete (IV)

Wirkung: Erzeugt vier Projektile aus reinem Mana, die auf ein Ziel gerichtet werden können und dieses beschädigen. Jeder Pfeil wirkt 30 Schaden. Abklingzeit 10 Sekunden
Preis: 35 Mana

Verbesserter Blitzschlag

Wirkung: Ruft die Macht der Götter herbei, den Blitzschlag. Der Blitz kann je nach Nähe, Ladung und anderen vorhandenen leitenden Materialien weitere Ziele treffen. Wirkt 100 Punkte elektrischen Schaden. Der Blitzschlag kann kontinuierlich kanalisiert werden, um den Schaden um 10 weitere Schadenspunkte pro Sekunde zu steigern.

Preis: 75 Mana.

Preis für kontinuierliche Wirkung: 5 Mana pro Sekunde

Blitzschlag kann durch die Elementar-Affinität der elektromagnetischen Kraft verstärkt werden. Pro Affinitäts-Level wird der Schaden um 20 % erhöht.

Größere Regeneration (II)

Wirkung: Steigert natürliche Gesundheitsregeneration des Ziels um 6 %. Auf ein Ziel kann jeweils nur einer dieser Zauber wirken.

Dauer: 10 Minuten

Preis: 100 Mana

Feuersturm

Wirkung: Erzeugt einen Feuersturm im Umkreis von 5 Metern. Alle innerhalb des Bereichs erleiden 250 Punkte Feuerschaden. Abklingzeit 60 Sekunden.

Preis: 200 Mana

Polarzone

Wirkung: Erzeugt einen Blizzard mit 30 Meter Durchmesser, in dem alle Ziele einfrieren. Wirkt 10 Punkte Frostschaden pro Minute und reduziert das Tempo der betroffenen Personen um 5 %. Abklingzeit 60 Sekunden.

Preis: 200 Mana

Größere Heilung

Wirkung: Verleiht 100 Gesundheit pro Einsatz. Während der Heilung muss das Ziel nicht berührt werden. Abklingzeit 60 Sekunden pro Ziel.

Preis: 75 Mana

Manatropfen (II)

Wirkung: Steigert natürliche Gesundheitsregeneration des Ziels um 6 %. Auf ein Ziel kann jeweils nur einer dieser Zauber wirken.

Dauer: 10 Minuten

Preis: 100 Mana

Frostklinge

Wirkung: Verzaubert Waffe mit Verlangsamungseffekt. Ein erfolgreicher Treffer bewirkt 5 % Verlangsamung. Dieser Effekt ist kumulativ und hält 1 Minute an. Abklingzeit 3 Minuten

Dauer des Zaubers: 1 Minute

Preis: 150 Mana

Verbesserter Infernostrahl (II)

Ein infernalisch heißer Strahl, der bei Berührung Stahl und Erde schmelzen kann! Der perfekte Zauber für alle, die in kurzer Zeit viel Schaden anrichten wollen.

Wirkung: Wirkt 200 Punkte Hitzeschaden.

Preis: 150 Mana

Schlammwall

Im Gegensatz zum häufiger eingesetzten Erdwall, konzentriert sich Schlammwall darauf, langsamen, erstickenden Schaden zu wirken und die Bewegung auf dem Gefechtsfeld zu reduzieren.

Wirkung: 20 Punkte Erstickungsschaden. -30 % Bewegungstempo

Dauer: 2 Minuten

Preis: 75 Mana

Wasser-Erzeugung

Zieht Wasser aus der elementaren Wasserebene. Das Wasser ist rein und stellt die höchste verfügbare Form dar. Beschwört einen Liter Wasser.

Abklingzeit: 1 Minute

Preis: 50 Mana

Sehen

Erlaubt es dem Wirkenden, einen Ort in bis zu 1,7 km Entfernung zu sehen. Die Reichweite kann durch den Einsatz von mehr Mana erhöht werden. Während dieser Zeit kann sich der Wirkende nicht bewegen. Es wird empfohlen, dass sich er Seher auf den Zauber konzentriert, um Unfälle zu vermeiden, es sei denn er besitzt viel Intelligenz und Wahrnehmung. Das Sehen kann durch gleichwertige und höherstufige Zaubersprüche und Fertigkeiten blockiert werden. Individuen im Sehbereich, die eine hohe Wahrnehmung besitzen, können gewarnt werden, dass dieser Skill eingesetzt wird. Abklingzeit: 1 Stunde

Preis: 25 Mana pro Minute

Seherschutz

Blockiert Seherzauber und Ähnliches in 5 Meter Umkreis um den Wirkenden. Höherstufige Zauber werden eventuell nicht blockiert, aber der Wirkende wird über versuchte Seherzauber informiert. Abklingzeit: 10 Minuten

Preis: 50 Mana pro Minute

Verbesserte Unsichtbarkeit

Verbirgst Systemdaten, Aura, Geruch und visuelle Erscheinung des Ziels. Die Wirksamkeit des Zaubers hängt von der Intelligenz des Wirkenden und allen Fertigkeiten oder Zaubersprüchen ab, die mit dem Ziel in Konflikt stehen.

Preis: 100 + 50 Mana pro Minute

Verbesserter Manakäfig

Auch wenn der Manakäfig physisch schwächer ist als andere elementarbasierte Fangzauber, hat er den Vorteil, dass er alle Kreaturen einsperren kann, darunter halbfeste Geister, beschworene Elementarwesen, Schattenbestien und Skill-Anwender. Abklingzeit: 1 Minute

Preis: 200 Mana + 75 Mana pro Minute

Verbesserter Flug

(Flieg, Vogel, flieg – Ali) Dieser Zauber ermöglicht es dem Anwender, die Schwerkraft zu überwinden. Kontrollierte Manaschübe lassen den Anwender selbst in schwierigsten Situationen fliegen. Die verbesserte Version dieses Zaubers erlaubt auch den Flug in der Schwerelosigkeit und bietet bessere Manövrierfähigkeit. Abklingzeit: 1 Minute

Preis: 250 Mana + 100 Mana pro Minute

Sabre-Ausrüstung

Omnitron III Persönliches Kampffahrzeug der Klasse II (Sabre)

Kern: Omnitron Mana-Maschine der Klasse II

CPU: Klasse D Xylik Core CPU

Panzerstärke: Stufe IV (durch Adaptiven Widerstand modifiziert)

Befestigungspunkte: 5 (5 benutzt)

Software-Anschlüsse: 3 (3 benutzt)

Erfordert: Neuralverbindung für erweiterte Konfiguration

Akkukapazität: 120/120

Attribut-Boni: +35 Stärke, +18 Beweglichkeit, +10 Wahrnehmung

Inlin Typ II Projektilgewehr

Grundschaden: -- (je nach Munition)

Munitionskapazität: 45/45

Verfügbare Munition: 250 Standard, 150 panzerbrechende Patronen, 200 Sprengpatronen, 25 Leuchtpatronen

Ares Typ II Schildgenerator

Schildwirkung: 2.000 HP

Regenerationsrate: 50/Sekunde ohne Verbindung, 200/Sekunde mit Verbindung

Mkylin Typ IV Mini-Raketenwerfer

Grundschaden: -- (je nach verwendeten Raketen)

Akkukapazität: 6/6

Nachladerate mit internen Akkus: 10 Sekunden

Verfügbare Munition: 12 Standard, 12 Sprengraketen, 12 panzerbrechende Raketen, 4 Napalm

Monolam-Zeitmantel

Dieser Zeitmantel spaltet die Zeitlinie des Benutzers und passt seine physische, emotionale und psychische Präsenz an willkürlich gewählte Zeiten an. Dies führt dazu, dass der Benutzer von den meisten Sensoren und Individuen nicht entdeckt werden kann. Der Monolam-Zeitmantel verfügt über mehrere Einstellungen für unterschiedliche Situationen, so dass die Art und die Stärke der Signalverteilung angepasst werden kann.
Anforderungen: 1 Befestigungspunkt, Mana-Maschine der Stufe IV
Dauer: Je nach Tarnstufe unterschiedlich

Typ II Netz-Minirakete

Grundschaden: --
Wirkung: Schleudert nach Aufprall oder Aktivierung sofort wirkendes Netz um sich. Deckt 3 Kubikfuß ab.
Preis: 500 Credits

Shinowa Typ II Schall-Impulsgenerator

Grundschaden: 25 pro Sekunde
Zusätzliche Wirkung: Stört während des Einsatzes den gehörbasierten Gleichgewichtssinn des Gegners. Es gibt eine geringe Chance, dass diese Wirkung auch danach anhält.

Joola Kommunikationsverstärker (Stufe II)

Der Kommunikationsverstärker nach Militärnorm liefert Ihre Nachricht aus, wann und wo das nötig ist. Wenn Sie wollen, dass Ihre Worte gehört werden, müssen Sie Joola Tech wählen!

Wirkung: Ignoriert alle Kommunikationsstörungen durch Schilde, Störsender, Skills und Zaubersprüche unterhalb der Stufe des Kommunikationsverstärkers. 50 % Chance, Blockaden der gleichen Stufe zu durchdringen (abhängig von der Nähe zum Störobjekt)

Sonstige Ausrüstung

Ares Gepanzerter Jumpsuit der Platin-Klasse (Stufe II)

Die berühmten gepanzerten Kleidungsstücke von Ares der Platin-Klasse kombinieren hochmoderne Nanotechnologie-Fasern mit den Spitzenleistungen eines Fortgeschrittenen Handwerkers und bieten anspruchsvollen Abenteurern unübertroffenen Schutz.

Wirkung: +218 Verteidigung, +14 % Widerstand gegen kinetische und Energie-Angriffe, +19% Widerstand gegen Temperaturschwankungen. Selbstreinigungs-, Selbstreparatur- und Auto-Anpassungszauber ebenfalls verfügbar.

Silversmith Mark II Strahlenpistole (upgradefähig)

Grundschaden: 18

Akkukapazität: 24/24

Nachladerate: 2 pro Stunde pro GME

Neuralverbindung Stufe IV

Die Neuralverbindung kann bis zu 5 Anschlüsse unterstützen.

Momentane Anschlüsse: Omnitron III Persönliches Kampffahrzeug der Klasse II

Installierte Software: Rich'lki Firewall Klasse IV, Omnitron III Klasse IV Controller

Ferlix-Doppelstrahlengewehr Typ II (modifiziert)

Grundschaden: 57

Akkukapazität: 17/17

Nachladerate: 1 pro Stunde pro GME (momentan 12)

Schwert Stufe II (Seelengebundene persönliche Waffe eines Erethra-Ehrengardisten)

Grundschaden: 218

Haltbarkeit: -- (persönliche Waffe)

Sonderfähigkeiten: +20 Manaschaden, Klingenhieb

Kryl-Ring der Regeneration

Die oft als Verlobungsringe benutzten Kryl-Ringe sind sehr populär und müssen Monate im Voraus bestellt werden.

Gesundheits-Regeneration: +30

Ausdauer-Regeneration: +15

Mana-Regeneration: +5

Manaspeicher-Armschiene, Stufe III

Diese von einem unbekannten Handwerker geschaffene Armschiene dient als Akku für das persönliche Mana. Für Magier und andere von Mana abhängige Klassen nützlich. Mana-Speicherverhältnis ist 50 zu 1.

Manakapazität: 350/350

Feenstahl-Dolch

Feenstahl ist eigentlich kein Stahl, sondern eine unbekannte Legierung. Dies ist normalerweise für den Sidhe-Adel reserviert, und jährlich wird nur eine – nach galaktischen Maßstäben – geringe Menge an Feenstahl zum Kauf angeboten. Feenstahl lässt sich ausgezeichnet verzaubern.

Grundschaden: 28

Haltbarkeit: 110/110

Sonderfähigkeiten: Keine

Brumwell Halsband der Schattenabsicht

Das Brumwell Halsband der Schattenabsicht ist das klassische Produkt des Brumwell-Clans. Das von einem Handwerksmeister verzauberte Halsband legt Schattenstufen über Ihre Absichten, so dass es schwieriger wird, Informationen darüber herauszufinden. Der Besitz eines derartigen Gegenstands ist für Eigentümer von Siedlungen und andere mächtige Individuen sowohl eine Notwendigkeit als auch ein prestigeträchtiges Symbol.

Wirkung: Dauernder Effekt der Schattenabsicht (Level 4) macht es deutlich teurer, im System Informationen über den Träger zu kaufen. Der Effekt betrifft alle Aktionen, die durchgeführt werden, während man das Halsband trägt.

Ring der Größeren Abschirmung

Erzeugt einen größeren Schild, der ungefähr 1000 Schadenspunkte absorbiert. Dieser Schild ignoriert Schäden unterhalb des Schwellenwerts von 50 Punkten, während er noch funktioniert.

Max. Dauer: 7 Minuten

Aufladungen 1